時代의 교사

김용근 평전

時代의 교사
김용근 평전

은우근

글통

일러두기

김용근 선생에 대한 호칭은 김용근 또는 선생으로 표기했다.
1945년 이전 한국을 문맥에 따라 조선으로 표기했다.

발간사

　나는 석은 김용근 선생을 직접 뵌 적이 없어서, 가르침을 받지는 못하였다. 내 학창시절이 선생의 연대와 비껴났기 때문이었다. 하지만 광주일고를 진학한 광주서중 동기 최권행, 최연석, 권오걸 등으로부터, 또한 전남고 후배들인 김양래, 조현종, 오정묵, 은우근, 임형칠 등으로부터 선생에 관한 수많은 에피소드와 선생의 가르침을 전해 들었다. 처음에는 선생의 통 큰 개성이 유발하는 이야기가 워낙 재미있기도 했지만, 감탄 중에 이윽고 선생의 올곧은 말과 행동이 나의 정신을 번쩍 치며 나를 가다듬게 했다. 은연중 감화를 받고 선생의 가르침을 받은 것이다.

　선생의 이력은 크게 보면 기독교인으로서의 삶과 교육자의 삶으로 점철되어 있다.

　선생은 1917년에 태어나 기독교 신앙 속에서 성장하였다. 목포 영흥보통학교를 다니면서 양동교회에 출석하였고, 1932년 평양 숭실학교로 진학하여 신사참배를 거부하여 평양경찰서에 연행되었다. 신사참배 거부는 기독교 신앙과 민족의식이 결합된 운동이었다. 일제하 기독교인 중에는 신사참배를 단순한 국가 의례라고 받아들여 타협하는 사람들이 다수였으니 선생의 의기는 이때 발현되고 이후 꺾일 줄 몰랐다.

숭실학교 졸업 후인 1937년에는 영광군 염산면 야월교회 개량서당 교사로 근무하였으니 이는 동아일보에서 주도한 농촌계몽운동의 일환이었다. 이때 선생은 기독교의 예언자적 관점을 견지했다. 중일전쟁에서 일본이 패배할 것과 장차 조선이 독립될 것이라는 등의 수업중 발언이 문제가 되어 치안유지법위반죄로 목포형무소에서 1년의 옥살이를 하였다.

선생은 1940년 4월 연희전문 문과에 입학한 선생은 항일조직을 결성하였다는 이유로 또 다시 치안유지법위반죄로 징역 2년 형을 선고받고 복역하는 바람에 학업을 마치지 못한다.

해방이 되어 1946년 연희대학교 사학과 1회로 입학 1950년 졸업하고 대학원에 진학하였음은 그의 깨우침을 후학에게 나누려고 더욱 깊이 배우고자 했던 향학 열정을 짐작하게 한다. 그는 대학원에 진학해서도 경복고 교사로 잠시 근무하였고, 불시에 발발한 한국전쟁 기간에는 당시 육군본부 직할사단으로 교육훈련을 담당하기도 한 9사단에 문관으로 참전하여 군사 영어와 역사를 가르쳤다. 선생의 연희전문 동기인 박병권

장군이 당시 9사단장이었다.

선생은 1954년 4월 전주고등학교 교사로 부임한 이래 공립학교인 광주고등학교, 여수고등학교, 광주제일고등학교(1966-1970), 사립학교인 전남고등학교(1973-1975)에서 교사로 근무하였다.
선생은 국사와 세계사를 강의하였다.

그는 이미 제도교육의 틀 속에 있는 교사일 수 없었다. 자신의 역사관을 변증법적으로 설명하면서 역사는 왕조사가 아니고 민중의 것이라고 강조하였다. 엄혹한 유신독재 시대에 그는 학생들에게 문제의식을 가질 것과 살아있는 기백을 주문하고 촉구하였다.

학교와 병행해 교회에서도 그는 중고등부 교사로서 성서와 역사를 강의하였다. 이런 선생은 1975년 학생시위의 배후로 지목되어 퇴직당했고 강진으로 귀향하여 농사를 짓게 된다. 그러나 작천교회의 장로로 봉사하면서 당시 민주화운동의 거점 역할을 하던 강진읍교회 등 강진, 영암. 해남 광주 등 곳곳에서 강사로 초청받아 강연을 하였으니 꺾이지 않은 그의 정신은 지역사회에 큰 영향을 주었다.

제도권 학교에서의 강의가 학교 울타리를 벗어났듯이 교회에서도 그의 발언은 교회의 울타리를 벗어났다. 벗어날 수밖에 없었을 것이다. 그는 기독교인이었지만, 원효의 불교, 인내천의 동학에 큰 관심을 가지고 있었다. 길은 다를지라도 궁극적으로 같은 산을 오르는 것으로 보았다. 그의 신앙은 '민중과 함께' '민족을 위하여'에 바탕을 두고 있었기 때문이다. 그는 온 몸으로 시대를 살아내며 경험으로 깨우쳐, 편협하지 않은 열린 신앙을 체득했다.

특기할 만한 것은 선생이 재직하던 학교에 농구부가 있을 경우, 선생은 농구부 감독을 맡았는데, 이와 관련한 에피소드는 듣고 또 들어도 재미가 있다. 선생은 언제나 농구선수들에게 "볼은 인간이다"라는 화두를 강조했다. 그는 호남 농구의 개척자로서 스포츠를 인격 수양과 자기도야, 자기 발견의 과정으로 이해하였다. 농구에서 삶의 원리, 인생의 의미를 탐색하도록 하는 데 힘을 썼다.

석은 김용근 선생이 일제강점기와 광복 후 현대사의 전개 과정에서 보여주었던 강인한 기개, 철학과 역사와 기독교를 종횡하며 인간사를 파악한 그의 인문 정신은 제자들을 새로운 세계로 이끌었다.

선생의 실천적 삶을 따르는 제자들은 선생의 교육활동을 기리는 기념사업회를 발족하고, 1995년 제1회 김용근 민족교육상을 시상한 이래 해마다 상을 수여하면서 오늘에 이르렀다.

기념사업회는 선생의 평전 출판 작업을 2년 전부터 본격적으로 추진하였으며, 이제 이 책자를 발행한다. 풍부한 인터뷰와 자료 검색을 통해 내실 있는 책자를 만들어주신 저자 은우근 교수의 노고에 감사드린다. 아울러 이 책의 출판이 차질 없이 이루어지도록 애써 주신 사업회 상임이사 임형칠 선생에게도 감사드린다.

김용근선생기념사업회

회장 김이수

목 차

|CONTENTS|

제1장

만주행 열차를 타다

1945년 8월 15일 만주행 열차

1945년 8월 15일 새벽, 압록강 철교를 넘어가는 열차 안에서 희끄무레 밝아오는 차창을 응시하는 한 청년이 있었다. 스물여덟 살 김용근이었다. 목포에서 하루 전 아침에 열차에 올라탄 그는 장차 자신의 앞에 펼쳐질 삶을 생각하고 있었다. 그는 며칠 전 사할린탄광 강제징용장을 받은 상태였다. 1945년 4월, 전주형무소에서 3년 2개월의 형기를 마치고 출옥하여 고향집에서 요양하던 중 받은 징용장이었다.

목포역은 일제 경찰의 집중 감시구역이었다. 언제 돌아올지 알 수 없는, 가족들조차 역에 배웅 나올 수 없는 징용 거부 도망자였다. 사할린탄광 징용은 곧 '개죽음'을 뜻했다. 조선을 탈출하기로 결심했다. 김용근은 일단 행선지를 만주로 정하고 황급히 신경행을 결행했다. 당시 신경(新京)은 만주국 수도이자 오늘의 창춘시이다.

1937년 중일전쟁을 도발한 일제는 전시 노동력 부족이 심화하자 징용제도, 근로보국제도 등으로 노동력을 수탈하였다. 일제는 태평양전쟁 말기 노무자 징용이 여의치 않자 농촌에 트럭을 몰고 와 논밭에서 일하는 농부를 강제로 실어 징용에 보내는 만행을 서슴없이 자행했다. 1939년부터 실시한 징용제도로 15세 이상 50세 이하 한국인을 강제 징발하여 일본의 광산과 군사시설에서 노예노동을 시켰다. 한국인 노동자들은 철조망에 갇혀 일본군의 감시를 받으며, 먹을 것과 입을 것을 제대로 공급받지 못한 채 죄수와 같은 처지로 강제 노동을 해야 했다.

일제는 김용근을 일찍이 요시찰(要視察) 인물로 분류했고, 학병 징집 대상에서도 제외했다. 하지만 강제징용을 면제해 줄 리는 없었다. 김용근은 평양 숭실중학교 재학 시절 종교부장이자 YMCA 부장으로서 신사참배를 거부하여 평양경찰서에 갇힌 적이 있었다. 그 후에도 두 차례 이상 투옥되어 목포형무소, 전주형무소 등에서 도합 4년 반의 수형 생활을 했다. 성백우, 임형선 같은 그의 동지들은 여전히 서대문형무소에서 또 다른 독립운동 혐의로 고문을 당하고 있었다.

사할린 강제징용은 아직 진상이 밝혀지지 않은 조선인의 비극적인 디아스포라의 일부이다. 사할린은 동만주 북부 바로 건너편에 있는 러시아 최대의 섬이다. 남북 길이 950km, 최대 폭 160km, 면적 약 7만 km^2가 넘는다. 1905년 러일전쟁에서 승리한 일제가 사할린을 빼앗아 태평양전쟁 중 지배했다. 6개월에 달하는 겨울 평균 기온은 영하 19도에서 영하 24도로 섬의 북부는 영하 40도까지 내려간다. 조선 노동자들은 배고픔과 추위, 일인들의 욕설과 구타에 시달렸다. 탄광 발파 사고로 불구가 되기 일쑤였고, 굶주림과 폐병으로 많은 사람이 숨졌다.

마침내 8월 15일 새벽, 압록강 철교를 건너 만주 평야를 달리던 열차가 봉천역에 닿았다. 오전 11시였다. 김용근은 순간 '살았다!'는 생각에 뿌듯했다. 소리라도 지르고 싶었다. 앞으로 무슨 일들이 기다릴지 모르지만 일단은 죽음의 징용을 벗어난 것이다.

그런데 갑자기 일본인 차장의 목소리가 스피커를 통해 울렸다.

"이 열차는 더 이상 가지 않습니다. 승객들은 모두 내려주십시오."

김용근의 안도했던 가슴이 철렁했다. 살았다고 여겼는데 이게 무슨 일인가 싶었다. 다시 차내 방송이 이어졌다. 정오에 히로히토 일왕의 중대 방송이 있으니 모두 일왕의 말을 '엄숙하게' 경청하라는 것이었다.

김용근은 의아해하는 승객들과 함께 봉천역에서 내렸다. 김용근은 재빨리 일본어 간판이 제법 눈에 띄는 번화한 '일본놈들' 거리로 달려갔다.

일왕 히로히토의 항복 방송

봉천은 꽤 번화한 일제 지배하 만주의 중심도시였다. 봉천(奉天)은 현재의 선양(瀋陽)이다. 일제 패망 후 이름을 되찾았다. 이곳은 지금 중국 랴오닝성(遼寧省)의 성도(省都)이다. 한때 후금(後金-청나라의 옛이름)의 수도였고 베이징으로 수도가 변경된 후에도 제2의 수도로 여겨졌다. 만주국 시기 봉천이 공업화되면서 이주 인구가 크게 증가했다. 1940년에 이미 인구 100만에 달했다. 지금도 평양에서 출발한 기차는 신의주와 선양을 거쳐 베이징으로 향한다.

해방 전 동북아 철도 간선

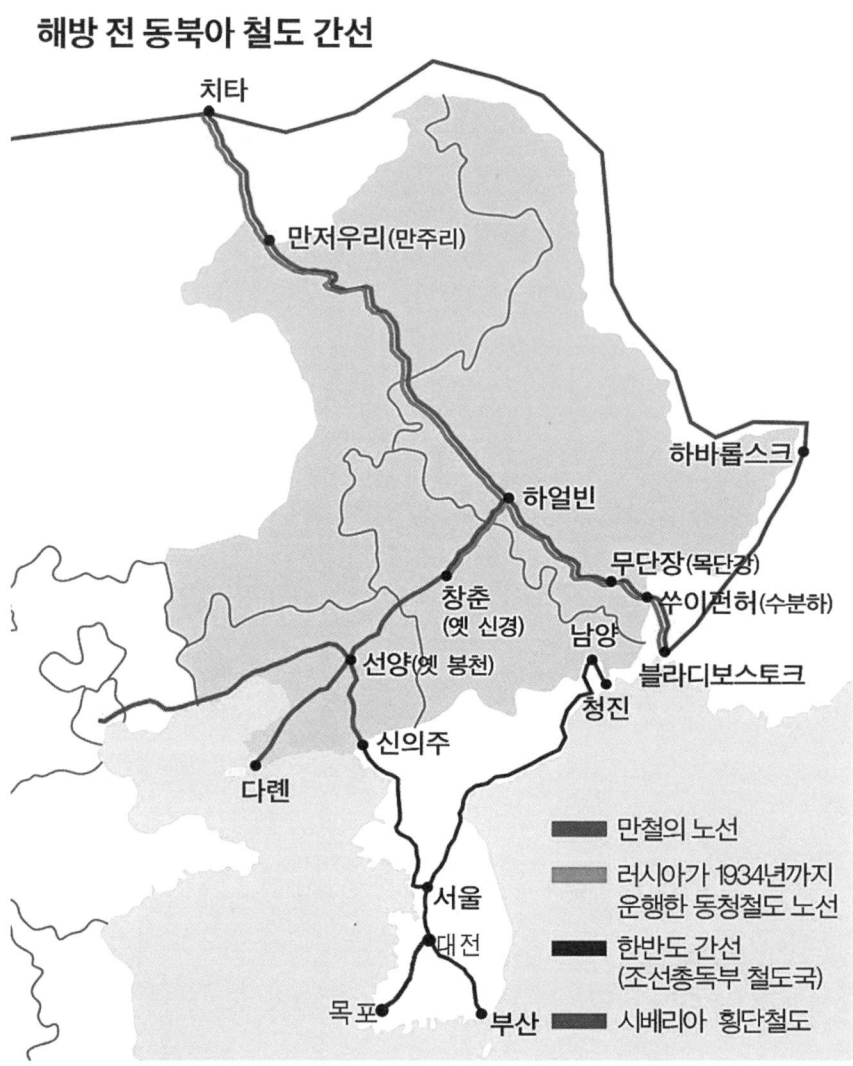

해방 전 동북아 철도 간선
출처 : 중앙일보(목포와 대전 필자 추가)

일제 지배하 봉천 번화가 일본인 거리
오른쪽 위 일본어로 '메이지 쵸콜렛'이라는 일본어 간판이 보인다
당시 제작된 일본 사진엽서

12시 직전 일본인 거리 전파상 라디오 앞에는 벌써 일본인 몇 명이 모여 있었다. 김용근 같은 철도 여행객이나 일부 일본인들 이외에 일왕의 방송 사실을 아는 사람은 많지 않았다. 물론 그 방송을 통해서 일왕이 사실상 항복을 선언하리라는 것도 전혀 알려지지 않았다. 조선총독부와 만주국의 핵심 고위층이 아니면 알 수 없는 극비 사항이었다.

김용근은 일본인들 사이에 끼어서 라디오에 귀를 기울였다.

NHK 방송을 통해 침울한 어조로 일왕의 목소리가 흘러나왔다.

대동아 전쟁 종결 조서
....
짐은 제국정부로 하여금 미국, 영국, 중국, 소련 4개국에 대하여 그 공동선언을 수락할 뜻을 통보하게 하였다. 무릇 제국 신하와 백성의 안녕을 꾀하고 세상과 번영의 즐거움을 함께 함은 황실 역대 조상이 남긴 규범으로서 짐은 이를 위해 끊임없이 노력해 왔다. 앞서 미국과 영국 두 나라에 대하여 선전 포고한 이유도 실은 일본제국의 자존과 동아시아의 안정을 이룩하기 위한 것으로, 타국의 주권을 배제하고 영토를 침탈하려는 것은 애초부터 짐의 뜻이 아니었다. 그러나 교전을 치른 지난 4년을 살펴보니, 짐의 육해군 장병들의 용감한 싸움, 짐의 관료들의 성실함과, 짐의 일억 백성들의 봉사 등 각자가 최선을 다했음에도 불구하고 전쟁의 국면은 결코 호전되지 않았다. 세계의 대세 또한 우리에게 이롭지 않을뿐더러, 적은 새로이 잔학한 폭탄을 사용하여 빈번히 무고한 사람들을 살상하는 참극을 벌이는 등 진실로 헤아릴 수 없는 지경에 이르렀다. 그럼에도 전쟁을 계속한다는 것은 마침내 우리 민족의 멸망을 초래할 뿐만 아니라 나아가 인류 문명을 파괴할 것이다. 이렇게 된다면 짐이 어떻게 우리 수많은 백성들을 보전하며 황실 역대 조상에게 용서를 구할 수 있겠는가. 이것이 짐이 제국 정부로 하여금 공동선언에 응하도록 이르게 된 까닭이다.

일제강점기 봉천역
출처 : https://i3.ruliweb.com/ori/20/11/27/176067431082e816b.jpg

짐은 제국과 함께 시종일관 동아시아의 해방에 협력한 여러 동맹국들에 대하여 유감의 뜻을 표하지 않을 수 없다. 제국의 신하와 백성으로서 전선에서 전사하고, 맡은 바를 하다 순직하고, 비명에 죽어간 자와 그 유족에 생각이 미치면 오장이 찢어지는 듯하다. 또한 전투로 상처를 입고, 재화를 당해 가업을 잃어버린 자들의 후생을 생각한다면 깊은 걱정이 되는 바이다.

....

떨리는 목소리, 썩 좋지 않은 음질, 게다가 궁정어투의 말 때문에 일본인이라 해도 제대로 교육받지 않은 사람은 내용을 쉽게 알아차리기 힘들었다. 하지만 김용근은 전쟁이 일본의 패배로 끝났음을 바로 알아차렸다.

일제가 미·영·중·소의 공동선언을 수락하는 것은 교전(交戰) 포기이며 곧 항복 선언이었다!

강제징용을 피하고자 한국을 탈출하면서 내내 긴장했던 맥이 탁 풀렸다. 갑자기 세상천지가 컴컴해지며, 눈과 귀가 확 트이는 느낌, 진짜 넋을 잃을 듯한 느낌으로 기쁨의 감정이 솟아올랐다.

'마침내 이런 날이 왔구나!'

감격스러운 순간이었다.

'이제 고국으로 돌아가도 된다. 더 이상 사할린 징용을 피해서 기약 없는 도피를 중단할 수 있다. 봉천 거리에서 이런 식으로 해방을 맞을 줄이야!'

곧이어 감당하기 힘든 허탈감이 밀려왔다. 줄다리기 시합에서 상대가 갑자기 줄을 놓아버린 느낌이라고 할까. 김용근은 담배 가게로 갔다. 생전 처음 담배를 입에 물고 스물여덟 살 자신의 삶을 떠올렸다.

1917년 강진에서 태어나 목포에서 영흥보통학교를 졸업했고, 1932년 평양으로 유학을 떠났다. 숭실중학교에서 벌어진 신사참배 거부 운동의 중심이 되어 평양경찰서 철창에 갇혔고, 연희전문학교 재학과 휴학을 되풀이하면서 두 차례 더 투옥되었다. 일제가 포착하지 못했으나 총독암살단도 조직했다. 수감 기간만 도합 4년 반이었다.

김용근의 허탈감은 예상치 못한 가운데 청춘을 바쳐 싸운 투쟁의 목표가 사라져 버린 데서 기인했다. '이제 무엇을 할 것인가, 어떻게 살 것인가.' 그는 처음 피우는 담배 때문에 어지럼을 느끼면서 깊이 생각에 잠겼다.

김구도 일제의 항복 소식은 기쁨이 아니라 '하늘이 무너지는 듯한 일'로 느껴졌다고 말했다. 한국광복군이 연합군의 일원으로 참전하지 못했기 때문에 광복 이후 국제정치에서 한국의 발언권이 약화되리라 예견한 것이다. 광복은 끝이 아니라 또 다른 투쟁의 시작이었던 것이다.

아니나 다를까, 히로히토 일왕은 방송에서 침략전쟁과 전쟁범죄에 대한 뻔뻔한 태도를 적나라하게 드러냈다. 전쟁 책임을 언급하기는커녕 변명으로 일관했다. 무엇보다 그는 타국의 주권을 배격하고 타국 영토를 침략한 것은 본디 자신의 뜻이 아니었다고 책임을 회피했다. 그는 침략전쟁의 최고책임자, 최종 결정권자였으나 마치 초연한 위치에서 전쟁과 무관한 듯 시늉했다.

미국과 영국에 대한 일제의 선전포고는 '제국(帝國)의 자존(自尊)과 동아시아의 안정을 갈망했기 때문'이라고 침략을 정당화했다. 또 연합군이 '잔학한 폭탄'으로 무고(無故)한 일본 백성을 살상했다고 지적하여 오직 일본인 희생자들의 피해만을 강조했다. 게다가 그는 마치 일제의 항복이 인류문명의 존속을 위한 대단한 희생이라도 되는 양 가장했다. 참으로 어이없는 견강부회(牽强附會)였다.

또한 기가 차게도 독일과 이탈리아 등 이미 패망한 전쟁범죄 국가들을 '함께 동아시아 해방에 협력한 여러 동맹국'으로 상찬(賞讚)하며 그들에게 '유감의 뜻'을 표했다. 그리고 자신의 '신하와 백성' 그리고 일본군 전사자들의 유족에 대해서는 '오장이 찢어지는 듯하다'고 말하면서도, 일제가 침략하며 저지른 수많은 인민의 참혹한 희생에 대해서는 아무런 언급도 하지 않았다. 결국 '대동아 공영(大東亞 公營)'이니 '내선일체(內鮮一體)'는 새빨간 거짓이고 사탕발림이었다.

히로히토는 포츠담선언을 수락한다고 하여 내용상으로는 항복한다는 뜻을 표현했으나 정작 '항복'이란 단어는 단 한 번도 사용하지 않았다.

대한민국의 해방은 전혀 해방이 아닌 것처럼 찾아왔다. 일왕의 항복 방송 직후 경성을 포함한 조선의 도시 거리는 조용했다. 방송을 미리 알리지 않은 조선총독부의 계략 때문이었다. 일본의 패망 사실이 조선인민에게 알려질 경우 일본인과 총독부와 경찰서 등이 공격받을 수 있다고 예상한 것이다.

8월 15일 오전, 경성에서는 고종의 손자 이우의 장례식이 예정되어 있었는데, 이 항복방송 때문에 오후로 연기되었다. 이우는 일본군 중좌(중령)였고 히로시마에서 출근길에 피폭되어 다음날 8월 7일 사망했다. 그는 일제에 의해 강제로 일본에서 교육받고 일본 왕족을 부인으로 맞았지만, 강요된 삶의 방식에 고분고분하지는 않았다고 전해진다.

8월 15일 정오, 일왕의 항복방송을 직접 들을 수 있는 조선 사람은 많지 않았다. 일반 민중들 중에서 일본이 곧 망할 것이라고 생각한 이는 별로 없었고, 알았더라도 일제 경찰의 위세에 눌려 섣불리 행동하기 어려웠다. 8월 16일, 일제의 항복이 신문에 보도되면서 비로소 조선 인민은 거리로 뛰쳐나와 만세를 부르며 기뻐했다.

포츠담선언

그러면 일왕이 수락하겠다는 포츠담선언은 무엇일까? 포츠담선언은 포츠담회담 기간 중 1945년 7월 26일 미국, 영국, 중국이 발표했다. '일본이 항복하지 않는다면 즉각적이고 완전한 파멸'에 직면하게 될 것을 경고했다. 소련 스탈린은 서명에 참여할 수 없었는데, 소련의 대일 선전포고가 포츠담회담 이후인 1945년 8월 9일 새벽 6시(도쿄 표준시)에 이뤄졌기 때문이다. 따라서 이 회담에서는 미국 주도로 일본 문제가 논의되었다. 미국 대통령 트루먼, 영국 수상 처칠, 중화민국 총통 장제스가 선언에 서명했다.

여기에서 포츠담선언과 포츠담협정을 구별할 필요가 있다. 포츠담협정은 포츠담회담을 통해 1945년 8월 2일 미국·영국·소련 간에 채택된 협정이다. 제2차대전 후 유럽 문제, 즉 2차대전 후 독일 통치에 관한 대책을 주로 담았다. 이 협정에는 당연히 소련이 참여했다. 나치 독일과의 전쟁에서 무려 2천만 명 이상이 사망하며 가장 큰 희생을 치른 국가이기 때문이다.

포츠담 회담
스탈린, 처칠, 트루만 등이 전승국 대표로 참석

조선 1945년 8월 16일

해방 다음 날 김용근은 봉천역에서 다시 목포행 열차를 탔다. 경성 서대문형무소에서는 그와 함께 독립운동에 참여했던 성백우와 임형선을 포함해 많은 독립운동가들이 비로소 석방되었다.

성백우는 김용근의 연희전문학교 문과 동기이다. 성백우와 임형선은 고향 친구였고, 임형선은 성백우의 소개로 김용근을 만나 세 사람은 항일운동의 동지로 발전했다. 성백우와 임형선은 1944년 11월과 12월 사이에 체포·투옥되어 가혹한 고문이 수반된 취조를 당하고 있었다. 이들이 체포되던 당시 김용근은 이미 전주형무소에서 복역 중이었는데, 1945년 4월에 형기를 마치고 출소했다.

8월 16일, 전국의 모든 형무소 문이 활짝 열렸다. 오전 9시, 허헌(許憲, 1885~1951)은 이강국, 최용달과 함께 '혁명동지 환영'이라는 현수막을 들고 서대문형무소를 찾았다. 환영 나온 인사들은 수의(囚衣) 그대로 뛰쳐나온 독립지사들을 뜨겁게 끌어안고 통곡했다. 고문과 질병으로 불구가 된 독립지사들이 많았다. 늙고 피골이 상접하여 가족이 알아보지 못하는 경우도 흔했다.

> "부축을 받고 나오는 등이 굽은 사람에게 여인과 세 명의 아이들이 기쁨의 함성을 지르며 달려갔다. 바로 옆에서는 불구가 된 노인에게서 아들의 젊을 때 모습을 알아본 어머니가 울다 웃다 하였다" (경성 주재 소련 영사의 부인 파냐 샤브쉬나의 증언)[1]

성백우와 임형선은 8월 16일 건국준비위원회(이하 건준)가 마련한 환영

27

1945년 8월 16일 건국준비위원회 발족식 때 여운형
서울 종로YMCA 강당에서

식에 참여했다. 건준을 대표하여 허헌 부위원장이 석방 환영사를 했다. 일본 메이지대학 법학과를 졸업한 그는 대한제국과 일본 변호사 시험에 합격한 인물이었다. 3·1혁명에 참여한 민족지도자들을 변호하면서 해박한 법 논리와 지식으로 일제를 당황하게 만든 허헌은 김병로, 이인 등과 함께 조선의 대표적인 변호사였다. 그는 신간회 창립에 관여하여 중앙집행위원장을 맡았으며, 광주학생독립운동을 알리려다 옥고를 치른 독립운동가이기도 했다. 허헌은 여운형이 주도한 건준에 부위원장으로 참여했고 1948년 월북, 김일성대학 총장을 역임했다. 눈물과 감격의 환영식이 끝나고 악대를 앞세운 수많은 인파는 광화문, 종로, 남대문을 돌며 행진했다.

이탈리아는 무솔리니의 실각 후 1943년 9월 8일 항복했으며, 독일은 히틀러 자살 후 1945년 5월 8일 항복했다. 패전이 분명해지자 총독부는 조선에 거주하는 일본군과 일본인들의 귀환을 최우선 과제로 삼았다. 일제는 광복 이후 조선 인민의 보복을 두려워했던 것이다. 조선총독부는 두 가지 방안을 상정하고 있었다. 하나는 명망 있는 지도급 인사와의 협상을 통해 조선인들의 보복을 막는 것, 다른 하나는 미군정의 지휘를 받아 총독부의 한반도 지배를 지속하는 것이었다. 총독부는 두 방안 모두를 시도했다.

일왕의 항복이 확정적임을 알았을 때, 총독부는 먼저 우파 민족주의자 송진우에게 접촉했다. 그러나 8월 14일 일왕의 항복 방송이 하루 후에 예정되어 있음을 알게 되자 다급해졌다. 게다가 미군이 아닌 소련군이 경성에 진주할 것으로 오인한 총독부는 8월 15일 엔도 정무총감과 여운형(1886~1947)의 긴급 담판을 추진했다. 이미 접촉한 송진우가 아닌, 중도 좌파인 여운형이 필요한 상황이었다. 여운형은 국내에 있으며 조선인들의 절대적인 신망과 존경을 받고 있었다. 풍부한 지식과 국제적 감각, 그리고 유창한 외국어 실력과 설득력이 뛰어난 언변을 갖춘 인물이었다.

엔도는 여운형에게 일본인이 조선에서 철수할 때까지 생명과 안전을 보장해달라고 부탁했다. 여운형은 몇 가지 조건을 제시했다. 조선인 독립운동가를 석방할 것, 총독부가 통제 중인 식량을 3개월간 책임질 것, 치안유지와 건국을 위한 청년·학생, 근로자, 농민 등의 조직 및 훈련 활동을 절대 방해하지 말 것 등. 합리적이고 현명한 협상안이었다. 엔도는 바로 수락했다.

8월 15일 저녁 6시 여운형이 주도하여 '조선건국준비위원회(건준)'가 발족했다. 건준은 위원장 여운형, 부위원장 허헌, 안재홍 등이 참여하여 좌우합작으로 구성되었다. 그런데 8월 16일 오후, 서울 진주군이 미군이라는 정보를 뒤늦게 입수한 총독부는 표변했다. 여운형의 필요성이 사라진 것이다. 총독부는 여운형이 당초 약속한 치안유지 차원이 아닌 건국준비 및 정치활동을 하고 있다는 핑계와 일제 군부의 불만을 내세워 치안권 회수를 서둘렀다.

더 나아가 일제는 총독부 체제를 유지하고자 획책했다. 김계조(金桂祚) 공작을 꾸민 것이다. 19세에 일본에 건너간 친일 광산가 김계조는 정계 요인들과 교제가 두터웠다. 그는 조선으로 돌아와 동양척식회사의 후원

1945년 9월 9일 조선총독부 광장에서 일장기가 내려졌고 곧바로 성조기가 게양되었다
해방은 점령군의 대치를 의미했다

으로 회문탄광과 조양탄광을 경영했다. 총독부는 김계조를 동원하여 친일 조선정부 수립을 위해 미군에 대한 정보를 확보하고자 했다. 김계조는 횡령과 장물수수의 혐의로 기소되었다. 그는 정무총감 엔도와 경무국장 니시히로로부터 310만원을 받아 조선 내에 친일정권을 세워 한·미를 이간시키고 정계요인의 암살을 꾀한 것으로 알려졌다.

당시 김계조 사건은 국내외 언론의 비상한 관심을 받았다. 1946년 1월 17일 열린 김계조 사건 재판에는 미군정청 테일러 법무국장 및 CIC(미군 방첩수사대) 등 관계관도 방청했다. 김계조 사건이 실패했지만 조선총독부는 포기하지 않았다. 이는 이후에 한때 미군정 사령관 하지가 총독부 체제 유지를 언급한 데서도 나타난다.[2]

김용근은 열차 안에서 하루 만에 완전히 바뀐 세상을 잘 실감하지 못하면서, 장차 펼쳐질 세상에서 무엇을 해야 할지 생각에 잠겼다. 일본제국의 패망으로 우리 민족은 새로운 삶을 실현할 수 있는 기회였다. 민족해방은 일제 잔재의 소탕과 친일파의 처단, 나아가 전근대적인 제도를 척결하는 반봉건적 혁명의 길로 나아가야 함을 의미했다. 그러나 이를 실현하기에 너무나 많은 장애가 있었다. 김용근은 우선 치열한 독립운동의 과정에서 접한 새로운 변혁 사상을 체계적으로 공부하리라 결심했다.

제2장

강진에서 태어나 목포에서 자라다

강진 그리고 장흥

　김용근의 고향은 강진이다. 그런데 강진과 장흥은 인접해 있어서 역사와 문화에서 매우 긴밀하게 연관되어 있다. 지금 강진읍과 장흥읍은 자동차로 불과 15분 이내 거리이다. 그렇기에 강진과 장흥의 지리와 역사를 함께 살펴봐야 할 이유가 충분하다.

　호남정맥이 남쪽으로 뻗어 장흥 사자산에 이른 후, 동쪽으로 나아가다 서쪽으로 한줄기 산맥을 가지 친다. 바로 땅끝기맥(氣脈)이다. 이 기맥은 강진을 거쳐 해남 땅끝마을에 이른다. 이 산줄기 안에는 월출산, 대둔산, 달마산 같은 아름다운 봉우리와 대흥사, 미황사, 무위사 등 문화유산이 가득한 사찰들이 자리하고 있다. 이 땅끝기맥이 감싸안은 분지에 강진과 장흥이 자리 잡고 있으며, 강진은 땅끝기맥과 사자지맥(獅子枝脈) 사이에 위치한다. 강진 땅이 마치 다리를 벌려 강진만을 품고 있는 형국이다.

　강진군은 왼쪽의 땅끝기맥과 오른쪽의 사자지맥 사이에 있으며, 가운데 깊숙한 바다가 강진만이다. 강진(康津)이란 이름은 고려 적부터의 도강현(道康縣)과 탐진현(耽津縣)의 가운데 글자를 취하여 만들어졌다. 강진에서는 선사시대부터 사람들이 살았던 것으로 추정한다. 구석기, 신석기 유적은 없으나 청동기시대 무덤인 고인돌이 전 군에 걸쳐 분포되어 있다.[3] 삼한시대 강진지역에는 강력한 통치체제를 갖춘 마한의 소국이 자리 잡았다. 삼국시대에는 백제 지배 아래 강진에서 해로를 통한 문화교류가 활발했다.

장흥(長興)이라는 이름은 한자 그대로 '길이 번창하라'는 의미를 담고 있다. 장흥부에서 정3품의 부사가 집무하며 한때 탐진(강진읍), 회령, 수령, 장택 4개의 현과, 두원(고흥 두원면)과 도양부곡(고흥 도양면)을 속현으로 두었다. 고려시대에 현의 수령인 현감은 정5품으로 장흥부사의 지휘감독을 받았다. 조선시대에는 각 도 관찰사가 지방 고을들을 지휘했으나, 장흥부사는 고흥에서 해남군까지의 서남해 군사지휘권을 가지고 현감들을 지휘했다. 그러다가 1895년 갑오개혁을 통해 고을의 명칭을 군(郡)으로 통일하고, 수장을 군수라 했다. 장흥군은 1906년에 오늘과 같은 구역을 확정했으며, 중앙정부가 군사권을 관할하게 되었다.

장흥은 동학혁명의 마지막 격전지인데다 1905년 이후 2차 의병전쟁 때 의병들이 수시로 경찰서와 헌병대를 습격했다. 이런 탓에 1907년 전남경무서 장흥분서가 설치되었고, 그 지휘를 받는 보성, 영암, 강진, 해남, 완도 분파소가 만들어졌다. 1909년 군 단위 최초로 장흥구재판소도 설치되었다. 1910년에 일제는 조선 주차헌병 장흥분대를 두어 강진, 해남, 완도, 진도, 제주까지 관할했다. 오늘날 법원 장흥지원과 검찰 장흥

지청이 존재하며, 1972년 5월까지 서남해 인근 군의 경찰서장이 경감이었을 때 장흥경찰서장에는 총경이 보임되었다.

월출산 아래 작천과 병영

김용근의 고향 작천면은 강진 북쪽의 넓은 분지에 있다. 북으로는 월출산, 남으로는 오봉산, 서로는 수암산, 동으로는 수인산이 둘러싸고 있다. 작천은 분지의 중앙에 자리 잡아 비옥한 들판과 풍부한 수원, 울창한 산림을 겸비한 천혜의 마을이다. 지금은 사라진 김용근 선생의 생가는 작천 들판의 한가운데에 자리 잡았다. 鵲川은 까치내란 뜻으로 월출산에서 흘러내리는 물은 가뭄에도 마르지 않고 작천들에서 풍부한 산물을 만들어낸다. 선생은 논일을 마치면 들판 가운데 흐르는 까치냇물로 몸을 씻었다.

국립공원 월출산(月出山)은 영암읍과 강진군 성전면의 경계에 있다. 백두대간 호남정맥의 무등산 산줄기가 남서로 뻗어가다 우뚝 솟은 화강암 지질의 산이다. 지질 구조상 백악기 말에 지하 3~5㎞ 지점으로 관입(貫入)된 화강암이 폭 20㎞, 길이 100㎞의 저반(底盤)을 이루며 광주 무등산에서 영암까지 연결되어 있다. 월출산 주봉인 천황봉(天皇峯)은 809m로 영암읍 개신리와 교동리, 강진군 성전면 월남리 사이에 위치한다. 월출산 북쪽에서는 영산강 수계의 영암천이 발원하고, 남쪽 골짜기에서는 탐진강 수계의 금강천이 발원하여 작천평야를 적신다.

강진과 장흥이 인접하여 역사를 공유하듯이 작천과 병영도 그렇다. 작천에서 병영 가는 길은 큰 제약이 없지만, 작천에서 강진읍에 가려면 약간 높은 고개를 넘어야 한다. 즉, 지형적 요인 때문에 작천과 병영은 오래전부터 매우 밀접한 관계를 유지할 수밖에 없었다.

1914년 지방행정구역 개편에 따라 열수, 이지, 초곡 세 면을 통합하여 작천면이라 했다. 김용근의 출생지 현산리는 죽현과 박산을 합쳐서 만들어진 이름이다. 작천면은 통일신라 시기까지 도무군의 군청 소재지인 병영면 중고리에 인접한 위성적인 지역이었다. 조선시대 병영이 군사도시로 역할한 이후에는 작천면(당시 열수면과 이지면)은 병영의 직할면으로 병영의 유지 관리를 담당했다. 따라서 동학군이 병영을 함락시켰을 때 작천면은 병영면과 마찬가지로 큰 영향을 받았다.

강진 병영면은 백제 이후 1200년 동안 군(현) 소재지의 역할을 했다. 이 시기에 고려청자 도요지가 자리 잡았으며, 월출산 아래 월남사에서 불교문화가 발달했고, 만덕산 품안의 백련사에서는 결사(結社)운동이 일어났다. 선생은 생전에 이 결사운동의 의의를 참 많이 강조했다. 강진 최초의 교회인 백양교회는 병영면 삭양리에 설립되었고 그 후 병영교회와 작천교회가 잇달아 설립되는 기독교 선교 과정도 이런 지형적 요인과 관계가 있다고 보인다.

병영면은 강진군 동쪽에 위치한다. 병영(兵營), 이름이 독특하다. 군사주둔지를 뜻하는 보통명사가 고유명사로 변했다. 실제 병영은 조선시대 전라도 최대의 군사주둔지였다. 지금 병영성지는 국가문화재 사적 제397호다.

영암군

화순군

유치면
有治面

장평면
長平面

옴천면
唵川面

장동면
長東面

작천면
鵲川面

병영면
兵營面

부산면
夫山面

보성군

성전면
城田面

장흥읍
長興邑

안양면
安良面

해
남
군

강진읍
康津邑

군동면
郡東面

용산면
蓉山面

도암면
道岩面

칠량면
七良面

관산읍
冠山邑

신전면
薪田面

대구면
大口面

대덕읍
大德邑

회진면
會鎭面

마량면
馬良面

완도군

굵은 선 왼쪽에 강진군이 오른쪽에 장흥군이 위치

1653년 일본 나가사키에 가려다 제주도에 표류한 네덜란드 동인도회사 소속 하멜 일행은 강진 병영에 감금되었다. 조선시대 1417년(태종 17년)에 전라 병영(兵營)을 광주 송정에서 강진 병영(兵營)으로 옮겼다. 국가적인 골칫거리였던 고려말과 조선 초기 왜구들의 노략질이 계기가 되었다. 왜구는 남부 해안도서 지역뿐 아니라 서해안과 내륙 깊숙이 침범하여 약탈과 살육을 일삼았다. 병영성은 지형상 전라 좌·우도로 이동이 용이하고 깊숙이 만곡을 이룬 장흥·강진 앞바다는 수군의 지원에 유리했다. 이런 까닭에 조선 500여 년 동안 병영은 전라도 53주 6진을 관할하는 육군 총 지휘부로서 역할 했다.

병영의 설립은 작천 일원에 큰 영향을 미쳤다. 작천과 이웃한 병영이 전라도의 최대 군사도시가 되면서 고관명사의 내왕이 빈번하고 물자가 사방에서 모여들어 상업이 발달했다. 역원(驛院)이 설치되어 관원들이 증가했고 정보의 수집이 빨라져서 상공업이 발달했다. 조선시대 역원은 중앙 정부와 지방간 교통 및 통신을 담당하던 시설로, 주로 30 리 간격으로 설치되었다. 역은 공무를 맡은 관원에게 말을 갈아탈 수 있도록 하고, 원은 숙박을 제공했다. 중앙정부의 명령과 정보를 지방으로 전달하는 통신정보 소통 시스템의 핵심이었다.

병영성 주위에 3천여 호의 집단가구가 골목을 형성하여 어림잡아 2만 명 이상이 거주하는 군사 지원 배후 도시를 형성했다. 북 송상 남 병상, 즉 북 송도(개성)상인, 남 병영상인이라는 말이 있었을 정도로 상업이 매우 번창했다. 병영상인들은 군수(軍需) 또는 관수(官需) 물품과 생필품을 주로 취급했다. 병영이 주둔하면서 병력과 물자가 집중되고 상품 유통 기반이 형성되었다. 병영 근무 무관들의 네트워크가 전국적으로 형성되었고 이는 병영상인들의 활동 기반이 되었다. 하지만 인민들의 고통도 커졌다. 군역과 군량과 군수품을 병영 인근 고장 사람이 부담해야 했다. 또 변란이 있을 경우 수성(守城)의 임무를 감당해야 했기 때문이다. 병영이라는 군사도시 주변 지역으로서 이익도 있었지만 그 못지않게 부담과 폐해도 컸던 것이다.

2대 독자로 성장하다

김용근은 1917년 김준수(金俊洙, 1897~1979)와 윤소심(尹小心, 1898~1983) 사이에 장남으로 태어났다. 선생은 2대 독자였다. 장남인 그는 애지중지 귀하게 자랐으며 집안의 관심과 기대를 한 몸에 받았다. 장성하기 전에 사망한 형제들을 제외하고 누이는 다섯이었다.

선생은 1939년 2월 2일 조주일과 혼인했다. 신부 조주일은 1922년 생으로, 선생과는 5살 차이였다. 부모 모두 신앙이 독실한 기독교 집안 출신으로 강진 도암 사람이다. 당시 선생의 눈에 '달덩이처럼 환하고 예뻤다'고 한다. 실제로 사모님은 키가 큰 미인이었다. 신앙심이 깊은 조주일은 평생 예배를 거른 적이 없었고 4곳의 교회를 세웠다.

결혼 기념사진 속에서 신랑의 왼쪽 뒤 검은 양복 차림의 안경 낀 사람이 부친 김준수 옹이다. 신부의 바로 뒤에 있는 사람이 작천교회를 설립한 선생의 작은할아버지 김영승이다.

김용근 조주일 결혼 사진

김준수 옹은 교회에 출석하지 않았다. 하지만 기독교 신앙을 완전히 거부하지는 않았고 가족들의 예배를 말리지도 않았다. 그는 일제강점기에 미국 남장로회가 설립한 5년제 군산 영명중학교를 졸업했다. 1903년 미국 남장로회가 호남지역에 설립한 최초의 학교였다. 1919년 3월 5일, 영명중학교 교사와 학생들이 만세운동을 주도하였다. 나중에 언급하겠지만 선생의 평양 숭실중학교 입학을 위해 추천서를 써 준 박연세 목사는 3·1혁명 당시 이 학교의 교사로서 만세운동을 주도했고 그 때문에 투옥되었다. 영명중학교는 일제로부터 특별과 폐과와 고등과 모집 중단이라는 탄압을 받았다. 결국 신사참배 거부로 1940년 10월 자진 폐교하였다가 해방 후 개교했다.

준수 옹은 젊은 시절 일본에서 사진을 배웠다. 당시에 사진기를 다룰 수 있는 사람은 거의 없었다. 그는 고학력의 모던보이였던 것이다. 그는 일제강점기 한때 목포에서 소학교 교사를 지낸 적이 있고 사진관을 운영했다. 이 시기에 김용근이 영흥보통학교에 다녔다. 장남 창중에 따르면 사진을 배우고자 김준수 옹을 찾아오는 사람들이 있었다. 김준수 옹은 1955년 6월부터 1956년 6월까지 작천면장을 지냈다.

선생의 모친 윤소심은 해남 윤씨 집안 출신이다. 독실한 기독교 신앙을 지녔다. 매우 열성적으로 예배에 참여했다. 남편인 김준수 옹이 멋쟁이 한량으로 살았기에 농사와 집안일 모두를 억척스럽게 감당해야만 했다. 언제나 일에 묻혀 살았다. 그녀는 장남이자 독자인 선생을 지극히 사랑했다. 선생은 고향에 갈 때마다 들판에서 일하시는 어머니의 모습을 보면 언제나 눈물을 주체하지 못한다고 고백했다.

선생은 기독교장로회 무돌교회 학생부 예배 시간에 가톨릭 성자이자 주교인 아우구스티누스와 그의 모친 성 모니카(332~387)를 자주 언급했다. 무돌교회는 1970년대 금남로 1가 광주YMCA 백제실을 빌려 예배를 보았다. 그는 어머니의 사랑을 잊어서는 안 된다고 했다. 성 아우구스티누스가 『고백록』에서 묘사한 어머니 성 모니카의 아들을 위한 기도와 신앙, 사랑을 강조했다. 아우구스티누스는 젊은 날 마니교를 믿었으며 극단의 방황을 했다. 이는 필자를 포함하여 교회학교 학생들에게 들려주는 말씀이었으나 동시에 선생 자신의 고백이기도 했던 듯하다.

선생은 조주일 여사와의 사이에 장남 창중(1940년 생)을 두었다. 진창순(1922~1961) 여사와의 사이에 은경(1953년 생), 만진(1955년 생), 원용(1957년 생), 미희(1961년 생)을 두었다. 위에서 알 수 있다시피 선생은 조주일 여사와 혼인한 상태에서 진창순 여사와 또 가정을 꾸렸다. 진창순 여사는 군산고등여학교를 졸업했다. 1942년 장수경찰서가 총독부에 보고한 기록에 의하면, 목포의 한 유치원에서 보모로 일했다. 김용근과 진창순은 항일운동 과정에 함께 하다 후일 가족을 이루었다.

진창순 여사는 군산 지역에서 매우 유력한 가문 출신이었고 일제강점기에 세계적 명성을 얻은 최승희 무용단의 수석 무용수를 지냈다. 어느 날 진창순이 김용근을 찾아왔다. 다음날 집안에서 정한 상대인 판사와 결혼이 예정되어 있었다. 선생은 진창순 여사에게 자신은 이미 가정이 있고 자식도 있으니 집안의 결정에 따를 것을 권유했다. 하지만 진창순은 그 결혼을 거부하고 김용근을 선택했다.

김용근은 큰아들 창중을 굉장히 좋아했다. 부자간에 죽이 잘 맞았다. 둘이 만나면 함께 담배를 피우며 밤새워 얘기를 나눴다. 만진은 두 사람이 얘기 나누는 것을 듣다가 잠이 들었다. 만진은 그런 형이 부러웠다. 자신은 아직 어렸고 형처럼 아버지와 길게 얘기를 나눌 만큼 아는 게 없었다. 원래 선생은 뜻이 통하는 사람과 얘기 나누고 소통하는 것을 좋아했다. 창중은 아버지의 사업 실패 때문에 경제적 타격을 받았다. 처가의 도움으로 장만한 집을 잃어버린 것이다. 그는 아버지를 원망할 법도 하련만 아버지를 좋아했다. 창중은 그런 인품을 지녔다. 5·18 민주화운동 당시 선생이 상무대 군 감옥에 갇혔을 때 만진과 조주일 사모가 면회를 갔는데 선생이 자꾸 물었다. "왜 창중이 안 오냐? 창중이 오라고 해라" 그때 만진은 내심으로 조금 서운했다. 아버지의 운동 감각과 어머니의 큰 키와 수려한 용모를 닮은 창중은 전주고를 졸업하고 연대에서 국문학을 전공하여 교사의 길을 걸었다.

은경은 큰딸이다. 선생이 어린 시절 광주고와 여수고에서 농구부를 지도할 때 아버지를 따라 여수에 가서 학교에 다닌 적이 있다. 엄마를 닮아 무용에 소질이 있어 어린 시절 고전무용을 배우기도 했다. 아버지에 대한 자부심이 강한 은경은 남편과 함께 미국에 이민하여 살고 있다. 남편인 전종평은 선생의 전남고 제자로 영어공부를 열심히 하라는 선생의 말씀에 자극을 받아 중앙대를 수석으로 졸업하고 마침내 미국에서 박사학위를 받았다.

만진은 어렸을 적 아버지를 따라 농구장에 갔다. 아버지는 농구 시합을 할 때마다 데려갔다. 학교 입학 전부터 전주고 체육관에서 농구 연습하는 모습을 보며 자랐다. 어머니가 돌아가셨다는 것도 아버지를 따라 서울 농구 시합에 갔을 때 들었다. 아버지가 급전을 받은 후 전신전화국 공중전화 박스에서 전화 통화를 하며 우는 모습을 보았다. 전주 집에 도착했을 때는 이미 장례 준비가 이뤄지고 있었다.

원용은 아버지를 존경한다. 아버지에 대해 자부심을 갖고 살았다. 선생이 전주고등학교에서 농구부를 만들어 전국대회 준우승의 역사를 썼다는 사실이 자랑스럽다. 많은 제자들이 집으로 찾아뵙는 모습 특히 서울, 광주 등에서 온 민주화운동가들이 아버지와 얘기하는 모습을 많이 봤다. 그는 아버지가 말년에 귀향하여 고생하시다 생을 마감한 것이 안타깝다. 어린 시절 아버지가 한 달에 한번 꼴로 시골집에 오시면 용돈을 주셨는데 아버지가 안 오실 때는 할아버지에게 용돈을 받았다. 아버지가 영어를 잘하면, 양복과 구두를 맞춰주겠다고 해서 영어 공부를 잘하려고 노력했다. 아버지가 꾸중을 안 하시고 언제나 희망적인 얘기를 해주셔서 좋았다. 원용은 괄괄한 아버지이지만 누구한테도 큰소리를 내거나 그럴 일이 없었을 것이라 여긴다. 선생은 원용이 소아마비를 앓았던 데다 성장기에 부모와 떨어져 있었던 것에 대해 언제나 미안함과 안타까움을 느꼈다. 원용은 20대 나이에 뒤늦게 목포고에 진학하여 대학을 졸업하고 중국 선양에서 15년 정도 무역업을 했고 지금은 귀국하여 같은 일을 하고 있다.

미희는 성장기에 선생의 사업 실패의 영향을 크게 받았다. 초등학교 6학년 때 한강대홍수로 선생의 사업이 실패했다. 아버지에 대한 존경심이 있으나 서운함도 크다. 노래에 소질이 있어서 교사의 권유로 나간 호남

4대가 작천 본가에서
왼쪽부터 차남 원용, 김용근, 준수(부) 옹과 우경(손), 장남 창중과 혜경(손)
뒷줄 왼쪽부터 차녀 미희, 조카 오희경

예술제에서 몇 차례 대상을 수상했다. 대학에서 성악을 하고 싶은 뜻이 간절했으나 가정 형편상 뜻을 이루지 못했다. 대학도 뒤늦게 가야 했다. 조주일 여사는 선생이 별세한 후 서울 미희 집에서 계시기도 했다. 미희는 몇 년 동안 미국 은경 언니 집에서 딸과 함께 지냈다. 그 딸은 지금 K팝 스타인 '청하'이다.

김용근의 여동생 단임은 오빠와 나이 차가 17살이다. 유일하게 생존한 김용근의 형제이다. 나이 차가 커서 오빠와 사이가 좋았으며 오빠가 항상 예뻐했다. 어렸을 적 오빠가 감옥살이를 많이 해 부모님이 늘 걱정하던 기억이 있다. 집안에서는 장남이고 외아들인 오빠를 귀하게 여겼고 가족들 모두 오빠를 좋아했다. 형제들 가운데 오빠만 공부를 시켰다. 오빠의 부인, 올케(조주일)는 호인이었다. 올케가 단임에게 공부를 잘 가르쳐주었다. 올케는 평소 절대 화를 내지 않고, 신앙이 깊어서 거의 성모 마리아처럼 살았다고 기억한다. 단임은 올케를 형님이라 부르며 잘 따랐다.

식민지 도시 목포

1935년 유행가 하나가 식민지 조선 인민의 슬픔을 폭발시켰다.

사공의 뱃노래 가물거리며
삼학도 파도 깊이 스며드는데
부두의 새아씨 아롱 젖은 옷자락
이별의 눈물이냐 목포의 설움

삼백년 원한 품은 노적봉 밑에
님 자취 완연하다 애달픈 정조
유달산 바람도 영산강을 안으니
님 그려 우는 마음 목포의 노래

깊은 밤 조각달은 흘러가는데
어찌타 옛 상처가 새로워진다
못 오는 님이면 이 마음도 보낼 것을
항구의 맺은 절개 목포의 사랑

-⟨목포의 눈물⟩, 문일석 작사, 이난영 노래

목포가 울고 있다. 이 노래는 단순히 님을 향한 그리움만을 표현한 것
이 아니다. 노적봉은 삼백년 원한을 품었고 목포는 완연한 님의 자취를
그리며 노래 부른다. 옛 상처는 잊히지 않고 새로워지며, 님이 오지 못한
다 해도 목포는 절개를 버리지 않고 사랑을 다짐한다.

1935년은 일제 압제가 더욱 포악해지고 민족의 자의식이 커져가던 시
기였다. 4월 경성마라톤대회에서 손기정이 비공인 세계신기록을 세워
조선인민을 놀라게 했다. 10월엔 임화가 조선 영화의 출발점이라 부른
최초의 유성영화 '춘향전'이 단성사에서 개봉했다. 그해 가을 총독부는
모든 학교에 신사참배, 궁성요배와 황국신민의 서사를 강요했고, 조선
주둔 일본군들은 독립운동가의 조직적인 검거를 개시했다.

노적봉에 맺힌 원한이 무엇인지, 님은 누구인지 조선인민은 모두 알고
있었다. 특히 문제가 되었던 것은 2절이다. 일제의 검열에 통과하기 위해

井堀雑貨店發行

木浦榮町方面ㅢ むて을

일제 강점기 목포
일본인 거리와 삼학도. 세 개의 섬 가운데 두 섬이 보인다
당시 일인 상점이 제작한 사진엽서

'삼백년 원안풍(三柏淵 願安風, 세 그루 잣나무가 있는 연못에서 떠난 이의 안녕을 비는 바람)은 노적봉 밑에'로 라고 적어놓았다.[4] 일제의 검열관은 이게 무슨 뜻이냐고 물었고, 작곡자 손목인은 한자 자구(字句) 의미 그대로를 설명하고, '원안(願安)'은 원앙새를 뜻하기도 하여 사랑을 의미하는 중의법(重義法)이라고 둘러댔다. 왜적을 무찌른 이순신과 조신인민의 위대한 역사를 담은 가사의 의미를 알아챈 사람들은 '삼백년 원한 품은 노적봉 밑에'로 노래를 불렀고, 총독부는 곧 판매를 금지했다.

필자는 1987년 초반 목포에서 몇 개월 동안 거주했다. 초여름 밤 산책길 유달산 북쪽에서 가난한 목포의 야경을 보았을 때 분노 섞인 비애가 치밀어 올랐다. 목포에서 현재의 가난은 지워지지 않은 과거의 흔적이었다. 일제의 민족 차별과 수탈의 흔적은 이승만, 박정희, 전두환 시대에서 더욱 심화되었고 민주정권의 집권기에서도 지워지지 않았다.

목포는 부산, 인천에 이어 1897년 개항했다. 개항 이전 목포는 한산한 어촌, 80여 가구 정도가 살던 바닷가 작은 마을이었다. 개항 후 바닷가 농토는 모두 개항장으로 바뀌었다. 그야말로 상전벽해(桑田碧海). 친일파가 장악한 나라 대한제국은 이 농토를 매립, 구획정리하여 일인들에게 점유권을 나눠 주었다. 일인들은 유달산 남쪽 기슭과 과거 논이었던 지역, 그리고 바닷가 양지바른 쪽에 제방을 쌓아 만들어진 땅으로 모여들었다. 개항 이후 5년이 지난 1902년 목포 거주 일본인은 이미 286가구 1천여 명에 달했고, 1910년에는 871가구 3,494 명으로 폭증했다.[5]

개항 초기 일인들은 개항장에서 상행위를 할 수는 있었으나 내륙까지는 들어갈 수 없었다. 그러나 일인들은 근처의 영산포를 시작해 논밭을

사들이기 시작했다. 당시 조선 정부가 부과한 세금이 낮았고 비옥한 농토가 일본 논밭 가격의 10%에 불과했다. 식민지 조선에 이주한 일인들은 일본에서 가난했다 하더라도 넓은 농토를 차지하고 지주로서 군림하며 살 수 있었다.

개항 후 일본인들은 유달산 남쪽에 조계지를 만들고 각종 근대적 시설을 들여왔다. 1910년 이후 일인 거주지가 동남쪽으로 확장되어 목포 중심 시가지를 차지했다. 아직도 목포 온금지구에는 많은 적산가옥이 남아있다. 당시 가장 번화가였기 때문이다. 유달산 남쪽 일본인촌(남촌)의 도로는 반듯이 구획, 포장되었고 가로등도 설치되었다. 목포부청, 경찰서·소방서·상업회의소 등 공공기관, 은행·동양척식회사·금융조합 등 금융기관, 학교, 병원, 공장시설, 상가, 공연장과 오락시설이 들어서 목포 일본인 거리는 그들이 가져온 '근대성'의 전시장을 방불케했다.[6] 당시 서울을 비롯해 대도시에서 조선인 소유 극장은 서울의 단성사와 광주의 광주극장, 목포극장 세 곳이었다.

목포는 제국주의자들이 식민지에 건설한 도시의 전형을 보여주었다. 유달산 북쪽 조선인촌(북촌)에도 학교, 병원, 교회, 극장 등이 있어서 '근대성'은 조선인촌도 피해가지 않았지만 일본인촌과 비교할 때 크게 낙후했고 이에 대한 조선인들의 불만은 대단히 컸다.[7] 목포는 이처럼 '민족'을 기준으로 주거공간과 도시기반 시설에서 커다란 구별과 차별이 나타나는 이중도시(dual city)였다.

후쿠오카나 나가사키에서 볼 때 목포는 중국대륙을 앞두고 가운데에 있다. 개항과 함께 무역항으로 급속히 성장한 목포는 호남쌀을 집결시켜

해방 직후 목포역 광장 조형물

일본에 수출하는 통로, 즉 조선 농산물을 수탈하기 위한 빨대로서 역할했다.

선생이 영흥보통학교를 졸업하던 무렵 1932년에 목포는 무안군 일부 지역을 편입하여 인구 6만의 6대 도시로 성장했다. 일제는 목포에서 호남의 비옥한 농토에서 생산된 쌀과 면화를 수탈해갔다. 당시 목포항은 一黑三白(김, 면화, 쌀, 소금)의 집산지로 알려졌다. 일인들은 전북에 쌀의 군산, 전남에는 면의 목포가 있다고 했다. 1930년대 초 목포 목면공장의 수가 20여 곳, 조선 제일의 목면 수출항이었다. 이것은 일본 간사이의 한신 지역으로 주로 팔려나갔다. 국도 1호선은 목포-신의주 구간이다. 대전-목포간 호남선 철도는 1914년에 개설되었다. 일제는 수탈 계획에 따라 식민지 조선에 도로, 철도, 항구, 통신 설비를 건설했다.

목포 영흥보통학교와 양동교회

선생은 유년 시절 목포에서 자랐고 영흥보통학교를 졸업했다. 선생의 부친 김준수 옹이 목포에서 사진관을 열었던 시기다. 영흥보통학교는 1903년 미국 남장로회 선교사 벨(Bell, E., 한국명 배유지)과 조선인 유지(有志)들이 함께 발기하여 설립한 목포시 양동 영흥서당에서 출발했다. 영흥학교는 1937년 9월 신사참배 거부로 폐교되었다가 해방 후 다시 회복되었으며 지금 목포 영흥중·고의 전신이다.

평양경찰서와 목포형무소 두 번의 투옥 시기에 김용근은 열렬한 민족주의적 기독교인이었다. 선생의 작은할아버지가 작천에서 교회를 설립했고 가족 모두 교회에 다녔던 만큼 그의 신앙은 모태에서 비롯했다. 기독교 신앙과 더불어 형성된 김용근의 강한 애국심은 어린 시절 목포에서 배양되었다고 보인다. 이는 보통학교 재학 중 출석한 목포 양동교회의 애국 목사 박연세의 영향을 크게 받은 덕분이다.

한국의 대표적인 진보 신학자로 세계적으로 알려진 서남동(1918~1984) 교수는 김용근의 영흥보통학교 동기동창이다. 김용근은 서남동 교수와의 인연을 설명하면서 '잊을 수 없는 사람'이라고 표현했다.(문집 88면) 서남동 교수는 '민중신학'으로 한국 신학에 새로운 흐름을 형성했고 민주화운동에서도 큰 영향을 미쳤다.

필자는 1980년대 초반 서울 서대문 한국기독교장로회 선교교육원에서 김용근과 서남동 두 분이 만나시도록 주선한 적이 있다. 당시 필자가 서남동 교수에게 "김용근 선생을 아십니까?"라고 묻자, 바로 "내 친구야"라며 놀랐다. 그렇게 두 사람은 수십년 만에 해후했고 손을 맞잡고 눈물을 훔쳤다.

박연세 목사의 신앙과 독립운동

김용근과 서남동 두 사람이 다녔던 목포 영흥보통학교는 양동교회 바로 아래에 있었고 기숙사도 함께 있었다. 선생은 목포 온금동 집에서 학교에 다녔을 것이고, 서남동은 기숙사에서 살았으리라 추정한다. 서남동은 신안 암태도 출신으로 배를 타고 목포에 유학을 왔다. 양동교회는 미국 남장로회 목포 선교스테이션으로서 선교사업의 일환으로 영흥학교를

박연세 목사 (1883~1944)

목포 양동교회 종각과 예배당
1933년 영흥보통학교 1학년 학생들
출처 : 목포 양동교회 홈페이지

설립했다. 김용근과 서남동은 당연히 양동교회에 함께 출석했다. 당시 박연세 목사가 담임을 맡고 있었다. 박 목사는 김용근에게 평양 숭실중학교 유학을 추천했으며, 서남동의 신앙적 스승에 해당한다. 그런데 이 박 목사가 범상치 않은 인물이다.

박연세(1883~1944)는 김제 출신이다. 미국 남장로회 군산선교센터를 배경으로 성장한 그는 영명학교 학생 때부터 개항장 군산에서 벌어지는 일제의 조선 식민지화와 교회 탄압을 겪었다. 군산은 1899년 개항 이후 1910년대에 일본인이 급격하게 득세한 도시였다. 1914년 군산은 전국 제1의 쌀 수탈 항구였고, 1919년에는 일본인 인구가 한국인 인구를 넘어섰다.

박연세 목사는 항일운동가이자 위대한 신앙인이었다. 박연세는 군산 영명학교 졸업 후 1914년부터 1919년까지 모교에서 교사로 일했다. 그는 3·1혁명에 적극 참여하여 2년 이상 투옥되었다가 석방된 후 평양신학교를 졸업하고 목사가 되었고 양동교회에 부임했다. 그는 일제하에서 두 차례 투옥되었고 대구 형무소에서 순교했다.

박연세는 1919년 2월 26일 제자인 김병수로부터 서울의 만세운동에 관한 동향을 들었고 비밀리에 독립선언문 95매를 전해 받았다.[8] 세브란스병원에 근무하던 민족대표 33인 중 한 사람인 이갑성(李甲成, 1889~1981)이 보낸 것이었다. 박연세 등은 3월 6일 서래장날을 거사일로 잡고 준비에 나섰다. 한강 이남 최초 3·1만세운동의 시작이었다. 박연세는 민족운동가들과 접촉하고 학생들은 밤을 새우며 학교 지하실과 기숙사 2층 다락방에서 독립선언서 7,000여 장을 등사했다. 멜본딘여학교 학생들은 교내에서 일본인 선생들의 눈을 피해가며 태극기 3,500매를 만들어 멧재(왕겨) 속에 깊이 파묻었다. 그런데 밀고가 들어갔다. 3월 4일 새벽, 군산경찰서의 일제 무장경찰 수십 명이 출동했고, 박연세와 동료 교사들이 체포되었다.

교사와 학생들은 체포된 사람들의 석방을 위한 시위를 시작했다. 일경이 3월 4일의 1차 시위를 진압하고 주동자를 체포했지만, 오히려 시위 진압이 사람들의 분노에 불을 지르는 자극제가 되었다. 3월 5일에 대대적인 만세 시위가 벌어졌다. 100여 명으로 시작된 시위는 500여 명으로 늘어났고 시위 소식이 알려지면서 군산과 인근 지역으로 확대되었다. 인민들은 성난 노도처럼 일어섰다. 3월 20일 1천여 명의 횃불 시위, 4월 4일에는 1만여 명의 이리(익산) 역전 시위로 발전했다. 만세운동은 1919년 3월부터 5월까지 두 달 이상 계속되었다. 군산 3·1만세운동은 총 28회에 연인원 31,500명이 참여했으며, 일제에 의해 53명이 피살되었고, 72명이 부상당했으며, 195명이 투옥되었다.[9]

군산 3·1만세 시위로 박연세는 보안법 위반죄로 2년 6개월을 선고받아 대구형무소에 투옥되었다. 출옥 후 박연세는 평양신학교에서 공부했고 1926년 9월 목포 양동교회 목사로 부임하여 거의 16년 동안 재직했다. 1930~40년대 목포는 전국 6대 도시였고 교회의 영향력이 컸다. 그는 헌신적이고 뛰어난 지도력을 발휘하여 전남 교계에서 절대적인 신임을 받았고 전남노회 노회장만 4번을 역임했다.

일제는 1941년 12월 진주만 기습 후 목사들을 전쟁에 끌어들이기 시작하였다. 교회마다 가미타나(소형 신사)를 설치케 하고, 주일예배 시작 전 천황이 살고 있는 궁성을 향해 궁성 요배를 실시하게 하였다. 이를 반대하는 목사와 신도들을 감옥에 가두었다.[10] 옥사했던 순교자들이 박연세 목사만은 아니었다.

조선 지배 초기에 일제는 기독교에 그리 적대적이지 않았다. 일제의 조선 강점 자체가 영미 기독교 국가들과의 식민지 분할을 위한 비밀동맹을 통해 이뤄졌기 때문이다. 1912년 일본기독교회가 일본인 목사를 파견하여 목포, 영산포, 광주 등지에서 일본인을 대상으로 활동했던 일도 있다.[11]

이 시기에는 일본 기독교단에 조선기독교단을 배속시키려는 시도는 없었다. 하지만 1930년대 들어 동아시아에서 독자적인 제국주의 지배 야욕을 드러낸 일제가 미·영과 이해관계가 대립하면서 사정이 달라졌다. 서양 선교사를 적대시하고 탄압했다. 한국교회에 대한 선교사의 영향력을 차단하여 일제의 통제를 강화하고 일본 기독교단에 조선 기독교단을 예속시키고자 했다. 이런 과정에서 신사참배를 빌미로 서구 선교사 영향 하의 조선교회와 학교들을 굴복시키고자 했다. 이는 중일전쟁 이후 더욱 강화되었다. 1936년 8월 미나미 총독 부임 후 황민화 정책을 강화하여 조선장로회 교단을 일본 기독교단의 하부 조직으로 만들고, 일본식 교회 운영과 신사참배 등을 강요했다. 일제는 1937년 7월 중일전쟁 개시 후 조선 기독교 내에 반(反) 선교사 운동을 부추기고 지원했다. 결국 1940년대에는 의료 활동마저 탄압을 받아 대부분의 기독교병원이 문을 닫았다. 일부 선교사들은 간첩 혐의로 체포되고 허위 자백을 강요받기도 했다. 결국 대다수 선교사들이 철수하였고 태평양전쟁 발발 이후에도 남아 있던 몇몇 선교사들은 1942년에 포로로서 일본인과 교환되었다.

1938년 2월 신사참배 문제가 절정에 이르렀다. 총독부는 이때 이른바 '기독교 지도대책'을 마련하여 '국체에 적합한' 예수교의 건설 운동을 적극 원조하고 이를 거부할 경우 처벌하는 방침을 세웠다. 일제는 기독교를 일제에 복무하도록 변질시키는 데서 더 나아가 침략전쟁 수행을 위해 기녹교를 이용코자 했다. 1940년 일제 검찰의 '기독교에 대한 지도 방침'[12]은 '조선 기독교의 구미(歐美) 의존 관계를 금절(禁絕)하여 일본적 기독교로 순화 갱생'할 것을 확정했다. 조선 기독교는 이제 일제에 맞설 것이냐 굴복할 것이냐 양자택일의 기로에 서게 되었다.

그런데 박연세 목사가 전남노회장을 역임하며 뼈아픈 잘못을 범한다. 1938년 5월 제30회 노회에서 신사참배를 결의한 것이다. 일제 경찰은 강압적 분위기를 조성했고 그들이 짠 각본에 따라 전남노회가 진행된 것이었다. 하지만 박연세는 곧 배교(背敎)를 참회하고 청년 교사 때의 용기로 저항을 시작했다. 제자 서남동 목사와 이남규(1901~1976 제헌의원) 목사 등도 함께했다. 박 목사는 1942년 7월과 8월 설교와 제직회에서 일본과 독일의 전쟁을 '약육강식'으로 규정하고, "천황 숭배와 일본어의 국어 사용에 교회가 반드시 따를 일이 아니다."라고 발언했다. 이 발언 때문에 1942년 11월 체포·투옥되었다. 일제 경찰에 고발한 자는 양동교회 김재현 장로와 송전승 집사였다.

박연세 목사에게는 의병장의 피가 흐르고 있었다. 그는 '어등산 호랑이'라는 별명으로 불렸던 의병장 죽봉 김태원(1870~1908)의 외손자였다. 김태원 의병장은 나주 출신으로 한때 동학군에 가담한 적이 있으나 귀향하여 장성의 기삼연 부대의 선봉장이 되어 나주·함평 등지에서 활약했다. 그는 친동생 김율(1881~1908) 의병장과 함께 신출귀몰한 전략으로 일본군에 막대한 타격을 가하고 일진회원, 밀정, 자율단원 등을 처단하였다.[13] 죽봉 김태원 의병장의 동상은 광주광역시 서구 죽봉대로 교차로 입구에 있다.

박연세 목사가 시무하던 시기에 양동교회에 다니던 김용근은 영흥보통학교를 졸업하고 박 목사의 추천으로 1932년 평양 숭실중학교에 입학했다. 박연세 목사의 애국적 신앙은 어린 김용근에게 큰 영향을 미쳤다. 이것이 김용근의 민족주의적 기독교 신앙과 항일투쟁의 배경으로 작용했다. 장남 창중은 아버지의 평양 유학이 할아버지 김준수 옹의 권유가 아니라 아버지 자신의 결정이었을 가능성이 크다고 말한다. 필자는 선생이 이런 결정을 내린 배경에 박연세 목사의 권유가 있었다고 여긴다. 박연세 목사는 평양신학교를 졸업했기에 숭실중학교의 교육 여건과 교육 수준, 교풍(校風)을 이미 잘 알고 있었다. 당시 평양신학교는 숭실학교와 같은 캠퍼스에 위치했다.

서남동은 영흥보통학교 졸업 후 전주 신흥학교 고등과에 진학하여 1936년 졸업 후 일본 도시샤대학 신학부에 진학했다. 교회사 연구자들은 서남동 목사의 신앙에 가장 많은 영향을 준 사람이 박연세 목사임을 지적한다. 박연세 목사는 서남동에게 특별한 관심과 격려를 아끼지 않았다.

김태원 의병장 동상
광주광역시 서구 죽봉대로 교차로 입구

젊은 목회자인 서남동에게 대형교회인 양동교회 예배당에서 설교를 허용하고 설교의 내용도 자문했다.

서남동 목사는 일본 도시샤대학 신학부 유학을 떠났다가 5년 후 귀국했다. 서남동은 대구 남문교회 목사로 시무했는데 박연세 목사가 대구형무소에 수감되었음을 알고 한 달에 한 번의 면회를 결코 빠뜨리지 않았다. 박 목사의 수난은 서남동에게 중요한 신앙적 훈련이 되었다. 서남동은 박 목사의 재판을 방청하며 큰 감동을 받았다. 재판정에서 박연세 목사는 조금도 두려움 없이 일본 천황제에 대해서 반박했으며, 일본 천황제 때문에 수많은 조선 청년들이 죄없이 전쟁터에 끌려가 죽음을 당하고 있다고 역설했고, 언젠가는 천황도 예수의 심판을 받으리라 외쳤다. 재판정의 검사나 판사들은 깜짝 놀라 그의 입을 저지하지 않는다고 교도관들을 나무랐다. 이때 박연세 목사는 힘없는 교도관을 억압하지 말라고 타이르기도 하였다.[14]

박연세 목사는 1944년 2월 15일 대구형무소에서 순교하고 말았다. 그는 혹한의 감방에서 기도하는 모습으로 발견되었다. 대구형무소는 서남동 목사에게 시신 인수를 요청했다. 서남동 목사는 박연세 목사 부인에게 전보를 쳤으나 연락이 닿지 않아, 박연세 목사의 시신을 인수해 대구형무소 공동묘지에 가매장을 하고 기다렸다. 나중에 알려진 바, 서남동 목사의 전보는 목포우체국장과 목포경찰서장의 방해로 한 달 후에야 전달되었다. 지역에서 존경받던 박 목사의 순교 사실이 알려지면 한국인들의 동요가 있을까 봐 차단한 것이다. 서남동 목사는 박 목사의 시신을 목포로 운구하여 이남규 목사와 함께 양동교회의 뒤뜰에서 장례 예식을 거행하였다. 그것도 낮이 아니라 밤에 가능했다. 기가 막힐 일이었다.

김용근은 숭실중학교 졸업 후 1937년 영광 염산면 야월교회 개량서당 사건으로 목포형무소에서 옥살이를 하였고, 목포 온금학원에서 짧은 기간 교사로 근무하기도 했다. 그래서 이 시기에 김용근은 목포 양동교회에 출석했을 것이고 목사가 된 서남동을 만났을 가능성이 있다.

대구에서 광복을 맞은 서남동 목사는 1952년 한국신학대학 교수가 되었고 1956년 진보적인 캐나다 임마누엘 신학교에서 연구하고 1961년 연세대 신학대로 옮겼다.[15]

서남동은 유신독재에 저항하여 투옥당했다. 또 전두환 일당에 의해 조작된 '김대중 내란음모 사건'에 연루되어 연세대에서 해직, 출국금지 등의 탄압을 받았다. 서남동은 신학계뿐만 아니라 사회과학계에서도 주목을 받았다. 민중신학의 이론적 기반을 체계화하고자 한 노력 때문이었다. 그의 저술은 세계 여러 나라에 소개되어 세계 신학계에서 한국의 대표적인 진보 신학자로 알려졌다. 그는 1984년 해외 학술대회에 참가한 후 무리한 해외 강연 일정이 원인이 되어 별세했다. 서남동 교수의 묘소는 국립5·18민주묘지에 있다.

서남동 교수

서남동의 민중신학

서남동 교수가 민중신학자가 되기 전에 별호는 '세계 신학의 안테나'였다. 서구의 새로운 신학을 한국에 제일 먼저 소개하고 『기독교사상』에 글을 썼다. 1960년대부터 1970년대 중반까지 『기독교사상』을 보면 서남동 교수의 신학 순례를 알 수 있다. 토착화신학(뉴기빈), 세속화신학(하비 콕스), 비종교화신학(본회퍼), 생태신학(샤르뎅) 등 1960년대 이후 현대신학을 거의 섭렵했다.[16] 그는 1970년대 중반 이후에 신학의 토착화와 민중신학에 본격적으로 몰두하기 시작했다.

민중신학은 1970년 11월 전태일 열사의 분신에서 태동했다. 1971년 8월 경기도 '광주대단지 봉기 사건' 등 노동자, 빈민들의 절박한 외침이 이어지면서 신학자들은 민중현장에서 복음(福音)의 의미에 대해 자문(自問)했다. 1975년 안병무 교수가 '민족·민중·교회'라는 강연을 하고 서남동 교수가 논문 「민중신학- 김형호 교수의 비판에 답함」을 『기독교사상』 1975년 4월호에 발표하면서 민중신학이 신학의 주류 담론으로 등장했다. 서남동은 원래 민중신학을 신학으로 인정하지 않았는데 그는 일본 동경에서 파시즘과 기독교의 대결을 다룬 김지하의 시 「육혈포(六穴砲)」가 구원의 십자가 의미를 내포한다는 말을 듣고 그것을 알지 못한 부끄러움을 고백하고 민중신학을 연구하기 시작했다. 그는 '민중이 텍스트이며 성서는 콘텍스트'라는 대담한 주장을 했다. 필자가 보기에 이는 '성서는 민중의 현실에 대한 주석'이라는 문익환의 주장과 연결되는 입장이다. 서남동은 예수사건은 민중사건이고 예수의 부활은 민중의 부활이라고 주장하여 안병무보다 더 급진적인 신학적 주장을 폈다.(김성재, 위의 칼럼 참조) 서남동은 별세 2년 전인 1982년 제자의 질문을 받고 스스로를 '크리스챤 맑시스트'로 정의한다.[17]

　서남동의 신학은 박연세 목사의 고난, 전태일의 투쟁, 김지하의 문학, 전두환 독재 등 질곡의 시대에서 절박한 민중의 요청에 대한 응답이었다. 서남동은 연세대 해직 후 별세할 때까지 기독교장로회 산하 교역자 훈련교육기관인 한국기독교장로회(기장) 선교교육원 원장직을 맡았다. 서남동의 제자인 김경재(1940~2025) 한신대학 교수는 당시 서남동의 집무실 책상 뒤 벽면에 압송되어 가는 녹두장군 전봉준의 사진이 걸려 있었다, 고 회고했다. 김경재는 현대신학자나 종교개혁자의 사진이 아니라 전봉준의 사진만이 걸려 있는 것을 매우 인상 깊게 여겼다.[18] 김경재는 동학사상을 주목했으나 본격적 연구를 수행하지는 못한 서남동의 뜻을 이어 그의 민중신학과 동학사상의 본격적인 비교연구를 수행했다.

　김경재는 서남동의 민중신학의 요체를 다음처럼 말한다.

"서남동의 민중신학에 있어서 민중이 민중구원의 주체이다. 하나님이 민중을 구원하시되 민중의 생명활동을 통해서 그 스스로를 구원토록 하신다… 서남동은 민중과의 관계에서 모세와 예수를 대비시킨다. 모세는 영웅적인 해방자이지만 예수는 저항적인 동행자였다. 모세의 혁명이 성공했고 예수의 혁명이 실패했지만 혁명의 격식이 다르다. 출애굽의 경우는 일회적 혁명인 데 반해서 십자가 사건의 경우는 영구적 혁명을 겨냥한 듯하다. 일회적 혁명의 경우에는 민중은 구원의 대상이 되고(타력적 구원), 영구적 혁명의 경우에는 민중은 구원의 주체가 된다(자력적 구원). 모세는 민중의 소리(갈망)에 응답한 자였지만, 예수는 그 자신이 민중의 소리(갈망)이기도 했다. 그런 의미에서 예수는 민중적이었고(민중을 위한 자가 아니라) 바로 민중의 인격화, 민중의 상징이다."김경재는 따라서 서남동의 "민중신학의 주제는 예수라기보다도 민중이라는 것이다. 민중신학의 경우에 예수가 민중을 바로 이해하는 데 필요한 도구의 구실을 하는 것이지, 예수를 이해하기 위한 도구의 구실을 민중개념이 하는 것이 아니다."[19]

서남동은 '한국 신학의 토착화'를 위해 '동학'을 깊이 연구하고 동학으로부터 배울 것을 주장했다. 김용근은 귀향 이후 서남동의 신학에 크게 공감하고 더욱 깊이 공부하게 되었다고 보인다. 선생의 별세 1년 전 천주교 광주대교구정의평화위원회에서 펴낸 시민교양강좌 강연집(1984년)에 실린 〈무교와 민중신앙〉이라는 강연 초록 그리고 작천 노인대학을 비롯한 여러 강의록 초안과 1984년 정진백과의 인터뷰 내용을 볼 때 서남동의 신학사상은 귀향 후 김용근의 신앙과 교회 활동에 큰 영향을 미쳤다. 하지만 안타깝게도 서남동은 김용근보다 1년 먼저 1984년 타계하고 말았다.

작천교회, 병영교회

김용근의 작은할아버지 김영승은 작천교회의 초대 장로이다. 작천교회는 백양교회(1901년, 병영면 삭양리), 병영교회(1902년)[20]에 이어 강진의 세번째 교회로 1905년 김영승의 집에서 최초의 예배를 드림으로써 시작했다. 동학혁명 이후 10년 만에 강진 일대 세 곳에서 교회가 세워졌다.

병영교회 목사를 역임한 최연석은 선생의 제자다. 그는 동학혁명 이후 이 지역에서 교회들이 잇달아 설립되는 배경을 궁금해하는 필자에게 병영교회사를 찾아볼 것을 권했다. 과연 『병영교회 92년사』(병영교회, 1996)는 흥미로웠다. 이 책 안에서 인용된 병영교회 설립에 대한 논의 과정을 기록한 문서는 동학혁명 직후 병영의 상황을 묘사하고 있다.

> "병영은 관이나 토호세력들이 군영(軍營)의 세력을 업고 불의한 재물을 모으며 무고한 백성들의 피를 수없이 흘리게 한 곳이니 진실로 '저주를 받을 만한 악독의 굴혈'이었다. 그 풍습과 인심이 구약시대 가나안의 '소돔성'에 지지 않는다 해도 과언이 아닐 것이다. 그 인과응보였던지 1894년 12월 동학혁명 농민군과의 전투에서 대패하여 병영성은 무너지고 시체는 산같이 쌓였으며, 병영성 인접의 10개 집단마을 가옥의 5분의 3이 소실되는 등 큰 재화를 잃게 되었다."

이 기록은 동학전쟁 전후 병영 사회와 병영성의 상황을 매우 직설적으로 묘사하고 있다. 무너진 성, 산같이 쌓인 시체, 인접한 10개 집단마을의 가옥이 5분의 3이 소실된 처참한 모습이다. '불의한 재물' '무고한 백성들의 피' '저주를 받을만한 악독의 굴혈' '소돔성'이란 표현도 주목된다. 이 기록의 저자는 동학전쟁 과정에서 병영성이 붕괴되고 주변 마을이 파괴된 것을 소돔성에 대한 하느님의 심판에 비교하고 있다. 이 내용으로 미루어볼 때 병영교회의 설립을 추진한 지역민들은 동학에 동조 여부를 떠나 최소한 병영의 권력과 부를 누린 세력에 대해 매우 비판적인 태도를 지녔음을 알 수 있다.

강진·장흥 일대는 강한 권력의 근거지였다. 정3품 나주목사는 주민을 처형할 때 먼저 조정에 장계(狀啓)를 올려 재가를 받아야 했는데, 병영의 최고권력자인 종2품 병마절도사(兵馬節度使, 줄여서 兵使)는 집행 후 사후 보고했다. 병사(兵使)는 1천여 명의 군졸을 거느렸다. 강진현감은 정6품이었고 장흥부사는 종5품이었다. 장흥읍 벽사 역참의 우두머리 찰방은 역졸 수백 명을 거느렸다. 역참은 공문 배송을 맡았으며 관원들은 지방 출장 때 역참에서 말을 빌려 타거나 바꾸어 탔다. 또 장흥 회진에는 종4품 만호가 있었다. 강진 병영과 장흥 일대에서 권력자들과 주변 세력의 토색(討索)질과 부패가 창궐하여 민중의 원성을 샀으리라 여겨진다.

이 기록은 병영교회 설립의 동기가 기독교 신앙보다 강진 인민의 고통과 직접적으로 연관되어 있음을 보여준다. 이어지는 서술은 교회를 유치함으로써 동학전쟁으로 참혹하게 무너진 지역사회를 재건하고자 했음을 드러내고 있다.

병영에서는 동학혁명의 영향과 1895년 갑오경장에 의한 지방행정제도의 개정으로 군사주둔지로서 병영이 폐영(廢營)됨에 따라 토호, 거상의 유력자들이 서울과 대도시로 이탈해 갔다. 동학전쟁으로 폐허가 되었고 경제활동마저 중단되고 지역민의 생계도 어렵게 되었다. 설상가상으로 병영 사람들은 병마절도사가 지휘하던 시절의 압제를 강진고을 사람들에게서 되돌려 받게 되었을 뿐 아니라 병영에 주소를 두고 있다는 것만으로도 학대를 면치 못했다. 즉 병영 폐영 전에는 강진고을에서 병영을 무시하지 못했는데 이제 처지가 거꾸로 된 셈이었다.

그리하여 주민들은 회의를 통해 어떻게 하여 다시 세력을 잡을까 궁리

한 끝에 첨사(僉事)를 지낸 명선옥과 최경화를 한양에 보내 진위대(鎭衛隊)를 유치하기로 했다. 진위대는 조선정부가 1895년 갑오개혁을 통해 기존의 지방 군대를 통폐합하여 만든 신식 지방군이다. 주민회의 결정으로 지역 활성화를 위해 로비스트를 파견한 셈이다. 한양에 온 병영의 로비스트들은 조선 군부에 뇌물을 주기도 했다. 그들은 병영이 불과 얼마 전까지 전라도 최대의 군사 주둔지였던 만큼 자신들이 아는 조선의 무관 네트워크를 통해 병영 사람들의 뜻을 실현하고자 도모했다.

병영의 로비스트들은 조선정부 고관들을 상대로 교섭하다가 서양 선교사들이 전도하는 모습을 보았고 기독교청년회(YMCA)에서 연설을 들었다. 지금 종로 2가에 있는 YMCA 종로회관에서 들었으리라. 그들은 기독교청년회를 병영에 설립하여 타지방의 압제를 모면하고 재물도 얻으리라 생각했다. 귀향한 이들의 설명을 들은 주민들은 최경화를 목포선교회로 보내 기독교 전도를 청하기로 했다. 목포는 군산, 전주에 이어 미국 남장로교회의 세 번째 선교지였다. 1897년 목포 개항 1년 후 1898년 미국 남장로교회가 호남지역 선교스테이션을 설립했다. 그리하여 1902년 초 목포선교회에서 파송한 전도인이 강진 병영에 와서 예배를 보았다. 『병영교회 92년사』는 앞서 한양에 파견한 최경화를 병영 최초의 기독교인으로 기록하고 있다.

『작천교회 100년사』는 1905년 병영면 백양교회를 거쳐 작천에 기독교 신앙이 전파되었다고 기록한다. 백양교회는 조선시대 경상도 단성 현감과 사헌부감찰을 지냈던 백양마을 출신 김형석(1857~1919)으로부터 시작됐다.[21] 1901년 과거시험을 보기 위해 서울에 머물던 김형석은 처음 본 미국 선교사들의 전도 강연에 감명을 받았다. 그는 기독교를 고향 마을에 전파하기 위해 많은 돈을 들여 여자 전도인을 백양리에 초빙하여 자신의 사랑채에서 첫 예배를 드렸다. 이것이 교회의 시발점이었다. 유교사상에 젖은 마을 사람들의 적잖은 반대가 있었는데 가장 장애가 된 것은 제사 문제였다. 하지만 교육관을 지어 공들여 운영하고, 문맹퇴치를 목표로 야학을 열었으며 부녀자들에게 한글을 전파하는 등 주로 교육적인 선교 전략으로 반대를 극복했다.

작천의 경우 1905년 3월 5일, 김영승을 포함한 7명이 작천면 죽현마을 함정골에서 첫 예배를 드렸다.[22] 김영승은 선생의 작은할아버지이다. 교회는 1911년 현산리 죽현마을에 4칸 기와집으로 세워졌다. 김영승은 1914년 작천교회 초대 장로가 되었다. 작천교회 3대 장로 김정수는 김준수 옹의 동생으로 김용근의 작은아버지이다.

이상을 종합하면 백양교회가 강진 최초의 교회로서 작천교회와 병영교회 설립에 직접적으로 영향을 미쳤다고 할 수 있다. 작천교회는 백양교회의 지원을 받았다. 백양교회와 병영교회 모두 설립 초기에 한양에서 서양 선교사들을 접하여 그들의 말을 들었고 미국 남장로회 목포선교센터가 관여했다. 전도인을 초청하는 등 설립 과정도 유사하다.

작천, 백양, 병영 세 교회들은 설립 초기부터 최근까지 여러 교회 일을 합동하여 도모한 전통이 이어지고 있다. 1935년 2월 15일에는 세 교회 제직자가 합동 회의를 하여 교역자를 청하기로 결정하였다. 이 회의는 김영승 초대 장로 집에서 열렸다. 교역비도 세 교회가 분담했다. 병영교회가 가장 많이 부담한 것은 교회세가 컸기 때문에 맏형 교회 역할을 한 것으로 보인다. 세 교회는 5일간 합동으로 부흥강연회도 했다. 1935년 작천교회 제16차 당회록은 매일 밤 참석자가 3~4백이었고 부흥회 때 입교한 새 신자가 50여 명에 달했다고 기록한다.(『작천교회 100년사』 137면) 대단한 열기였다. 동학의 자리를 기독교가 대치했다. 그런데 바로 이 시기에 일제는 신사참배를 강요하였으니, 당시 조선에서 기독교 선교의 열기가 일제 지배의 장애가 되리라 예측한 것이다.

작천교회와 병영교회는 1936년 11월에도 서로 합동 부흥회를 개최했다. 『병영교회 92년사』에 따르면 1943년 5월부터 45년 11월까지 2년 이상 작천, 병영, 성전, 백양 네 교회가 연합하여 교역자를 초빙한 적도 있다. 이때도 병영교회가 본거지 역할을 하였다. 병영교회 목사를 역임한 최연석 목사에 따르면, 이런 합동 부흥회의 전통은 지금도 이어지고 있다고 한다.

이런 지역사와 집안의 분위기 속에서 김용근의 기독교 신앙은 어릴 적부터 형성되었으며, 영흥보통학교 재학 중 목포 양동교회에 나가면서 박연세 목사의 영향을 받아 투철한 항일의식도 더해졌다.

제3장

1894 조선 그리고 강진·장흥

강진·장흥 1894

1894~1895년 동학혁명과 청일전쟁은 강진·장흥 지역에 깊은 영향을 남겼고 조선의 운명을 바꿨으며 현재 동아시아 국제질서의 구조를 형성했다. 개화파·수구파·개벽파로 갈라진 시대였다. 조선은 국제적 싸움터였다. 동학군, 조선 정부군, 청군, 일본군이 얽혀 싸웠다. 조선은 크게 삼분 되었다. 개화파는 일본에 협력하며 기득권을 유지하려 했다. 수구파는 개화파를 비판했으나 개벽파는 더욱 용납하지 못했다. 개벽파는 백성이 주체인 새로운 세상을 꿈꿨다.

최근 한국의 진보적 담론은 개화-수구(척사)의 이분법을 넘어서 개벽파를 역사의 주체로 재조명한다. 표영삼은 동학혁명사를 현장에서 기록한 최초의 연구자이며, 박맹수는 강진 유생 박기현의 『강재 일사』를 연구하고 일본군 기록을 발굴해 동학전쟁 상황을 밝혔다. 두 연구자의 성과는 동학군의 활동과 일본군의 학살을 밝히는 핵심 자료이다. 이 글에서 강진·장흥 동학전쟁에 대한 서술은 주로 두 연구자를 참조했다.

강재(剛齋) 박기현(朴冀鉉, 1864~1913)은 김용근의 고향 강진 작천에서 유학자로 살았다. 부패한 과거제도 때문에 벼슬길을 단념하고 서재(서당)를 설립하여 제자를 가르치며 매천 황현(1855~1910)을 비롯한 호남 일대의 유학자들과 교유했다. 의서(醫書)를 읽고 한방도 처방하며 전국적으로 약재를 수집, 판매한 그의 기록은 지역사 연구에 매우 중요한 사료이다.

강진·장흥 동학전쟁과 학살

강진, 장흥 일대에서 새 세상을 열기 위한 개벽 운동, 동학의 열기가 엄청났다. 동학은 1880년대 장흥에 먼저 전래 되었고 1890년경 강진에도 전파됐다. 당시 조선 인구 1천만 중 약 200만에서 300만 명이 동학도였으며, 동학전쟁에서 수십만 명이 희생되었다. 1892년과 1893년에 강진·장흥에서 동학교도가 급증했다. 장흥 약 7천 명, 강진 약 3천 명으로 추산된다. 1894년 1차 봉기 때 강진·장흥 동학군은 황토현전투, 전주성 점령 등에 참여하고 귀향 후 도소(都所)와 집강소(執綱所)를 세워 인민 자치를 통한 개혁을 실천했다. 1894년 말 2차 봉기에서 장흥·강진 동학군은 조일연합군과 치열하게 맞섰다.

장흥·강진 동학군은 우금티 패전 후 최대 규모의 전투를 치렀다. 남북접 동학군 본진이 해산한 뒤 나주, 보성, 화순 등지 동학군도 장흥에 집결하여 3만명에 이르렀다. 장흥, 강진, 영암, 해남 일대의 동학전쟁은 1894년 말부터 이듬해 초까지 계속되었다.

조일연합군의 사령관은 일본군 장교 미나미 고시로였다. 장흥 석대들 전투에서는 초반에 동학군의 사기가 높았지만 일본군의 기습과 압도적 화력 앞에서 대패했다. 이후 강진 장흥 해남 영암 등지에서 연속된 전투가 벌어졌으나 모두 패했다. 패한 동학군은 뿔뿔이 흩어졌다. 일반 동학군은 자기 집 근처로 돌아와 숨었으나 지도급 인사들은 천관산 등의 산과 해남, 진도 등 바다로 피신하였다. 대접주 이인환을 비롯한 강진 동학군 지도자들은 산중으로 숨어들었다.

이제 일본군의 야만적 살인행위가 시작되었다. 일본군과 관군, 지역 수구세력이 조직한 민보군은 동학군을 철저히 수색하였다. 대대적인 보복이 자행되었으며, 집을 불사르고 가산까지도 몰수하였다. 더러 목숨을 부지한 사람도 있었으나 지도급 인사들은 모두 살해당했다. 일본군 후비보병부대는 일본 내전에서 민중 학살의 경험을 가진 베테랑이었다. 지휘자는 미나미 고시로. 일본군은 무고한 주민들을 가리지 않았다. 월남전에서 인민 학살 경험을 가진 공수부대 하사관들이 5·18 광주에서 잔인한 행위를 저지른 것과 유사하다. 일본군이 동학군을 토벌하면서 작성한 『동학당정토약기』는 일본군의 학살 의도를 명확하게 표현한다.

"장흥·강진 부근 전투 이후로 많은 비도를 죽이는 방침을 취하였다. 이는 소관 한 사람의 생각으로 한 것이 아니라, 훗날에 재기할 가능성을 제거하기 위하여 다소 살벌하다는 느낌을 살지라도 그렇게 하라는 공사(주한 일본공사)와 사령관의 명령이 있었기 때문이다. … 장흥 근처에서는 … 그 수가 실로 수백 명에 달하였다. 그래서 진짜 동학당은 잡히는 대로 이를 죽여 버렸다"[23]

전투 후 조일연합군은 조직적으로 동학군과 민간인을 학살했다. 특히 일본군은 동학군의 재기 불능을 목표로 무차별 살육을 자행했고, 만덕산 다산초당 아래 남당포 일대는 불에 탄 시신으로 뒤덮였다.

만덕산 주변의 마을 사람들은 돌 징검다리를 건너 강진읍으로 나갔다. 그러던 어느 날 이 징검다리 옆 갈대밭에 시체들이 산더미처럼 쌓이기 시작했다. 그것도 총이나 칼에 맞은 것이 아니라 불에 탄 사체들이. 단순히 시위에 가담한 농민들도 이곳에서 산 채로 불에 태워졌다. 일본군들은 농민들의 등에 짚을 놓고 기름을 부어 불을 질렀으며 괴로움에 몸부림치다 죽어간 조선 인민들을 갈대 개흙 속으로 처박았다. 그렇게 시체가 산더미처럼 쌓였다. 그러다가 시체 중 일부는 바닷물에 쓸려가고 일부는 갈대에 걸려 썩고, 또 일부는 까마귀와 물고기의 밥이 되었다. 사람들은 낮이나 밤이나 이곳을 지나다니길 꺼렸다.[24]

강진 남당포(남포)에 전해지는 이야기이다. 강진읍의 관문으로 강진만 깊숙한 곳에 위치한 남당포는 남해안의 대표적 포구로서 제주로 가는 출발지였다.

『동학당정토약기』에 의하면, 해남 250명, 강진 320명, 장흥 300명, 나주 230명이 처형되었다. 이 책은 동학군을 토벌한 일본군의 기록이다. 장흥 동학도 김재계는 이 지역에서 전라감사 이도재가 주도하여 1896년 5월까지 무려 1천여 명의 동학도들을 학살했다고 한다.[25]

일본군의 무력과 일본 근대화

동학군의 무기는 화승총과 죽창이 전부였으나, 일본군은 영국제 스나이더 소총과 무라타 소총 등 최신 무기로 무장해 압도적인 화력을 가졌다. 화력의 격차는 1 대 250에서 1 대 500 수준이었다. 수입한 영국제 소총으로 무장한 일본은 미국제 생산설비를 도입하여 한층 개량된 일본제 소총을 대량 생산했다. 일본은 구미(歐美) 제국주의 열강으로부터 전수받은 무기 제조 기술을 통해 확보한 월등한 무력에 기반하여 단시간에 패권국가로 등극했다. 일본제 소총 기술의 발달사는 그 과정의 일부를 상징적으로 보여준다. 일본은 근대화 과정에서 무기와 전함 기술을 급속히 발전시키고 대량 생산하여 제국주의적 팽창을 추진했다. 국제전으로 비화한 동학전쟁을 계기로 군사주의의 폭력성에 기반한 근대국가 일본의 본질이 본격적으로 드러났다.

강진·장흥의 개벽 네트워크와 수구 네트워크

동학혁명 당시 강진·장흥의 유학자 사회는 개벽파와 수구파로 나뉘었다. 강진 작천의 박기현, 강진읍의 김한섭은 수구 네트워크의 중심이었고, 장흥 묵촌의 이방언, 강진 대구면의 윤세현은 개벽파의 핵심이었다.

수구파는 서재와 향약(鄕約) 네트워크를 통해 동학 확산을 억제하고, 향교를 중심으로 동학에 조직적으로 저항했다. 수구파의 핵심 거점은 서재(서당)이었다. 기록상 강재 박기현과 관련이 있는 서재가 무려 26개소에 달한다. 서재에서 강회(講會)가 정기적으로 열렸고 강회의 인재들이 각 면의 면강(面講)에 출전하였으며, 면강의 인재들은 강진읍 향교에서 실시하는 강회에 나갔다. 박기현은 1893년 1월 강진향교 장의(掌議) 김한섭을 찾아 동학 확산에 대한 대응책을 논의했다.[26] 강진현감 민창호도 2월 말 각 면에 돈을 나누어주며 향약계(鄕約契)를 만들도록 적극 권장하였다. 그 영향으로 칠량, 대구 등 18개 면에서 향약계가 결성되었다.

강진에는 대구면 윤세현 접주처럼 개벽파 유생들이 있었다. 강진에서 해남 윤씨 집안의 동학 참여가 두드러졌다. 정약용은 18여 년간 강진 유배 동안 지역 유생 및 외가인 해남 윤씨 집안과 학문적으로 소통했다. 그 결과 '다산학단'이 형성되기도 하였다. 『강진읍지』는 정약용의 대표적 저서 『경세유표』가 전봉준 등에게 전해졌다고 하는데, 윤세현이 깊이 관여하고 있는 것으로 기록한다. 다산은 이 책에서 신분제 타파는 물론 토지소유제와 조세제도의 변혁을 주장한다. 체제 전환을 꿈꾼 것이다. 농업사회에서 핵심적인 생산수단인 토지 소유제도의 변혁은 지배체제를 해체하고 재구성하자는 요구였고, 이는 동학혁명군이 주장하는 폐정 개혁 12개조와 일치한다. 양반관료 지배체제는 이를 결코 받아들일 수 없었다. 동학전쟁 후 관군은 다산의 경세유표가 동학군을 선동하였다 하여 정약용의 유배지 부근 민가와 고성사, 백련사, 대둔사 등 사찰을 수색한 일까지 있었다.[27]

장흥 대접주 이방언(1838~1895)과 강진향교 장의 김한섭(1838~1894)은 동문수학한 관계였다. 이 두 사람의 관계는 개벽파와 수구파 유생의 대립을 드러내고 있다. 동학혁명 직전 김한섭은 강진 성전

장성 황룡강 동학혁명 기념탑
동학군이 장태를 굴리며 싸우고 있다

서재를 짓고 강학을 했다. 김한섭은 1894년 동문수학한 이방언이 동학에 입도하였다는 소식을 듣고 그를 타이르는 글을 보냈지만, 이방언이 거절하자 이어 절교하는 글을 보냈다. 김한섭은 민보군 수장으로 참전하여 결국 1894년 12월 7일 강진성 전투에서 최후를 맞이했다.

이방언은 장흥의 남상면(지금 용산면) 묵촌에서 2백여 석의 도조를 거두는 토반 집안 출신이다. 그는 1891년경 어산접의 접주가 되어 동학군 1차 봉기부터 참여했고 혁신적인 장태를 발명하여 장성 황룡촌전투에서 대승을 거두었다. 장태는 청죽(靑竹)을 얽어 닭의 장태와 같이 만든 것으로 밑에 차바퀴를 붙인 것이며 그 속에 군사가 앉아 총질을 했다. 일종의 방탄 장갑차였다. 이로 인해 이방언은 '장태장군'이라는 별호를 얻었다. 그는 남접의 마지막 전투인 장흥, 강진 싸움을 총지휘했다. 장태는 동학군 2차 봉기 때 우금치 전투에서도 사용되었으나 화력 열세로 대패했다.

강재 박기현, 오남 김한섭과 매천 황현을 포함한 수구파 유학자들의 딜레마는 친일 개화파를 비판하면서도 개벽파에 맞서고자 일본과 조정의 힘을 빌려야 했다는 것이다. 수구파는 그 딜레마를 결코 극복할 수 없었기에 역사의 무대에서 완전히 사라져 버리고 말았다.

김용근의 선조들이 동학혁명 훨씬 이전부터 작천에서 살았다는 것은 분명하다. 조사 결과 선생 집안에서 동학에 입도했거나 동학군에 참여한 선조들은 없었다. 한편 동학에 반대하여 관군 측에 가담했거나 강진-장흥의 수구 유학자 네트워크에 참여한 선조들도 없었다. 만약 동학혁명에 가담했다면 김용근의 집안은 동학전쟁 이후 강진 향촌사회에서 뿌리가 뽑혔을 것이고, 반대로 수구 유학자 네트워크에 참여했다면 교회 설립을 아예 시도하지 않았으리라. 이런 여러 이유에서 선생의 집안은 동학혁명의 시기에 농사에 몰두한 농민계층에 해당했다고 여긴다.

패배의 역사, 어떤 의미가 있을까?

동학혁명은 3·1운동, 4·19, 5·18, 촛불혁명으로 이어지는 민중항쟁의 원류였다. 동학전쟁은 비참한 패배로 끝난 것처럼 보였으나 끝나지 않았던 것이다. 동학의 후천개벽 사상은 인민을 역사의 주체로 인식하게 만들었다. 역사의 승자는 싸움을 포기하지 않는 주체이며, 그 싸움의 정당성이 역사의 동력이 된다. "죽은 자가 산 자를 구한다"는 노벨문학상 수상 작가 한강의 말은 역사의 연속성과 투쟁의 의미를 표현하고 있다.

선생은 강의 중에 "역사는 연속이면서 불연속이다"라고 자주 언급했다. 필자는 이 말을 '역사는 연속과 불연속의 통일'이라는 뜻으로 이해한다. 역사를 연속과 불연속의 통일로 만드는 이가 역사 주체인 인민이다. 역사는 인간 주체의 실천에 의해 진보하며, 부정적인 것을 부정하는 변증법적 과정에서 연속과 불연속이 통일된다. 무엇이 연속되어야 할 것이며 무엇이 단절되어야 할 것인가? 그것을 누가 어떻게 결정할 것인가? 역사의 전진은 진보의 이념과 가치를 이어가려는 치열한 노력 속에서 단절되거나 계승된다. 따라서 진보를 실현하는 역사적 실천 과정은 불연속을 연속으로 연속을 불연속으로 바꾸어 가는 과정이다. 역사에서 부정적인 것을 부정하는 변증법적 지양·실천 속에서 연속과 불연속은 통일된다.

장흥·강진 동학전쟁은 조선 인민이 어떤 역사를 만들고자 싸웠는지 말해준다. 수십만 선조들의 희생 덕에 3·1, 4·19, 5·18, 6월항쟁과 촛불혁명과 응원봉혁명이 가능했다. 우리는 개화 대 수구의 프레임을 벗어나서 개벽파야말로 역사의 핵심 주체임을 인식해야 한다.

수운 최제우는 동학을 창도할 때 '천령강림(天靈降臨)'의 의미를 묻는 제자들에게 답하며 '무왕불복지리(無往不復之理)'라 했다. 이는 '가서 다시 돌아오지 않는 길이란 없음'의 이치를 뜻한다. 선생이 르네상스를 언급했던 것과 같은 의미로 이해한다. 우리가 동학전쟁으로 돌아간다면 더 이상 패배는 패배가 아니다. 아직 끝나지 않은 싸움이니까. 동학전쟁은 계속되는 역사다. 역사에서 승자는 주체이다. 역사적 주체는 싸움을 포기하지 않는다. 이길 때까지 싸우는 자다. 그 싸움의 정당성이 싸움의 핵심 에너지이다. 그 정당성 때문에 자발성이 빛을 발한다. 이것이 역사는 연속이며 불연속이라고 갈파한 선생의 뜻이라 여긴다.

역사적 진리는 자연의 진리와 달리 저절로 무조건적으로 인간의 의지나 실천과 무관하게 실현되지 않는다. 그래서 역사는 신의 선물이 아니라 인간의 작품이다. 인간을 배제한 자리에 있는 신은 우상이다. 그래서 가장 인간적인 것이 가장 신적인 것이다. 최제우의 가르침, 인내천(人乃天)은 바로 이런 진리를 말한 것이리라.

일제와 조선의 친일 개화파는 동학을 중심으로 한 개벽파를 말살하였다. 개벽파가 말살된 공간에 서구의 기독교가 이식되었다. 그런데 개벽파의 노력은 무의미한 것이 아니었고 저항이 끝난 것도 아니었다. 개벽파와 연대한 기독교 세력은 조선 인민과 함께 3·1혁명을 통해 공화제 대한민국을 탄생시켰다. 백낙청의 말마따나 동학의 치열한 실천이 있었기에 3·1혁명과 민주공화정의 수립이 가능했다. 그러나 일제강점기 대다수 기독교 세력은 결국 일제에 굴복했고 개벽파의 전통을 계승하지도 못하고 오늘에 이르렀다. 진보 신학자 서남동은 기독교의 토착화를 위해서 기독교가 동학의 사상과 실천에 접목해야 한다고 주장했다. 선생이 서남동 교수의 이런 주장에 크게 공감하였음을 여러 곳에서 확인할 수 있다

김용근은 말년에 동학혁명을 교육과 강연에서 자주 언급하며, 개벽 사상의 계승을 강조했다. 그는 무교(巫敎)와 인내천 사상을 연결하며 우리 민족의 영적 원동력을 재발견해야 한다고 주장했다.

1973년 어느 날 고교 시절 선생은 〈독서신문〉을 가지고 수업에 들어왔다. 그는 칼럼 한 대목을 읽었다. 토인비(1889~1975)의 대작 『역사의 연구』에서 종교와 관련된 것이었다. 토인비는 『역사의 연구』 제7부 '세계 교회'에서 고도의 수준 높은 종교의 출현으로 인간 역사에 중대한 한 획이 그어졌다고 평가한다. 그에 따르면 고도의 수준 높은 종교란, 그 자체로 구성되는 새로운 종류의 사회다. 토인비는 고등종교가 문명의 발전에 중요한 역할을 하며, 문명의 위기를 막는 데 기여한다고 주장한다.

선생은 '새로운 종교'의 출현이 필요하다는 토인비의 주장을 높이 평가했다. 필자를 포함하여 대개의 학생들은 수업에서 선생의 말씀이 무슨 의미인지 어렴풋이라도 짐작하지 못했으리라. 하지만 지금 이 글의 집필을 위해 동학을 공부하면서 그 의미를 수긍한다.

제4장

평양경찰서, 목포형무소

일제의 만주 침략과 조선 정세

1932년 만 15세에 평양에 유학한 이후 해방될 때까지 김용근의 삶을 요약한다면, 항일운동과 신앙생활 그리고 학업과 결혼이다. 이 삶은 모두 연결되어 있으나 항일운동이 선생의 모든 삶에 영향을 미쳤다. 한국전쟁 이후 교사로서의 삶도 이 시기에 형성된 선생의 경험과 세계관이 결정적으로 영향을 미쳤다. 일제 지배하 모든 조선 청춘의 삶은 개인이 자유롭게 결정할 수 없고 외부의 세계에 의해 크게 규정되거나 좌우될 수밖에 없었다. 그 외부란 민족이나 국가 또는 세계이고 그것은 개인의 삶과 불가분하게 연결된 것이었다.

김용근의 자아는 학교, 교회, 민족, 세계 등 자아를 둘러싼 것들에 대한 아주 강한 관심 속에서 형성되었다. 따라서 우리가 선생의 삶을 조명하기 위해서는 생애 당시의 객관정세를 염두에 두어야 한다. 독립운동으로 점철된 일제하에서 선생의 삶은 더 말할 나위가 없다.

만보산 사건과 류타오후 사건

우리는 만보산 사건을 통해 일제의 교활한 침략 방식을 간파할 수 있다. 일본은 조선과 중국을 이간질하여 침략을 도모했다. 1931년 9월 18일 일제는 만주사변을 일으켰는데, 그를 위해 여러 사건을 조작했다. 시간상의 순서로 만보산 사건과 류타오후 사건을 언급한다.

만주 침략 2개월 전, 1931년 7월 2일 만보산(萬寶山) 사건이 일어났다. 김용근이 숭실중학교 진학을 위해 평양에 도착하기 1년 전이다. 김용근의 항일운동의 동지인 임형선도 인터뷰에서 만보산 사건이 미친 영향을 중요하게 강조한다.

만보산은 길림성 창춘 북쪽에 있다. 만주에서 조선 농민들의 경작지를 위한 관개수로 공사 과정에서 충돌이 일어났다. 1910년대부터 조선 농민들의 만주 이주가 크게 증가했다. 따라서 조선과 중국 농민 사이에 마찰이 있기도 했다. 조선일보가 이 충돌을 침소봉대한 '가짜뉴스'를 보도하여 사태가 엄청나게 부풀려졌다. 조선인이 사망했고, 중국 농민이 조선 농민을 습격했다는 등의 보도는 거짓이었다. 이곳 일본영사관은 조선 농민들을 보호하는 시늉을 하고 있었는데, 김이삼 조선일보 창춘지국장은 일본영사관이 제공한 정보에만 의지했다. 현장 취재나 추가 확인을 하지 않은 채 기사를 작성해 타전했고 조선일보 본사가 그대로 활자화하여 호외를 발행했다.

이 보도로 국내에서 반(反)중국 감정이 폭발했다. 전국에서 수많은 중국인 상점이 습격받았고 400여 곳에서 1주일 남짓 폭동이 이어졌다. 중국 정부 추산 중국인 142명이 사망했고 546명이 부상당했으며 91명이 실종됐다. 평양의 중국인이 가장 큰 피해를 입었다. 무려 90여 명이 평양에서 피살되었다. 김이삼 조선일보 창춘지국장은 사과문을 발표했으나 다음날 살해당했다. 일설에 그는 일제 밀정이었다고 한다.

김구 등 임시정부 요인들을 비롯하여 도산 안창호, 김원봉의 조선의용대 등은 근본 원인이 일본 제국주의에 있고 일본이 반중국인 폭동을 사주했으며, 한국과 중국이 반제국주의 공동전선을 형성해야 한다고 발표했다.

7월 18일 중국 국민당도 이 사건이 일본의 음모이며 조선인들의 국내 폭거도 일본의 사주에 의한 것이라는 성명을 발표했다. 중국 국민당 정부는 이 사건이 "조선인과 중국인을 분열시키고 만주사변을 일으키는 데 이용하고자 한 고도의 계략이었다"고 주장했다. 그 근거로 총독부의 사건 발표 조작과 폭동 방치, 조선인으로 변장한 일본인의 폭동 지휘 등을 들었다.[28] 비록 일제의 사주와 모략에 의해 유발되었다 해도 가짜뉴스와 유언비어에 현혹되어 조선인들이 중국인들을 학살한 행위는 수치스런 범죄였다.

1932년 1월 8일 이봉창(1900~1932) 의사의 의거와 같은 해 4월 29일 윤봉길(1908~1932) 의사의 루신공원 의거를 계기로 중국과 한국의 신뢰가 다시 회복되었고 중국정부는 한국 임시정부를 지원하기로 결정했다. 이 두 열사의 투쟁과 희생 덕분에 일제의 간교한 의도를 일부 막아낼 수 있었다. 이 의거는 김구의 임시정부가 기획한 것이었다.

만주사변은 1931년 9월 류탸오후(柳條湖) 사건을 발단으로 일본군이 만주 및 내몽고 지역을 침략한 전쟁이다. 일제 관동군은 류탸오후 사건 직후 만주를 침략하여 1932년 3월 만주국을 수립했다. 만주사변은 1937년 7월 개시된 중일전쟁의 서막이었다.

1931년 9월 18일 밤, 중국 류탸오후에서 일제가 건설한 남만주철도의 선로가 폭파되었다. 바로 인근에 중국 동북변방군인 장쉐량(張學良) 군대의 주둔지가 있었다. 선로폭파 사건 즉시 일제 관동군은 중국군 주둔지와 펑톈(봉천)을 포격하였고, 다음날 중국군이 철도를 폭파하고, 일본군을 습격했다고 발표하였다. 모두 관동군의 완벽한 조작이었다. 관동군이 폭약을 설치했고, 그 양은 열차 운행에 영향을 주지 않을 정도로 계획되었다. 이후 관동군은 계획대로 펑톈에 이어 남만주철도 노선상의 주요 도시를 점령하였다. 바로 만주사변이다.

국제연맹은 만주사변을 일본의 침략으로 판단해 만주국을 승인하지 않았고 일본군의 철수를 권고하였다. 하지만 일제가 1933년 국제연맹을 탈퇴해 버림으로써 1920년대 일제와 서구 제국주의 국가들과의 협조 지향의 워싱턴 체제가 무너졌다. 다시말해 영·일동맹, 미·일동맹 등을 통해 조선 지배를 승인받았던 일제와 서구 제국주의 국가들과의 협조 관계가 파탄 난 것이다. 1936년 2·26 일제 황도(皇道)파 청년 장교들은 천왕 중심의 군국주의적 국가 개조를 주장하며 쿠데타를 일으켰다. 쿠데타는 실패했으나, 오히려 군부 내 강경파의 입지를 강화시켜 일본이 군국주의 파시즘으로 가는 계기로 작용했다.

총살형 집행 직전의 윤봉길 의사

만보산 사건 소식을 접한 뒤 보복 궐기대회에 참석하러 가는 평양 군중
출처 : 민들레뉴스

일제의 만주 통치기구 – 남만주철도주식회사와 관동군

　관동군과 남만주철도주식회사는 서로 짝을 이룬 일제의 식민지배기구였다. 일본의 남만주철도주식회사(만철)는 일제가 만주국 설립 이후 소련이 이권을 가진 만주국 내 국유철도 운영권을 빼앗아 경영한 회사다. 최성기에는 일본 국가예산의 무려 절반 규모 자본금, 80개 남짓 관련 기업을 거느린 대콘체른이었다. 철도 총연장은 1만km, 사원 수는 40만에 달했다. 만철은 광공업을 비롯해 여러 산업부문에 진출해 식민지 지배기구의 일익을 담당했다. 영국이 해외 식민지 수탈을 위해 설립한 동인도회사와 비슷한 역할을 했다.

　관동군은 일제 괴뢰 만주국에 상주한 육군 부대이다. 산해관(山海關)의 동쪽에 주둔한 탓에 붙여진 이름이다. 만철이 단순히 철도회사가 아닌 것처럼 관동군도 단지 군대가 아니었다. 관동군은 만주 일대에서 일제 지배지역을 확대하고, 중국 침략의 선봉으로서 공작과 작전을 수행하였다. 류타오후 사건, 만주사변, 만주국 설립 이전에 일어난 장쭤린(張作霖) 폭사(1928)도 관동군의 공작이었다. 1932년부터 관동군 사령관은 주만(駐滿) 특명전권대사를 겸하여 중국 동북 지방을 실질적으로 지배했고, 만주국의 주요한 정책의 입안과 집행을 재가했다. 관동군은 나치의 소련 침공 후 소련을 견제할 목적으로 병력을 크게 늘렸다. 1933년 10만이었던 병력이 1941년에 거의 100만 명에 달했다. 7년 만에 10배로 늘어났다.

　1942년 3월 박정희(1917~1979)가 만주의 신경군관학교를 졸업했다. 그는 김용근 선생과 같은 나이다. 중국인과 조선인 생도 240명 가운데 수석을 차지한 박정희는 졸업생 대표로 "대동아공영권을 이룩하기 위한 성전(聖戰)에서 목숨을 바쳐 사쿠라와 같이 훌륭하게 죽겠습니다"고 선서했다.

1930년대 조선 정세

3·1혁명을 계기로 어느 정도 언론의 자유가 주어진 1920년대와 달리 1930년대는 암울한 시기였다. 1929년 미국에서 시작된 경제대공황이 파급되자, 일제는 군국주의를 강화하고 항일운동을 탄압했다. 1931년에 최대의 좌우합작 독립운동기구인 신간회를 해체했다. 1931년과 1934년 두 차례 조선프롤레타리아예술가동맹(KAPF, 카프) 맹원을 검거했다. 프롤레타리아 문학의 확산과 계급혁명 운동을 목적으로 삼았던 카프는 1935년 5월에 결국 해산했다. 만주 침략 이후 언론통제도 대폭 강화되었다. 모든 기사는 검열을 받아 항일투쟁 보도는 모두 삭제당했다.

일제는 1935년 평양에서부터 신사참배를 본격적으로 강요했다. 평양에서 신사참배를 강요한 것은 만주국을 수립한 후에 중국 침략을 본격화하기 위한 전 단계였다. 김용근이 신사참배 거부로 평양경찰서에 투옥된 시기는 1936년 1월로 추정된다. 일제는 같은 해 '조선사상범보호관찰령'을 시행했다. 1937년 6월에는 '수양동우회(修養同友會) 사건'(일명 105인 사건)이 있었다. 수양동우회는 흥사단의 자매단체로 안창호를 비롯하여 이광수 주요한 주요섭 김동원 등이 1926년 설립했다. 1937년 7월 7일부터 중일전쟁이 시작된 바, 일제가 전쟁 체제를 만들기 위해 양심적 지식인 및 자산가 집단을 포섭하고자 표적 수사한 것이다.

1930년대 숭실학교 캠퍼스
평양 최고의 시설로 이 건축물은 구경거리였다

목적을 달성한 일제는 1941년 11월 전원 무죄로 석방했다. 도산 안창호를 제외한 상급 가담자가 대부분 친일파로 전락했기 때문이다. 작곡가 홍난파, 조선예수교장로회장 정인과 목사와 의사 이용설 등이 대표적이다. 이광수와 주요한은 특히 극렬했다. 수양동우회는 해산 후 보유 자금과 토지, 사무기구를 매각한 금액까지 긁어모아 국방헌금으로 일제에 바쳤다. 1938년에는 교육과정에서 조선어 과목이 수의(遂意)과목, 즉 선택과목으로 전락했다.

평양, 숭실중학교 1930년대

김용근은 1932년 숭실중학교 진학을 위해 평양에 왔다. 1930년대 평양 인구는 약 20만 명이었다. 당시 서북지역 기독교인 수는 조선 전체 기독교인의 절반 이상이었다. 평양은 '조선의 예루살렘'으로 불렸다. 미국 북장로교는 최대 선교지 평양에서 학교, 병원, 교회라는 세 축으로 활동했다. 일제하 공교육의 부실과 교육 차별로 선교사들이 운영한 학교는 한국인에게 매우 중요했다. 평양에 가장 많은 기독교학교와 선교사가 밀집했고 선교사들의 영향력이 압도적이었다. 평양에는 서구 선교사 가족 수백 명이 거주하며 그들만의 독특한 문화를 형성하고 있었다. 20세기 초 주일 선교사 조지 풀턴(George Fulton)은 당시 평양과 선교사 거주지를 둘러보고 "제국 속의 제국"이라고 했다.[29]

1930년대 숭실학교 캠퍼스 사진(92면과 93면) 왼쪽과 오른쪽에 있는 3~4층짜리 건물들은 당시 미국 북장로교 선교회가 지은 교사(敎舍)와 기숙사다. 고딕 스타일의 창문과 경사진 지붕 형태가 뚜렷하다. 오른쪽 두 번째 전통 한옥 모양 팔작지붕 건물은 도서관이었다. 맨 왼쪽 나무들 사이에 가려진 3층 한옥 지붕 건물도 보인다. 서양식 건물 사이에 한국 전통 건축을 배치했다. 넓은 잔디밭과 기둥은 운동장 또는 체육시설이고, 운동장에는 학생들이 보인다.

1932년 11월 기준 평양 숭실학교·숭실전문·기독교연합대학 캠퍼스 건물 배치도(96면)는 미국 선교회가 평양에 세운 교육·의료·신학·여성교육 기관들의 건물과 위치를 한눈에 보여준다. 지도에 나온 Union Christian College of Korea(U.C.C.)는 당시 숭실전문학교를 포함한 평양 기독교 연합대학 구조를 지칭한다. 의료, 신학, 초·중등, 여성교육, 전문대학이 하나의 선교타운처럼 구성되었다. 맥큔을 비롯한 선교사들의 주거지와 선교사 자녀들을 위한 외국인학교 등도 있다. 서양식 벽돌 건물과 일부 전통 건물이 혼합되어 있다.

남향인 캠퍼스는 크게 4구역으로 나뉜다. 1구역에는 병원과 교회가 있고 2구역에는 장로회신학대학과 기숙사, 선교사와 교사와 의사 주택이 있으며, 3구역에는 여성 성서학교와 기숙사, 4구역에는 남자 학교 운동장, 건물, 기숙사, 도서관, 과학관, 숭실 전문대학(U.C.C.)이 있다.

실로 대단하다. 풀턴이 말한 바가 결코 과장이 아님을 알 수 있다.

숭실학당은 1897년 10월 평양에서 개교하여 1900년에 정식 중등교

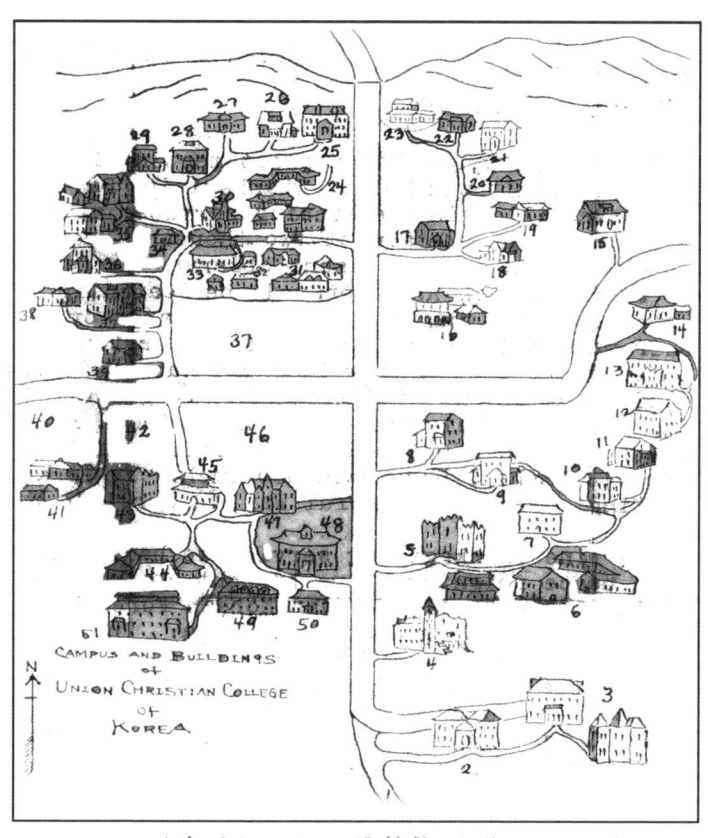

1. Entrance to Mission Compound
2. Union Christian Hospital Dispensary
3. Union Christian Hospital Buildings
4. West Gate Church
5. Presbyterian Union Theological Seminary
6. Seminary Dormitories
7. Dr. Engel's Home
8. Dr. Clark's Home
9. Dr. Erdman's Home
10. Dr. Reynold's Home
11. Dr. Parker's Home
12. Domestic Science Building of Girls' Academy
13. Administration Building of Girls' Academy
14. Foreign Teachers' Home & Girls' Academy Dormitory
15. Y. M. C. A. Residence
16. Men's Bible Institute Buildings
17. Mr. Hamilton's Home
18. Mr. Lutz's Home
19. Mr. Swallen's Home
20. Dr. Blair's Home
21. Dr. Roberts' Home
22. Mr. Hill's Home
23. Dr. Bernheisel's Home
24. Women's Bible Institute Buildings
25. Women's Higher Bible School
26. Mr. Phillips' Home
27. Mr. Mowry's Home
28. Misses Best, Butts, Hayes Home
29. Dr. Bigger's Home
30. President McCune's Home
31. Miss Doriss' Home & Lula Wells Institute
32. Miss McCune's Home
33. Dr. Maffett's Home
34. Pyeng Yang Foreign School Teachers' Home
35. Pyeng Yang Foreign School Dormitories & Infirmary
36. Mr. Rainer's Home
37. Pyng Yang Foreign School & Athletic Field
38. Dr. Baird's Home
39. Mr. McMurtrie's Home
40. Union Christian College Section of
    Agriculture Experiment Gardens
41. Anna Davis Industrial Shops
42. Boys' Academy Athletic Field
43. Boys' Academy Main Building
44. Boys' Academy Dormitory Quadrangle
45. Union Christian College Library
46. U. C. C. Athletic Field
47. U. C. C. Science Hall
48. U. C. C. Main Buildin
49. U. C. C. New Dormitory
50. U. C. C. Old Dormitory
51. U. C. C. Auditorium-Gymnasium

1932년 11월 기준 평양 숭실학교·숭실전문·기독교 연합대학
(Union Christian College of Korea) 캠퍼스 건물 배치도
출처 : https://americanpyongyang.com

육을 실시했다. 1905년 대학부 설치로 한반도에서 최초의 서구식 고등교육을 실시했다. 평양 숭실대학은 대한제국 정부로부터 공식적으로 인정을 받은 조선 최초의 근대적 대학이다. 조선총독부도 1912년 대학교 인가를 했으나, 1925년 숭실대학을 전문학교로 격을 낮추었다. 일제는 조선에서 경성제대 이외에 4년제 사립대학을 인정하지 않았다. 이화여전, 연희전문, 보성전문 등 모두 2년제인 이유다. 1938년 폐교 후, 숭실전문학교는 리종만이 인수하여 대동공업전문학교로 바뀌고, 해방 후에는 김일성종합대학에 흡수되었다.

숭실대학은 미국 북장로회 선교사들의 헌신적인 노력과 평양 주민의 전폭적인 지지를 바탕으로 설립되었다. 주민들은 재산을 기부하여 대학 설립에 참여했다. 숭실은 음악, 문예, 체육 및 농촌계몽 활동을 통하여 서구식 근대문화를 전파하는 역할을 했다. 온 동포가 열광했던 경평축구전에서 평양팀은 숭실축구단이 주축이었다.

숭실중학교는 오산학교와 함께 민족의식에 입각한 학풍뿐 아니라 교육의 질에서도 당대 한국 최고로 평가받는 사립학교였다. 숭실학교에는 많은 인재들이 모여들었다. 장일환 차이석 손정도 김창준 박희도 조만식 배민수 장준하 문익환 윤동주 김형직 등 수많은 숭실 출신 독립운동 인사들이 있다. 김형직은 김일성 주석의 친부이다. 안익태 박태준 현제명 김동진 등의 음악가들과 김현승과 김조규 등의 시인들이 숭실 출신이다. 숭실대학, 숭실중학교, 숭의여학교를 뭉뚱그려 이른바 '평양 삼숭'으로 부르기도 했다.

1930년대 숭실중학교(왼쪽)와 숭실도서관

숭실학교 : '불령선인의 소굴'

숭실의 교수, 재학생, 동문 등은 을사늑약 반대운동, 수양동우회 사건 (105인 사건)(1911), 조선국민회운동(1915~1918), 평양지역 3·1만세운동(1919), 광주학생독립운동(1929), 신사참배 거부운동(1935~1937)의 중심에 있었다. 일제는 숭실학교를 '불령선인의 소굴'이라 부를 정도였다.

3·1혁명 직전 독립운동에서 수양동우회 사건과 조선국민회운동이 특별하다. 수양동우회 사건은 1911년 초대 총독인 데라우치 마사다케(寺内正毅)를 암살 미수한 사건을 일컫는다. 그러나 사실 이 사건은 일제가 조작한 것으로, 총독 암살계획은 근거가 없는 허위 날조였다. 당시 일제는 국내 최대의 비밀결사 조직이었던 신민회(新民會)를 뿌리 뽑고자 했고, 여러 사람을 고문으로 죽였다. 조선국민회는 숭실학교 재학생과 졸업생이 주축이었고 만주, 중국지역 운동 세력과 연계하여 1915년에 조직되었다. 기독교 계통으로서는 최초이자 유일하게 항일 무장독립운동을 시도했다. 조선국민회 사건은 김일성의 회고록 『세기와 더불어』 항일혁명 편에도 서술되어 있다.[30] 김일성의 친부 김형직은 숭실학교 출신으로 조선국민회에서 활동했다.

숭실학교는 3·1혁명에서도 평양지역에서 중심적인 역할을 했다. 숭실 출신 정일선의 독립선언서 낭독에 이어 만세삼창과 시위가 전개됐다. 숭실 교사 윤원삼은 학생들과 함께 독립선언서와 소형 태극기를 배포하였다. 당시 5천 명의 대규모 인원이 시위에 참여했다.

숭실중학교 학생들은 1919년 3·1만세운동 이후 해마다 3월 1일이 되면 수업을 거부하고 만세운동으로 희생당한 사람들을 추모했고, 학교는 이를 묵인했다. 이러한 숭실중학교의 교풍은 3월 1일을 대하는 학생들의 아래와 같은 태도에 드러나 있다.

> "3월 1일이 되면 우리는 첫 시간부터 온종일 교과서나 노트를 책상 속에 넣은 채, 책상 위에 머리를 숙이고 수업을 받지 않았다. 선생님들도 아무런 말씀 없이 의자에 앉아 계시다가 시간이 되면 나가셨다. 일본인 선생님들은 시학관(장학사)이 올지도 모르니 책만은 꺼내어 놓으라고 타일렀으나 우리는 이에 응하지 않았다. 일본 관헌의 감시는 심했다. 일본의 감시 속에서 이날을 수업도 거부하며 보내는 것은 우리 학교가 아니면 할 수 없는 일이었다."[31]

1930년 1월 21일부터 23일까지 광주학생독립운동을 지지하는 항일 시위에서도 숭실중학교, 숭실전문학교 학생들이 중심이었다. 이 시위는 1929년 12월 중순 숭실전문학교 기숙사를 찾아온 고당 조만식의 권고에 의해 시작되었다. 학생들은 1월 중순 숭실전문, 숭실중학을 중심으로 평양 7개교의 학생 대표들이 모여 연합시위를 개최하기로 하였으며, 21일을 기해 본격적인 만세 시위를 전개했다. 이때 숭실학교 학생들이 격문을 작성하여 배포하였다. 이 사건으로 검거된 인원은 숭실전문 67명, 숭실중학 40명으로 숭실 출신이 피검 학생 대부분을 차지했다.[32]

숭실은 기독교 학교로서 정체성을 가진 만큼 기독교 교육과 선교에서 중요한 역할을 했다. 숭실 학생들은 전도대를 조직하여 1938년 폐교하는 날까지 전국적인 전도활동을 계속하였다. 학생들은 학비를 아끼고 돈을 모아 외국까지 선교사를 파견했다. 1910년 중국으로 손정도를 보냈으며, 1911년에는 일본으로 박영일을 파견했다. 한경직 박형룡 강신명 등 한국 개신교계의 주요 인물들이 이 전도대 출신이다.

숭실중학교 재학 중 김용근은 기도회와 전국 순회 전도대 활동에 적극 참여하여 매우 열정적으로 신앙생활을 했다. 숭실의 학생회는 교사의 지도나 간섭이 없이 학생회 임원을 학생들이 직접 투표로 선출하고, 예산의 수립에서 집행, 조달까지 자율적으로 운영하였다. 학생회의 부서는 지육부(智育部), 종교부(宗敎部), 체육부(體育部), 음악부(音樂部), 의사부(議事部), 사교부(社交部) 등 6개였다. 교과목은 성경, 수신(修身), 공민(公民), 국어(일본어), 조선어 및 한문, 영어, 역사, 지리, 수학, 박물(식물, 동물, 생리위생, 광물), 물화(물리, 화학), 법제경제, 부기, 공업, 용기화(用器畵), 자재화(自在畵), 창가(唱歌), 체조, 교련(敎鍊) 등이었다.[33]

1930년대 숭실중학교가 일제의 지정학교로 인가를 받은 이후에 입학시험과 편입시험의 경쟁률이 각기 5 : 1 이상이 될 정도로 지원자가 많았다. 숭실중학교에는 만주를 비롯하여 전국에서 학생들이 지원했다. 전국의 목사나 기독교계, 또는 민족운동계의 자제들이 입학하였다. 숭실중학교 편입시험은 시험 과정과 절차가 대단히 엄정했다. 1934년도 편입시험에 숭실중학교 재단이사의 아들이 시험을 치렀는데 낙방할 정도였다. 김용근은 1932년에 편입시험을 치르고 다음 해 2학년에 편입했다.

당시 숭실중학교 학생들은 교회 출석은 물론 교회 봉사도 거의 의무적이었다. 학생들은 일요일에 교회에 출석하여 소속교회에서 출석 도장을 받아 오고, 유년주일학교에서 봉사하도록 교육을 받았다.

1937년 봉수교회 주일학교 직원일동
오른쪽 세 번째 김용근

현재 봉수교회
출처 : 사단법인 기쁜소식

숭실중학교는 여름방학과 겨울방학, 그리고 봄방학 때 교회학교 교사가 부족한 지방교회에 학생들을 교사로 파송하였다. 그 기간은 약 한 달이었고, 상급학년 학생을 교장으로 선정하였다.

사진은 김용근의 숭실중 졸업을 기념하여 1937년 평양 대동강변에 위치한 봉수(鳳岫)교회 주일학교 직원들과 함께 찍은 것으로 보인다. 사진 속 나무의 모습과 사람들의 복장을 보면 이른 봄인 듯하다. 문익환도 봉수교회 주일학교 교장을 맡았다는 기록이 있다. 이런 사정을 감안하면 종교부장 김용근도 적어도 한번쯤 주일학교 교장을 맡았을 법하다. 봉수교회는 북한 기독교의 중심으로 평양시 만수대 구역 건국동에 있으며 1988년에 새로 건립하였다. 부지와 건설자재는 북한당국이 제공했고, 신자와 해외동포 모금을 통해 건립했다. 교회부지는 약 8,000㎡(약 2,420평)이고, 1층, 200석 규모의 예배당을 갖추었다.

1930년대의 숭실중학교의 자산현황은 교사(校舍) 502평, 기숙사 146평, 도서관 76평, 대강당 756평, 운동장 7,185평, 기타 1,260평, 총부지 9,925평이다. 당시 중학교에 대강당과 도서관은 물론 기숙사가 있는 학교는 매우 드물었다.

숭실중학교는 기숙사 교육을 중요시하여 초창기에는 전교생이 입사했던 적도 있었다. 그 후 학생이 증가하자 지방학생에게만 허용했다. 교사(校舍)와 기숙사의 넓이를 비교해 보면 기숙사의 비중이 얼마나 큰지 알 수 있다. 목포 출신 김용근은 당연히 기숙사에서 지냈다. 기숙사는 방마다 4, 5명씩 배정되어 있었는데, 1학년에서 5학년에 이르기까지 상급생과 하급생이 골고루 섞여 있었다. 그들은 한 울타리 안에서 숙식을 함께

했기 때문에 형제처럼 친밀했다. 기숙사 생활을 통해서 학생들은 전국 각 지방에 관한 정보와 풍습을 배울 수 있었다. 지방 사투리, 생활환경, 문화 등, 산지식을 배웠다. 김용근, 문익환, 윤동주도 재학중 함께 기숙사 생활을 했으리라.

숭실 출신들은 숭실중학교에서 자유주의적이고 인간존중의 교육을 받은 것을 대단히 자랑스럽게 생각한다. 그 당시 관립학교의 학생들은 틀에 얽매인, 억압적인 교육 풍토에서 교육을 받았지만, 숭실 학생들은 선교사들이 추구하는 민주주의 교육을 받아 창의성과 자율성이 크게 신장될 수 있었다.

조지 맥큔(1873~1941. 한국명 윤산온) 교장은 1905년 미 북장로교 선교사로 평양에 부임했다. 그는 1910년 수양동우회 사건의 배후로 지목되어 일경의 감시를 받았다. 그는 이에 개의치 않고 1919년 3·1운동에 참가한 선천 지역 신성중학교 학생들을 자택에 숨겨주고 일경의 가택수사를 거부하여 보호하였다. 그리고 1920년 미국 국회의원들이 한국을 방문했을 때 독립운동가들이 쓴 진정서를 영문으로 번역하여 전달하는 등 적극적으로 한국의 독립을 도왔다. 맥큔은 1921년 미국에 귀국하여 사우스다고타주 휴론대학교 총장으로 1927년까지 재직했고, 그 후 숭실중학교 및 숭실전문학교 제4대 교장으로 선임되었다. 맥큔은 교장으로 부임하기 전 미국의 교회 신도들로부터 수만 달러를 기부 받아 대강당과 기숙사를 건축하고 대농장을 마련했다. 특히 1930년 10월 완공한 실내 체육관을 겸한 대강당(118면 사진)은 건평 303평, 연건평 756평의 당시 한국 제일의 강당이었다. 자연히 이 강당에서 당시 한국기독교 교계의

1936년 평양 숭실학교 제2부 기숙사생
둘째 줄 오른쪽 두 번째 김용근

전국 규모 주요 행사가 열리고, 이를 계기로 숭실을 전국적으로 알리는 역할도 했다.

맥큔 교장이 가장 역점을 둔 것은 학생들의 교양과 신앙심을 함양하는 교육과 전도 활동이었다.

1935년도 종교부 활동 내용을 보면 종교부 학생이 교회학교 교장이 되어 운영하는 지역교회의 수가 3개, 여름방학 때 종교부원 및 기타 학생 개인이 교사로 파송된 교회 수가 58개, 봉사하는 학생 수는 67명이었다. 그리고 이와 별도로 학교의 교육목사가 인솔하고, 학생들이 악사와 연사가 되는 '하기순회음악전도대'를 조직하여 7월 말부터 8월 초까지 보름 동안 지방 전도 활동을 했다.

해마다 방학 때면 200명에서 250명의 숭실중학교 전도대원이 참여했다(맥큔 선교사 연례보고서 1932, 1933, 1935.).

종교부에서 주관하는 전도활동 1년간 경비가 450여 원이었는데, 당시 학생회 총 예산 900여 원의 절반을 차지했다. 이처럼 종교부는 학생회 활동에서 가장 핵심이었고 학교 전체 교육에서도 매우 중요한 비중을 차지했다.

맥큔은 교양교육도 중요시하여 어학, 예술, 역사, 철학, 문학 등의 과목이 개설되었다. 또 학생회도 자치기구로서 활발하게 활동을 했다. 이러한 분위기에서 종교, 문학, 음악, 미술, 체육 등 장차 한국의 예체능 분야를 주도해 나갈 수많은 인재가 배출되었다.

김용근은 평양 숭실중학교에서 농구, 축구, 수영을 배웠고, 이 세 가지 운동에 모두 능했다. 일제 강점기 전주형무소 투옥 시절 기상나팔을 불었다는 선생의 말씀을 고려하면 숭실중학교에서 이미 관악기를 배웠음이 틀림없다. 김용근은 연희전문학교 재학 중에도 관현악반에서 호른을 불었고 해방 이후 연희대학 시절에는 오라토리오에 참여했다. 또 농구선수로 활동하면서 축구팀 골키퍼도 했다. 선생이 예체능 분야에 타고난 재능이 있었으나 숭실중학교 재학 중에 받은 전인적 교육 덕분이리라.

김용근은 1932년 평양 유학 첫해부터 그 유명한 숭실전도대원으로 활동했다. 오른쪽 사진을 찍은 1936년 8월에 김용근은 숭실중학교 졸업반이었다. 김용근은 졸업반 당시 종교부장이었다. 그는 입학 후 졸업할 때까지 전도대 활동에 적극 참여했다.

사진에서는 모두가 한글 또는 한자로 '숭실전도대', '崇實傳導隊'라 쓰인 어깨띠를 두르고 있다. 이 사진의 뒷면에는 선생의 자필로 '世界的 英雄 中 英雄, 超英雄이신 李舜臣 碑閣'이라고 쓰여 있다. '超英雄'은 요즘식으로 표현하면 '수퍼 영웅'이 되겠다. '英雄'이란 단어를 세 번 거듭 사용하면서 이순신 장군을 '超英雄'으로 규정한 이 메모에는 선생의 심경이 담겨 있다. 왜적을 무찌른 영웅의 전공을 기리는 비각 앞에서 특별한 감동을 느낀 것이다. 1936년 1월 20일부터 평양경찰서에 100일간 투옥되어 총수갑을 찬 채 평양의 겨울을 견디고 석방된 지 불과 몇 개월 후였다. 그래서 그런지 이 사진에서 선생의 얼굴과 체구가 더욱 수척해 보인다.

1936년 8월 3일 여수 충무공 비각 앞
오른쪽 두 번째 김용근

1932년 하기(夏期) 호남 영남 순회전도대원
앞줄 왼쪽 첫번째 김용근

신사참배에 저항하여 평양경찰서 감옥에 갇히다

1930년대 일제는 '천황제' 강화를 시도했다. 군국주의를 공고히 하고자 일왕을 숭배하는 국가 제사인 신사참배를 거세게 몰아붙였다. 식민지 인민의 영혼을 지배함으로써 종교는 물론 한국 사회 전체를 일제 중심으로 통일하고 유지하는데 필수적이라고 간주했다.

1935년 조선총독 우가키 가즈시게(宇垣一成)는 만주-조선-일본을 연결하여 일본제국의 결합력을 증대하고자 했다. 그는 이른바 '심전(心田)개발'을 주요 통치 목표로 설정하였다. 마음 밭의 개발은 문자 그대로 식민지 인민의 영혼을 갈아엎고 일제의 의식을 주입하겠다는 것이다. 이는 일본 본국의 '국체명징운동(國體明徵運動)'에 조응한 것으로 천황제 지배 이데올기를 이식시키기 위한 사상과 종교 통제 정책이었다. '국체(國體)'란 천황 중심의 일본의 국가 체제, 즉 일제의 국가 근본 원리를 말한다. 우가키의 심전개발은 조선의 기독교와 천도교 등 개별 종교로부터 일제에 대한 충성을 이끌어내는 것이 주요 목표였다.

조선총독부는 1925년 서울 남산에 조선신사를 완공한 후 전국 각 면에까지 신사를 건립했다. 기독교학교에 대한 일제의 신사참배 강요는 서울보다 평양에서 먼저 시작되었다. 1935년 미 북장로교 조선선교부 실행위원회도 평양의 기독교학교들이 신사참배 강요의 주된 목표물이 될 것임을 예측했다. 서구 제국주의 국가들과 충돌을 무릅쓰고 중국을 침략한 일제로서는 한국 내 비판적인 서구 기독교 세력이 매우 큰 걸림돌이었다. 평양의 기독교계 학교를 굴복시킴으로써 조선을 완전하게 지배할 뿐 아니라 중국 대륙 침략의 발판을 더 단단히 다질 수 있다고 판단했다.

김용근이 100일 동안 갇힌 1930년대 평양경찰서
맨 윗층이 수감시설로 보인다
중앙의 원형 부분에서 수간자들을 감시하는 판옵티콘 구조였다
당시 제작된 일본 사진엽서

일제 통제로부터 비교적 자율적인 상태에 있었던 평양은 전시체제로의 전환기에 본격적인 관리 대상이 되었다. 이런 이유에서 삼숭(三崇, 숭실중, 숭의여중, 숭실전문학교)을 비롯한 평양의 기독교계 학교가 우선적이고 주요한 목표가 된 것이다.

일제는 이미 타이완에서 1933년부터 1935년 사이에 가톨릭학교와 캐나다 선교부가 설립한 영연방 기독교학교들을 굴복시켰다. 평남 도지사 야스다케 다다오(安武直夫)는 바로 이 시기에 타이완총독부 문교국장으로 그 역할을 실행했던 경험을 가진 자였다. 1935년 11월 14일 야스다케는 도청에서 도내 공사립 중등학교 교장회의를 개최하여 신사참배를 명령했다. 숭실중 교장 겸 숭실전문 교장인 윤산온(George McCune)을 비롯하여 숭의여중 선우리(V L Snook) 교장, 순안 의명중학교 교장 리(Lee, H. M.)가 거부했다. 야스다케는 세 학교 교장에게 신사참배는 '국민교육상의 요건'이므로 참배에 응하지 않을 때 단호한 조치를 할 것임을 통고했다.[34] 결국 총독부는 1936년 1월 윤산온, 선우리 교장의 인가를 취소했다.

아래 1935년 9월부터 1936년 2월까지 6개월간의 과정은 일제가 이 시기에 얼마나 강력하고 다급하게 신사참배를 강요했는지 보여준다. 일제는 1937년 중일전쟁을 준비하고 있었고 중국 침략의 발판인 조선에서 평양의 기독교 세력을 우선 제압해야 했다.

1935. 9.   조선총독부, 각급학교에 신사참배를 강요
1935. 12. 4.   평양 기독교계학교, 황자명명식(皇子名命式) 신사참배 불참

1936. 1. 9.	평남지사, 의명학교 교장 소환, 신사참배 이행을 강요	
1936. 1.13.	평남지사, 기독교계학교 신사참배 거부에 관한 담화 발표	
1936. 1.16.	평남지사, 숭실전문학교·숭실학교장과 도내 전체 교장에게 신사참배 실시 여부에 대한 확답 강요	
1936. 1.17.	평남지사, 조만식, 평양신학교 교수 남궁혁과 평양기독청년회 (평양YMCA) 회장 김동원 등 20명을 소집, 신사참배가 국가 의식임을 역설	
1936. 1.18.	숭실전문학교 및 숭실중학교장(겸임) 신사참배를 거부	
1936. 1.20.	숭실전문학교 및 숭실중학교장 신사참배 불참 선언으로 파면	
1936. 1.21.	숭의여학교, 평남지사에게 신사참배 불참을 통고	
1936. 2.22.	평안남도, 신사참배를 거부한 숭의여학교장 대리 임명 취소	

김용근은 1935년 숭실중학교 4학년 종교부장으로 YMCA를 이끌었다. 선생은 신사참배와 궁성요배(宮城遙拜)에 저항했다. 궁성요배란 일왕이 거주하는 궁성이 있는 방향으로 절하는 것을 말한다. 김용근은 평양경찰서에 1936년 1월 혹독한 겨울에 약 100일 감금되었다. 이 기간은 생전의 여러 차례 증언에 따른 것이다. 그런데 선생이 연도를 특정하지 않았고 김용근의 이름이 특정된 일제의 사건 관련 경찰 기록과, 신문기사 등을 발견하지는 못했다.

그런데 '조선출판 경찰월보 제89호'(1936년 1월 21일 작성)를 찾았다. '朝鮮文 新聞紙 差押 記事 要旨-每日申報' 라는 제목의 이 문서는 일제 경찰이 신사참배 거부 사건을 보도한 1936년 1월 21일 자 조선중앙일보(사장 여운형)와 매일신보를 차압한 사실과 해당 기사의 요지를 기록하고 있다. 이 문서에도 김용근의 이름은 없다. 하지만 이 문서가 작성된 시기와 상황은 생전에 필자와 선생의 차남 만진이 선생으로부터 여러 차례 들었던 내용과 가장 유사 하였다.

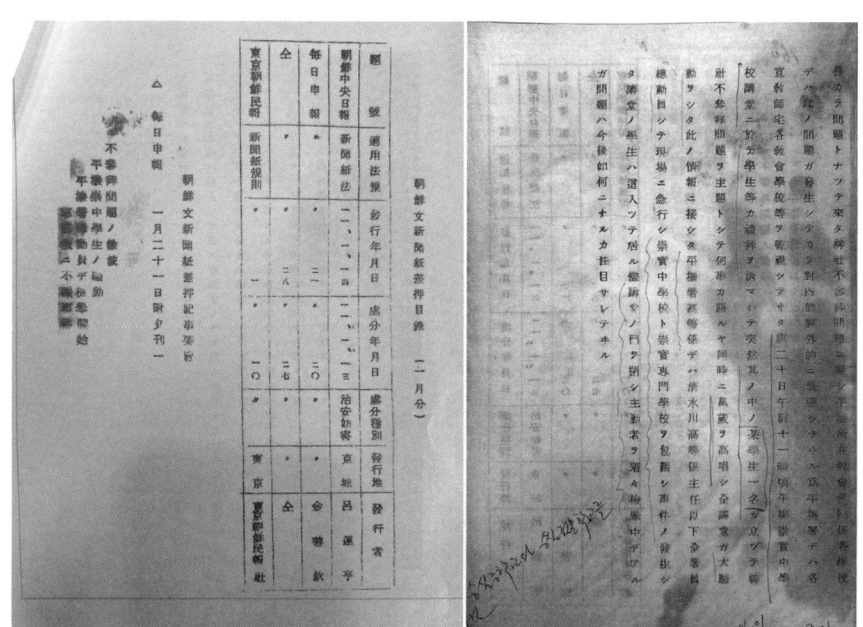

1936년 1월 21 조선출판 경찰월보 제 89호
평양경찰서 고등계 시미즈 가와 작성

이 시기 숭실학교의 신사참배 거부 문제는 평양경찰서 초미의 관심사항이었고 고등과 경부 시미즈 가와(淸水川 勇太郎)가 담당했다. 이 문서에 나타난 기사 요지는 아래와 같다.

"전부터 문제가 되어온 신사불참배 문제에 대하여 평양 소재 교회 측 관계 각 학교는 이 문제가 발생한 후부터 대내적, 대외적으로 긴장하고 있었기 때문에 평양경찰서에서 각 선교사의 집과 각 교회학교 등을 감시하여 온 바, 1936년 1월 20일 오전 11시경 평양 숭실중학교 강당에서 학생들이 예배를 마치고 나서 돌연 그중 모 학생 1명이 일어서서 신사불참배 문제를 주제로 어떤 말을 하고 동시에 만세를 소리높여 불러 전 강당에 대소동이 일었다. 이 정보를 접한 평양서 시미즈 가와 고등계 주임 이하 전 서원이 총동원되어 현장으로 급행하여 숭실중학교와 숭실전문학교를 포위한 사건이 발생하였다. 그 강당에 학생들이 들어있는 채로 강당 문을 잠그고 주동자를 착착 검거 중에 있지만 이 문제가 앞으로 어떻게 될지 주목된다"

당시 정세(情勢)상 숭실중 학생 전원이 모이는 예배 시간이라면 교사는 물론 일제 경찰도 현장에 있었으리라. 더구나 이날 일제는 신사참배 명령을 거부했다는 이유로 숭실학교의 윤산온(조지 S 매퀸) 교장을 파면했다.

평양경찰서는 현장 상황을 보고 받은 즉시 전 서원이 출동하여 숭중과 숭전 캠퍼스를 포위하고 김용근으로 추정되는 문제의 학생을 검거한 것이다. 평양경찰서가 이처럼 긴급하고 강력하게 대처하여 주동자를 체포하고 신문을 차압하는 조치를 한 것은 신사참배가 조선 지배의 핵심 사안이었고, 숭실학교가 평양에서 가장 주요한 목표물이었기 때문이다. 이날의 항의 시위로 숭실학교는 무기휴교에 들어갔고, 윤산온 교장은 같은 해 미국으로 추방되었다. 일제는 숭실중학교에서 일어난 사건을 보도한 조선중앙일보와 매일신보를 차압하여 사건이 외부로 알려지는 것을 차단하고 신사참배 거부 운동의 확산을 막은 것이다.

이 기사에서 주동 학생은 김용근일 가능성이 매우 높다. 신사참배가 논란이 될 때는 숭중 학생자치 활동에서 종교부장의 역할이 가장 중요한 시기였다. 교장이 파면 통고를 받은 날 신사참배 강요에 저항한 것은 김용근의 신앙과 개인적 기질 못지않게 종교부장으로서 책임의식의 발로였다고 할 것이다. 선생의 차남 김만진도 아버지에게 숭실중 시절 체육관에서 농구했던 사실과 평양경찰서 감옥에서 고생했던 얘기를 여러 번 들었다고 한다. 아래 내용은 김만진과 필자의 기억, 그리고 필자가 조사한 바를 종합한 것이다.

숭실중 체육관 겸 대강당은 마룻바닥이었다.[35] 보일러로 난방이 되는 최신식 건물이었다. 음악회, 강연, 가극, 영화상영 등과 일반 대중 집회를 열 수 있었다. 실내체육관의 기능도 겸하였다. 지하실에도 400여 명을 수용할 강당과 50여 명을 수용하는 목욕탕이 3개 있었다. 김용근은 이곳에서 맨발로 농구를 즐겼다. 당시 고무신이 일본에서 막 들어왔고 운동화는 구경하기도 어려운 때였다. 김용근은 심지어 전등을 켜고 밤에도 농구를 했다. 그는 어느 학생보다 체격이 좋았고 체구도 컸다. 식욕이 왕성할 수밖에 없었다. 식당의 주방 아주머니들에게 김용근은 '밥 많이 먹는 학생'으로 알려져 있었다. 그는 식사시간에 빨리 밥을 받아먹고 나서 한 번 더 밥을 타 먹었다. 배식하는 사람들도 김용근이 두 번씩 먹는 것을 당연히 여겼다.

1930년대 숭실학교 대강당 겸 체육관
96면 그림 숭실학교 캠퍼스 배치도의 51번 건물
김용근은 채플시간에 이곳에서 평양경찰에 체포되었다

체육관에서 농구하는 학생들
김용근도 이곳에서 농구를 즐겼다

체육관은 대강당이었기에 전교생 예배(채플)도 치렀다. 96면 캠퍼스 배치도 51번 건물이다. 대강당에서 채플을 주관하는 것은 종교부장의 몫이었다. 평양경찰에 체포되던 당일 채플도 종교부장인 김용근이 진행을 맡았으리라. 선생은 생전에 이렇게 말했다.

"아침에 교사와 학생 모두 모인 자리에서 일왕이 있는 동쪽을 향해 일제히 절(황거요배)을 할 때 뒷짐을 진 채 뻣뻣하게 서 있었고, 이 모습을 칼을 찬 정복 차림의 일제 순사가 지켜보고 있었다."

김만진은 아버지로부터 자신이 농구를 하던 대강당에서 채플 때 체포되어 평양경찰서로 끌려갔다고 여러 번 들었다. 19세 김용근은 100일 동안 평양경찰서 감옥에 갇혀 평양의 혹독한 겨울을 보냈다. 일제 경찰은 한참 동안 총수갑을 채운 채 감방의 뒷창문을 열어 두었다. 총수갑이란 등 뒤에서 양손을 위아래로 교차하여 채우는 수갑이다. 선생은 밥을 개처럼 엎드려 핥아먹었다고 회고했다. 악질적 고문이었다. 비록 어렸으나 김용근은 체격이 컸으며 운동으로 단련되었고 목소리도 컸다. 일제경찰은 김용근을 제압하려면 가혹한 방법을 써야 한다고 생각했을 것이다. 선생은 결국 '뼈와 가죽만 남은' 모습으로 출옥했다. 이때부터 선생은 일경의 요시찰인물로 분류되었다.

이 사건을 지휘하고 숭실의 신사참배 거부 운동을 탄압한 시미즈 가와는 1927년 조선총독부 도경부 및 도경부보(道警部補) 고시에 합격하여 평양서에 부임했고 33년 평양경찰서 경부가 되었다. 그는 43년에 평남

경찰 최고위직인 도경시(道警視)로 승진했다. 조선총독의 훈장을 최소 8차례 받았다.[36]

문익환, 윤동주의 동맹자퇴 참여

문익환은 1935년 봄, 숭실중학교 4학년에 윤동주는 같은 해 가을, 3학년에 편입하여[37] 이듬해 3월까지 재학했다. 두 사람은 편입하자마자 신사참배 거부운동을 만났다.[38] 문익환은 다음과 같이 회고했다.

> "모처럼 찾아온 고국 땅, 고구려의 옛 수도 평양에서 학생 생활을 하는 것도 겨우 한 학기. 신사참배 문제가 터지고야 말았던 것이다. 1936년 4월 어느 날이었던 것 같다. 전체 중학생들이 아침 예배시간이 끝나자 들고 일어났다. 요샛말로 '데모'에 나섰던 것이다."[39]

두 사람은 이때 동맹 자퇴에 참여했고 다시 용정으로 돌아가 친일적인 광명중학교에 편입해야 했다. 그들이 원래 다녔던 은진중학교는 민족교육이 가능했다. 캐나다 선교회가 선교부 구역에 설립한 학교여서 치외법권이 적용되기에 일제의 간섭을 받지 않았기 때문이다. 하지만 은진중학교는 4년제 대학 진학을 위한 학력인정을 받을 수 없었다. 1922년 제2차 조선교육령에 따라 중학교 학제가 4년제에서 5년제로 바뀌었다. 그리고 1923년 문부성령 1호에 따라 각종 사립학교와 같은 미인가(未認可) 학교 출신이 상급학교로 진학하려면, 총독부 지정학교 또는 5학년제 중학교를 졸업하거나 검정시험제도를 거쳐야 했다. 일제는 이런 방식으로 사립학교를 길들여 민족교육이 불가능하게 만들었다. 광명중학교는 5년제 중학교로 졸업 후 4년제 대학 진학이 가능했으나 일본 낭인 출신이 설립한 '만주군관학교의 예비학원'쯤 되는 분위기였다. 신사참배를 신성한 의무로 여기고 거행하는 곳이었다. 문익환은 당시 상황을 "솥에서 튀어나와 숯불에 내려앉은 격이었다."고 회고했다.[40]

숭실중학교 학생들의 신사참배 거부운동은 한 차례로 끝나지 않고 여러 차례 진행되었다.[41] 이 시기를 윤동주는 아래의 시로 묘사한다.

앙상한 소나무 가지에
훈훈한 바람의 날개가 스치고
얼음 섞인 대동강물에
한나절 햇발이 미끌어지다.
허물어진 성(城)터에서
철모르는 여아(女兒)들이
저도 모를 이국(異國)말로
재잘대며 뜀을 뛰고
난데없는 자동차(自動車)가 밉다.
  -「모란봉에서」, (1936. 3. 24.)

윤동주는 '앙상한 소나무 가지', '얼음 섞인 대동강물'로 조국의 암울한 현실을 묘사한다. 빼앗긴 나라는 '허물어진 성터'이건만 철없는 아이들은 조선어 대신 일본어로 재잘대며 놀고 있는 슬픈 현실이다. 시인은 '난데없는 자동차'가 왜 미울까? 누가 탔기에, 일본인 아닐까.[42]

이 시가 쓰여질 때 김용근은 평양경찰서 감옥에 갇혀 있었다.

김용근, 도산 안창호를 만나다

김용근은 1936년 평양경찰서 출옥 후 안창호(1878~1938)를 만났다. 평남이 고향인 안창호는 1935년 2월 대전형무소에서 가석방되어 전국을 돌며 순회강연을 하다 평양에 머물고 있었다. 석방된지 얼마되지 않았으나 김용근은 여전히 피가 끓었다. 그는 민족주의 진영의 거목 안창호를 만난다는 벅찬 기쁨을 가누지 못했다.

김용근은 도산에게 당돌하게 물었다.
"선생님, 이 민족이 제대로 살 수 있는 길을 가르쳐 주십시오"
꽤 긴 침묵 끝에 도산이 대답했다.
"지금 이 민족을 위해 사는 길은 고향에 가서 돼지 한 마리만이라도 전문적으로 기르는 것을 공부해라. 전문적으로 돼지를 길러가는 그 속에서 바로 민족의 현실에 기여할 힘이 나올 것이다"(문집, 85면)

민족개조론자이자 실력양성론자다운 답변이었다. 하지만 도산의 말은 청년 김용근에게 큰 자극이었다. 그는 민족에 대한 뜨거운 사랑을 실천하고, 민족을 위해 보람된 일을 구체화하리라 다짐했다. 도산이 무슨 말을 했더라도 애국심에 불타는 김용근은 감동받지 않을 수 없었으리라.

도산의 평양 은거 생활은 오래가지 못했다. 그는 다시 1937년 6월 수양동우회 사건으로 체포되어 서대문형무소에 수감되었다가 이듬해 3월 간경화와 폐렴의 합병증으로 숨졌다. 몽양 여운형과 고당 조만식 등이 그의 마지막을 지켰다. 도산은 자신이 주도하여 만든 수양동우회의 지도자급 인사 대부분이 친일파로 변절하였으나 최후까지 일제의 회유를 물리쳤고 타협을 거부하여 좌우 진영으로부터 존경을 받았다.

개량서당 교사 김용근 다시 투옥되다

1937년 3월 숭실중학교를 졸업한 선생은 두 달 후 영광군 염산 야월교회 개량서당의 교사로 참여했다. 개량서당은 재래의 서당을 개량하여 근대적 초등교육기관으로 활용하기 위해 만들어졌는데 1920년대 교육열의 고조로 더욱 활발해졌다. 당시 초등교육기관이 절대적으로 부족했기 때문이다. 이는 농촌에서 더욱 절실했다.

1908년 이후 일제는 서당을 개선하려는 지침을 확정했으나 사실은 일본어 보급을 위한 것으로 민족교육을 약화시키고 부족한 초등교육기관을 메우기 위한 방편이었다. 그런데 일제가 사립학교를 탄압하면서 민족교육운동은 서당·야학·강습회 등을 통하여 세력을 확장했다. 이에 따라 서당의 수가 증가하자, 일제는 보수성을 지닌 재래서당에 대하여는 온건책을 쓰면서 주로 개량서당을 탄압하였다. 1929년 서당 규칙을 개정하여 서당의 설립을 도지사 인가제로 강화하고 기존 서당을 폐쇄하였다. 따라서 1930년대 이후 서당의 수는 급격히 감소하였고 식민지 초등교육기관으로 바뀌었다.

개량서당은 1930년대 초 동아일보가 주도한 문맹퇴치운동인 '브나로드운동'의 장이었다. 브나로드(В Нарoд)운동은 민중 속으로 가자는 러시아어의 뜻을 모티브로 삼은 것으로 '상록수운동'으로 불리기도 했다. 심훈의 소설 『상록수』에서 유래한 것이다. 브나로드운동은 동아일보, 조선일보 등 언론계와 기독교, 천도교 같은 종교계, 조선어학회와 청년학생이 거국적으로 참여한 문화운동이었다. 조선어학회는 1933년 10월 29일 〈한글맞춤법통일안〉을 확정하였다. 이후 전국에서 조선어강습회를 열었으며 만주의 간도까지 나아갔다. 하지만 일제 군국주의가 본격화하면서 이 운동은 본질적으로 일제의 민족 말살 정책과 충돌할 수밖에 없었고 결국 금지되었다.

김용근은 37년 3월에 숭실중학교를 졸업하고 5월 25일부터 영광군 염산면 야월교회 개량서당 교사로 근무했다. 서당 강의가 문제가 되어 김용근은 같은 해 7월 일제 경찰에 체포되었고 목포형무소에 투옥되었다. 야월교회는 미국 남장로회 목포선교센터에서 1908년에 건립했다. 이 교회에서도 신사참배 거부로 장로와 집사 등이 구속되었다. 야월교회와 그 일대는 한국전쟁 기간 좌우대립으로 영광 지역 최대 희생자가 나온 비극의 역사가 서린 곳이다. 필자가 자료 수집차 방문했을 때 교회에는 김용근이 관련된 1937년 사건에 대한 기록은 없었다.

일제 판결문은 김용근의 불온한 언동이 치안을 방해했음을 문제 삼고 있다. 크게 두 가지로 요약된다.

첫째, 1937년 6월 중순 서당 교실에서 김용근이 학생 38명을 대상으로 조선이 일본에게 약탈당했으며, 장차 조선이 독립될 것이라는 등 정치에 관한 불온한 언동을 야기하여 치안을 방해했다.

둘째, 같은 해 7월 13일 정오 경 서당 교정에서 친우 조동현(曹東鉉)과 서당 학생 45명과의 대담 중에 북지사변(北支事變) 관련하여 러시아가 중국을 후원하기 때문에 일본이 질지도 모른다. 중국이 이기면 조선은 독립될 텐데 조선에는 인물이 없어 큰일이라는 말 등으로 북지사변에서의 군사에 관한 유언비어를 유포하여 정치에 관한 불온한 언동을 야기하여 치안을 방해했다는 것이다.

북지(北支)는 중국 북부를 말한다. 일제는 1937년 7월 7일 노구교 사건을 조작하여 책임을 중국군에 뒤집어씌우고 북지사변, 즉 중일전쟁을 일으켰다. 1931년 9월 류타오후사건을 조작하여 만주를 침략한 것과 판박이다.

김용근은 일제의 한국 침탈과 국제정세 등을 설명하여 학생들에게 독립의식을 고취시킨 것이다. 김용근은 국제정세를 정확하게 꿰뚫어 설명하고 있다. 김용근은 6개월 징역형을 받았다. 치안유지법과 보안법 뿐 아니라 군형법이 적용되었다. 실제 행위로 이어진 일이 없음에도 일제의 판결은 매우 가혹했다. 일제가 이미 군국주의 파시즘 체제를 완비하고 중국을 침략한 상황과 숭실중학교 재학 시절 평양경찰서에 투옥된 김용근의 전력 때문일 것이다.

동아일보는 이 사건을 1937년 10월 14일자에서 다음과 같이 보도하였다.

"서당교사로서 학생들에게 중일전쟁에 관하여 불온한 언동을 하였다 하여 체포·기소되었던 김용근의 공판이 목포지청에서 개정되었는데 처음으로 군사형법이 적용되어 징역 6월형이 구형되다"[43]

조동현이 속한 한국 광복군 제1지대원들
출처 : 독립기념관 한국독립운동사연구소

이 동아일보 기사는 야월교회 개량서당 사건에 처음으로 군형법이 적용되었다는 사실만을 건조하게 알려주고 있다. 기사는 김용근의 발언 내용과 그 적합성 그리고 기소와 재판의 정당성 여부와 형량의 적절성 등을 구체적으로 따지지 않았다. 일제가 언론 기사를 사전 검열하여 강력한 보도 통제를 실행하고 있었기 때문이다. 민간인 김용근에게 군형법을 적용한 것은 일제가 전시 군국주의 파시즘 체제로 돌입했음을 보여준다.

이 판결문에서 야월교회 개량서당 교사이자 김용근의 친우로 언급된 조동현(1923~1945)은 전북 순창 출신이다. 조동현은 일본군에 징집되었으나 탈출하여 광복군에 합류하여 광복군 제1지대 소속으로 중국에서 작전을 수행하다 1945년 5월 전사했다. 그가 김용근과 함께 개량서당 교사로 참여한 것은 서당 교육을 항일투쟁의 장으로 활용하는 애국계몽운동의 일환이었다.

김용근은 1937년 7월 체포되어 목포형무소에서 1938년 6월 석방되었다. 이 기간은 선생이 1970년에 직접 작성한 인사기록 카드에 따랐다. 6개월 형이었으나 실제로는 구치 기간 포함 1년 동안 옥살이를 했다.

두 번째 옥살이에서 석방된지 10개월 후 김용근은 1939년 2월 2일 결혼식을 올린다. 그의 나이 22세였다. 필자가 선생에게 직접 들은 바, 부친 김준수 옹이 선생에게 어느 날 행선지를 알려주지 않은 채 어딘가를 갈 테니 옷을 갖춰 입으라 했다. 아버지를 따라나섰는데, "네 아내가 될 사람이다"라며 조주일을 소개했다.

1940년 첫아들 창중 백일 기념

부친 김준수 옹은 아들이 목포형무소에서 석방되자 서둘러서 혼인시킨 것이다. 김준수 옹의 입장에서 보자면, 명문 숭실중학교를 졸업한 2대 독자이고 장남인 김용근에게 많은 기대를 했으리라. 그런데 20대 초반에 두 번째 투옥을 당했으니 크게 불안했을 것이다. 더구나 전쟁 중 아닌가. 결혼하여 가정을 꾸리면 한층 안정되리라 여겼을 것이다.

앞면(129면) 사진은 첫아들 창중의 백일기념 사진이다. 창중의 실제 생일은 40년 8월 30일이다. 젊은 부부의 얼굴에는 옅은 미소가 어리었다. 포즈도 흔히 옛 인물사진에서 보이는 경직된 모습이 아니라 매우 자연스럽다. 김용근은 연희전문학교 교복을 반듯하게 입었고 한복을 입은 아름다운 부인은 행복한 얼굴이다. 잘생긴 젖먹이는 똑바로 카메라를 응시하고 있다. 이때도 김준수 옹이 목포에서 사진관을 경영하고 있었다면 아들 가족사진을 직접 찍어서 현상했을 수도 있겠다.

제5장

연희전문학교와 총독암살단

연희전문학교 1940

김용근은 결혼 후 목포에서 신혼살림을 차리고 온금학원에서 잠시 교사로 근무하다가 1940년 4월 연희전문학교 문과에 입학했다. 그해 8월 장남 창중이 태어났다. 김용근은 연전 입학 후 신앙과 신념의 변화를 겪었다. 이는 총독암살단을 조직하는 등 새로운 방식의 독립운동으로 나타났다. 연희전문 시절 김용근은 새로운 교우관계를 형성하게 되었고 광복을 맞이할 때까지 더욱 본격적으로 항일운동에 참여하게 된다.

연전의 학풍은 상당히 자유주의적이었다. 보성전문학교가 정법학, 경상학, 실용화학, 공업, 상업 등 응용·실용 학문 중심이었다면 연희전문학교는 인문학, 경제학, 신학, 수학, 물리학 등 순수학문 중심이었다.

연전의 학생운동은 기독교주의의 영향을 받으면서 시작되었다. 그런데 광주학생독립운동 이후 특히 1931년 만주사변 즈음부터 변화가 본격화되어 1932년 1월 10일 동맹휴학 운동을 계기로 사회주의로 기울었다.[44] 이런 경향이 연전에만 국한된 것은 아니었다. 1920년대부터 1930년대 후반 사이에 연전에는 유명한 사회주의 이론가들이 교수로 재직했다. 백남운(1894~1979, 전북 고창, 경제사), 이관용(1891~1933, 대한제국 황실 친족, 철학), 이순탁(1897~?, 전남 해남, 사학) 등이다. 백남운은 해방 후 민주주의민족전선, 근로인민당 등에 참여했고 월북하여 북에서 교육상, 최고인민회의 의장, 조국전선 의장 등을 역임하였다. 이순탁은 카와카미 하지메(河上肇)로부터 마르크스경제학을 공부했고 중도 좌파와 중도 우파 사이의 정치적 편력을 보이다 한국전쟁 중 납북되었다. 1938년 백남운은 조선사정연구회 사건으로 투옥되어 퇴직했고 이순탁은 경제연구회 사건으로 퇴직했다. 이때는 김용근이 연전에 입학하기 2년 전이었다.

김용근은 연전 재학 중 음악과 체육 활동에도 열심이었다. 김용근은 1984년 인터뷰에서 음악 스승으로 현제명과 박태준을 꼽는다.(문집 88면) '음악을 꽤 한 셈'이고 '악보를 좀 볼 줄 안다'고 말한다. 그는 연희전문 시절 현제명(1902~1960)이 지휘하는 오케스트라에서 2년간 호른을 연주했다. 그 덕분에 1942년 초부터 3년 여 전주형무소 옥살이 동안 기상나팔을 불었다. 선생은 또 박태준(1900~1986)의 오라토리오에도 6년간 참여했다.

현제명은 숭실 출신으로 김용근의 선배이자 스승인 셈이다. '고향생각', '그집앞', '희망의 나라'로 등 교과서에 실린 유명한 작품을 남겼으나 일제 말 적극적인 친일 활동을 하여 친일 인사로 분류된다. 박태준은 한국 근대 음악에서 독보적 존재로 평가 받는다. 평양 숭실전문학교를 졸업하였다. '오빠 생각' 같은 곡에는 나라 잃은 슬픔이 담겼다. 박태준은 일제강점기 항일운동 혐의로 잠시 투옥된 적이 있고 제헌절 노래도 작곡했다. 그런데 그도 친일 논란으로부터 자유롭지는 않다. 박태준은 1945년 한국 오라토리오합창단을 창단했다.

"萬歲불러 그대를 보내는 이날
임금님의 軍士로 떠나가는 길
우리 나라 日本을 지키랍시는
惶悚합신 뜻 받아 가는 志願兵"

춘원 이광수 작사, 박태준 작곡 〈지원병장행가(志願兵壯行歌)〉이다. 조선 청년들을 전쟁터로 이끄는 이 참담한 노래는 1939년에 만들어졌다.

태평양전쟁기 전후(前後) 교육현실과 학원의 항일투쟁[45]

1930년대가 만주침략과 중일전쟁으로 규정된다면 1940년대는 태평양전쟁기였다. 미국과 관계가 악화된 일제는 1941년 12월 7일 진주만을 선제적으로 기습하기에 이른다. 비상 전시체제하 일제 통치의 특징은 민족 말살과 전시 경제체제로 요약할 수 있다.

39년과 40년 사이 주요 사건을 보자. 태평양전쟁을 앞두고 강제징용 (1939년 7월), 강제징병(1939년 9월)이 실시되었고, 국어 및 국사 교육을 금지했으며 창씨개명(1939년 말)으로 민족정체성을 말살하고자 했다.

일제는 전쟁물자 조달을 위해 한국의 모든 자원을 대량으로 수탈했다. 40년 9월, 광복군이 창설되었으며 이후 광복군은 미군과 합동으로 한국 상륙을 위해 미군 전략정보처(OSS) 훈련을 실시했다. 학원의 항일투쟁은 중일전쟁 때보다 더욱 거세게 타올랐다. 극심한 감시와 탄압 때문에 항일투쟁은 비밀결사 방식으로 전환되어 전국 모든 온갖 학교에서 비밀결사가 조직되었다.

1938년 제3차 조선교육령으로 조선어는 수의(隨意)과목, 즉 선택과목으로 전락했다. 초중등학교에서 조선어가 폐지되고, 전문학교에서는 일본학으로 대체되었다.[46] 1941년부터 1년간 태평양전쟁 발발을 전후한 애국교원들은 일제의 식민 통치 및 그 정책, 그리고 일제의 국체(國體)나 전쟁을 비판하며 교육했다. '실력 배양 교육'이 아니라 '항일투쟁 교육'이었다.[47] 김용근의 1937년 야월교회 개량서당과 1941년 목포 온금학원에서의 교육이 여기에 속한다.

일제는 비밀결사를 적발하기 위해 학생과 교원들을 집중적으로 감시했고, 체포 후 온갖 고문을 자행했다. 많은 학생과 교사가 목숨을 잃었다. 1941년 7월부터 체포된 대구사범학교 다혁당 관련자들 가운데 무려 17명이 고문으로 숨졌다. 5명은 옥사했으며 12명은 출옥 후 고문 후유증으로 숨졌다.(조동걸, 526면) 해방 후 대구지역에서 이승만과 박정희 독재에 대한 치열한 저항의 근원에는 바로 이런 역사가 있었다. 1940년 부산제2상업학교와 동래중학교의 항일 시위, 1943년 광주서중의 '무등회' 사건(제2차 광주학생독립운동이라고도 불린다)도 비밀결사로 이뤄졌다. 1943년 3월 15일 광주서중에서는 비밀결사인 '무등회'가 주도한 궐기대회와 5월 20일의 동맹휴학 사건에서 학생 3명이 고문으로 순국했다. 일제의 패색이 완연해진 1943년부터 저항이 거세짐에 따라 탄압도 극악해졌다.

학원가 투쟁은 1942년 4월 18일 도쿄 공습, 1943년 태평양 일대 일본군의 옥쇄 전투, 1944년 미 공군의 한국 정찰 비행의 영향을 받았다. 한국 임시정부 정보원이 국내에서 활약했고, 학생과 지식인들은 단파수신기로 패전 소식을 청취하고 있었다. 학생들으 근로봉사(강제노역)에 대한 항거로 일인 학생과 교사를 구타하기도 했다. 학병 거부, 부대 탈출도 많았고 나아가 의거를 계획했다. 일본군 평양사단 소속 학병들이 의거를 모의하다 1944년 11월에 발각되어 70여 명이 피검 되었다. 중학생, 사범학생들은 당(黨)을 조직했다. 당은 비밀유지와 강한 결속력과 충성도를 요구하는 조직이다. 대구사범의 茶革黨(1941), 경복중의 槿木黨(1943)과 黑白黨(1944), 동래중의 朝鮮獨立黨(1944) 등이다. 전국적으로 수많은 불경, 불온 언동과 불온 낙서 사건들이 있었다. '조선 독립' '조선 독립 만세' '일본인을 죽여라' 등 낙서들은 길거리 또는 변소 등에서 행해졌다.

총독암살단과 '新社會그룹'

총독암살단 결성은 일제강점기 김용근 선생의 마지막 항일투쟁이었다. 하지만 이 사건은 일제에 발각되지 않았고, 다른 사건으로 투옥되었다. 선생은 5·18 관련하여 1980년 군감옥에 투옥되는 것을 계기로 비로소 독립유공자 신청을 했다. 하지만 1985년 별세 후 1987년에야 독립유공자로 추서되었다. 군감옥에서 석방된 후 선생이 일제 때 항일투쟁으로 투옥된 일들이 모조리 단순 전과(前科)로 조회되더라, 며 황당해하시던 일이 떠오른다.

총독암살단 활동은 일제가 포착하지 못하여 사건화되지 않았기에 일제 경찰의 수사, 재판, 언론 보도 등의 기록이 없고 선생의 증언만이 있다. 그것도 양이 많지 않다. 그런데 다행히도 선생과 함께 재판을 받았던 고(故) 임형선 독립운동가의 인터뷰를 발견함으로써 총독암살단 활동을 포함하여 선생의 항일운동 실상의 일부를 추론할 근거를 확보했다.

총독암살단 및 '신사회그룹'의 활동과 관련한 중요한 기록들은 다음과 같다.

첫째, 1984년 김용근과 정진백의 인터뷰가 있다. 이때 선생이 유일하게 직접 총독암살단을 언급했다.(『碩隱 金容根 先生 文集』(1991) 75-92면, 이하 문집)[48]

둘째, 2001년 임형선이 세 차례에 걸쳐 독립운동사 연구자들과 인터뷰했다.[49]

이 인터뷰에서 임형선은 자신이 김용근, 성백우와 함께 '신사회그룹'이라는 비밀결사를 만들어 항일투쟁을 했다고 밝히고 있다. 실제 그는 성백우와 함께 김용근의 재판기록에 등장한다. 이 인터뷰는 임형선의 활동에 초점을 맞추고 있으나, 김용근, 성백우(1921~1950), 임형선(1921~2005) 세 독립운동가의 활동 시기와 만남의 과정, 활동 내용을 비교적 자세하게 담고 있다.

셋째, 1994년 임형선의 국민일보 인터뷰가 있다.[50]

넷째, 김용근이 항일결사를 조직했다는 1942년 1월 15일 자 장수(長水)경찰서의 보고서가 있다.[51]

다섯째, 1942년 김용근, 성백우, 임형선에 대한 전주지방법원 판결문이 있다.

위의 기록들을 여러 차례 검토한 결과 다음의 한계가 있음을 발견했다. 먼저 임형선 인터뷰의 불완전성이다. 시기, 장소 등이 내용상 일치하지 않는 등 인터뷰 기록이 때로 부정확함이 발견되었다. 한국사데이터베이스에서 찾은 인터뷰 기록은 독립운동연구자(인터뷰어)와 임형선의 대화 그대로를 녹취한 것이었다. 임형선은 2001년 인터뷰 당시 만 80세였다. 기억이 때로 혼란스럽고 발음이 부정확할 수 있는바 연구자(인터뷰어)가 이를 제대로 확인하지 않았다. 임형선 생존시 〈신사회그룹〉에 대한 선행 연구가 있었다면 이런 문제가 다소 해결되었을 수도 있었으리라는 아쉬움이 있다. 다음으로 김용근과 정진백의 인터뷰에서 총독암살단에 대한 언급은 너무 간단하다. 단 한 차례, 한 문단이 전부다. 그리고 중요한 관련자인 성백우의 경우 1950년 3월에 타계했고 후손도 없다. 따라서 임형선의 인터뷰 진술과 재판기록 외에 어떤 참고할 자료를 찾을 수가 없었다. 일제 판결문은 항일투쟁에서 실제 논의하고 실천한 일의 극히 일부만을 다뤘다. 항일운동가들이 고문을 견디며 비밀을 지켰기 때문이다.

▶판결문에 보면, 판결문이 극히 일부분이지 않습니까?

▷극히 일부분이지 뭐… 다 나올 수는 없는 거여. 다 나왔다가는 큰일 나게."
(임형선, 530면, 질문 : ▶, 대답 : ▷)

따라서 판결문 자체가 역사적 사실을 온전히 드러내지 못한다. 이런 여러 한계에도 불구하고 이를 통해 사실에 접근할 실마리를 얻을 수 있다.

세 독립운동가의 인연과 배경

- 김용근, 성백우를 만나다

두 사람은 연희전문학교 문과 입학 동기이다. 성백우가 경기상업학교 재학 중 일본 학생들과 한국 학생들 사이에 큰 격투 사건이 있었다. 성백우가 중심인물이었다. 그는 운동을 잘했기에 싸움에도 능했다. 이 사건은 학교 밖에서도 관심을 가질 정도였지만 일제가 보도를 통제하여 신문에 나지 않았다. 일제 판결문은 이 사건을 인용하며 성백우를 가리켜 "경기상업학교 제3학년 경부터 동교에서 내국인과 조선인 생도 간에 차별 대우를 하고 있다고 망단(妄斷)하여, 점차 민족의식을 품고 드디어 조선의 독립을 갈망함에 이른 자"로 규정한다. 성백우는 이 일로 연전 입학 전 이미 일경의 주목을 받았다. 판결문은 김용근과 성백우가 한강에서 수영과 축구를 함께 하면서 조선독립에 대해 사상이 통했다고 묘사하고 있다. 두 사람은 모두 연전 입학 이전에 이미 요시찰 인물이었고 불의를 참지 못하는 성격이었다. 쉽게 동질감을 느꼈을 것이다.

성백우의 집은 마포에 있었고 충남 아산에도 있었다. 비교적 유복했다. 김용근, 성백우, 임형선 세 사람은 성백우의 마포 집에서 수시로 만나 독립운동을 논의했다. 임형선은 성백우가 신사회 활동을 할 때 확고한 좌익 사상을 지니고 있었다고 한다. 임형선의 표현을 그대로 빌리면 성백우는 '원래부터 빨갱이'였다. 맥락상 이 말은 혐오나 비하 또는 경멸적 의미의 표현은 아니다. 임형선은 김용근의 사상적 배경에 대해서는 따로 언급하지 않았다.

- 임형선, 성백우를 처음 만나다

두 사람은 대구사범학교에 응시하러 가던 중 우연히 같은 차에 동승하여 친분을 형성했다. 모두 충남 출신으로 임형선은 온양온천국민학교를, 성백우는 예산 신양국민학교를 우등으로 졸업했다. 임형선의 집안은 유교 전통에 따랐지만 혼자만 감리교회에 다녔다. 예산 시내에 감리교회가 있었는데, 그 교회 목사가 훌륭하여 많은 학생들이 감화를 받았다. 임형선은 예산농업학교 재학 시절 『한알의 밀』이란 책을 읽고 기독교 신자가 되었다. 잃어버린 조국을 되찾는데 한 알의 밀이 되어 독립운동에 앞장설 것을 결심했다. 그는 감리교 성직자를 꿈꾸었다. 임형선은 교회에서 닥터 아멘트 선교사를 만나 그를 아버지라고 불렀고 공부와 신앙의 영향을 받았다. 아멘트 선교사도 그를 아들로 여기고 각별한 관심과 사랑을 보냈다. 임형선은 신사 보수 작업을 거부하여 경찰에 연행된 적이 있다. 그의 부친은 일제하 면장이었지만, 결국 아들의 독립운동 때문에 면직되었다.(임형선, 528면) 임형선은 김용근 못지않은 독실한 기독교 신앙인이자 확고한 민족주의자였다.

> "한 직장에서도 일본인들은 우리보다 두 배의 급여를 받았어요. 젊은 남자
> 들은 징병으로 끌어내고 젊은 여자는 정신대로 보냈어요. 이런 상황에서
> 공부를 계속한다는 것이 사치스러운 일로 여겨졌어요"

임형선은 인터뷰에서 일제의 차별에 대한 분노가 독립운동에 나선 계
기임을 밝히고 있다. 그는 전주형무소 옥살이를 마치고 도고수리조합에
근무하며 가정을 꾸렸다. 당시 임형선은 성백우와 식민지 농정에 대해
많은 토론을 했고 소작료 불납운동을 상의했다. 도고수리조합의 관내는
6개의 농업구역으로 나뉘었고 각 구역의 책임자를 농구장(農區長)이라
불렀다. 임형선은 농구장으로 소작인들을 감독하는 역할을 했다. 가을
수확철이 되면 농구장이 총 수확고를 산출한다. 평균 중간 정도의 농사
소출이 이뤄진 논을 정해야 한다. 이른바 평뜨기, '왜말'로 '쓰보가리'(つ
ぼがり. 坪刈法이라고도 한다)다. 일정한 구역의 총 수확량을 추정하기
위해 한 평의 벼를 베어 조사하는 일이다. 임형선은 일본인 지주들의 감
시를 의식했지만, 농구장으로서 소작인들로 하여금 상대적으로 농사가
잘되지 않은 농토의 벼를 베도록 했다. 소작인들은 일인 지주로부터 고
발당할까봐 두려워했다. 하지만 임형선은 자신이 책임질 테니 걱정 말라
고 했다. 일인들은 부재지주라 일일이 쫓아다니며 감시하기는 쉽지 않았
다. 이런 방식으로 그는 평균 소작료를 10~20% 정도 낮추어서 도고면
소작인들을 도왔다. 소작료를 줄여주는 소극적 저항운동인 셈이다. 당시

일제는 조선 땅에서 1000만석 이상의 공출을 거둬갔다. 농민들은 자신에게도 이익이 될 뿐 아니라, 임형선이 항일운동으로 징역 살았던 것을 알고 있어서 그를 신뢰했다. 그는 항일운동으로 세 번 감옥살이를 했다.

-김용근, 임형선을 만나다.

김용근은 성백우를 통해 임형선을 만났다. 임형선은 김용근에 대한 기억과 인상을 전한다.

▶(임형선 선생은) 42년도에 체포가 (되었군요)··· 그러면 김용근이란 분은 ···?
▷김용근이는 그 사람 참 똑똑했는데 똑똑한 건 잊을 수가 ··· 원래 평양 숭실학교 졸업생인데, 연희전문 와서 성백우하고 한 반이었어. 그 문과에 그 클라스메이트지. 그렇기 둘이 친하고 난 성백우를 통해서 알게 된 친구죠. (임형선, 530면)

임형선이 선생을 똑똑하다고 강조하는 것이 매우 인상적이다. 김용근, 성백우, 임형선은 이렇게 동지가 되었다. 세 사람 가운데 김용근은 1917년생이고 다른 두 사람은 1921년 생으로 4살 나이 차가 났다. 하지만 실제 나이 차는 더 적었을 수도 있다. 당시 영아사망률이 높아 출생신고를 늦게 하는 일이 많아서다.

총독암살단은 구성원과 활동 시기가 신사회그룹과 일부 겹친다. 따라서 세 사람의 투옥 시기와 활동을 잘 살펴보아야 한다. 세 사람의 여러 기록을 비교하여 표로 만들어 보았다.

• 김용근, 임형선, 성백우의 투옥 시기와 활동

	김용근	임형선	성백우
	1940.04. 연전 문과 입학, 9월 휴학	1941.04. 일본 동양대 입학 후 6월 중퇴	1940.04. 연전 문과 입학
	1941.10. 온금학원 교사	신창금융조합 근무	
1차 '新社會'	1942.01.15. 전북 장수서 조사 1942.01.~45.04. 전주형무소 옥살이	1942.01.12. ~ 44.01.12. 전주형무소 옥살이	1942.12. 체포 1943.03.12. ~44.09.29. 가출옥
	연전 휴학 중	1944.03 도고수리조합 취업 후 결혼	연전 재학 중(?)
2차 '新社會'	전주형무소 옥살이	1944.10.12. 동대문경찰서 체포·수사	1944.11.말 동대문경찰서 체포·수사
출옥	1945.04. 전주형무소	1945.08.16. 서대문형무소	1945.08.16. 서대문형무소

먼저 김용근의 진술을 보자. 김용근은 생전에 여러 차례 개인적인 자리에서 자신이 조직했던 총독암살단에 대해 언급했다. 『금호문화』 1984년 11월~12월호에서 정진백 인터뷰를 통해 김용근의 총독암살단 관련 인터뷰가 아주 짧게나마 최초로 활자화되었다.

▶정 : 그 사건(개량서당 사건) 뒤로도 항일투쟁의 고삐를 늦추지 않으신 것으로 알고 있습니다만.
▷김 : 1938년 10월에 (목포형무소) 출옥한 후 그럭저럭 얼마동안 지내다가 (1940년) 연희전문학교에 들어가게 됐는데 당시 전문학교에 모여든 뜻

있는 학우들과 자리를 같이해 이야기를 나눌 수 있는 기회가 많았습니다. 그러한 가운데 아홉 명이 모여 하나의 써클을 형성하게 되었어요. 이 민족의 독립을 위해서 어떻게든 실천적인 일을 수행하며 살아야 될 것이 아니냐는 뜻에 따라 행동의 일치를 갖게 된 거지요. 그리하여 독립운동 쪽과도 연결해서 한 2년에 걸쳐서 여러 가지 운동을 전개해 봤습니다. 〈총독암살단〉이라 이름했지요. 그러다가 그게 그만 발각되어 가지고 아홉 명이 다 잡혀 들어갔습니다. 그런데 마지막에 가서 성백우라는 친구하고 나하고 둘이서 책임을 다 떠맡아 1942년 1월부터 1945년 4월까지 3년간의 징역을 전주형무소에서 살았습니다."(문집 86-87면)[52]

여기에서 김용근은 총독암살단의 조직 시기를 특정하지는 않았다. 1984년 인터뷰에서 목포형무소 출옥 후 연전에 입학하여 뜻이 맞는 학우들 '아홉 명이 모여 써클을 형성'하여 2년에 걸쳐 여러 운동을 했으며, '총독암살단'이라 이름 붙였다 한다. 여기에서 '2년간'의 활동 기간 그리고 '연전 입학 후'가 중요한 실마리이다. 그리고 김용근, 성백우, 임형선의 체포와 투옥 시기를 고려해야 한다. 투옥 중에 총독암살단 활동을 하기는 어렵기 때문이다. 김용근은 총독암살단의 활동이 약 2년간 이루어졌다 했는데, 활동 가능한 시기는 1940년부터 41년 사이이다. 즉 총독암살단 활동은 40년 4월 연전 입학 이후부터 1942년 1월 투옥 이전 사이에 이뤄졌을 것이다. 42년 1월 전북 장수경찰서에서 조사 후 투옥되어 45년 4월에 전주형무소에서 출소했기 때문이다.

그러면 임형선이 김용근과 함께 조직하고 참여했다는 〈新社會그룹〉의 활동 시기를 살펴봄으로써 총독암살단의 활동 시기를 추정해 본다. 임형선은 국민일보 임한창 기자와의 인터뷰(1994. 8. 13.자)를 통해서 〈新社會그룹〉을 처음으로 알렸다.

> "일본 동양대학 문학부에 재학 중이던 임형선이 치안유지법 위반으로 전주형무소에 처음 수감된 것은 1942년 1월 12일. 연희전문 문과생인 성백우, 김용근 등 기독청년들과 신사회를 결성하고 국민들에게 전단을 나눠주며 항일운동을 벌이다가 구속된 것이다"(출처 : 국민일보)[53]

이후 임형선은 2001년 독립운동 연구자들과 세 차례의 인터뷰에서 新社會그룹 독립운동을 더욱 자세히 밝혔다.

임형선은 1942년 1월 12일부터 1944년 1월 12일까지 2년간 복역했다. 실제 구금과 복역 기간은 더 길 것이다. 김용근도 비슷한 시기에 구금 상태에서 조사받다가 구속되어 45년 4월까지 복역했다. 성백우는 두 사람보다 11개월 늦게 1942년 12월에 체포되었다.[54] 전주지방법원에서 2년을 선고받고[55] 1944년 9월 29일 가출옥했다. 건강 상태 때문으로 추측한다. 성백우는 오랜 기간 도피 생활을 한 것으로 보인다. 어쩌면 성백우가 가장 늦게 체포되면서 그가 총독암살단과 신사회그룹의 실제 활동의 여러 증거를 잘 지울 수 있었을 거라 추정한다.

결론적으로 총독암살단의 실제 활동 기간은 김용근과 성백우가 연전에 입학한 40년 4월 이후부터 김용근이 장수서에서 조사를 받은 42년 1월까지로 추정하는 것이 합리적이다. 만약 활동 기간을 최대한으로 늘린다면 성백우가 체포되는 42년 12월까지라고 할 수 있다. 물론 김용근이 체포된 이후에도 총독암살단이 활동할 수도 있겠으나, 김용근 자신이 2년 정도 활동했다고 밝혔고 체포된 사람에게 극악한 고문이 가해져서 어떤 사실이 밝혀질지도 모르는 상태에서 활동을 계속하기는 어려웠으리라 여긴다.

그러면 총독암살단은 어떻게 구성되었을까? 김용근은 총독암살단에 연전 학생 아홉 명이 참여했으며, '독립운동 쪽과도 연결해서 한 2년에 걸쳐서 여러 가지 운동을 전개'했다고 말한다. 그런데 김용근은 성백우 이외에 다른 사람을 특정하지 않았다. 문제는 김용근이 생전에 신사회그룹을 언급한 적이 없으며, 임형선도 인터뷰에서 총독암살단을 언급하지 않고 있다는 것이다. 게다가 김용근의 총독암살단 결성, 활동 시기와 임형선이 언급한 신사회그룹 활동 시기는 서로 겹친다. 그런데 재판기록에 총독암살단과 신사회그룹은 전혀 나타나지 않고 있다. 왜일까?

임형선은 총독암살단 활동에 참여했을까? 이 의문을 해소하고자 할 때 우선 염두에 둘 것은 임형선이 총독암살단을 전혀 언급하지 않았다는 것이다. 임형선이 총독암살단에 참여했음에도 불구하고 일부러 언급을 하지 않았거나, 실수로 빠뜨렸을 가능성은 없다. 임형선의 인터뷰는 2001년 아무런 제약 요건이 없는 안정된 상황에서 충분한 시간을 갖고 3차례에 걸쳐 이루어졌다. 즉 임형선은 총독암살단을 몰랐기 때문에 언급하지 않은 것이다. 그럼 왜 몰랐을까? 임형선은 총독암살단 활동에 참여할 수 없었던 것이다. 이처럼 추정하는 근거는 다음과 같다.

임형선은 41년 4월 동경 동양대에 입학하여 같은 해 6월까지 일본에 있었고 동양대를 자퇴한 후 41년 12월부터 신창금융조합에서 서기로 근무했다. 게다가 그는 충남 예산에서 거주했으며 연전 학생도 아니었다.

총독암살단은 극도의 보안을 유지해야 하는 비밀조직이다. 만약 그 활동이 일제에 발각될 경우, 또는 총독 암살에 성공하더라도 극형을 감수해야 하는 위험한 일이다. 연전 재학생도 아니고 서울에서 상당한 거리인 예산에 살며, 또한 총독암살단이 활동 가능한 시기에 동경에서 대학 생활을 하는 임형선이 함께 하기는 불가능했을 것이다. 분명한 것은 총독암살단과 신사회그룹의 구성원이 김용근과 성백우처럼 일부 겹친 사람이 있으나 완전히 일치하지는 않는다. 이렇게 총독암살단 구성과 관련한 의문이 일부 풀렸다.

그런데 새로운 의문이 있다.

첫째, 총독암살단과 신사회그룹은 어떤 관련이 있을까?

둘째, 총독암살단의 상부나 또는 연대 조직이 있었을까?

셋째, 총독 암살을 준비, 실행하기 위해서는 자금과 무기 등이 필요할 터인데 얼마나 진행했을까?

첫째와 둘째 의문을 풀어줄 단서가 될 수 있는 김용근의 언급이 있다. "독립운동 쪽과도 연결해서 한 2년에 걸쳐서 여러 가지 운동을 전개해 봤습니다"는 대목이다. 여기에서 '독립운동 쪽'이란 어떤 외곽(연대) 조직이나 상부 조직을 의미할 수도 있다. 그래서 신사회그룹이 외곽(연대) 조직일 수도 있다. 김용근과 성백우가 앞서와 같은 이유에서 임형선에게 알리지 않은 채 신사회그룹을 외곽 조직으로 설정했을 수도 있다. 하지만 신사회그룹이 총독암살단의 상부는 아니었던 듯하다. 만약 상부조직이라면 핵심 구성원인 임형선이 모를 리 없기 때문이다. 셋째 의문인 총독 암살을 실행하기 위한 무기와 자금 확보 등 실체적 활동에 대해서는 파악할 단서가 전혀 없다. 현재로서는 총독암살단의 상부조직이나 외곽(연대) 조직의 유무 그리고 실체적 활동을 더 이상 명확하게 규명하기는 불가능하다.

분명한 것은 일제는 총독암살단은 물론 신사회그룹의 실체를 전혀 알지 못했다. 세 사람의 판결문에 그에 관한 내용이 없기 때문이다. 판결문에는 누군가의 하숙방이나 연희전문학교 부근 등에서 일제의 강압적 통치와 수탈에 대한 불만을 얘기하며 독립의 필요성에 공감했다는 사실들이 나열되어 있을 뿐이다. 만약 일제가 총독암살단을 포착했다면 미수에 그쳤더라도 총독암살단 구성원들은 극형을 언도 받았을 것이다. 또 일제경찰이 신사회그룹의 존재를 포착했다면 항일투쟁을 위한 비밀조직을 구성한 것이므로 중형을 선고받았을 것이다. 신사회는 비밀결사로서 그 이름은 일부 구성원들 사이에서만 공유되고 있었다.

▷"신사회라는 것, 비밀결사 조직이라든지…, 근데 그건 우리끼리만의 조직이라고 얘기를 하는 거지. 그러니까 비밀결사 조직…, 비밀결사지 남보고는 얘기를 안 하는거지 에…
▶그 당시에는 상황이 그런 식으로 밖에…?
▷방법이 없시유. 방법이 그까짓 꺼 신사회니 뭐 이름 붙일 필요도 없는 거여, 그러나 뭐냐믄 식자(識者)들이니까 이름을 붙인 거지" (임형선, 528면)

김용근은 1984년 인터뷰에서 총독암살단이 '발각'되었다고 했는데, 총독암살단 구성원들의 '다른' 항일운동이 드러났다는 의미로 말했다. 그런데 사실은 그조차도 제대로 포착되지 않았다. 임형선이 인터뷰에서 말한 '삐라 살포' 등의 활동이 판결문에서 전혀 나타나지 않기 때문이다. 판결문상으로 볼 때 일제 경찰은 식민지 지배에 불만을 가진 개별 학생들의 비조직적인 모의 과정을 적발한 것으로 처리했다. 그래서 임형선은 아래와 같이 말하는 것이다.

▶"지금 이제 선생님의 그 어떤 해방 전의 활동… 더 이상 옥고를 치르신 부분에 대해서…?
▷그거지 뭐… 예 그게 중해요. 그래서 제가 얘기하잖아요. 난 1차사건 2년은 별로 고생 안했어요. 근데 2차사건 때 서대문형무소 있을 때 그때는 아마 한 1년만 더 살았더라면(해방이 1년만 더 늦었다면 : 필자) 죽었을 기여…"(임형선 535면)

만약 일제 경찰이 총독암살단은 물론 신사회그룹 같은 비밀조직의 낌새를 눈치챘다면, 1차 사건(42년 체포) 때부터 극악한 고문을 가했을 것이다. 2차 사건(44년 체포) 때 임형선과 성백우가 심한 고문을 당한 것은 일제 경찰이 자신들이 미처 알아내지 못한 뭔가 수상한 점이 있다고 여겼기 때문이 아닐까. 그런데 일제가 패망하는 바람에 더 이상 추궁당하지 않고 석방되었던 것이다.

임형선이 서대문형무소에 수감됐다가 건강이 극도로 악화돼 서울 옥인동 순화병원에 입원했을 때 만삭인 부인 김영식이 면회를 갔다.

"피를 많이 토하고 있더군요. 모진 고문으로 발바닥이 모두 터져서 걷지도 못한 채 멍한 표정으로 나를 쳐다보았어요. 직감적으로 이 사람이 못 살 것 같다는 생각이 들더군요. 그래서 불룩한 배를 가리키며 "여보, 죽기 전에 뱃속의 아이 이름이나 하나 지어주세요."하고 말했어요. 그랬더니 대뜸 "이 나라를 위해 일하다 숨진 애국선열들의 뜻을 계승하라는 의미에서 승국(承國)이라고 지읍시다"하고 말하더군요"[56](출처 : 국민일보)

총독암살단의 암살 대상은 누구였을까? 이를 추론하기 위해 김용근의 연전 입학 이후 일제 총독의 재임 기간을 살펴보자.

• 김용근 연전 입학 이후 일제 총독의 재임 기간

제7대	미나미 지로(南次郎)	1936년 8월 5일~1942년 5월 29일	
제8대	고이소 구니아키(小磯國昭)	1942년 5월 29일~1944년 7월 21일	
제9대	아베 노부유키(阿部信行)	1944년 7월 21일~1945년 9월 28일	마지막 총독

위의 표에서 일제 총독 재임 시기와 재임 중 역할을 고려하면 김용근, 성백우 등 연전 재학생들의 총독암살단이 암살을 꾀한 대상은 미나미 지로(1874~1955)였으리라 추정한다. 총독암살단의 활동 시기가 1940년부터 1942년 사이였고 미나미의 총독 재임 기간이 이 시기와 겹치기 때문이다. 총독암살단은 〈신사회그룹〉 1차사건 이후 조직이 와해되었을 것이다. 따라서 고이소와 아베 총독은 대상이 아닐 가능성이 크다. 두 총독 재임 시기에 김용근과 성백우가 옥중에 있었기 때문이다.

미나미 지로는 중국주둔군 사령관, 조선군 사령관, 관동군 사령관을 지냈으며 6년 동안 조선총독을 역임했다. 그는 전임 사이토 마코토(齋藤實)의 문화통치를 뒤집고 조선어 사용 금지 등 민족말살 정책과 각종 황국신민화 정책을 실시했다. 역대 총독 중 가장 냉혹하고 포악한 자로 평가

미나미 지로 조선총독
일제 패전 이후 A급 전범으로 체포, 종신형을 선고받았으나 가석방 1년 후 병사

받는다. 그는 창씨개명에 대한 조선인의 반발로 42년 해임되었으며 일제 패전 이후 A급 전범으로 체포, 종신형을 선고받았으나 가석방 1년 후 병사했다.

일제강점기 총독 암살 미수 사건은 김용근을 비롯한 연전 학생들의 모의를 포함한다면 5차례라고 할 수 있다.

• 일제강점기 총독 암살 미수 사건

1910.12.	테라우치 총독	안명근
1919.09.02.	사이토 총독	강우규
1924.	사이토 총독 저격	채찬, 이청산
1932.	우가키 총독	이덕주, 유진만

김용근, 1942년 1월 진창순과 장수경찰서에서 수사받다

"전근전생(前近專生, 前延專生의 오기)을 중심으로 치안유지법 위반 사건. 목포 온금학원(溫金學院)강사 김정용근(金井容根)(26) 외 7명, 김정(金井)은 재학 중 좌익서적을 탐독 독립 이후 공산당화를 기도하고 YMCA 반을 만들어 급우를 포섭하였고, 목포 유치원 보모 진창순(陳昌順)에게 접근하여 계급의식과 민족정신을 고취하는 통신을 우송하였다. 취조 중"(조동걸, 521면)[57]

장수서에서 1942년 1월15일에 상부에 올린 보고서다. 총독암살단은 이 시기에 김용근이 체포됨으로써 사실상 와해되었다고 간주한다. 다행스러운 것은 성백우가 김용근보다 11개월 늦게 1942년 12월에 체포됨으로써 총독암살단 조직 사실이 일제 경찰에 발각되지 않았으리라 보인다. 일제 판결문은 김용근은 1940년 4월 연희전문학교에 입학했으나 같은 해 9월 말 휴학하고 10월부터 목포 온금학원 교사로 일한 것으로 기록한다. 총독암살단은 주로 서울에서 활동을 해야 하는데 왜 목포에서 취업을 했는지 궁금하다. 총독암살단 활동을 위장하기 위한 것일 수도 있고, 또는 실제 취업 기간은 매우 짧아서 별 의미가 없었을 수도 있다. 현재로서는 장수경찰서 보고서에 나타난 7명이 누구인지를 찾을 수 없다. 이들이 총독암살단 구성원이었을 가능성이 크다. 단 여기에 언급된 진창순(陳昌順, 1922~1961) 여사는 선생과의 사이에 장녀 은경을 포함하여 4명의 자녀를 두었다. 이 보고서는 평양 숭실중학교 재학 시절 종교부장으로서 YMCA를 이끌었던 김용근의 전력을 확인시켜 주고 있다.

장수경찰서의 조사 시점이 42년 초임을 감안하면 1940년 연전에 입학한 이후 김용근은 사회주의적 의식을 갖게 되었고 그것은 연전 재학의 경험에서 비롯했다고 추정한다. 이는 당시 독립운동의 일반적 경향이었다. 숭실중학교 종교부장으로서 신사참배 거부 그리고 야월교회 개량서당 교사로서 항일투쟁 교육 등에서 보듯이 1940년 이전 김용근의 항일운동은 기독교 신앙에 기반한 민족주의에 입각한 것이었다. 1940년 연전 입학 이후 총독암살단 결성은 운동의 목표와 방식, 운동에 함께 한 사람들, 운동의 장(場) 등을 비교할 때 이전의 항일운동과 완연하게 다른 모습을 보여주었다. 총독암살단 결성 시기에 김용근의 신앙과 이념은 새로운 철학적·사회과학적 세계관으로 전환점을 맞았던 것이다.

신사회그룹의 활동 시기와 총독암살단과의 관계

총독암살단과 신사회그룹의 관련성을 추론할 때 주목한 것은 두 조직 결성 시기의 선후관계이다. 임형선은 독립운동연구자들과의 인터뷰에서 1차 신사회그룹의 결성 시기가 1940년 11월이라고 한다.(임형선, 530면) 그런데 김용근은 총독암살단의 활동 기간을 2년이라고 말했다. 그런데 김용근은 40년 4월에 연전에 입학하여 42년 1월에 체포되어 45년 4월까지 복역했다. 따라서 총독암살단의 활동이 가능한 기간은 1940년 초부터 1941년 말까지다. 이 점을 고려한다면 총독암살단이 조직된 후 신사회그룹이 결성되었다. 양 조직의 구성원과 활동 시기의 중복, 결성 시기의 선후관계를 볼 때 신사회그룹이 총독암살단의 일종의 외곽조직으로 존재했을 것이다. 물론 이것은 총독암살단을 만든 조직자들 입장에서 볼 때 그렇다. 이것이 사실이라 해도 신사회그룹 일부 참여자들은 총독암살단과 신사회그룹의 연관 관계를 알 수 없었을 것이다. 또 총독암살단 일부 관계자도 신사회그룹의 존재를 알지 못했을 가능성도 있다. 극도의 보안 유지를 위해서는 이런 점조직 형태가 불가피했으리라.

신사회그룹의 활동을 정리하는데 어려움이 있다. 무엇보다 임형선은 1차와 2차 신사회그룹 활동이 구분된다고 분명히 언급하고 있으나 실제 설명에서는 그런 구분이 명확하지 않다. 또한 임형선이 인터뷰 당시에 1차와 2차 신사회 활동의 기억이 뒤섞였을 가능성을 배제하기 어렵다. 그리고 다음 사항을 감안해야 했다. 우선 김용근은 42년 1월 체포 후 45년 4월에 석방되므로 사실상 2차 신사회그룹 활동이 불가능했다. 그리고 성백우는 42년 12월 체포 후 44년 9월 29일 가출옥했고 두달 만인 11월 말에 다시 체포되어 서대문형무소에 수감되었다. 임형선도 44년 10월 12일에 체포되었다. 따라서 임형선과 성백우가 2차 신사회그룹을 조직하고 어떤 투쟁을 모의했다 하더라도 실행할 시간이 부족했으리라 추정한다.

1차와 2차 신사회그룹 활동의 양상이 크게 다르지 않은 만큼 임형선의 설명에 맞춰 정리하면, 1차 신사회는 1940년 11월에 결성했고, 2차 신사회는 1944년에 재결합을 도모했다. 2차 신사회는 1차 신사회 활동을 하다 투옥된 임형선과 성백우가 석방된 이후 도모한 것이다. 이때 김용근은 여전히 옥중에 있었다.

1차 신사회의 구성원은 누구일까. 임형선은 신사회 구성원이 1994년 국민일보 인터뷰에서는 17명이라 했다가 2001년 인터뷰에서는 10명이 조금 넘었다고 했다.

▶신사회 구성원은 대략 얼마 정도 되었습니까?
▷사람은 전부해서 한 10명 넘었지. 열 명은 석방되고 셋(김용근, 성백우, 임형선)만 징역간 거여.
성백우 지금 말한 이재영, 송태진, 박병걸 또… 김영원?(김용근의 오기) 김영원(김용근) 이런 사람덜인데 전부가 연희전문 학생덜이여. 나만 연세대학생이 아니었다 이겁니다. 그래서 별다른 그 사람들하고 주로 성백우가 같이 한 학교 있었기 때문에 저는 연세대학 문제에 대해서는 같이 하지를 않았어요.

먼저 임형선의 발언에서 '나만 연세대학생이 아니었다' '연세대학(연희전문) 문제에 같이 하지 않았다'는 부분을 주목한다. 신사회그룹이 임형선 이외에는 모두 연전생으로 구성되었고, 연전생들이 별도로 무엇인가를 진행했으나 자신은 관여하지 않았다는 것이다. 이 발언은 연전생들이 별도의 어떤 활동을 했음을 분명히 암시한다.

김용근은 1984년 인터뷰에서 총독암살단으로 성백우를 포함한 연전 학생들 '아홉명'이라 숫자를 특정하였다. 임형선도 신사회가 대개 연전 학생들로 구성되었다고 한다. 따라서 이미 언급했듯이 총독암살단과 신사회 일부 구성원이 겹쳤다고 추정한다. 또 분명한 것은 1차 신사회 구성원과 2차 신사회의 구성원도 일부가 겹쳤다. 이상을 종합하면 1차 신사회 구성원에 김용근, 성백우, 임형선, 이재영, 송태진, 박병걸 등 6명이 포함된다. 물론 여기에 언급되지 않은 다른 사람도 있을 것이다.

2차 신사회 결성 경위를 살펴보자. 임형선은 1944년 1월 석방된 후 도고수리조합에서 근무했다. 성백우는 1944년 9월 29일 가출옥했다. 임형선의 언급에 의하면 두 사람은 같은 해 10월 서울에서 조우하여 '신사회' 2차 활동을 논의했다. 임형선은 2차 '신사회' 구성원으로 성백우, 임형선, 이재영, 송태진, 박병걸, 김영원(김용근 오기) 6인을 언급한다. 이들은 임형선 외에 모두 연희전문 학생들이다.(임형선, 556면) 그런데 김용근은 2차 신사회의 활동을 모르고 있었을 것이며 알았다 해도 참여할수 없었다. 당시 전주형무소에서 복역 중이었기 때문이다. 따라서 임형선의 일부 기억이 오류라고 추정한다.

임형선은 2차 신사회 구성원들이 새벽에 서울 거리에 일제를 규탄하는 삐라(전단)을 살포했다고 한다.(임형선, 531~542면) 이때 임형선은 도고수리조합에 취업 중이었다.

▷그런 일(조선인 소작인들의 소작료 절세를 도운 일)도 발각이 되지만, 그거 보담도 제가 인제 뭐야, 서울에 그 왔다갔다 하면서 그 삐라사건이 있어요.

▶예? 삐라…

▷좀 삐라도 던지고… 헌 좀…

▶아… 전단, 전단…

▷예 전단도 던지고 헌 것이 좀 기간이라는 게 불과 인제 3월달서부터 12월달까지니까, 에… 불과 한 6, 7개월 그 수리조합 근무를 했죠.

▶ 6, 7개월 근무기간 동안, 예..(구술자) 많은 일을 하셨네요. 그거는?

▷ 한 거라고 봐야지. 어려운 일이죠. 민족의식이 없으면… 민족의식하고 또 농민이 따라야요. 농민들이 비밀을 지켜줘야되요.

▶삐라 사건이란 건 구체적으로…?

▷그건 뭐 이제 그 우리 우리 저 그 2차사건 관계자들 서울서 모이면 저… 몰래 그저 아침 새벽에 (종로) 화신 앞이나 혹은 서울역이나 동대문이나 그런다가 인저 성냥갑에다 이렇게 넣고 있다가 어… 뿌리… 아침 새벽에 뿌리고 그냥 음… 막 거 완전 이렇게 있다가는 붙들릴테니까. 에…

▶그 내용은 지금도 기억하십니까?

▷내용은 다 그거지 뭐. 일본제국주의 물러가라. 예..(면담자) 응? 일본상품 보이콧트하자 뭐 이… 우리… 조선은 독립해야 된다.. 뭐… 이런 이런 내용이죠. 예…

▶저기 선생님 우리가 이제 역사교육을 받으면서… 그때는 전시체제죠.(구술자) 일본말로는 일본애들이 대동아전쟁 얘기를 하는데 그 당시는 굉장히 그 감찰도…?

▷강했죠 아주 강했죠. 근데 이전 일본 말루다 우리가 저 이제 그 삐라를 쓴 것이 아니라, 전부 이제 한국 국어로 우리 한국말로 다 했어요, 왜? 일

본말은 물론 알아도 그때만 해도 한국말을 전부 아니까 국어를 전부 아니까 에… 그건 뭐 가장 그 에… 삐라, 전단이라는 건 가장 쉽고도 어려운 일이유 거…
▶그렇죠.
▷쉽구두 어려운 일이유. 에…

▶그 검속되기 그 참 쉬울 텐데 그 때 그 2차사건 때 그때 같이 했던 분들…?
▷같이는 못혀

▶그럼 다 이렇게 따로따로…?
▷따로따로 해야지 같이 다니다 붙들리게.

▶그럼 주로 어디서 모이셨습니까?
▷에… 주로 모이는 것이 이제 우리 성백우가… 마포 집에 있었는데 그 집이서도 모이고, 또 권농동에서도 모이고… 뭐 그래요.

▶당시에 그 그 삐라사건은 몇 차례나 참여하셨습니까?
▷거 한 두서너번 될 거에요. 늘 할 수는 없는 일이구요.

▶아이 그건 뭐… 어려운 상황에서 그렇게 하신다는 것도 대단하신 일인데…
▷그리고 이제 살기를 그때 서울서 사는 것이 아니고 (충남) 도고면 화천 도고면 역전에서 살 때니까. (임형선 541-542면)

위에서 묘사된 삐라 살포 활동을 다시 요약한다. '新社會' 구성원들은 서울에서 만나 새벽 시간에 화신백화점 앞, 서울역, 동대문 등에 살포했다. 삐라는 조선어로 쓰였고 그 내용은 일본 제국주의 물러가라, 일본 상품 보이콧, 조선독립을 주장하는 것이었다. 삐라는 체포를 피하기 위해 개별적으로 흩어져서 살포했다. 신사회 구성원들은 마포 성백우 집 또는 권농동 등에서 논의했다. 임형선 자신이 참여한 삐라 살포 횟수는 2~4차례였다. 이 인터뷰를 통해 총 횟수를 알 수는 없다. 임형선은 충남 아산에서 거주했으므로 삐라 살포 모의 또는 실행할 때 상경해야 했다. 1차 신사회 사건으로 임형선은 1942년에 예산농업학교 운동장에서 긴급 체포되었다.

1차 신사회 사건 판결문에 신사회그룹의 삐라 살포 건은 전혀 언급되어 있지 않다. 주로 연전 뒷산, 연전 캠퍼스와 기숙사, 고향집, 길거리, 하숙집, 자취방 등에서 시국에 대해 의견을 교환하고 조선인 차별의 문제, 독립의 필요성에 대해 대화한 내용이 전부다. 세 사람 모두 "조선을 일본으로부터 이탈·독립시키려는 목적으로" 학교에서의 일본인 학생과 조선인 학생 차별, 취업과 직장에서의 봉급과 승진 차별, 임형선의 도쿄 유학 시 받은 차별, 일인에 의한 농민 수탈의 부당성 등의 모순을 해결하기 위해 조선인을 계몽시키고 조선의 독립을 위해 노력해야 한다고 의논하고 서로 다짐했다는 내용이다. 신사회 구성원들이 사전에 약조한 대로 말을 맞췄을 가능성이 크다. 그래서 조직이 드러나지 않았다. 고문이 가해졌으나 잘 견뎌낸 것이다.

일제 판결 형량은 김용근 2년, 성백우 2년, 임형선 1년이다.[58] 김용근의 경우 야월교회 개량서당 사건의 전과(前科)가 있음을 감안하면 성백우에게 가장 중형을 부과한 셈이다. 김용근에게는 판결문에서도 '가중(加重)' 처벌을 명시하고 있다. 판결문은 성백우의 범죄 혐의 7건, 김용근 3건, 임형선 2건으로 명시하여 성백우가 가장 많다.

2차 신사회 활동가 체포와 투옥

2차 '新社會' 활동으로 임형선이 1944년 10월 12일 체포되었다. 1차 사건으로 출옥 후 10개월이 채 안 되어 그는 동대문경찰서에서 체포되어 서대문형무소에 투옥되었다.(임형선, 533면) 성백우도 1944년 9월 말 가출옥 후 약 2개월 만에 동대문경찰서에서 체포된 후 서대문형무소에 수감되었다.[59]

일제 경찰이 무슨 혐의로 두 사람을 체포했는지 알 수는 없다. 임형선의 인터뷰에서 그 부분이 명확히 언급되지 않고 있으며, 두 사람이 재판을 받지도 않아서다. 임형선의 인터뷰에 따르면 경찰이 고춧가루물 들이붓기, 송곳찌르기, 인두지지기 등 모진 고문을 하며 동지들의 이름을 밝힐 것을 강요했다. 결국 일제가 패망하여 조사는 중단되었고 재판도 받지 않았으나 두 사람 모두 고문으로 건강이 극도로 악화되었다. 성백우는 고문 후유증으로 1950년 3월 7일 사망했고 임형선은 고문 후유증을 평생 달고 살아야 했다.[60]

▷(신사회 1차 활동으로 투옥되어 재판받은 후) "2년 동안은 전주형무소에 있었고 그러고 또 인저 나머지 한 5개월 4, 5개월 천안경찰서, 뭐 전주유치장 별군데 다 있었지. 그런 거 까지는 뭐 넣지도 생각지도 않고, 넣지도 않은 거고, 형무소에만 딱 떨어진 것이 그래요."
▷(신사회 2차 활동으로 1944년 말 서대문형무소 투옥시) 나를 검찰국에서 가지구서 취조할 시간도 없었고, 응? 바로 해 해방되었으니까, 시간도 없었고 해서 별다른 취조 받은 게 없어요. 취조할 게 없지. 헐 새가 있나 지들이. 그냥 저 예방 뭐냐 예 예방구치소에다 갖다 넣어놓고 썩혀 놓은 거 뿐이여. 근데 고것이(신사회그룹 결성) 사건이 됐다면 5, 6년 문제가 아니

지… 다 가 가중죄지 가중죄."(임형선, 533면)

서대문형무소 수감 당시 면회했던 임형선 부인의 증언에 따르면 임형
선은 감옥살이를 계속했다면 살아남지 못했을 것이라 한다. 살았다 해도
극형을 언도 받았을 것이다.

총독암살단과 신사회그룹의 활동은 민족협동전선인 신간회가 1931년
에 해체된 이후에도 학생·청년층에서 좌우합작 항일운동이 지속되고 있
음을 보여준다. 1940년 태평양전쟁기에도 학생·청년 독립운동 소그룹
에서 기독교 민족주의자들과 사회주의자들이 함께 독립운동을 했던 것
이다. 이는 기독교와 사회주의 세력이 공존·협력하였던 연전 학생운동의
1920년대 이후의 전통에도 부합한다.[61]

김용근, 성백우, 임형선은 신앙과 사상이 달랐지만 항일운동에서 연
대했다. 세 청춘은 체포, 투옥, 고문을 무릅쓰고 제국주의의 악에 저항했
다. 어찌 이들뿐이랴. 고문으로 죽은 대구사범의 다혁당과 광주서중의
학생 혁명가들처럼 수많은 청춘이 민족해방, 인간해방을 위해 순수하고
아름다운 기개와 뜻을 실천했다.

해방 후 임형선과 성백우

임형선은 해방 직후 8월 18일 도고신사에 불을 질렀다. 일제 경찰과
관리들이 채 철수하기 전이었다. 그는 신사에서 결혼식을 올렸다는 것이

불명예스러웠고 치욕적이었다. 당시 도고면장인 아버지의 처지를 외면하기 어려웠고 일본인 아산경찰서장의 강권 때문이었다. 일인들은 일본으로 돌아가는 것이 더 급했기에 신사 방화 사건은 유야무야 되었다.

"내가 크리스찬인데 결혼식을 신사 앞에서 했다는 게 아주 불명예스럽고 아주 맘이 아퍼요. 그래서 18일 날 저녁에 그 신사에다 내가 불을 질렀시유. 석유통을 흩뿌리고 5분도 안 걸리더만 홀랑 타더먼. 그러구선 그냥 도망간 일이 있어요. 도고신사 화재사건 때문에 아산군내가 떠들썩한 일이 있지. 일본놈들이 한 열흘 한 일주일만 더 있었더라믄 난 또 잽혀서 죽었어. 일본놈들은 겁나게 도망갔거든. 부산으로 다 도망가서 다 없어졌어. 일본놈덜 다 없어졌다 하는 걸 알고서 내가 서울서 내려왔지. 그때 말두마. 내 간이 콩만 했어요. 그 때문에 아주 우리 집안 망하는 거 같더라구."

임형선은 또 이응렬과 함께 잠시 아산지역 건국준비위원회를 만들었다. 이응렬은 이순신 장군의 14대 종손이다. 임형선은 1946년 감리교신학교에 입학하여 1949년 졸업했다. 임형선은 감리교신학교 재학 중 민주일보 기자로서 김구의 경교장 선전부 소속(임형선, 539면)으로 장준하 등과 함께 했다. 이승만의 이화장 세력이 김구의 임정세력을 강하게 견제하는 가운데 새 나라를 위해 노력했지만, 1949년 6월 26일 김구 암살 이후 모두 뿔뿔이 흩어질 수밖에 없었다. 조소앙이 "철기 이범석이 국방장관이니 군대 들어갔다 다시 '권토중래'하자 다짐했을 때 땅을 치며 통곡했다"고 한다.(임형선, 543-544면) 임형선은 한국전쟁 직전 육사 특별반에 입교하여 장교로 참전했다. 영어를 잘하여 수송병과에서 미군 장비 인수를 담당했다. 한국군 초대 수송대대장을 맡았고 1958년 제대했다. 국회의원 출마 계획이 있었는데, 5·16쿠데타로 좌절했다. 1960년대 초 천안군수를 2년 반 지낸 후 목회를 시작했다. 70년대 초 장준하, 함석헌, 계훈제 등과 함께 고등공민학교를 설립했지만 중앙정보부가 방해하고 오산경찰서가 밀착 감시하여 실패했다.[62] 그는 전두환 시절 광복회 충남지부장으로 독립기념관 건립에 관여했다. 1982년 8월 23일 독립기념관 건립 발기대회 개최를 위해 노력했다.

성백우에 대해서는 일제 판결문 그리고 김용근과 임형선의 증언 이외에 어떤 기록이나 사진도 찾지 못했다. 성백우는 일제하 고문 후유증을 이기지 못하고 1950년 3월 7일 세상을 뜨고 말았다. 그는 결혼하지 않아 남겨진 가족이 없다. 임형선이 해방 후 그의 삶과 쓸쓸한 마지막을 전하고 있다.

▷성백우란 넘은 그때 아… 옛날 얘기구먼. 조선신민당이란 게 있어요 신민당이란 게 누구냐면 저 그 김두봉이유 당수가… 그래 그 전위대학 김태준[63](1905~1950)이란 사람이 있어. 김태준!
▶예… 김태준…
▷그거 서울대학 강사요. 왜정시대 참 똘똘했지. 그 사람덜이 다복동에 와서 조선신민당을 구축을 할 때 성백우는 거기 그때 문화부 차장으론가 가 있었어요. 걔는 하여간 처음부터 빨갱이를 했으니께. 첨부텀 빨갱이고 나는 첨부텀 빨갱이가 아니니까…(535면)

▷죽은 놈덜만 불쌍해요
▶아 같이 독립운동 하시던 성백우 그분은…
▷다 죽었죠

162

▶50년돈가요?

▷그죠 그때 죽었죠 다 죽었어요. 죽은 눔덜만 불쌍하고 그거 뭐 쯧… 자식 덜도 없고 그래요…(임형선, 538-539면)

성백우는 해방 후 조선신민당에 참여했고 문화부 차장을 맡았다.(임형 선, 535면) 조선신민당은 조선독립동맹위원장 김두봉이 1946년 2월 연 안파 공산주의자들과 함께 창당했다. 주석은 김두봉. 부주석은 최창익, 한빈이다. 주요 당 간부로는 백남운, 허정숙, 박효삼 등이 있었다. 1946 년 2월 16일 창립하여 1946년 11월 23일 해산했다.

당시 조선신민당에는 당수 김두봉(1889~1960), 경성제대 강사 김태 준(1905~1949) 등 쟁쟁한 혁명가와 이론가들이 활동하고 있었다. 김두 봉은 중국 항일 무장투쟁의 상징이다. 그는 언론인이자 한글학자인 주시 경의 수제자였다. 1948년 남북협상에 참여했다가 북에 남은 그는 김일 성종합대 초대 총장, 조선민주주의인민공화국 1대 대통령을 지냈다.

김태준은 한문학자이자 국문학자였으며 이현상의 권유로 경성콤그룹 에서 활동한 공산주의계열 독립운동가다. 1945년 12월 김태준은 교수, 직원들의 직선으로 경성대학 초대 총장에 선출됐으나 미군정청의 승인 을 받지 못했다. 경성대학은 경성제국대학, 곧 서울대학의 전신이다. 그 는 조윤제 · 이희승 · 김재철 등과 더불어 조선어문학회를 결성하여 한 국 문학사의 기초를 닦았다. 한국 고전문학사의 기념비적 저작 『조선소 설사』와 『조선한문학사』를 썼다. 그의 논문 「춘향전의 현대 해석」은《조 선일보》에 연재 되었는데 유물사관에 의한 획기적인 발상의 해석으로 평 가받는다. 1940년에 발견된 『훈민정음 해례본』을 간송 전형필이 구입

할 수 있도록 중개역할을 했다. 이 책 덕분에 한글 창제원리가 밝혀졌다. 1962년 국보 70호로 지정되었고 1997년 유네스코 세계기록유산으로 등재됐다. 김태준은 1949년 이현상이 이끄는 지리산 빨치산 유격대에 참여했다가 남원에서 체포되어 1949년 11월, 서울 수색 부근에서 총살당했다.

성백우는 김태준이 조선신민당 문화부장일 때 문화부 차장을 맡은 것으로 보인다. 성백우는 한국전쟁 직전 1950년 3월 일제 때 고문후유증으로 사망했고 독립유공자로 추서되었다. 김태준은 여전히 독립유공자가 아니다.

2차 세계대전은 끝났다. 일제는 패망한 것처럼 보였다. 하지만 해방은 왔으되 진정한 해방이 아니었다. 해방은 끝이 아니라 시작에 불과했다. 극동군사재판, 일명 도쿄전범재판에서 동아시아 전체 인민을 억압, 수탈하고 조선민족의 말살을 기도한 일제 전범세력에 대한 처벌은 대폭 축소되었다. 이 재판은 근본적인 문제가 있었다. 먼저 전쟁책임자로서 일부 정치가와 군인만을 심판했다. 즉 일본 사회 내부에서 스스로 나서서 침략 전쟁을 반성하고 책임을 추궁하는 일은 없었다. 결국 많은 전쟁책임자에게 면죄부를 주었을 뿐 아니라, 관료, 군부, 교육, 경제 등 일본사회 내부에서 침략전쟁의 책임에 대한 자의식을 소멸하게 하였다. 다음으로 일본과 함께 제국주의 패권 다툼에 뛰어든 서구열강들이 이 재판을 주도함으로써 식민지에서 일어난 막대한 전쟁 피해에 대해서는 철저한 규명과 처벌이 없었다.

김태준(1905~1949)

따라서 오늘날 일본 안에서 과거 침략과 타 민족의 말살과 문명의 파괴를 애국으로 정당화할 뿐 아니라 미화하는 일이 계속되고, 다시 아시아와 지구촌의 평화를 위협하는 재무장이 추진되고 있다.

제6장

해방과 분단 그리고 4·19혁명 : 전주고 시절

연희대학교 1945, 독일 사민당 이론을 공부하다

김용근은 1940년 연희전문학교 진학을 계기로 새로운 철학과 사회과학적 세계관에 접했다. 독립운동과 투옥의 과정에서 기독교 민족주의 사상가뿐 아니라, 사회주의 이념을 지닌 운동가들을 만나면서 부족한 공부를 절감했다. 4년 반의 옥살이 동안 일제는 기독교 서적과 사회주의를 포함하여 제국주의를 비판하는 서적은 금지하고 주로 불교 서적만을 허용했다. 덕분에 불교에 대한 공부가 깊어졌지만 철학과 사회과학을 공부하고 싶은 갈증을 메울 수는 없었다.

김용근은 해방 후 휴학 처리된 연전으로 돌아가고자 했다. 연희전문대학은 한국 최초의 문과 중심 대학이었다. 한때 백남운, 이순탁 등 쟁쟁한 조선 최고의 진보 학자들이 교수로 자리잡고 있었다. 30년대 말 이들은 대부분 연전에서 물러나야 했다. 일제는 1944년 4월 학교를 몰수하였다. 일제와 전쟁을 수행 중인 적국 출신 선교사가 설립한 학교라는 이유였다. 조선총독부는 연전의 조선인 간부와 교수진을 추방한 후 교명을 경성공업경영전문학교로 변경시켰다. 침략전쟁 지속에 필요한 공업 인력 양성을 위한 전문학교로 바꿔버린 것이다. 해방 이후 연희대학은 재산과 운영권을 미군정청으로부터 인수해 교명을 회복하고 4년제 대학체제로 변경했다.

김용근은 1946년 연희대학교 사학과에 입학하고 사회주의 공부에 몰두했다.[64] 필자가 직접 들은 바, 한국전쟁 전까지 거의 2년 반 정도 침식을 잊을 정도로 집중적으로 독서를 했다고 했다. 이 집중공부 시기에 하루에 거의 두 시간 정도만 잠을 잤다고 들었다. 믿기지 않았다. 하지만 지금 돌아보면 선생의 체력과 열정이면 충분히 수긍할 수 있을 듯하다.

선생은 로자 룩셈부르크(1871~1919)를 비롯한 독일 사회민주당 핵심 이론가들의 사상, 그리고 그 토대인 변증법적 유물론과 유물사관을 일본어로 공부했다. 필자는 선생으로부터 로자 룩셈부르크의 사상과 실천에 끌렸다는 말을 들은 기억이 있다. 마르크스 이후 최고의 천재적인 이론가로 평가받는 로자는 폴란드 출신 유대인으로 철저한 국제주의자였다. 그녀는 역사 주체로서 대중의 혁명적 자발성을 강조하였다. 또 레닌주의에 내재한 관료적 중앙집권주의를 비판하고 볼셰비키 독재를 우려한 민중주의 이론가이다.[65]

1984년 정진백과의 인터뷰에서 김용근이 말한 다음과 같은 운동론과 민중교육론에서 주체의 자발성을 강조한 로자의 혁명론의 흔적이 느껴진다.

"민중의 역사적 성장·발전은 시간을 필요로 한다. 조급성은 변증법적 역사발전을 부인하는 것이고 농민(민중)이 투쟁에 한번 참여했다고 해서 훌륭한 의식과 지구력이 생기는 것이 아니다. 일상 투쟁에서 교양·훈련을 통해 확립된 의식과 지구력이 생긴다. 농민의 운동은 공간의 지배를 받는다. 어떤 운동 방법이 어느 지역에서 유효했다고 해서 기계적으로 다른 지역에서도 유효한 것은 아니다. 지역에 따라 인성, 습관, 정치 환경이 다른 만큼 모든 상태와, 정세와 특수성을 고려해야 한다."(문집 80면)

같은 곳에서 김용근은 민중교육의 필요성을 말한다.

"제도교육, 학교교육은 교육을 받으면 받을수록 보수적이고 체제지향적 인격을 형성시킨다. 그러므로 민중교육이 단지 민중을 위해서가 아니라, 민중 속에 있는 지도자에 의해 민중과 함께 계획되고 추진되어야 한다."[66]

이러한 김용근의 주장은 40년이 지났으나 오늘날에도 여전히 유효하다. 민중 의식의 발전이 이뤄지는 변증법적 과정, 그리고 제도교육의 한계에 대한 지적, 민중교육이 빠지기 쉬운 함정을 극복하기 위한 날카로운 통찰이 주목된다.

김용근은 연희대학교 재학 시절 농구부에서 활동하면서 축구부 골키퍼도 했다. 연희대학교 관현악단에서 호른과 클라리넷 등의 관악기를 연주했고 박태준의 오라토리오에서 활동했다. 해방 이후 김용근은 사회주의 철학과 사회과학 이론을 집중적으로 공부했으나 사회주의 운동 조직에 참여하지는 않았다. 그는 1950년 연희대학교 사학과를 1회로 졸업하고 바로 같은 대학교 대학원에 진학하였고 동시에 경복고등학교에서 교사로 근무를 시작했다. 그러나 한국전쟁으로 말미암아 대학원 공부도 교사 생활도 모두 무위로 돌아가고 말았다. 전쟁이 아니었다면 그는 학자의 길을 갔을 것이다.

한국전쟁에 종군하다

한국전쟁기 김용근은 육군에 입대하여 제9사단에 문관으로 참여했다. 1951년 9사단장으로 임명된 박병권(1920~2005)은 김용근과 연희전문학교 문과 동기동창이자 친구였다. 박병권은 이후 육사 교장을 거쳐 국방부장관을 역임했다. 박병권은 조선민족청년단(족청) 계열로 분류되는 인사다. 족청은 이범석이 1946년 10월 미군정의 지원 아래 광복군 출신을 중심으로 조직했다. 족청은 자유당 창당 과정에서 중심적인 역할을 했고 상당한 정치적 영향력을 갖췄으나 1953년 이후 이범석은 이승만계의 집중 견제를 받아 제명·숙청당했고 조직이 붕괴했다.

김용근은 한국전쟁 중 1951년 2월부터 1954년 6월까지 3년 4개월 동안 군복무했다. 한국전쟁 휴전 이후에도 1년 가까이 더 복무한 셈이다. 김용근은 1951년 2월부터 6월까지 육군 제4863 부대에서 복무했는데 이는 첩보부대. 1951년 6월부터 1954년 6월까지 육군 제6625부대와 육군 제3819부대에서 근무했다. 선생의 친구 박병권이 사단장이었다. 김용근은 9사단에서 국사와 군사영어를 가르치며 복무했다. 9사단은 1951년 11월부터 12월 화살머리 전투 및 백마고지 전투에 참가했다. 9사단이 백마부대란 별칭을 갖게 된 것은 이 때문이다.

"연세대학을 졸업한 후 대학원까지 학업을 연장했는데, 그 해에 6·25가 일어나서 종군했습니다. 마침 내가 종군한 9사단은 연희전문학교 동기동창인 박병권이라는 친구가 사단장직을 맡고 있었습니다. 그런 인연도 있고 해서 그곳에서 국사도 가르치고 군사영어도 가르치면서 약 4년을 지냈습니다."(문집 88면)

필자는 선생으로부터 백마고지 전투에서 갓 입대한 많은 병사들이 전선에 투입되자마자 죽어나가는 참상을 목격했다, 는 말을 들었다. 위험한 전투에 투입된 신병들은 어떤 상황이 위험한지도 몰라 많이 희생당했다. 김용근은 전쟁의 참상을 보며 절망했다

선생은 생전에 필자에게 육군사관학교에서 강사 생활을 했다고 했다. 박병권이 휴전 후 1954년 3월 육군사관학교장으로 임명된 시기였다. 이는 장남 창중이 중학 시절 어머니 조주일 여사와 함께 육사에 아버지를 만나러 갔다는 이야기와도 일치한다. 창중은 아버지가 제대하여 전주고에 근무한다는 이야기를 육사에서 들었고 이후 전주고에 진학하여 아버지 곁에 살게 되었다.

한국전쟁은 1953년 7월 27일 체결된 정전협정으로 일단 멈췄다. 내전의 형태로 시작되었으나 국제전으로 비화한 전쟁이었다. 남북 합쳐 민간

인 사망자만 200만에서 300만에 이르는 끔찍한 재앙이었다. 이 전쟁을 기회로 일본 경제는 서방진영의 전쟁물자 공급 기지로서 엄청난 특수(特需)를 누렸다. 일본은 인류를 불행으로 몰아넣었으며 지구촌 생명계 전체에 재앙을 안긴 침략 전쟁에 대한 근본적 반성과 청산도 없이 재기할 결정적 기회를 얻었다. 미국이 동아시아를 냉전체제로 재편하기 위해 일본을 다시 필요로 한 것이다. 광복된 조국은 분단으로, 동족상잔의 처참한 전쟁으로, 그리고 나아가 친일파들의 세상으로 전락하고 있었다.

신석정 시인과 만나다

"안녕하시오. 나는 연대 사학과에 꼴찌로 들어가서 수석으로 졸업한 김용근이오." 모두 와 웃었다. "수업시간에 봅시다."

김경식은 1954년 전주고 1학년 때 들은 부임인사를 아직도 기억한다. 선생의 짧고 인상적이며 우스꽝스런 인사말은 전주고에서부터 시작했던 듯하다. 교육자 김용근의 본격적인 시작이었다. 1953년 7월 27일 한국전쟁이 휴전되었으니 불과 8개월 후였다.

1954년 육사 강사 생활을 마친 김용근은 전주고등학교에 들렀다. 당시 전주고 교장 배운석(裵雲石)은 그의 연희대학교 선배였고 인품이 훌륭한 교육자로 평가받았다. 배 교장은 김용근에게 전주고 교사 자리를 적극 제안했다. 전쟁 직후 전국 어느 지역이나 교육에 대한 열망이 뜨거웠으나 자격 있는 교사가 절대적으로 부족했던 것이다.

"당시 고교 1학년은 동양사, 국사 수업, 2학년 때 서양사를 배웠다. 역사 선생님은 두 분이 있었는데, 두 분은 서로 다른 식으로 가르쳤다. 다른 분이 미시적으로 가르쳤다면 김용근 선생의 서양사 수업은 사건 위주가 아닌 광의적으로 역사를 설명했다.
당시 전주고에는 2개의 운동부가 있었다. 농구부와 핸드볼부다. 당시 학교 수업은 평일 6교시였다. 오전 4시간, 오후 2시간. 선생은 서양사를 가르치면서 농구부 감독을 맡았다. 농구부는 오전 수업을 반드시 참석해야 했다. 운동선수도 공부를 해야 한다는 선생의 소신 때문이었다. 당시에도 운동선수는 수업을 받지 않았으나 선생은 달랐던 것이다. 나는 농구부에 속하지는 않았다. 농구와 관련하여 선생은 항상 '볼은 인간이다. 그러므로 정신 공력을 들여야 한다'고 말씀했다. 이 말씀을 처음 들었을 때 잘 이해하기 어려웠다. 하지만 선생에게 그 말씀을 여러 번 들으면서도 무슨 뜻인지 여쭤볼 생각을 하지 못했다. 더구나 나는 스포츠를 즐기는 편이 아니었다."(김경식, 연정교육문화연구소장, 전 군장대학교 교수)

광주고나 광주일고 출신 제자들도 같은 말씀을 들으면서 농구를 배웠다. 필자의 전남고 재학 시절에도 선생은 같은 말씀을 했다. 이런 농구철학 뿐 아니라 운동선수가 반드시 수업에 참석해야 한다는 농구교육의 원칙도 마찬가지다.

전주고 교사 시절은 이승만 독재기였고 그것을 끝장낸 4·19혁명기이자 또 박정희 독재가 열리는 5·16쿠데타가 일어난 때였다. 김용근은 농구와 낚시 그리고 이념의 동지 신석정 시인과 함께 그 시절을 견뎠다.

신석정은 흔히 알려진 것처럼 결코 단순한 목가적 시인이 아니다. 시인이 그린 목가적 세계는 인간의 고통과 좌절과 무관한 자연 그 자체의 세계가 결코 아니다. 신 시인은 일제강점기와 분단, 전쟁과 독재를 겪으면서 투철한 민족의식, 현실 의식을 목가적 상징으로 표현했다. 시인은 밤, 산, 어둠, 노을, 새벽 등 서정적 이미지와 상징을 통해서 현실의 부조리와 역사적 모순과의 치열한 대결을 나타냈다. 시인은 부조리와 모순이 지양된 이상향을 상징으로 표현했다. 필자가 선생 댁에서 신 시인이 서명한 『산의 서곡』이라는 시집을 보고 있을 때, 선생은 내게 "그 산의 세계는 자유롭고 평등한 이상향을 의미한다"고 말씀했다.

신석정은 일제하에서 "끝까지 창씨개명을 거부했고, 단 한 편의 친일시도 남기지 않았다. 1930년대 우리 시인 가운데 석정처럼 친일로부터 한 오점도 없는 사람은 극히 드물다."고 평가받는다.[67] 그는 1940년 12월쯤부터 창씨개명을 거부하여 군서기를 그만두고 시 창작에만 몰두했으나 발표하지 않았다. 절필한 셈이다. 1945년 5월 무렵, 읍사무소에 몸담고 있던 후배(윤종성)가 '정신대로 보낼 여성 50명을 6월 말까지 모집하라'는 상부 지시가 담긴 공문을 신석정 시인에게 가져왔다. 신석정이 불태울 것을 강하게 권유하여 그렇게 없애버렸다. 이는 나중에 큰 문제가 되어 일제 헌병들이 읍장실에 들이닥쳤다. 당시 부안읍장인 일본인은 그 공문을 본 적이 없었기에 내부 조사가 이뤄졌다. 다행히 곧 해방이 되는 바람에 이 사건은 일제가 문제 삼을 수 없었고 신석정의 강력한 권유를 따른 후배는 큰 찬사를 받았다. 결과적으로 50명에 이르는 젊은 조선 여성들을 지켜준 셈이었기 때문이다.

김용근과 신석정 시인(1907~1974)은 같은 해 전주고 교사로 부임했다. 전북 부안 출신인 시인은 불교계 대석학으로 일컬어진 석전 박한영(朴漢永, 1870~1948) 대종사의 제자였고, 만해 한용운(1879~1944)에게도 불교 철학과 문학을 배웠다. 박한영은 동서양 사상과 문학에 깊은 식견을 가진 학승으로 동국대학교의 전신인 중앙불교전문학교의 교장과 종정을 겸하였다. 석전은 만해 한용운의 스승이자 동지이다. 박한영은 일제 강점 초기 해인사 이회광이 앞장선 한국불교와 일본불교의 통합 시도를 조선불교 말살 정책이라 규정하여 한용운과 함께 결연히 비판했으며 불교 개혁운동을 주창하고 일제의 조선 병탄(倂呑)을 규탄했다. 그는 신석정, 이광수, 서정주 등 많은 문인 제자를 두었다.

김용근 선생은 1917년생이고 신석정 시인은 1907년생으로, 두 사람의 연령은 10살 차이였지만, 일제 때부터의 신념과 삶의 역정은 일치하는 점이 많았다. 신 시인의 아들 신광연에 따르면 두 사람은 1954년부터 1961년까지 전주에서 한 집에서 살았다. 일제에 굴하지 않았던 저항의 역정과 비슷한 역사의식을 가진 두 사람은 시대의 고민을 함께 나눴다. 민족 분단과 4·19혁명 그리고 5·16 군사쿠테타라는 현대사의 격동기를 함께한 두 사람은 실로 충만한 우애의 시기를 보냈다. 전주고 시절 김용근과의 교분은 신 시인의 작품에도 상당한 영향을 끼쳤다고 보인다. 신석정은 새로 쓴 시를 꼭 김용근에게 보여주며 의견을 물었다.

신석정은 이때 활발한 저술 활동을 했다.[68] 그의 셋째 아들 신광연은 당시 전주고 학생이었고 두 사람의 관계를 지켜보았다.

"아버지는 전주고 교사로 계실 때 가장 왕성하게 시작(詩作)을 했고 행복하셨죠. 5·16 쿠데타가 나면서 김제고로 쫓겨가기 전까지 7년간 전주고에 재직하셨던 기간이 아버지에게는 황금기였어요.

김용근 선생은 수업을 하면 그냥 교실이 쩌렁쩌렁 울리게 하시고, 사회에 대해서 비판도 잘하시고 그러니 학생들이 많이 준비를 했어요.

김용근 선생님은 쉽게 말하면 뭐라고 그럴까 그냥 만점 선생이야. 역사도 잘 가르치지 거기다 농구 좋아하지, 또 음악도, 못하는 것이 없어. 전주고 학생들이 존경을 많이 했어요. 변증법도 배웠어. 변증법도 그 양반이 가르쳐 배웠다고. 정반합, 합이 돼 가지고 새로운 세계관이 나온다는 거야. 우리 아버님도 그런 역사관이 있거든. 인류 역사는 나선형으로 발전한다. 이렇게 돌아서서 후퇴도 하지만 또 전진했다가 나선형으로 발전한다. 두 양반이 같은 말씀을 하셨어요. 두 분 아이디어가 비슷해."(신광연, 신석정 시인의 3남)

신광연은 선생의 제자이기도 하다. 1970년대 동아일보 광고 탄압 시대에 동아일보 호남본부장을 역임한 그는 김용근의 강의가 "언제나 거대 담론이었으며 역사를 왕조사 중심으로 다루지 않고 유물사관 입장에서 설명했다"고 기억한다. 김용근은 역사를 '사건 위주가 아닌 광의적으로' 강의했다. 선생은 이때부터 역사적 개별 사건들에 대한 지식 이상으로 역사를 크게 볼 것을, 역사적 변화의 근본 원리, 변증법적 역사 인식을 강조했다. 신광연은 선생의 전남고 교사 시절 광주의 선생 댁을 방문한 적이 있다. 필자는 이때 신광연 기자를 만난 적이 있다.

신석정 시인과 어렸을 적부터 고향 친구였던 또 한 사람은 김아(본명 김태종, 1911~1952)[69]이다. 김아는 사회주의 운동가로 '부안의 체 게바라'라 불린다. 김아는 1947년에 출판된 신석정 시인의 시집 『슬픈 목가』에 발문을 썼고 시인이 화답하는 글을 실었다. 『슬픈 목가』 초간본에 실린 「산에서 온 사나히-김아에게」는 석정이 그를 위해 쓴 시였다. 이후 저작권을 대지사에 넘긴 뒤 1952년에 나온 중간본에는 김아의 서문이 삭제되고 시의 제목도 「작은 짐승이 되어-K에게」로 바뀐다. 해방 후 민선 부안읍장이었던 김아는 공산주의 운동에 참여한다. 한국전쟁 때 김아는 정치보위부 책임자로 전주에 왔다. 덕유산 일대에서 빨치산으로 활동하다가 1952년 7월 22일 토벌대에게 사살되었다.

태양(太陽)을 의논하는 거룩한 이야기는
항상 태양(太陽)을 등진 곳에서만 비롯하였다.
달빛이 흡사 비오듯 쏟아지는 밤에도
우리는 헐어진 성(城)터를 헤매이면서

언제 참으로 그 언제 우리 하늘에
오롯한 태양(太陽)을 모시겠느냐고
가슴을 쥐어뜯으며 이야기하며 이야기하며
가슴을 쥐어뜯지 않았느냐?

그러는 동안에 영영 잃어버린 벗도 있다.
그러는 동안에 멀리 떠나 버린 벗도 있다.
그러는 동안에 몸을 팔아 버린 벗도 있다.
그러는 동안에 맘을 팔아 버린 벗도 있다.
그러는 동안에 서른여섯 해가 지나갔다.
- 신석정, 「꽃덤불」, 『슬픈목가』, 1946

일제 강점과 해방 공간의 시대 상황을 말해주는 이 시는 가슴을 저미게 한다. 태양을 등진 곳, 달빛이 쏟아지는 헐어진 성터에서도 가슴을 쥐어뜯으면서 이야기하며 태양을 의논했건만 많은 벗들이 사라졌다. 시인은 일제 강점 서른여섯 해가 지나면서 잃어버린 벗, 떠나 버린 벗, 몸과 마음을 팔고 변절한 벗을 안타까워한다. 이런 상황은 지금 여전히 계속되고 있지 않은가.

신석정 시인의 평전, 시, 연보 등을 살펴보면, 당시 김용근, 신석정 두 사람의 관계가 나이 차를 뛰어넘어 이념과 삶의 동지가 될 수밖에 없었던 상황을 짐작할 수 있다. 두 사람은 한반도 민중이 겪어야 했던 역사적 현실에 대한 연민과 순수한 이상, 그리고 역사적 부조리에 대한 분노와 절망을 공유하며 서로 격려했다.

장임원 교수는 전주고 출신인데 민주화교수협의회 상임대표, 중앙대 의대 학장을 역임했다. 1학년 때 김용근 선생이 담임을 맡았다고 한다. 그는 전주 지역사회와 전주고에 대한 여러 얘기를 들려주었다.

당시 전주고 교사 절대 다수는 전주고 출신들이었다. 전주고-서울대 출신 교사들이 학교를 주도하는 분위기였다. 전주고 교사 가운데 신석정을 비롯, 서정주 등 학문과 문예 등에서 문명(文名)을 날린 사람들이 많았다. 서정주(1915~2000)는 전주고 교가의 작사자이다. 그 당시 전주고는 전북대보다 지역사회에서 더 영향력이 컸다. 대학과 고교를 나란히 비교하는 것이 적절할지 모르나, 전주고는 전북에 대학이 없는 시기인 1919년 전주고등보통학교로 개교했고, 전북대는 1949년 설립되었다. 전주고 역사가 전북대보다 30년 오래되었고 1950년대 전북대는 10년이 채 안

된 신흥대학이었다. 당시 신석정 시인을 포함하여 전주고 교사들 가운데 많은 사람이 전북대에 출강했다. 전북대 교수로 가는 사람도 많았다. 김용근도 전북대학에서 강의를 하기도 했고 교수에 응모하라는 제안도 받은 적이 있었다. 전주고 일부 학생들은 전북대가 덕진동에 있어서 '덕진고'라 부르기도 했다. 이른바 지역 명문고 학생들의 비뚤어진 엘리트 의식이었다.

전주고 교사 시절 한동안은 김용근의 생애에서 가장 행복하고 보람있는 시기였다. 직장에는 형제 같은 신석정 시인이 있었고, 장남 창중은 전주고에 입학했으며, 은경, 만진, 원용이 태어났다. 셋째 아들 1957년 생 원용은 생후 1년이 지나 소아마비를 앓았다. 원용의 생모 진창순 여사가 치료를 위해 2년여 전국을 돌며 애를 썼으나 나아지지 않았다. 그런데 불행히도 61년 8월, 진창순 여사는 막내 미희를 낳다가 별세하고 말았다. 서른아홉 살이었다.

김용근은 이 소식을 서울에서 농구 시합에 참가하던 중에 들었다. 김용근은 시합장에 늘 어린 만진을 데리고 다녔다. 7살 만진의 손을 잡고 전신전화국에 가서 통화한 아버지가 울먹이며 말했다.

"네 엄마가 돌아가셨다. 빨리 집에 가자."

만진은 아버지와 집에 돌아왔을 때, 이미 어머니의 장례 준비가 되고 있었다고 기억했다.

바로 이 시기에 5·16 쿠데타 세력으로부터 미운털이 박힌 신석정 시인은 전주경찰서에서 조사받은 후 결국 전주고를 떠나게 된다.

4·19혁명과 5·16쿠데타 : 희망과 좌절

김용근과 신석정 시인의 전주고 교사 시절 4·19가 일어났다. 4·19혁명은 지방의 중고교 학생 시위로 시작되었다.[70]

4·19혁명 초기에서 중기까지 대학생보다는 중고생들이 중심이었다. 심지어 국민학생들도 스크럼을 짜고 시위에 참여한 사진을 많이 찾아볼 수 있다. 당시 수송국민학교 학생 강명희의 시가 잘 표현하고 있다.

아! 슬퍼요.
아침하늘이 밝아 오면은
달음박질 소리가 들려옵니다. 저녁놀이 사라질 때면
탕탕탕탕 총소리가 들려옵니다.
아침하늘과 저녁놀을
오빠와 언니들은 피로 물들였어요.
....
오빠와 언니들이
배우다 남은 학교에
배우다 남은 책상에서
우리는 오빠와 언니들의
뒤를 따르렵니다.

-강명희, 「나는 알아요」 부분

광주, 전주, 마산, 부산 등 지방의 학생들이 서울 지역 대학생들의 분발과 참여를 촉구하는 구호를 외치고 현수막을 들었다. 특히 고등학생의 역할이 결정적이었다. 2·28 대구 학생 시위 이래 모든 시위의 주력은 사실상 고교생이었다. 마산상고 김주열 군의 죽음은 우연이 아니었다.

광주에서도 광주고 학생들의 시위가 선도적이었다. 광주고 출신 고 이홍길 교수(전남대 사학과)는 광주고가 전국 고교 가운데 최초로 시위를 시작했다고 증언한다. 마산에서 시위가 크게 일어나면서 전국으로 확산되었다. 고교생들은 "대학생들은 나서라, 선배들은 각성하라, 선배들은 썩었다"고 외쳤다.

당시 전주고 교사였던 김용근과 신석정에게 4·19 초기 지방 고교생들이 시위를 주도한 것이 어떤 의미였을지 짐작이 된다. 선생은 4·19 당시 전주고 학생 시위대를 따라갔던 경험을 여러 차례 말씀했다.

4·18 고대 시위 이전까지 고등학생들이 시위를 주도했다는 것은 당시 학생운동의 성격을 이해하는 데 매우 중요하다. 서중석 교수는 당시 대학생들이 선민의식, 엘리트 의식으로 똘똘 뭉쳐있었다고 평가한다. 그들은 이승만 체제 하에서 자발적인 반체제 운동을 해본 적이 없었다. 당시 대학 교육이 대중화되지 않았고 대학생의 수가 많지 않았음을 감안할 필요도 있다. 1960년 학령인구 중 대학생 비율은 10% 정도였다. 대학가 시위도 지방 대학에서 먼저 불붙었다. 4월 4일 전북대에서 시작했다. 전북대 학생들은 "서울의 학생들은 나서라. 비겁하다"는 구호를 외치기도 했다.

서울 지역 대학생들도 4월 21일에 합동시위를 계획했는데, 4월 18일 고려대 학생들이 약속을 깨고 먼저 시작한 것이다. 고대생들이 이 날 시위를 해산하고 교정으로 돌아갈 때 정치깡패 두목 이정재, 임화수 등의 지시를 받은 대한반공청년단원들이 시위대를 습격했다. 이 사건은 언론에 대대적으로 보도되어 4월 19일 최대 규모의 시위를 촉발시켰고, 4월 25일 서울지역 대학교수단 연합시위를 불러왔다. 마침내 4월 27일 이승만이 하야했다. 4·19 당시 서울지역 대학생 시위가 큰 역할을 한 것처럼 보이는 것은 바로 4·18 고대생 시위가 가져온 효과 때문이다.

이승만 시대에 절망했던 지식인들은 4·19를 열렬히 지지했다. 김용근, 신석정도 마찬가지였다. 술을 즐겨했던 신석정 시인은 4·19 당시 이승만 하야의 기쁨에 겨운 나머지 전주의 미원탑 사거리 교통신호대의 경찰을 내려오게 하고 윗저고리를 벗은 채 수신호를 했다는 유명한 일화가 있다.

> "그 사거리에서 경찰이 아버지 제자야. 아버지를 알아봤나 봐. 그래 가지고, 너 내려와라. 내가 간다, 거기서 교통정리를 한 것이야."(신광연)

신석정의 시 「쥐구멍에 햇볕을 보내는 民主主義의 노래」[71]를 보자.

> (…)
> 한 詩人이 있어
> '딱터·李'의 肖像畵로 밑씻개를 하라 외쳤다 하여
> 그렇게 자랑일 순 없다.
> 어찌 그 치사한 休紙가 우리들의 성한
> 肉體에까지 犯하는 것을 참고 견디겠느냐!
> (…)
> 嚴肅한 歷史의 宣告도 凍結된 地區에서
> 그렇게도 우리가 목마르게 待望하는 것은
> 결국
> 헤아릴 수 없는 쥐구멍에
> 햇볕을 보내는 民主主義의 作業을 떠나선 意味가 없다.
> (…)

이 시에서 '딱터·李'는 물론 이승만이다. 신석정 시인은 자유당 정권에 단호하게 역사의 책임을 추궁한다. 시인은 김수영의 '우선 그놈의 사진을 떼어서 밑씻개로 하자'를 차용한 데서 한술 더 떠 이승만의 초상화는 '밑씻개'로도 쓸 수 없는 '치사한 휴지'에 불과하다고 말한다.

하지만 혁명의 환희는 오래가지 않았다. 박정희의 5·16쿠데타는 4·19에서 역사의 희망을 보았던 두 사람에게 큰 좌절을 안겨주었다. 신석정은 1961년 5·16쿠데타 직후 전주경찰서에 8일간 구금되어 혹독한 취조를 받아야 했다. 그의 나이 55세였다. 신 시인의 「단식의 노래-싸우는 교육 동지에게」(1960.10.)와 혁신계 민족일보에 발표한 「춘궁은 다가오는데」, 「전아사」 등의 시 때문이었다. 신석정 시인은 이 작품으로 4·19 직후 교원노조 설립을 위해 국회의사당에서 단식 농성했던 교사들을 응원했다. 4·19 당시 교원노조는 경북고 교사들이 중심이 되어 전국으로 확대되었는데 전북에서는 전주고 교원노조가 중심 역할을 했다.

박정희는 남로당 군 조직책이라는 그 자신의 과거 경력에 대한 콤플렉스 때문에 걸핏하면 자신이 반공주의자임을 입증하려 했다. 박정희의 친형 박상희(1905~1946)는 공산주의자로 10·1 대구항쟁 때 경찰에 의해 억울하게 죽었다.

5·16 직후 미 CIA가 한국 상황을 주목하고 있었는데 박정희는 쿠데타 초기 미국으로부터 공산주의자로 의심받았다. 박상희의 사위, 곧 박정희의 조카사위인 김종필은 5·16 직전 "당시 서울엔 '크레퍼' 대령이라는 가명(假名)으로 미 CIA 간부가 와 있었고, CIA는 족청(조선민족청년단)계

의 지도자 박병권 장군과 손을 잡고 (장면 정권을) 뒤집으려는 움직임이 있었다"고 말했다.[72] 이 시기 박정희는 박병권을 자신의 경쟁자로 간주했을 수 있다.

10·1 대구항쟁은 친일 경찰들이 노동자들의 파업 시위에 발포함으로써 일어난 민중봉기로 전국적인 시위로 발전했다. 광복 직후 잘못된 미군정의 식량정책과 친일세력들의 복직, 친일 경찰들의 식량 강탈 등으로 경북도민들이 미군정과 이승만 정권을 향한 불만이 커져가고 있었다. 박정희의 친형 박상희는 이때 살해당했다. 박정희는 띠동갑인 형 박상희를 어릴 적부터 매우 존경하고 따랐다. 박상희는 대구지역에서 매우 영향력이 크고 존경받는 공산주의자였다. 일제강점기에 그는 조선중앙일보와 동아일보 구미지국장 겸 주재기자로 일했고 신간회 간부로서 항일투쟁에 앞장섰다. 조선중앙일보는 여운형이 사장이었다. 박상희는 또 해방 후 여운형이 주도한 건국준비위원회의 구미지부를 창설하였고, 이어 인민위원회 구미지부의 내정부장을 역임하였으며 1945년 11월 전국인민위원회 대표자회의에 선산대표로 참가했고 1946년 민주주의민족전선(민전) 선산군지부 사무국장을 맡았다. 민전은 조선공산당, 한국노동당, 한국청년동맹 등 다양한 단체가 참여한 좌파 계열 연합단체였다.

박정희가 여순항쟁 당시 남로당에 입당하고 군부 남로당 조직책으로 활동한 것은 형의 억울한 죽음에 대한 원한 감정의 발로였다. 박정희는 여순항쟁 이후 군사재판에 회부 되었다가 군부 내 일본 육사와 만주군 인맥의 구명운동 덕분에 겨우 살아났다.

1961년 8월 최고회의 회의 모습
앞줄 왼쪽부터 김신 공군참모총장, 박정희 의장, 박병권 국방장관(테이블 건너)
박정희 뒤는 김종필 정보부장(사복 차림)
이 사진 속의 박병권은 김용근의 연전 동창이다
출처 : 중앙일보

박정희가 쿠데타 후 이른바 혁명재판부에서 4·18 고대생 시위대를 습격한 정치깡패 두목들에게 사형을 선고했던 것은 순전히 민심의 주목을 끌기 위한 쇼에 불과했다. 군사깡패가 정치깡패를 제물로 삼은 것이다. 5·16군사반란 세력은 근본적으로 4·19혁명의 가치를 이을 자격도 의사도 없었다.

신석정 시인은 이후에도 계속 박정희 군부독재세력으로부터 감시와 박해를 받았다. 신 시인은 5·16쿠데타를 비판한 「영구차의 역사」, 월남 파병을 비판한 「꿈의 일부」 등 여러 저항시를 남겼다. 그는 1969년에도 뚜렷한 이유 없이 중앙정보부 남산분실에 불려가 호된 조사를 받고 며칠 만에 풀려났다. 이 시는 바로 당시의 심정을 표현했다.

눈물이 피잉 돌았다.
햇빛이 너무도 눈부신 5월 어느 날, 남산을 내려오던 내 시야에는 그 숱한
고층건물도 보이지 않았다.
　　　　　　　-신석정, 「서울 1969년 5월 어느 날」, 『월간문학』, 1969. 7.

하지만 1974년의 다음 글은 신석정 시인이 이런 탄압에 결코 굴복하지 않았음을 보여준다.

4·19는 혁명이라고 한다. 모든 시인이 목청을 다듬어 노래하기에 인색하지 않았다. 그러나 … 악마에게 앗긴 오늘이 내일까지 영원히 악마의 것일 수는 없지 않느냐? 차라리 붓을 꺾고 말지언정 멍든 역사와 얼룩진 현실을

찬미하고 구가할 수는 없다.
 -신석정, 「동문서답」, 『난초잎에 어둠이 내리면』, 유고수필집, 지식산업
사 (1974)

일제와 해방, 분단을 온몸으로 헤쳐 나간 김용근과 신석정 두 사람의
삶에는 많은 공통점이 있다. 일제에 굴하지 않은 저항의 이력, 반제국주
의와 사회주의적 휴머니즘에 대한 경도, 4·19혁명에 대한 적극적 지지와
박정희 군사독재에 대한 강한 비판적 태도와 불교 사상에 대한 깊은 이
해이다.

 시인이 문학세계 안에서 시대의 이상을 표현하고 절망을 극복하고자
노력했다면, 선생은 학생들과의 소통, 교육과 스포츠에 대한 열정적 몰
입을 통해 시대의 어둠을 이겨내려 했다. 선생은 전주고 농구 감독을 오
랫동안 맡아 여러 국가대표 선수들을 길러냈다. 선생이 전주고를 떠난
것은 신석정 시인을 포함한 진보적, 양심적 지식인에게 가해진 박정희
독재권력의 감시와 박해가 직접적인 원인이었다.

 신석정은 박정희 쿠데타 불과 3개월 후인 61년 8월 25일 전주고를 떠
나 김제고로 옮겨야 했다. 박정희 정권의 박해 때문이었다. 그리고 신석
정이 전주고를 떠난 지 약 반년 후인 62년 초, 김용근 역시 전주고를 사
직했다. 전주고에서 꽃핀 아름다운 시절은 4·19혁명을 집어삼킨 박정희
의 쿠데타로 종언을 맞았다.

 신석정은 전주에서 쿠데타 세력의 표적이었다. 신석정은 전국적으로
이름이 알려진 유명 시인인데다, 지역사회에서도 좌파 사회주의자로 알

려져 있었다. 전주고에서 교원노조에 참여한 교사들 가운데 일부는 사립 여학교인 전주 성심여고로, 일부는 전북대 교수로 직장을 옮겨야 했다.

앞서 장임원 교수의 친형 장성원(1939년 생)은 전주고 출신으로 신석정 시인의 수제자 격이었다. 장성원은 신석정의 영향을 받아 시인의 길을 가고자 했다. 그런데 아버지가 야단을 쳤다.

학생들은 몰랐지만 지역사회 성인들은 신석정 시인에게 붙은 빨갱이 딱지를 경계했던 것이다. 장성원은 전주고 34회로 동아일보 도쿄특파원과 논설위원 등을 거쳤고 자유언론실천운동으로 동아일보에서 강제 퇴직 당했다. 이후 새천년민주당 소속으로 15대, 16대 국회의원을 지냈다.

선생은 이 시기 절망한 신석정 시인이 자살을 기도했던 일화를 들려주었다. 선생은 전혀 술을 못했으나, 신 시인의 집에 가서 막걸리를 사달라 한 후, 단번에 술을 모두 들이키고 나서 질책했다. 이처럼 박정희의 쿠데타는 4·19혁명으로 움튼 희망을 무참히 짓밟아버렸다.

신 시인은 술을 즐겨했다. 시인은 선생이 술을 전혀 마시지 못하는 것을 늘 아쉬워했다. 생전에 신 시인은 술이 좀 오르면 김용근에게 말했다.

"네가 술을 좀 한다면 또 다른 세계를 알게 될 텐데 말야"라고. 필자가 들은 얘기다.

전주고에서 농구를 배운 제자들에 따르면, 김용근은 1974년 신석정 시인이 타계한 후에도 더러 홀로 술을 사들고 신 시인의 묘소를 찾았다. 김용근은 체질상 전혀 마시지 못하는 술을 반 잔 정도 음복하며 과거를 회고했다고 한다.

신석정 시인
전주시 남노송동 시인의 고택인 비사벌초사에서
시인의 왼쪽 어깨와 팔 옆 긴 이파리는 그가 좋아한 태산목
출처 : 석정문학관

김용근은 한국전쟁 후 1954년 전주고에 부임하여 4·19 시기를 보냈
다. 그리고 1961년 5·16쿠데타를 겪은 직후 신석정 시인에 이어 1962
년 봄 전주고를 떠났다.

제7장

'볼은 인간이다' : 김용근의 인문(人文) 농구

김용근 인생의 농구

김용근은 평생 스포츠와 함께했다. 평양 숭실중학교 재학 중 그는 농구, 축구, 수영을 잘했다. 연전과 연희대학 시절 농구선수와 축구선수를 겸했다. 축구 포지션은 골키퍼, 대표팀에 속했다. 수영선수로 경기에 나간 적은 없으나 바다에서 몇 시간 이상 헤엄쳐나갈 정도의 실력이었다.

특히 농구는 선생의 인생에서 가장 중요한 운동이었다. 숭실중학교에는 국내 최고의 실내체육관이 있었고 김용근은 맘껏 농구를 즐겼다. 그는 해방 후 연희대학 시절까지 농구선수로 뛰었으나 전주고 교사 시절부터 농구 지도자로 나아갔다.

김용근은 전주고 농구부를 지도하면서 오수철, 정규오 등 좋은 지도자들과 함께 전주, 군산이 함께 경쟁하며 전북 농구의 성장·발전이 이뤄지도록 역할했다.

전주고 교사 시절 군산팀으로 출전하여
뒷줄 오른쪽 김용근, 김용근 옆 오수철, 앞줄 가운데 정규오

전주고 시절 : 호남농구를 개척하다

　김용근은 호남농구를 개척했다고 할 수 있다. 김용근은 1954년 전주고 교사 부임 후 농구팀을 맡아 장차 명문팀으로 발전할 기틀을 다졌다. 김용근이 맡기 전에 전주고에 농구부가 있었으나 체계적인 훈련과 지원이 이뤄지지 않았다. 물론 한국전쟁 직후라 스포츠뿐 아니라 다른 분야도 마찬가지였다. 김용근은 전주고 농구부를 맡아 전국대회 준우승을 달성했다. 열악한 조건과 심판의 불공한 게임운영에도 불구하고 전국대회 준우승은 대단한 성적이었다. 당시 지방고교팀은 아무리 잘해도 4강이 한계였다.

> "매주 일요일이면 익산 중앙대학교 코트(한국전쟁 때 중앙대는 익산으로 피난했다)에서 전주고와 군산고가 농구시합을 했어요. 양팀의 지도자는 아버지의 제자들이었고 그들이 아버지의 뜻에 따라 열심히 연구하고 연습한 결과를 발표하는 시합이었죠."(장남 창중)

　김용근은 1961년 봄 전주고를 떠난 후 광주고와 광주일고 농구부를 맡아서 1970년대 초까지 광주·전남의 농구 발전에 기여했다.

　한국전쟁 이후 1960년대를 거쳐서 1970년대 중반까지 호남농구를 개척하고 이끌었던 3대 지도자는 김용근, 오수철, 정규오라고 할 수 있다. 오수철은 일제강점기 조선의 농구영웅이었다. 오수철은 김용근과 평양 숭실중학교 기숙사 룸메이트로 평생 친구였다. 두 사람은 평양 숭실중 재학 시절부터 농구를 함께 했다.

　오수철은 숭실중 졸업 후 보성전문학교에 진학했고, 보전팀이 당시 최강 연전팀을 제압하고 정상에 오르는데 결정적인 역할을 했다. 이름난 골잡이로 알려진 그는 전(全)일본농구선수권대회에 출전하여 제17회(1938년), 제18회(1939년) 보전팀이 일본 본토팀들을 모조리 격파하고 2연패를 달성하는데 최고의 수훈을 세웠으며, 해방 후 1948년 런던올림픽에 국가대표로 출전했다. 오수철은 키가 크지 않았으나 무려 1m에 달하는 점프력은 전설이었다. 그는 이처럼 선수로서 엄청난 기량을 갖췄으나 지도자로서 역할을 하지 못하고 있었다. 김용근은 오수철이 전주북중학교에서 정규직 교사로 자리잡아 지역 농구 발전에 기여할 수 있도록 지원했다. 오수철은 군산상업고등학교 농구부 창설에도 기여했다.

정규오는 재일동포 출신으로 일본에서 정식으로 농구를 공부했다. 일본에서 태어난 그는 김용근에게 우리말을 배웠다. 정규오는 전주고에서 시작하여 광주고, 그리고 광주서중과 광주일고까지 김용근과 함께 농구 지도자로 활동했다. 정규오는 코치로서 벤치에서 지시하는 역할을 했고 김용근은 감독으로 지도했다. 두 사람은 나이 차가 크지 않았으나 둘 사이는 사제관계 비슷했다.

김용근은 실전 기량에서 오수철에 미치지는 못했지만 게임 이론, 즉 전략과 전술에 능했고 그것을 전달할 표현력, 즉 지도력이 탁월했다. 김용근은 전주고에서 시작하여 광주고, 여수고, 광주일고 등에서 농구를 지도했고 곽현채(전 국가대표), 박건수(전 국가대표), 김동욱(전 국가대표코치), 조현영(전 호남대 교수) 등과 이주영, 장세열, 김만진 등 좋은 지도자들을 길러냈다. 곽현채(1947~)는 여수중을 졸업했는데 김용근이 광주고로 스카웃했다. 광주고에서 츨석 문제로 3학년 진급에 어려움이 생기자 김용근은 곽현채와 김동욱을 여수고로 데려가 전국대회에서 준우승을 거둔 후 연대에 진학하도록 했다. 곽현채는 6~70년대 한국 남자농구의 전설로 불리는 신동파(1944~)를 잇는 국가대표 선수로 발전했다. 김동욱은 곽현채와 함께 연세대에 진학했고 국가대표 코치와 한국대학농구연맹 회장을 역임했다.

김용근의 제자인 이주영, 김만진 등은 광주와 전주에서 농구를 지도하며 놀라운 업적을 달성했다. 이주영은 광주고 출신으로 선생의 제자이면서 농구 교육의 동지이다. 이주영은 광주서중, 일고 농구팀을 김용근과 함께 지도했다. 이주영은 광주고, 목포상고, 수피아여고 팀을 지도하여 많은 제자들을 길러냈다. 그가 광주고 농구부를 지도할 때 전성시대를 열었다. 10여 차례 전국대회 우승을 이끌었다. 그는 선생에게 일본어를 배워 일어로 농구 관련 서적은 물론 동양고전을 틈틈이 읽었다.

김용근 선생의 농구 열정은 다양하게 드러난다. 〈전주고 농구가〉를 만들었다. 신석정 시인에게 작사를 청하고, 자신이 작곡했다.

"제가 아버님과 김용근 선생님 일화 하나를 들자면, 두 분이 아주 친한데 김용근 선생이 한 번은 아버지 보고 시를 하나 써주시오. 무슨 시를 쓰라고 하냐? 그러니까 농구부를 위한 노래를 하나 지읍시다. 농구부 노래, 농구가. 그래서 아버님이 그 양반 말을 거절 못하지. 그러니까 농구 잘하라고 격려하는 노래를 지었어요. 아버지가 시를 쓰고 작곡을 김용근 선생이 했죠. 그래갖고 농구가를 불렀는데, 그때 또 재밌는 것은 그 무렵에 〈농구가〉가 막 나왔을 때 학교에서 콩쿨대회가 있었어요. 제가 2학년 때였던 것 같아요. 내가 아버지나 김용근 선생이 시킨 것도 아니고, 내가 자청 해갖고 나가서 불렀어요.

우리 학교 〈농구가〉를 하겠다. 작곡은 김용근, 작사는 신석정, 다 알지. 그 노래를 제가 불렀어요. 제가 1등 하려고 한 것은 아니고 그냥 우리 아버지를 자랑하고 싶어서. 가사는 전혀 기억 없는데, 농구를 잘해라, 격려하는 노래였어요.

전주고에서 〈농구가〉는 엄청나게 중요한 역사인데, 지금은 잊혀졌어요. 악보를 김용근 선생님이 직접 주셨어요. 악보를 직접 그려서, 〈농구가〉를 직접 지어서 주셨어요. 농구부 학생들이 〈농구가〉를 불렀지, 불렀어요. 농구부 학생들이 부르고, 부르라고 만든 거야. 그때 응원가로도 부르고 막 그랬던 것 같은데, 근데 지금은 가사든 곡이든 전혀 기억이 안 나요. 잘 뛰어라. 그런 노래였어요."(신광연)

김용근의 장남 창중과 차남 만진도 이 노래를 모두 함께 불렀던 기억을 하고 있었으나, 악보를 찾지는 못했다. 이 글을 집필하던 중 필자의 요청으로 김만진 감독이 50년대 전주고 교지에서 〈전주고 농구가〉 가사를 찾아 보내 주었다.

〈전주고 농구가〉

작사 : 신석정, 작곡 : 김용근

〈1절〉
종소리 들린다 날이 밝았다
청춘의 가슴에 피가 잘 돌아
산같이 움직일 거룩한 입상(立像)
나가자 나아가자 어서 나가자
싸워서 이기고 뭉치는 진리
태양의 정열도 부럽지 않다
승리의 월계관 머리에 이고
이름도 빛난다 전고의 농구!

〈2절〉
새날이 밝았다 어서 나가자
밋밋한 산둘레 솟아 오르듯
새로운 역사를 창조할 우리
뛰어라 뛰어가라 힘껏 뛰어라
싸워서 이기고 뭉치는 진리
우리의 가슴은 영원히 탄다
승리의 월계관 머리에 이고
이름도 빛난다 전고의 농구!

광주고 시절

"김용근, 밥 좀 빌어먹으러 왔습니다. 잘 좀 봐주시오."

62년 그의 광고 부임 인사말이었다. 이후 선생은 농구 연습장에 교감과 함께 나타났다.

"자식들 반갑다, 살레시오고팀에게 졌다지, 걱정들 마라. 다음 시합 때는 꼭 이기게 될 테니까." 그러고 웃으며 "촌놈들 열심히 해봐"라고 하며 나갔다.

이주영은 속으로 '웃기는 선생님'이 실정을 잘 알지도 못하면서 '맹랑한 장담'을 하고 있다고 여겼다.(문집 398) 불과 얼마 전 전남종별농구선수권대회에서 살레시오고팀에게 50 : 80으로 참패하였는데 2주일 후에 또 시합이 예정되어 있었기 때문이다. 그런데 이틀 후 세 선수가 전학왔고 선생의 지도로 연습이 이루어졌다. 이제껏 경험해보지 못한 새로운 방식이었다. 다시 개최된 시합에서는 80:50! 한 달 전 결과와 정확히 정반대로 뒤집은 승리였다.

당시 선생은 세 선수와 함께 옛 전남도청 앞 상무관 옆 전남체육회 사무실에 딸린 작은 단칸방에서 자취생활을 했다. 이주영은 넷이서 초라한 밥상에 둘러앉아 찬송가를 부르고 기도하며 즐겁게 식사하는 광경에서 큰 감동을 받았다. 고(故) 이주영은 이 시기부터 제자로서 연을 맺어 선생의 삶과 교육에 평생 함께했다.

1960년대 초반, 선생이 광주고 농구부를 맡은 지 얼마되지 않은 때였다. 전국남녀종별농구선수권대회가 광주에서 열렸다. 광주고는 햇병아리팀이었고 무참히 패배했다.

"그런데 광주고 선수들은 심판의 편파적 경기 운영을 항의하는 선생의 놀라운 배짱을 보았다. 전주고와 경복고의 대전에서 전주고가 이길 수 있었던 경기를 심판의 불공정한 판정으로 패하게 되자 선생의 항의는 대단했다. 본부석의 책상을 뒤집어 엎어버렸고, 경기 중단 후 재시작 2분여를 남긴 채 출장을 포기해 버렸다. 유니폼을 갈기갈기 찢어 심판들을 향해 던져버리고 경기장을 떠나버렸다."(이주영)

"그러니까 심판들이 서울에서 시합하면 우리 선생님 눈치를 많이 봐. 시합할 때 정말로 우리가 그걸 느껴요. 심판들이 선생님 눈치를 보면서 경기를 진행하는 걸 굉장히 많이 느끼죠. 휘슬 불려면 선생님이 있는 데를 쳐다보죠. 시합 끝나도 좀 구린 심판들은 얼른 도망가, 빠져나가는 그런 행태들이

많았어요."(조현영)

"이런 식의 항의가 최선이 아닐 수도 있겠으나 이를 목격한 선수들은 속시원함을 느꼈고 선생에 대한 든든한 믿음이 생겼다."(이주영)

출발선부터 불리한 상황인데 공정해야 할 경기 운영조차 심판들의 농간이 작용한다면 누가 결과에 승복할 것인가? 당시 농구계의 현실과 광주고 농구팀의 상황이 잘 드러나는 이주영의 글을 보자.(문집 400)

광주고 농구팀은 전국체육대회 전남대표로 출전을 앞두고 연습을 시작했다. 전국의 각 도(道)에서 선발된 대표팀들의 대전이므로 몹시 어려운 상대들만 모인다. 우리 팀의 형편을 잘 알고 있기에 이미 종별대회 때 겁먹은 가슴은 숨쉬기조차 불편했고, 출전 자체가 큰 부담이었으며 암담했다. 그런데 선생은 그렇지 않았다. 해볼 수 있다는 것이었다. 9월 초 대진표가 결정되었다. 상대는 서울의 대표 휘문고팀이었다. 그 팀에는 신동파, 이병국 등 훗날 국가대표가 된 기라성 같은 선수들이 있었다.

그때부터 '혼'이라는 단어가 대두되었다. 손발로 하는 농구가 아닌 혼으로 하는 농구, 그것이 진정한 경기라는 것이었다. 혼이 없는 자는 볼을 헛되게 만지는 것과 같다고 했다. 따라서 '혼'이 필수조건이라는 것이다. 볼은 둥 그렇지만 그것을 다루는 자의 사람 됨됨이나 뜻에 따라 모양새가 달라진다. 볼은 무생물이요, 감정이 없기에 오직 다루는 자의 뜻에 정직하게 응답한다.
좋은 선수가 되고 볼을 잘 다루려면 먼저 인간 형성이 필요하고, 인간다운 인간을 형성시키려면 혼의 존재가 필수라는 것이었다. 혼이 없는 인간의 삶이나 행동은 무의미하다. 혼이 부재(不在)한 존재는 무의미하며, 방향을 잃은 삶이며 쓰레기와 다름없다. 볼을 만질 자격조차 없는 것이다. 그래서

'혼'을 강조하셨고, 혼을 담아야만 플레이가 의미 있고 강해진다고 하셨다. 선생은 독하고 강한 인상을 항상 지니고 눈빛이 살아 있어야 하는데 '넋 빠진 동태눈깔'을 하고 있다고 역정을 내셨다. 그러나 막상 혼의 실체에 대해서는 자세한 설명이 없었다. 선수들 각자 다양하게 이해했을 것이다.

우리는 안될 것을 아시면서 우리를 연습시키려고 하신 말씀이려니 받아들였다. 선수들이 선생의 말씀을 깊게 새기고 새롭게 변모하는 모습은 보기 어려웠다. 고된 연습이 계속되면서 중도에서 포기하고 싶어하는 선수도 생겼다. 선생의 생각과 우리의 실천 사이에 항상 큰 갭이 있었다. 선수의 연약함, 내적 투지의 부족, 이것이 광주고 농구팀의 현실이었다.

어느덧 대회가 닥쳤고 경기가 치러졌다. 그런데 뜻밖에 예상을 뒤엎은 대접전이었다. 72 대 77로 패했으니, 하마터면 이길뻔한 좋은 결과였다. 다음날 동아일보가 양팀 벤치 사령탑의 정열적인 언동을 대서특필할 정도로 뜨거운 경기였다. 경기 후 모두가 눈물을 흘리며 이를 악물었다. '혼을 담은 플레이'가 무엇인지를 배운 것이다. 이 성과는 선수들의 노력뿐 아니라 선생의 열정과 집념의 결정(結晶)이었다. 서서히 선생의 농구가 전남에 뿌리를 내리기 시작했고 도약의 발판대가 마련되어 갔다. 선수가 스카웃 되고, 지원자도 생기고, 지원의 손길을 요청할 여건이 형성되고 팀은 강화되었다.

선생이 지도하는 광주고 농구부는 단순한 고등학교 팀이 아니었다. 전남 농구 전체의 엄청난 변화의 중심이었다. 선생의 지도는 선수들의 가슴에 무서운 포부의 불을 켰다. 우물 안 개구리들이 전국 무대 정상을 꿈꾸는 겁 없는 사내들로 변모했다.

얼마 후, 광주고팀은 선국종합신수권대회에 지방대표팀으로 초청받았다. 이 대회에는 군(軍)과 실업팀, 연·고대, 고등부 서울 2개 팀과 지방 1개 팀이 참가한다. 기본적으로 성인팀들의 대회인데 고교 3개 팀이 함께한다. 불과 1년 전에는 이름조차 거의 알려지지 않았던 광주고팀으로서는 대단한 영광이었다. 급변한 팀의 위상에 어리벙벙할 정도였다. (이주영 필자 요약)

광주고 농구선수였던 장세열은 선생의 마음을 눈빛만으로도 이해하고 따르는 제자였다. 경기장에서의 선생의 경기 운영의 방식과 의지를 한눈에 보여주는 다음 장면은 장세열이 훗날 선생의 분필공장에서 함께 땀 흘리며 일하고, 평생 자신이 어떤 선택을 해야할 때 '선생님이라면'을 마음에 새기며 사는 삶으로 연결된다.

장세열이 광주고 농구선수로 뛰던 60년대 초반, 아시아 최강으로 평가받는 필리핀 프로 농구팀 '이코' 초청 경기가 장충체육관에서 열렸다. 광주고와 경복고가 오픈게임에 출전했다. 광주고의 실력을 제대로 보여줄 기회였다. 심판의 판정에 김용근이 한번 이의를 제기하자 사각방석이 경기장에 날아들었다. 관중 대부분이 경복고 팬들이었기 때문이다.

경기 종반 타임아웃 직전, 70 대 71로 광주고가 지고 있을 때, 광주고는 경복고의 파울로 투 샷을 얻었다. 역전 찬스였다. 장세열에게 공이 왔다. 장세열은 두 개 모두 성공할 자신이 충분했다. 그는 한 골을 넣은 후 벤치의 선생을 쳐다보았다.

선생이 눈을 깜박깜박했다.

장세열은 눈짓 사인을 바로 알아차렸다.

'오픈게임이라 동점으로 끝나는 것이 좋다!'는, '선수권 대회가 아니고 친선경기이니 이쯤하면 충분하다!'는……

장세열은 늘 함께 하니 선생의 표정만 봐도 지시를 읽을 수 있었던 것이다. 그는 두 번째 공으로는 백보드를 때려 버렸다. 다시 사각방석이 날아들었다. 왜 백보드에 던졌나 항의하는 의미였다. 정정당당한 승부를 보고 싶은 관중의 마음이 실려 있었다. 그런데 한편으로 공을 백보드에 던져 동점을 함으로써 광주고팀은 경복고의 체면을 살려 주었지만, 경복으로선 사실 자존심이 상하는 일이었고, 선생님과 광주고 선수 모두 경기 결과에 충분히 만족했던 재미있는 시합이었다.

일고 시절

김용근이 지도하는 일고 농구부는 숭일고 농구부와 서로 경쟁하면서 발전했다. 숭일고에는 이규성이라는 좋은 농구 지도자가 있었다. 그는 농구에 큰 애정을 가진 군산고 출신 영어 교사였다.

> "숭일고 농구부도 일고 농구부가 있을 때 한참 전국에서 랭킹이 좋았어요. 전국대회 준우승을 할 만한 실력을 갖추었고 졸업생들 가운데 국가대표에 버금갈 정도의 좋은 선수들을 굉장히 많이 배출했어요. 일고는 당시 지역 명문으로 인정을 받을 때니 숭일이 일고를 이기면 자기들의 긍지가 생기는 거죠. 우리가 일고를 깼다는 그런 긍지가 상승 작용을 한 거죠. 그런데 일고 농구부가 해체되면서 숭일도 해체가 돼요. 숭일도 1, 2년 있다가 해체가 됐어요."(조현영)

막상막하의 좋은 라이벌이 있었기에 서로 경쟁하며 성장했던 것이다.

> "숭일고에는 그때 2m에 가까운 선수들이 있었어요. 그때는 190이 넘으면

엄청나게 큰 키였거든요. 일고가 숭일고에게 승률이 떨어지는 이유 중 하나는 숭일에는 장신 선수가 꼭 한두 명 정도 있었고 또 '발바리'들이 많았어요. 발바리는 농구 은어로 신장이 작으나 빠른 몸놀림으로 상대팀 에이스를 집중 견제하여 진을 빼놓아 무력하게 만드는 선수죠. 일고는 신체조건 등에서 불리하고 선수층이 그리 두텁지 않아서 다양하고 화려한 팀칼러를 가지기 어려웠죠."(조현영)

사실 김용근이 일고 농구부에 우수 선수를 유치하고자 한다면 그다지 어려운 일도 아니었을 것이다. 숭일중 출신 우수 선수들의 학부모들은 자녀를 광주일고에 진학시키기 위해 김용근에게 접근하려 했다. 하지만 선생은 라이벌을 꺾기 위해 일고에만 유리한 농구 외적 조건을 분별없이 이용할 그릇이 아니었다. 지역 농구의 발전을 위해서 그래서는 안 된다고 여겼다. 이런 점 때문에 이규성 감독은 공·사석에서 김용근을 진정으로 존경한다고 말했다. 그는 굉장히 자부심이 강해서 웬만하면 다른 감독을 잘 인정하지 않았다. 선생도 그를 보면 "야, 인마 규성아!" 하고 부르며 정말 반가워했다. 그는 나중에 미국에 유학했고 한국체육대학교 교수로 부임했다. 필자는 그를 인터뷰하고자 했으나, 80대인 그의 건강 때문에 불가능했다.

〈삼남(三南)농구대회〉를 제안하다

농구팀이 성장·발전하기 위해서는 여러 조건이 종합적으로 충족되어야 한다. 좋은 지도자가 미래의 안목으로 발전 가능성이 큰 선수를 발굴해야 한다. 선수 한 명을 키우려면 오랜 시간과 많은 노력이 필요하다. 합숙 훈련은 선수들이 팀워크 형성과 기량을 키우는데 매우 중요하다. 그러자면 체육관과 기숙사 등 지도자와 선수가 훈련에만 집중할 수 있도록 지원이 필요하다.

  지방 농구팀은 모든 조건이 절대적으로 열악하다. 신체 조건과 기량이 뛰어난 선수는 모조리 서울의 이른바 농구 명문고에서 휩쓸어 간다. 중학교 때부터 서울 선수들은 지방 선수들과 신장에서 10센티 이상 차이가 난다. 기량도 웬만한 대학팀을 뛰어넘는다. 지방 선수들은 대학 진학도 크게 불리하다. 경복고, 용산고 등 서울지역 고교로 진학을 해야 소속팀이 전국 3위권에 들 가능성이 월등히 높아진다. 그래야 연대나 고대 등 농구 명문대학으로 진학이 가능하고 또 실업팀 진출을 위해서도 유리하다. 지방팀은 선후배와 지도자의 연줄, 네트워크에서 서울팀과 비교가 안 된다. 뿐만 아니라 심판들은 서울 농구팀에 유리한 판정을 내린다.

"전국 농구경기에서 지방 팀이 우승하기는 하늘의 별 따기예요. 절대 지방이 이기도록 두질 않아요. 휘문, 경복, 용산, 인천 송도고 이런 데가 우리나라 고교농구의 전통적인 강호이고 명(名) 선수들의 산실인데, 그런 데서는 때와 장소를 가리지 않고 심판들에게 밀착 로비를 잘해요. 지방 팀이 아무리 농구를 잘해도 그런 팀들을 이길 수가 없어요.

농구는 심판이 한 번 휘슬을 불면 2점 넣을 것을 2점을 못 넣고, 되려 2점을 뺏기니까 4점 차이가 나요. 휘슬 하나에. 그러니 휘슬 두세 번 불면 시합이 다 뒤집힌단 말이야."(조현영)

"설령 지방팀의 실력이 출중하더라도 서울팀이 절대 양보하는 게 아니야. 경복, 용산은 70년 80년 역사를 가진 팀들이죠. 경복고, 용산고는 우리나라에서 매년 제일 잘하는 선수만 뽑는 학교야. 지방에서 서울로 다 뽑아가는 거야. 우수한 애들은 경복고, 용산고에 다 있어. 우리보다 키가 한 10cm 이상 커요. 지방은 우승할 수가 없는 거야. 그런 구조가 있어요. 지금도 그래. 그러니까 지방 농구팀들은 경복, 용산을 평생 단 한 번도 이겨본 적이 없다 해도 과언이 아니야. 이런 서울팀과 지방팀이 시합하면 하프게임이야. 게임이 안 돼. 그리고 용산, 경복 애들은 웬만한 대학보다 더 좋은 애들이야. 이제 그것을 내가 깨뜨리려고 해봤지. 아버지 때도 그걸 시도했어요. 근데 그때는 심판 장난이 워낙 심해가지고, 이길 수가 없었어. 그래서 아버지가 시합하다가 쿠트에 들어가 심판들하고 싸운 게 한두 번이 아니지. 나는 그걸 못 봤지만 장세열, 이주영 등 선배들은 여러 번 겪었지. 아버지가 매년 열리는 한일(韓日) 친선 고교농구대회 (현재 한중일 친선 고교농구대회)에 꼭 가고 싶어 했어요. 아버지는 지방이 이길 수 없게 만들어진 구조를 뛰어넘어서 국제무대에서 실력을 한번 보여주고 싶은 동기가 있었어요. 지금도 있어요. 잘 안 보이는 유리천장 같은 거죠. 한때 사회적으로 큰 문제가 되기도 했지요."(김만진)

불공정한 편파 판정은 근본적으로 스포츠 정신에 어긋나는 일이다. 이런 구조를 용인하면 지역 농구는 물론 나라 전체의 스포츠 발전을 망친다. 김용근은 서울 중심의 이런 부조리를 문제시하고 그에 도전했다. 그는 지방 선수들끼리 한번 제대로 해보자며 〈삼남농구대회〉 창설을 주도했다.

"선생님이 서울 팀들에게 들러리로 놀아나지 말고 지방을 따로 묶어서 시합을 하나 만들자 지방 대회를, 그래서 선생님이 제안하고 주도해서 전국대회를 만들었어요.
삼남끼리, 지방끼리, 우리끼리 전국 규모의 대회를 한번 해보자, 해서 그대회를 만들었어요. 〈삼남농구대회〉라고, 서울이 아닌 전라, 경상, 충청 지역 고교 농구팀들의 리그죠. 그런데 시합을 만들었는데 출전비가 없는 거예요. 대한농구협회 등에서 조금 찬조도 받고, 각 참가 지역에서 십시일반 했을 겁니다.

선생님이 지도자로 계시는 동안 삼남농구대회를 계속 진행했는데, 선생님이 운동을 떠나시니까 중단되고 말았죠. 삼남농구대회는 참 좋았어요. 지도자들끼리도 물론 좋았지만, 선수들도 서울이 아닌 지방에서 서로 대등하게 소통하고 교류하고 공정하게 경기하며 실력을 쌓고 연대를 형성하니 참 좋았어요."(조현영)

조현영은 〈삼남농구대회〉가 1969년부터 1972년까지 개최되었다고 기억한다. 〈삼남농구대회〉의 정확한 기록을 찾지 못해 아쉬웠다.

〈삼남농구대회〉는 전라, 경상, 충청 세 지역에서 번갈아 가며 매년 시합을 개최했다. 〈삼남농구대회〉는 한국 농구사에서 수도권 중심의 폐해와 지역 차별을 지역팀들이 스스로 나서 극복하고자 했던 중요한 의의를 가진다. 뿐만 아니라 선수들에게도 정정당당한 경기의 결과를 인정하고 자긍심을 높이는 대회가 되었다.

호남농구의 위기

호남지역 농구는 지금 거의 소멸되기 직전이다. 서울과 비서울의 격차도 크지만 비서울에서도 지역 격차, 다시 말해 호남 농구와 영남 농구의 격차도 크다.

"광주 같은 데는 선수들을 찾을 수가 없어요. 왜냐하면 초등학교 때부터 잘하면 서울로 다 데려가 버려요. 광주 수피아여고 같은 데는 지금 여섯 명 가지고 운동부를 키우더라고요. 선수 1명이 부상당하면 5명이 뛰다가, 또 경기 중 테그니칼 파울을 범하면 4명이 뛰고 3명만 남으면 게임 몰수를 당하는 거죠. 그러니까 서울을 제외하고 지방은 지금 전부 그런 식이예요. 농구를 아는 학생들이 지역에 없어요. 야구는 광주에 연고팀 기아가 있기 때문에 관심이 있고, 축구도 사실은 작년부터 조금씩 성적이 나오기 때문에 응원하고 알고 있잖아요.

어떤 스포츠의 지역 프로팀이 있으면 일반 학생들이 관심을 갖고 청소년들이 보고 흉내도 내면서 배우죠. 내가 수업하다가 농구에 대해서 대학생들에게 물어봐요. 아무것도 몰라. 그런데 서울, 영남은 호남과 달라요. 관심이 있고 알고 있어요. 농구에 대한 지식도 있고 어느 팀이 잘하고 있는지도 알고 있어요."(조현영)

호남에는 실업팀과 프로 농구팀이 단 한 곳도 없다. 재정 지원도 열악하고 체육관 등 인프라가 지역에 턱없이 부족하기 때문이다. 현재 한국 프로농구(KBL)에는 10개 팀이 있으며, 서울, 부산, 대구, 울산 등이 연고지다. 이는 단지 스포츠에서 지역 균형발전 문제만은 아니다. 국민의 삶의 질에 관한 문제이다. 스포츠를 향유 할 권리는 보편적 인권의 일부이다.

김만진 감독의 성취

"연세대 농구팀 사령탑에 김만진(52) 전주고 코치가 내정됐다. 전주고와 연세대, 실업팀 현대 출신의 김 코치는 2006년 1패도 없이 전주고의 26연

승을 이끄는 지도력을 발휘했다." (한겨레신문, 2007년 1월 16일)

105년 전국체전 역사상, 지방 고교팀으로서 1999년, 2000년, 2001년 전국체전 3연패 기록은 전주고가 유일하다. 2024년 용산고가 전국체전 4연패를 달성하여 전주고 기록이 깨졌지만 용산고는 서울팀이다.

김만진은 아버지 김용근의 영향을 받아 운동을 시작했다. 선생이 전주고 교사일 때 태어난 만진은 초등학교 다니기 전부터 늘 아버지를 따라 농구장에 다녔다. 1970년 광주서중 3학년 때 그는 선배인 오경규 등 일고 선수들과 농구를 하곤 했다. 오경규는 김용근의 광주일고 제자로 지금 의사다. 전남대 의대 재학 중 전남대 농구 대표선수를 했던 적도 있다. 선생이 일고에 재직하던 60년대 후반과 70년대 초, 농구는 국민 스포츠였다. 지금 축구만큼 농구에 대한 관심이 뜨거웠다. 그때도 입시경쟁이 치열했으나, 지금만큼은 아니었고 많은 학생들이 방과 후에도 운동을 즐겼다.

김만진은 광주서중 졸업 후 3월 신학기에 농구선수로 경복고에 진학할 예정이었다. 그런데 1월 중순 전주고 코치가 김만진을 스카웃하고자 선생을 분필공장으로 찾아왔다. 결혼식 직후 신혼여행 삼아 부부 함께 만진을 만나러 온 전주고 코치는 선생의 제자였다. 만신은 결국 전주고로 진학했다.

당시 선생은 광주일고 교사 퇴직 후 분필공장 사업 중이었다. 만진이 전주고 1학년 때 1972년 한강대홍수로 야적장에 쌓아 둔 분필이 물에 잠겨 선생은 큰 빚을 진 채 사업을 접었다.

그 후 김용근 선생이 전남고에 재직한 4년 동안 필자는 가난한 선생님 댁에 무시로 드나들었고, 만진과 친구가 되었다. 전주고를 졸업한 만진은 농구 장학생으로 연대에 진학했고, 선생은 전남고 학생들의 유신반대 시위를 책임지고 물러났다. 선생이 시위의 배후이며 일제강점기 항일운동 관련 투옥에도 특별한 사상적 배경이 있다는 모함도 있었다.

심지어 대졸 초임교사 월급을 받는 조건으로 광주 시내 한 고교에서 몇 개월 가르치기도 했다. 학원 강사도 역사 전공 자리는 구할 수 없었다. 참으로 곤궁한 시절이었다. 선생은 식량을 살 돈도 없을 정도로 어려움을 겪고 있었다.

연대에 다니던 만진이 집에 왔을 때, 어머니가 점심에 국수를 내오셨다. 점심이라 그런가 보다 했는데, 저녁에도 국수를 내오셨다. 오랜만에 운동하는 아들이 집에 왔으나 두 끼 연속 국수를 내오실 형편이었으니, 그 살림살이의 곤궁함이 어떠했는지 짐작이 간다.

만진이 연대 농구선수로 뛰던 때 필자는 성균관대 재학 중이었고, 주말이면 그가 있는 신촌의 기숙사로 놀러가곤 했다. 기숙사에서 연대 농구선수들과 함께 여러 차례 식사를 했다. 주말 외출나간 선수들이 많아 밥이 여유가 있었다. 특별히 갈 곳도 없고 돈도 없는 우리는 연대 캠퍼스며 신촌 거리를 돌아다녔다.

2002년 아시아청소년선수권 대회 국가대표 감독 시절 선수들과 함께
뒷줄 왼쪽 세 번째 김만진 감독

세월이 흘러 그가 전주고와 연대에서 농구를 지도했다는 소식을 들었지만 이처럼 큰 성취를 이룬지는 전혀 몰랐다. 한사코 자신의 이야기를 쓰지 말 것을 필자에게 부탁했으나, 그는 선생과 부자관계이면서 동시에 농구 사제관계인 만큼 맡겨달라고 했다.

김만진은 아버지에 이어 전주고 농구감독을 16년 동안 맡았다. 그는 전주고 농구부를 지도하며 27연승 금자탑을 쌓았고 전국 고교 농구사상 처음으로 순계대회, 대통령배, 전국체전 우승 등 그랜드슬램을 달성했다. 또 2002년 제17회 아시아청소년선수권대회와 2003년 제7회 세계청소년선수권대회 청소년국가대표팀 감독을 맡았다. 2006년 1년 동안 국내 대회 3개, 아시아 대회 3개를 우승한 전주고 농구부는 제28회 전북대상 예술·체육부문 본상을 수상했다.

"아버지 성격이 남들은 괄괄하다고 그러는데 내가 볼 때는 아주 예민해요. 괄괄하면서도 예민한, 그런 것이 다 섞여 있는 것 같아. 스트레스가 얼마나 심하셨겠어요. 그럼에도 불구하고 술을 하시는 분이 아니기 때문에 스트레스를 담배나 낚시로 풀었죠. 담배, 낚시, 그다음에 농구라는 특유의 거기에 몰입을 했고. 운동팀을 맡으면요. 그것이 마약성 있는, 돈이 안 돼도 그걸 평생 하는 거야.
나도 그랬지만… 돈을 한 푼도 못 받아도 그걸 못 놔요.
운동이 그런 마약 같은 그런 중독성이 있어요. 왜 그러냐면 자기가 잘 만들어서 상대를 이겨보면 그런 쾌감이, 엄청난 쾌감이 와요. 일반인들이 느끼지 못하는 엄청난 쾌감이 있어요. 그러니까 특히 아버지는 평생을 몰입하신 거죠. 성격 자체가 한 번 몰입을 했다하면 끝장을 보는, 또 그런 성격이고.

내가 농구를 할 수 있었던 것은 아버지 덕이죠. 아버지 따라다니면서 평생 농구만 봤으니까. 나는 학교 들어가기 전부터 학교 체육관에서 놀았어요. 그리고 아버지가 시합에 나가면, 항상 나를 데리고 가셨어요. 방학 때는 아예 데리고 다녔어요. 애들이 어리고 원용이가 아프고 그러니까 나를 봐준 것이기도 하겠지. 그래서 어머니가 돌아가셨을 때도 서울에서 경기장에 있었죠.

결국 아버지는 나에게 농구선수의 자질을 심은 거지. 아버지는 자기 자식이 하나쯤 농구를 이어가는 그런 모습을 보고 싶어했어. 내가 서른한 살 때 돌아가셨으니까, 전주고와 연대에서 감독을 한 걸 모르고 가셨으니 안타깝지. 내가 서른일곱 살에 전주고 감독을 했으니 아버지가 살아 계셨더라면, 내가 연대 감독으로 갔을 때 살아 계셨더라면, 내가 전주고 감독을 맡아 전국대회 우승을 휩쓰는 걸 보셨으면 아버지가 얼마나 좋아했겠어. 그런 생각을 하면, 진짜 눈물이 난다.

운동이 뭐 대범하다고? 천만의 말씀! 얼마나, 정말 여우같이 치밀하게 세심하게 준비해야지 대범하게 할 수도 있어요. 운동은 그런 거예요. 비범한 게 꼭 좋은 것도 아니야. 차근차근 세심하게 잘 살피고 노력해야 좋은 성과를 낼 수 있어요."(김만진)

김만진의 말이 울림을 주었다. 그의 말에서 선생의 가르침이 환기되었다. 선생은 언제나 정성(精誠)을 강조했다. 정성 들이지 않고 이뤄지는 것은 절대로 없다고 했다. 그래서 필자의 고교 시절 '소마(消磨) 정신', 갈고 닦아야 빛이 난다고 하셨던 선생의 말씀이 떠올랐다. 김만진이 농구지도자로서 이룬 전무후무한 성취의 배경에는 정성을 들여 갈고 닦는 자세가 있었다.

김용근의 인문(人文) 농구와 스포츠 휴머니즘

> "선생님은 "볼은 인간이다. 혼이 담긴 경기를 해라"라는 말씀을 자주 하셨는데, 농구 할 때는 잘 몰랐지만, 세상을 살다보니 알 듯하고, 그 정신으로 엄청나게 열심히 했어요."(장세열)

선생은 1954년 전주고에서 처음 농구를 가르칠 때부터 이 말을 했다. 이 말씀은 제자들에게 평생의 화두였다. 이 말을 이렇게 풀어볼 수 있지 않을까.

볼을 다룰 때, 볼을 인간이라고 가정해라, 볼을 단지 가지고 게임하거나 노는 도구로, 즉 대상화시키지 말고 그것을 인간으로 생각하고, 즉 존중하고 소통할 수 있도록 온 정성을 들여야 한다는 뜻이 아닐까. 낮고 겸손한 자세로, 어떻게 해야 볼의 마음을 얻을지 볼이 무엇을 요구하는지, 볼의 법(法)은 무엇인지 느끼고 파악하고 존중하라는 뜻이 아닐까.

그래서 농구는 인생이다. 단지 이기면 다행이고 지면 그만인 일회성 게임이 아니다. 우리는 농구를 통해 인생을 사는 거다. 인생처럼 농구에 참여해라. 그래서 링에 볼을 던질 때 네 혼을 함께 집어넣어라. 그러면 링이 세수대야만큼, 또는 안마당만큼 넓게 보일 거다.

선생은 농구를 통해 인간을, 그리고 세계를 느끼고 보고 가르쳤다. 이런 점에서 선생의 농구는 '인문(人文) 농구'이다.

"내가 인간으로서 도덕과 의무에 대해서 배운 모든 건 축구 덕분이다." 축구를 좋아했던 알베르 까뮈의 말이다. 그는 다시 태어난다면 축구선수가 되겠다고 말했다.

스포츠 정신과 원리는 삶의 도리와 직결된다. 승패에 연연하지 않되 승리를 위해 최선을 다하기, 패했을 때 스스로를 인정하며 반성하기, 승자에 건네는 축하, 공정한 원칙과 룰에 대한 존중 등이다. 더구나 개인 경기가 아닌 단체경기에서는 연대와 협동, 배려와 희생과 헌신과 같은 사회윤리적 덕목이 더욱 중요하다.

스포츠가 단지 상급학교 진학이나 돈벌이를 위한 수단이 될 때, 스포츠에 뛰어든 모든 인간은 서로 존중하고 협력하고 연대하는 인간이 아니라, 자신의 이기적 목적을 위해 서로를 이용하고 소비하는 존재로 상정된다. 서로(타인)는 서로를 자신의 출세, 돈벌이, 권력의 도구 즉 내가 밟고 올라서야 할 대상, 사물화된 타자(他者)로 등장한다. 이때 스포츠는 삶의 도리를 배우기는커녕 오히려 인간성을 파괴하는 장(場)이 될 것이다. 우리는 이런 체육 활동에서 인간성을 실현할 수 없다.

김용근은 스포츠를 인격 수양과 자기 도야(陶冶), 자기발견의 과정으로 간주했다. 오늘날 교육이나 스포츠에서 입시중심교육과 승자독식의 경쟁이 지배한다. 이 과정에서 이긴 자는 모든 것을 차지하고 낙오자는 열패감에 찌들어, 이긴자 또는 가진자를 숭배하는 서열사회, 경쟁사회가 정당화된다. 불평등사회, 기울어진 운동장에서 경쟁은 사실 가진자, 승리자의 권력과 부의 독식(獨食)이 정당함을 모두에게 설득시키는 과정이다. 결국 가진자에 대한 복종을 끌어내는 길들이기다.

상대와 겨루는 과정에서 최선을 다하는 인생의 태도, 그리고 경쟁과 협동과 연대의 정신으로 인간성의 향상을 추구하는 스포츠 인문정신이 없다면 인간은 경쟁의 노예로 길들여질 것이다.

김용근은 농구라는 운동이 가진 교육적 기능을 중요시했고, 나아가 농구에서 삶의 원리, 인생의 의미를 탐색했다. '볼은 인간이다.' '혼을 담은 경기를 해라.'는 김용근 농구의 화두에는 '볼'과 '농구'와 '인간'에 대한 자신의 깊은 성찰과 선수들에게 그런 성찰을 촉구하는 뜻이 담겨 있다. 이 점에서 그는 '인문 농구', '스포츠 휴머니즘'을 추구했다.

김용근 리더십의 특징

선생의 얼굴은 전형적인 호랑이 상이었다. 선이 굵고 햇빛에 까맣게 그을은 얼굴, 운동하는 사람들도 그를 보면 첫인상에서 긴장하고 한풀 꺾였다. 영화배우로 비교하면 찰스 브론슨(1921~2003)과 비슷한 인상이다. 신석정 시인의 삼남 신광연은 김용근 선생을 '임꺽정 상'이라고 한다.

> "김용근, 그 양반 생긴 것도 그냥 우락부락하니 꼭 임꺽정 같이 생겼어. 눈썹은 새카맣지, 덩치도 크지. 임꺽정 소설에 나오는 인상이 똑같아."(신광연)

> "시합에 나가기 위해 버스를 타고 이동할 때 경찰이 검문 검색하러 올라오면 우리 선생님에게 검문 경관이 다가오지 않는 경우가 없어요.딱, 이렇게 경례 붙이고 우리 선생님한테 와. 반드시 와.
> 한 번도 그냥 지나간 적이 없어.
> 그럼 "나, 이 학교 선생이요." 딱 그렇게 그 한마디만 해요. 주민등록증 뭐

이런 거 보여주면서. 우리 선생님 인상이 무섭긴 무섭구나, 그런 생각을 많이 했어요. 우리는 킥킥 웃고 난리지.

그 당시 전국적 지도자로 이름을 날린 사람 중에 최소한 3명 안에 들어갈 거예요. 휘문고나 용산고나 경복고 그런 데는 경기 결과에 따라 수시로 지도자들이 바뀌었어요. 선생님처럼 어떤 확고한 농구 철학을 가지고 한 분이 모든 것을 다 쏟으면서 정말 헌신적으로 꾸준히 지도하는 학교가 거의 없어서 우리 선생님 같은 분이 주목을 받았죠."(조현영)

'임꺽정' 같은 김용근의 인상뿐 아니라 리더십이 전국적으로도 독특했다. 첫째로, '볼은 인간이다'라는 슬로건이 보여주듯이 그는 인문적 사유에 기반한 농구 지도자이며 스포츠 교육자였다. 운동선수들이 반드시 정규 수업을 받도록하고, 그들에게 독서를 권장했다.

"아버님은 '볼은 인간이다'라는 명제를 앞세워 선수들을 단순히 시합에 나가 이기는 선수되는 것을 지양하고 생각하는 농구, 사색하는 농구선수로 육성하려 곧 농구를 통해 인간을 만들려고 애쓰셨다."(장남 김창중)

"광주일고 출신 이승우는 1학년 때부터 선수로 뛰었어요. 그는 운동선수이면서 공부에도 열심이어서 시험을 봐서 연대 법학과에 합격했어요. 농구선수가 어떻게 연대 법학과를 시험 봐서 들어가나, 요즘 같으면 상상도 못할 일이죠. 그는 김용근 선생님이 죽으라고 하면 죽을 사람이에요.

선수 생활하고 일고 다니면서, 선생님이 했던 이야기 중에 가장 깊이 새겨진 건 영어 공부 열심히 하라는 말씀이었어요. 나도 그렇고 다른 운동 시도자들 같으면 그냥 운동 잘하는 사람이 최고예요. 운동 이야기만 하죠.

그런데 고교 선수들이 시합 나가면 어쩔 수 없이 수업을 빠져야 되잖아. 예를 들어서 영어 수업 진도가 나가는데 출전 준비하거나 시합으로 그 수업에 빠졌다, 그러면 그 영어 수업에 관련된 단어나 숙어나 다 외우고 자야 했어요. 선생님이 외우라고 시켰어요. 내일 시합 뛸 놈이 영어 단어 외워서 저녁에 선생님께 가서 공부한 거 검사받고 합격하면 자는 거예요. 이렇게 공부한 덕에 연대에 진학했는데, 건강 때문에 농구를 중단했어요. 스포츠 심리학을 공부하려고 연대 대학원 입학시험을 치렀는데, 대학원생 전체에서 영어 성적 1등을 하는 바람에 연대에서 화제가 됐어요."(조현영)

둘째, 선생은 기백과 열정, 에너지가 넘쳤다. 상대가 아무리 센 팀이라 해도 절대 기가 죽지 않았다. 선수들에게 열심히 노력하면 반드시 해볼 수 있다는 자신감을 불어넣었다. 그가 강조한 '혼의 농구'는 정신력과 의지의 농구였고 그것은 단지 공허한 허장성세가 아니라, 노력에 바탕한 자신감과 용기를 배양했다.

"선생은 에너지가 넘치는 분이어서 무엇이든 한 번 하면 아주 끝장을 본다는 식으로 열심히 하셨죠. 선생님이 학교 수업할 때의 그 에너지가 농구장에서도 고스란히 나와요. 그러니까 그런 열정을 가지고 지도하죠. 제가 볼 때 농구에 미치지 않으면 그렇게 하기 힘들죠. 내가 만약 운동부를 맡으면 저런 열정으로 선수들에게 다가갈 수 있을까 돌아보지요."(조현영)

셋째, 끊임없이 농구를 연구했다. 선생은 평양 숭실중학교 시절 농구가 우리나라에 소개된 초창기에 농구를 배웠다. 농구의 발상지는 미국이다. 당시 농구, 야구 등의 스포츠들이 선교사들로부터 도입되었는데, 그들은 전문가는 아니었다. 선생은 또 연대 재학 중 농구선수로 뛰면서 배웠을 것이다. 아들 김만진에 따르면, 농구 분야에서 김용근의 특별한 스승은 없었다. 시합이 끝나면 선생은 오랫동안 농구를 함께 가르쳤던 정규오와 밤을 새워 게임 전략과 선수 훈련 방법 등을 논의했다고 한다.

"선생님이 끝없이 연구하면서 가르쳤던 건 분명해요. 볼을 주고 빠지는 걸 pass and go라고 하는데 하여튼 볼을 들고 서 있으면 안 된다, 계속 볼을 돌려야 된다, 하는 그런 것들은 내가 선생님께 농구를 배운 60년대 당시에는 아주 새로운 내용이었어요. 그런 거 보면 끊임없이 연구하는 지도자가 분명하죠."(이승우)

넷째, 선생은 문제를 절대 그냥 넘어가지 않았다. "너희들 뭐여, 인마" 서울 중심의 스포츠 체제 그리고 경기 운영 등에서 스포츠 정신에 어긋나거나, 농구 발전을 저해하는 비교육적인 불공정, 부조리를 발견했을 때, 반드시 문제 삼았고 해결 대안을 모색했다. 농구계뿐 아니라 사회에 만연한 지방팀 차별과 한계를 넘어서고자 창의적으로 노력했다. 〈삼남농구대회〉가 바로 그렇다.

"문제의식과 기백과 배짱 때문에 선생은 지방 농구계에서 일종의 대부 역할을 했지요."(조현영)

다섯째, 선생은 언제나 선수들과 동고동락(同苦同樂)했다. 이렇게 형성된 팀워크는 모두를 단결시켰고 선수들 내부의 잠재력을 끌어내서 놀라운 결과로 나타났다.

"여름방학 때 〈삼남농구대회〉에 참가했는데, 경비가 넉넉지 않으니 경남 마산고등학교 교실을 빌려가지고 잠을 잤어요. 교실 책상들을 모아 그 위에 뭐 하나 깔고 그냥 거기서 잔 거예요. 거기서 선생님도 선수들과 같이 주무셨어요. 솥단지도 버스 짐칸에 싣고 가서, 학교 운동장에서 밥을 해 먹고 그렇게 시합을 나갔어요."(조현영)

여섯째, 선생은 절대 승패에 연연하지 않았다. 그는 경기에서 이겨도 정성을 다하지 않으면 화를 냈고, 졌어도 최선을 다하면 잘했다고 칭찬했다. 선생은 승부 그 자체보다 경기의 내용이 만족스러웠을 때 선수들과 함께 웃고 기뻐했다.

"선생은 최선을 다하고 지는 것은 괜찮다, 고 늘 말씀했어요. 이렇게 덕이 있고 사랑이 있는 지도자 밑에서 운동을 하다가, 대학 가서 만난 지도자들은 그냥 완전히 프로들이에요. 이런 선생님으로부터 운동을 배웠는데, 운동 잘하는 사람만이 살아남는 그런 풍토로 딱 변해버리니까 운동하기가 싫어지는 거야."(조현영)

일곱째, 선생은 제자들에게 정성을 다하도록 요구하면서 그 자신도 제자들에게 정성과 사랑을 다했다. 선생은 지극한 농구교육자였다.
그가 농구 지도를 맡은 모든 학교는 재정 지원이 터무니없이 부족했다. 그는 거의 혼자 경비를 감당하며 선수들을 뒷바라지했다. 상황이 열악했음에도 꿋꿋하게 학생들을 지도했다. 이때 농구를 했던 많은 선수들은 지금도 아낌없이 베푼 선생에 대한 기억을 간직하고 있다.

"나는 일고에서 운동하다 일고 농구팀이 해체되면서 고3 때 양정고로 전학했어요. 양정에서 운동하는 동안 전국대회 우승을 5번 했어요. 그리고

219

연대 시험도 합격했고 동시에 스카웃도 되었지요. 선생님이 연대를 나왔기 때문에 나도 연대를 선망했거든. 내가 양정 다닐 때나, 연대 다닐 때나 선생님은 시합장에 꼭 오세요. 체육관에 들어와서 보고 계세요. 사랑이 끝이 없는 거예요."(조현영)

제8장

입시교육의 성전(聖殿)에서의 문제 교사 :
광주일고 시절

박정희, 만주국, 기시 노부스케

　김용근 선생의 일고 부임 전후(前後)는 박정희의 제3공화국 시기였다.
박정희 시대를 특징짓는 사건들이 아주 많았다. 1964부터 1965년 사이
한일협정 반대 투쟁, 1965년 베트남 파병, 1968년 김신조 부대 침투와
국민교육헌장 제정, 1969년 3선개헌과 교련 교육의 전면화, 1970년 전
태일 열사 분신 그리고 새마을운동, 1971년 김대중 대 박정희의 대선,
1972년 7·4 남북공동성명에 뒤이은 유신헌법 제정, 1973년 김대중 납
치사건 등. 단지 언급하기만 해도 숨가쁜 이 엄청난 사건들은 시대의 주
요 모순을 뚜렷하게 드러내고 있다. 친미(親美) 반공 독재의 강화를 위한
병영국가 체제, 그리고 그에 대한 민중·민주 세력의 저항이다.
　60년대 후반부터 70년대 초 사이에 박정희는 군국주의 파시즘 체제를
나름 정교하게 구축하고 있었다. 박정희가 추구하는 국가주의 이데올로
기는 국민교육헌장(1968)으로 표현되었다. 박종홍 이규호 안호상 등 어

용학자들을 대거 동원하여 국민교육헌장을 만들었다. 자유와 다양성, 창의성과 비판정신을 존중하는 교육이 아니라 국가의 목표 달성에 필요한 인재를 육성하는 집단주의 교육에 초점이 맞춰졌다. 이런 상황에서 교육에 대한 국가의 관료주의적 통제가 점차 강화되었다.

박정희가 추구한 국가 발전 모델은 일제가 세운 괴뢰국가 만주국이었다. 박정희는 한때 공산당에 가입하여 군부 조직책을 맡았다. 그러나 그것은 친형 박상희의 억울한 죽음에 대한 원한 감정에서 비롯한 것일 뿐 그는 이념적인 공산주의자가 아니었다. 근본적으로 인간 박정희를 만든 것은 일제의 경험, 더 구체적으로는 일제의 교육과 만주국의 경험이었다. 박정희가 스승으로 받든 기시 노부스케(1896~1987)는 만주국 총무청 차장이었다. 총무청장은 국무총리급으로 만주인이었으니, 차장인 기시가 실세 권력자였다. 기시는 "만주국은 내가 그린 작품"이라고 말했다. 일제 군부 최고 실력자 도조와 함께 만주국을 주물렀던 기시가 본국으로 영전하면서 했던 말이다. 그는 "쇼와의 요괴"로 불렸다. 쇼와는 히로히토 일왕을 가리킨다.

일제는 만주국을 일종의 실험 국가로 운영했다. 기시는 만주국에서 산업개발 5개년 계획, 중화학공업 육성, 농촌진흥, 국가주의적 정신교육 등을 추진했는데, 이는 훗날 박정희가 시행한 경제개발 5개년 계획, 새마을운동, 국민교육헌장, 유신체제 등과 놀라울 정도로 유사하다.

만주국은 일본제국의 정치적 위력을 심어 넣을 중앙독재 국가였다. 박정희의 국가 비전은 만주국 모델을 염두에 둔 것으로 한국에서 만주국의 실험을 계승코자 한 것이다. 박정희는 만주국의 정치이념과 제도도 모

박정희와 기시 노부스케 1977년 9월 청와대
출처 : 국가기록원

방·변형했다. 강상중 전 도쿄대 교수 등은 박정희 시대 병영국가적인 국력 배양과 총력안보를 기치로 내건 '한국적 민주주의'가 바로 만주국의 유산이라고 본다.[73]

만주국 인맥이 박정희 시대에 끈끈하게 이어졌다. 박정희 정권의 국무총리 정일권(1917~1994)도 만주국 헌병 대위였다. 또 박정희 독재 때 국민교육헌장 제정에 관여하고 새마을정신과 유신이념을 연결시킨 이선근(1905~1983)은 만주국의 동원기구였던 협화회(協和會) 협의원(協議員)이었다. 이선근은 이승만 독재 때 문교장관을 지내며 부정선거에 관여했고 전두환 독재를 앞장서서 옹호한 자다. 기시 노부스케는 포항종합제철소와 서울지하철 건설, 한·일 대륙붕 석유공동개발 등 한·일 간에 이루어진 거대 프로젝트의 이권에도 개입했다. 기시는 1970년 박정희로부터 일등수교훈장을 받았고, 1973년 김대중 납치사건 때도 방한해 박정희와 회담했다.

기시 노부스케와 그 가문이 현대 일본 정치를 기획하고 실행했다 해도 과언이 아니다. 기시는 1955년 일본 자유당과 민주당을 합당한 자민당 창당을 설계하고 실행했다. 침략전쟁기 일제의 최고 실력자였던 기시는 패전 후 지위와 역할이 오히려 커졌다. 극동 국제전범재판에서 A급 전범 용의자였던 그는 도조 등 7명이 처형당한 다음날 전격 석방되었다. 그가 살아난 것은 냉전 개막에 즈음하여 미국이 전범을 재활용하는 방향으로 대일(對日) 점령정책을 수정한 탓이었다. 이후 기시는 두 차례 총리를 역임하며 냉전시대 미국의 동아시아 정책에 적극 협력했고 정계 은퇴 이후에도 일본 막후(幕後)정치에서 막강한 영향력을 행사했다. 그는 일본의 재무장을 위한 평화헌법 수정 공작의 시조(始祖)였으며, 미-일 안보조약 개정을 추진하여 지금의 미-일 동맹의 초석을 놓았다. 그는 "일본의 자위권은 한국과 대만에까지 확장돼야 한다"고 발언했다.[74] 기시는 5.16 군사쿠테타 초기부터 유신독재에 이르기까지 박정희를 한결같이 지지했다.

기시의 가족은 2차대전 후 일본 정계에서 가장 막강했다. 친동생 사토 에이사쿠는 세 자례 일본 수상을 역임했으며, 외손자 아베 신조는 전후 최장기 일본 수상으로 일본 재무장을 적극 추구했다. 아베 신조는 2022년 7월 8일 참의원 선거 유세 중 총격을 받아 사망했다. 기시의 사위, 곧 아베 신조의 아버지 아베 신타로는 자민당 간사장을 지냈다.

그런데 놀랍게도 기시 가문의 혈통은 한반도에서 유래했다. 사토 에이사쿠는 자신의 선조가 임진왜란 이후 조선에서 일본으로 건너갔다고 말한 적이 있다. 사토와 친분이 있는 조선 도공의 14대 손이 직접 들은 얘기다. 동아일보 논설위원을 지낸 김충식이 일본에서 취재했다.

> "사토 씨가 하는 말이 놀라웠어요. 나한테 "당신네는 일본에 온 지 얼마나 되었느냐"고 묻기에 "400년 가까이 되었다"고 했더니, "우리 가문은 그 후에 건너온 집안"이라는 거예요. (한)반도의 어느 고장에서 언제 왔는지 자세히는 모르지만, 자기네 선조가 조선에서 건너와 야마구치에 정착했다는 얘기였지요."[75]

입시교육의 성전(聖殿)에서의 문제 교사

1962년 봄 전주고를 떠난 김용근은 약 3년 동안 광고, 여수고에서 농구를 가르쳤고 그 이후 광주일고에 부임했다.

"김용근입니다. 밥 빌어 먹으러 왔습니다. 내 별명은 소도둑놈이요. 교실에서 봅시다."

많은 일고 학생들에게 그는 독특한 부임 인사로 기억되었다. 선생은 1966년 봄부터 1970년 봄까지 박정희 시대에 광주일고에서 세계사를 강의하며 농구를 지도했다. 이때 선생의 나이 49세에서 53세까지, 교육자로서 절정기이자 인생에서 황금기였다. 이때 문병란 시인도 만났다. 선생의 파격적인 가르침은 호남의 영재가 모였다는 광주일고 학생들의 관심과 지적 호기심을 크게 자극했다. 선생이 근무하는 동안 많은 학생들이 선생을 따르고 영향을 받았다.

박정희 시대에 일본 육사와 만주군 출신 장교들로 구성된 군부세력은 국가 최고 권력을 움켜쥐었고, 그들은 미국이 바라는바 이상으로 분단체제의 폭력적 관리자로 역할했다. 이처럼 박정희의 군사독재는 미완의 해방이 분단으로 고착화되어 유지되는 방식을 정확하게 드러냈다.

선생의 일고와 전남고 교사 시절은 이런 시대를 통해 규정되었다. 김용근은 광고와 일고의 부임 인사에서 소박하고 우스꽝스럽게 "밥 빌어먹으러 왔다"고 표현했으나, 그는 일제강점기 민족주의 기독교 신앙과 충만한 정의감으로 세 차례 투옥되었고 광복 후 로자 룩셈부르크 등의 변혁 사상을 숙독완미(熟讀玩味)했다. 그런 선생이 박정희 시대의 이런 폭력과 강압에 순응할 리는 없었다.

선생의 수업은 인생의 '사건'이었다

"김용근 신생님을 놀이켜 보면 1968년 제가 고등학교 1학년이었을 때, 세계사 수업 첫 시간에 등장하시는데 여느 선생님들의 몸가짐이나 어투하고는 판연히 달랐습니다. 가죽으로 된 출석부 하나만 손끝으로 잡고 이렇게 흔들면서 교과서도 없이 들어와서 첫 시간에 분필로 태정태세문단세를 써 놓고는 크게 가위표를 치면서 "이것은 역사가 아니다. 이것은 이씨 집안의 가족 이야기다. 역사는 민중의 것이다." 이런 말씀을 일갈하실 때 그때까지 저희들이 학교 교육을 통해서 우리 역사에 대한 정말 깨어지지 않는 아주 단단한 고정관념이 콘크리트화 되어 있었는데, 그것이 단방에 깨져 내리는 그런 충격을 받았습니다.

여기 김용근 선생님의 목소리를 수업 시간에 쟁쟁하게 기억하는 분들이 많겠습니다마는 그 시간은 천둥소리 같은 것이었어요. 저의 뇌리에서는 어떤 도그마, 고정관념, 상식이 모조리 깨어지는 번갯불 치는 사건이었습니다.
또 청동기 시대에서 철기 시대로 넘어가면서 국가가 어떻게 나타나는가를 설명하시는데, 철기로 생산수단이 바뀌니 생산력이 증대해서 기존의 사회 제도가 무너졌다, 이런 말씀들을 제가 열여섯, 열일곱 살 때 들었는데 지금도 생생하게 남아있어요.

저의 한참 예민한 사춘기 때 김용근 선생님의 수업 시간은 여느 수업과 달리 일종의 정신의 부흥회였다라고 할까요? 꼼짝 못 하고 자리에 붙들려서 홀리듯이 경청했는데, 하여튼 그 시간을 통해 저를 비롯해 제 주위에 많은 사람들에게 선생님이 주신 교훈은 끊임없이 자기를 깨우치게 하는 계몽의 연속이라고 할까, 이것을 자기 삶의 하나의 사건으로 만들었던, 또 사건으로 만들게 하셨던 그런 분이셨다고 생각합니다."(황지우)

황지우는 김용근이라는 스승과의 만남이 자신의 인생에서 '사건'이었음을 고백한다. 선생은 입시중심 교육을 무의미하게 반복하지 않았다. 판에 박은 입시중심 교육은 '천둥번개가 내리치는 사건'이 될 수 없고, 최권행과 김태승처럼 일생을 통해 잊히지 않고 영향을 미칠 수는 없다. 김용근에게 배운 많은 제자들이 그의 가르침을 이런 '사건'으로 상기한다. 어쨌거나 이런 '사건'은 늘 기존의 질서와 충돌하지 않을 수 없다.

"하여튼 세계사 시간만 되면 애들이 미동도 않고, 연필 떨어지는 소리 하나도 안 들릴 정도로 선생님의 이야기에 완전히 심취를 해가지고 1시간 내내 그냥 꼼짝하지 않고 듣는 거야. 그런 수업은 굉장히 드문 체험이지. 세계사 시간은 늘 그랬어.선생님 생각에는 수업시간에 그런 지식을 가르치는 것도 중요하지만 애들의 영혼, 인간 속에 있는 그 영혼을 불러일으켜서 깨어나게 하는 게 당신의 역할이라고 생각하셨던 것 같아요. 정신 바짝 차리는 그런 친구들이 참 많았으니까. 그런 친구들 중에는 지금도 사업을 하면서도 그런 이야기를 듣고 살았기 때문에 항상 선생님을 존경스럽게 회상하고 있죠. 최정상이라고 외국어대에 진학해서 사업가로서 크게 성공한 친구가 있어요. 그 친구가 특히 선생님 수업이 끝나고 나면 완전히 감동해 가지고 있었던 그 표정이 생각나는데, 그런 친구들은 항상 마음에 우리 역사에 대한 의식이 있죠.

내가 기억나는 거는, 역사라고 하는 것이 뗏목이 강을 흘러가면서 이쪽으로 갔다가 다시 저쪽으로 가는 것처럼 이렇게 일직선으로 가는 것이 아니라, 이리 갔다가 부딪히면 또 다른 쪽으로 가듯이 나아간다. 그런 이야기를 하시면서 우리에게 변증법을 가르치셨던 것 같은데 어쨌든 모든 학생들이 그냥 그 시간에는 꼼짝하지 않고 일주일에 한 번인데 그렇게 딱 50분이 순식간에 휙 지나가는 느낌으로, 선생님 이야기에 그냥 애들이 다 취해 있었어.

선생님이 이제 '오늘 수업은 여기까지!' 하면은 그때 아이들이 정신이 딱 들어오는 거지. 숨소리도 잘 안 들릴 징도로 그렇게 흡인력 있게 우리 정신을 장악하면서 이야기를 해 주셨어."(최권행)

"학생들은 교사가 최선을 다하는가, 자신들을 존중하는가 등에 대해서는 본능적으로 알아채는 능력을 가지고 있었다. 석은 선생의 수업은 학생들을 일깨우고, 자신들이 무엇을 하고 있는지를 자각하며, 앞으로 어떻게 살아가야 할 것인가에 대한 질문을 던지게 만드는 힘이 있었다. 그래서 석은 선생의 수업이 끝나면 쉬는 시간의 교실이 상대적으로 조용해졌다. 수업의 여운 때문이었다.

그런데 학생들이 석은 선생의 수업에 대해 집중할 수 있었던 것은 사실 그분이 가진 매력-개성과 역량-에 힘입은바 컸으나, 그러한 현상이 일회성에 그치지 않고 지속될 수 있었던 것은 교사 스스로가 자신이 말하는 방식의 삶에 충실한 모습을 일상에서 보여주었기 때문이었다.

석은 선생의 강의는 거의 매번 심장을 뛰게 하는 힘을 가지고 있었다. 자신이 가진 폭넓은 인문학적 교양과 독서·현실참여를 통해 형성된 통찰력을 역사교육을 통해 제자들에게 전수하였으므로 죽은 교육이 아니라 살아있는 교육이 될 수 있었다."(김태승)

"1966년 제가 고등학교 1학년 때 열여섯 살이죠, 처음 뵀습니다. 그때 선생님이 아주 기운이 넘치시던 황금기이었어요.

지금 돌아보면, 광주일고는 서울대 연대 고대 그 우수 대학에 많은 학생을 입학시키는 입시 전문 학원이었습니다. 몇 명이 아니고 엄청난 인원을 우수 대학에 입학시키는 그런 전문 학원이었어요. 수업이라는 건 정말 그 입시에 대비하는 아주 치열한 경쟁의 현장이었죠. 그런데 선생님이 그야말로 교과서, 노트 하나 없이 맨몸으로 오셔서 역사 강의를 하는 분이었고, 입시에 쓰일 실력은 아예 던져버린 분이거든요. 그런 걸 가르친 적이 없어요.

영조가 몇 년에 무슨 훌륭한 일을 했고 정조가 수원성을 다산에게 얘기해서 건축하고, 이런 걸 연도도 외우고 해야 입시에 쓰죠. 일체 그런 거와 상관이 없는, 황지우 시인이 아까 잘 소개한 방식으로 역사 강의를 하셨거든요. 대학원 정도에서나 들을 수 있는 그런 전문 역사 강의를 하셨어요."(김희택)

"내가 재밌는 얘기부터 할게요. 다른 선생님들한테는 우리 일고생들이 영재들이라는 칭찬도 받고 그랬는데, 김 선생님은 그런 얘기 일절 안 했어요. 그래서 우리가 희한한 선생님이 왔는데, 우리가 좀 혼내 불자 그렇게 약속을 했어요. 어떤 식으로 하냐면 좀 어려운 질문을 해요. 도저히 일반적인 세계사 교사가 알 수 없는 무슨 이상한 연대라든가. 사건이라든가 이런 어려운 질문을 하면 선생님들이 짜증을 내고 막 그랬거든요. 이렇게 혼내려고 했는데, 김용근 선생님이 우리 교실에 들어오시자마자 그냥 출석부를 가지고 교탁을 탕탕 때리면서 "이 새끼들아, 공부하려면 청소나 좀 잘해 놔, 새끼들아" 그러시면서 또 교탁을 탕탕 치신 거에요. 우리가 그냥 습격을 당해버린 거죠. 우리가 공격 하기 전에 선생님이 그냥 우리를 밟아 버렸으니까. 하하. 그래서 그냥 다 주눅이 들어버렸는데, 그다음에 선생님이 칠판에다가 선을 하나 주욱 그어 놓고 "이것이 뭔지 아는 사람 손들어 봐." 그러셨거든요. 그런데 이미 주눅이 들었는데 저걸 선, 직선이라고 하자니, 또 욕 먹을 거 같고 그래서 말도 못하고 뭉그적거리고 있으니까, 선생님이

"직선이야, 이 새끼들아." 하하. 우리는 완전히 김 선생님한테 아주 농락당한 거죠, 딱 잡혀 버린 거지. 그리고 이제 선생님은 중세 봉건 사회가 어떻게 형성됐고 어떻게 번성하다 멸망했는지 뭐 이런 얘기만, 마치 대학에서 3학점 짜리 강의하듯이 고등학교 2학년들을 데리고 그렇게 전문적인 얘기를 열심히 하셨어요. 우리도 엄청 재밌어 했고 그것이 선생님 특징이었어요.

일반적으로 선생님들은 공부 잘해라, 성실해라 이런 말씀을 하거나, 또는 광주일고 교훈, '이어라 전통, 길러라 실력, 다하라 충효'를 가지고 얘기를 했는데, 우리 선생님은 전혀 첫 느낌부터 달랐어요. 가령 "힉생딥 쳐나보지 마라! 이 자식들아, 너희들은 학생탑 쳐다볼 자격이 없어." 다른 선생님들은 학생탑을 배우고, 느끼고 해야 하니까 항상 참배하듯이 바라봐라, 그러시는데 김 선생님은 늘 그런 식이었어요.

그리고 세계사를 가르치면서,
"이 공부 다 할 거 없다. 그건 뭐 내가 너희 기말고사나 대학 시험 보기 전에 몇 페이지 요약해 주면 거기서 다 나와. 그러니까 나한테는 왜 중세 봉건사회가 멸망해야 했는가 얘기만 들으면 역사는 다 알 수 있어."
그래서 처음엔 좀 황당했죠. 우리 일고 학생들은 좋은 대학 가는 것이 가장 중요한 목표였는데 그것이 다 깨졌잖아요.

선생님 강의 태도는 마치 횃불 또는 봉화가 타오르듯이 그 육중한 몸에 온 힘을 모아 함성을 지르듯이, 때로 발로는 교단을 쾅쾅, 그 큰 손으로 교탁을 탁탁 치면서 하시는 그런 식이었어요. 혼신의 힘을 다해서 하시는 교육이었기 때문에 우리가 아주 크게 감동했죠."(정찬용)

정찬용의 인터뷰는 김용근 선생의 수업 스타일을 익살스럽지만, 매우 실감나게 잘 묘사하고 있다. 선생의 강의를 '횃불' 또는 '봉화'와 비유한 정찬용의 말에서 고대 그리스 철학자 플루타르코스의 "강의를 듣는 것에 관하여(On Listening to Lectures)"라는 글의 일부가 떠올랐다.

> "마음은 병(bottle)처럼 채워질 필요는 없으며, 오히려 나무처럼 불씨만 붙이면 독립적 사고와 진리에 대한 열망이 생긴다."
> "For the mind does not require filling like a bottle, but rather, like wood, it only requires kindling to create in it an impulse to think independently and an ardent desire for the truth."[76]

마음은 병처럼 정보를 채우는 것이 아니라, 나무처럼 불씨를 붙여 스스로 타오르도록 하는 것이라는 은유다. 마음은 나무와 같아서, 불씨를 붙이고 키우듯이 호기심, 열정, 창의성을 일으켜 스스로 타오르게 해야 한다는 의미다.

플루타르코스의 이 말은 진정한 교육의 본질을 놀랍게 꿰뚫고 있다. 교육은 주입식 지식 전달이 아닌 사고를 촉발하고 진리에 대한 열망을 불러일으키는 것이어야 한다. 교육은 학습자의 내면에서 배움에 대한 열정과 생각의 불씨를 지펴 스스로 성장하도록 이끄는 과정이어야 한다. 배움은 단순히 받아들여 채우는 것이 아니라, 스스로 질문하고 성찰하며 사고하도록 '불꽃'을 당기게 하는 과정이다. 좋은 교육은 지식을 억지로 넣는 것이 아니라, 학습자의 내적 동기와 탐구심을 불러일으키는 것이다. 지식이나 정보가 주입되는 대신, '생각하려는 충동'과 '진리를 향한 열망'이라는 '불씨'를 붙여 주어야 한다.

김용근의 강의야말로 이런 '불꽃'과 '불씨'를 학생의 내면에 심어주는 '사건'이었다.

60년대와 70년대에 입시경쟁교육은 전쟁 후 국가 재건과 산업화 과정 속에서 계급 상승의 수단으로 교육이 강조되면서 극단적인 경쟁체제로 발전했다. 1960년대 후반까지 초등학교 졸업 후 중·고등학교 진학을 위해 모두 시험을 봐야 했다. 구직뿐 아니라 자녀 교육을 위해서도 명문 중·고등학교가 있는 도시 지역으로 대규모의 이주가 이루어졌다. 도시 초등학교의 100명이 넘는 과밀학급은 큰 문제로 대두했다. 학교 안에서 개별 학생뿐 아니라, 각급 학교별로 줄세우기가 보편화되었다. 지금 인권 침해로 규정되어 금지된 교내 우열반 편성도 일반적이었고 특정 학교를 꼬집어 '똥통학교'라는 멸칭(蔑稱)으로 부르는 일도 흔했다. 60년대 중반부터 도시지역의 학교에서는 '치맛바람'이 본격화되었다. 이때부터 '입시지옥', '입시 망국론'이 등장하고 입시경쟁 교육이 사회문제로 본격 거론되기 시작했다.

"선생님은 원효, 제임스 조이스, 명심보감 등 폭넓은 지식으로 입시와 관련 없는 수업을 진행하곤 했다. 내 경우에 사실 선생의 강의 중에서 아직까지 남아있는 기억은 교과서와 관련된 내용이 아니라 그 외로 말씀하신 다양한 삶의 경험들이었다.
당시 광주일고에서 입시의 압박이 강력했고, 어느 대학에 몇 명 이상 합격해야 한다고 교사들은 줄기차게 학생들을 다그치며, 선배들은 몇 명이 어느 대학에 붙었으니 이번에는 그 기록을 경신해야 한다는 등, 소년들의 호승심(好勝心)을 교묘하게 부추겼다. 그러나 선생님의 수업에서 교과서는 그냥 읽어야 할 것이었고, 강의는 교과서를 넘어서는 삶의 현실에 집중되었다. 이 부분은 입시에 집중하고 싶어 했던 '시험귀신'들 입장에서는 아마도 짜증나는 일이었을 것이다. 그래서 수업이 끝나면 조용히 그런 불만들을 자기들끼리 내뱉곤 했었다."(김태승)

김태승은 선생이 입시중심교육에 '공식적으로는 저항하지 않았다'고 덧붙인다. 선생은 저항보다 압력을 무시하는 전략을 취한 것이 아니었을까. 한편으로는 입시 비중이 약한 세계사 과목을 담당했기에 선생의 그런 전략이 가능했을 것이다.

"그런데 그게 66년도에 광주일고에서 어떻게 가능했을까, 그 입시 전문 학원에서 어떻게 이런 강의를 하시면서 교직을 유지하셨을까. 교무실에서 어떻게 교사로서 처신하실 수 있었을까, 지금 생각하면 너무 신기하죠. 그런 교무실에서 교사들이 하는 학과 회의 같은 게 가능했을까, 그런 데는 참석을 하셨을까, 그런데 그것을 거침없이 사셨어요."(김희택)

더욱이 일고는 학부모와 학생들의 기대와 요구에서 비롯한 명문대 진학에 대한 압력이 지역사회에서 가장 큰 학교였기에, 선생이 어떻게 교사로 버틸 수 있었는지 신기하다는 것이다.

"선생님은 교무실에 대체로 오래 계시지 않았어요. 농구장에 주로 계시고 농구와 관련된 시설, 학교 농구장이 있고 농구 비품을 보관하거나 관리하는 그런 공간이 있는데 거기 주로 머무르셨죠."(김희택)

감옥 같은 주입식 경쟁교육의 답답함에서 선생이 숨 쉬고 머무를 공간은 교무실이 아닌 농구장이었으리라. 오정묵이 전남고 2학년 때인 1973년 선생이 부임했다. 입시경쟁 교육은 전남고라고 해서 예외가 아니었다. 60년대 후반부터 70년대는 박정희의 국가주의 이데올로기가 맹위를 떨치던 시기였다.

"선생님이 부임하여 역사 강의 첫 시간 말씀, 칠판 위에 액자로 걸린 태극기를 딱 가리키면서 저 태극기를 향해 고개 숙이고 경례하고 하는 것이 애국이 아니오. 그 말씀이 기억에 남고요. 그 다음에 태정태세문단세예성연중인명선 이런 거, 통치한 왕의 순서를 기억하는 것이 역사가 아니오. 그것은 왕의 족보일 뿐이오. 민중이 백성들이 어떻게 살아왔는가 백성들이 어떤 생각을 하고 어떻게 움직여왔는가를 들여다보는 것이 역사요."(오정묵)

선생은 역사를 누구의 입장에서, 어떻게 바라볼 것인가, 즉 역사관과 역사의식의 문제를 아주 중요시한 것이다.

국기에 대한 맹세 - 유신체제의 주문(呪文)

1968년 국민교육헌장이 제정되고 국기에 대한 맹세문이 만들어졌으며, 1972년 유신헌법이 제정되었는데 같은 해부터 국기에 대한 맹세문이 온나라 국기하강식에서 대형 스피커로 동시에 방송되었다. 누구나 매일 동절기 저녁 5시, 하절기 6시 국기하강식이 이루어질 때 동작그만 상태로 국기를 향해 예를 표시해야 했다. 영화가 시작할 때도 모두 자리에서 일어서야 했다. 국기에 대한 맹세문은 유신독재자 박정희가 국민을 향해 거는 "너희들 꼼작 마!"라는 일종의 주문(呪文) 또는 명령 같은 것이었다.

1970년대 서울 시청 앞 국기하강식

이때 박정희는 바야흐로 병영국가 체제 만들기에 박차를 가하고 있었다. 1969년에 교련 교육이 부활했다. 남고에서 시작된 교련은 1970년 2학기부터 여고와 대학까지 확대되었다. 대학에서 교련은 필수 과목으로 이수하지 않을 경우 졸업이 불가했고 바로 입대 영장이 나왔다. 교련을 담당한 군인들은 수업시간에 대학생들에게 거침없이 욕설하고 기합도 주었다. 이뿐 아니라 육사 출신 대위가 공무원에 사무관으로 특채되었다. 행정고시 합격자와 같은 특혜를 부여한 것이다. 수많은 현역 군장교들이 단숨에 고위직 공무원이 되었다. 한때 대통령을 포함하여 국무총리, 국회의장, 감사원장 자리를 모두 장성 출신들이 차지하기도 했다. 이때 육사 졸업장은 입신출세를 보장하는 것으로 여겨져서 육사 경쟁률이 최고에 달했다.

입시경쟁교육과 군사주의 문화의 작품 : 수용소형 인간형

박정희 집권기 학교는 입시경쟁교육과 군사주의 문화가 지배했다. 이 두 문화의 공통점은 바로 획일성이다. 입시경쟁교육에서 교사는 권력이고 그가 일방적으로 던져주는 문제를 문제시할 수 있는 근본적 비판 능력은 배제된다. 누구에게나 동일한 문제가 주어지며 문제의 답을 찾아가는 과정보다 맹목적인 해답, 즉 결과 산출에만 주목한다. 주입식 경쟁교육에서는 지적 능력 이상으로 소중한 타자에 대한 공감능력은 쓸데없는 것으로 간주된다. 학업(교육 목표)의 달성은 성적이라는 추상적 숫자로 획일화되어 버린다. 이런 교육은 인간을 철저하게 서열화, 규격화시킬 뿐아니라 권력이 제시한 문제를 비판 없이 맹목적으로 해결해야 하는 것을 당연히 여기는 순응적 존재로 길들인다. 이런 교육에 잘 적응하는 자는 모범생, 우수생으로 떠 받들어지고 그렇지 않은 자는 문제아, 열등생으로 낙인찍힌다.

입시경쟁교육은 타자에 대한 공감능력을 말살한다. 타자를 자신의 욕망실현의 방해물로 간주하는 이기적인 인간을 양산한다. 경쟁교육의 획일성은 달리 생각할 자유, 비판능력과 창의성을 거세시킴으로써 인간성을 억압한다. 경쟁몰입교육은 교육주체를 파편화하고 소외를 전면화시킬 뿐 아니라 학습자의 가치체계를 황폐화시키고 획일화시킴으로써 역사의식의 형성을 방해한다. 똑같은 기준으로 사고하고 똑같은 가치를 추구하는 평균적인 인간, 권력의 일방적 명령에 군소리 없이 따르는 복종적, 순응적 인간을 만든다.

박정희가 구축한 반공주의 병영국가 체제는 주입식 입시경쟁 교육과 콤비를 이루었다. 입시몰입 경쟁교육이 사회적 모순과 부조리에 대한 비판적 문제 제기 능력을 말살시킴으로서 체제 순응형 인간을 대량생산·대량 사육하는 기능을 맡기 때문이다. 이 체제 순응형 인간이 바로 '수용소형 인간형'이다.

교육은 문제를 찾아가는 과정이다. 문제 찾기 능력은 차이를 알아내는 능력이다. 이는 동일성이 아닌 차이에 대한 감수성을 요구한다. 하지만 분단과 경쟁의 이데올로기 사회는 차이보다 동일성을 추구한다. 이것이 획일적 인간성을 만들어내는 또 하나의 전체주의, 곧 '복합수용소사회' 이데올로기의 작용이다.

반공주의와 경쟁주의는 한반도형 복합수용소 사회의 이데올로기이다. 이런 획일적인 경쟁교육은 학교와 사회를 수용소로 만든다. 이런 수용소 체제가 일체강점기부터 지금까지 경쟁교육을 통해 재생산 되어 왔다. 비판성과 창의성, 인간성을 억압하고 획일성의 원리가 지배하는 경쟁교육은 분단체제에서 출세를 위해 순응하는 인간들이 살아가는 거대한 수용소 사회를 만든다. 만주국 장교 출신 박정희의 유신체제가 지향한 사회였다.

1960~70년내의 입시교육은 노골적이고 극단적인 줄 세우기였다. 제도와 양상이 달라진 부분이 있으나, 지금도 여전히 사교육 의존, 학벌주의, 경쟁 위주의 교육은 여전하다. 예나 지금이나 경쟁교육을 지양하고 교육을 혁신하려는 교사의 노력은 쓸데없는 일로 간주 되거나 불온시 되고 있다. 입시공장처럼 돌아가는 학교에서 선생의 수업 방식이나 가르침의 내용은 입시중심교육과 박정희의 국가주의에 대한 도전이 될 수밖에 없었다.

광주일고, 광랑(光郎, 광주 사내들)

"16세에서 18세의 고교 시절, 매주 정기적으로 독서 모임을 한다. 황순원의 『소나기』 헤르만 헤세의 『싯달타』 신동엽의 『금강』 카(E.H. Carr)의 『역사란 무엇인가』를 함께 읽고 토론한다. 연탄 배달, 방학 때 농촌봉사, 논밭의 김매기, 마을 청소, 어린이 학습지도 등을 하며 땀 흘리며 며칠씩 함께 먹고 자는 시간은 끈끈한 우정을 창조했다."(김희택)

광주일고는 입시 전문 공장처럼 돌아가는 듯했으나 한편 독특한 전통과 학풍이 있었다. 원시림이나 피닉스 같은 문예반, 흥사단, 향토반 같은 사회참여·봉사 서클의 활동이 활발했다. 또 주지하다시피 일제강점기 광주학생독립운동 발상지로서 광주일고 교정에는 광주학생독립운동기념탑이 있다. 최권행은 재학 시절 향토반이 아니라 문예반에 참여했는데, 매년 11월 3일 학생의 날을 맞아 문학의 밤을 했다.

"그때, 우리 몇십 명 문예반은 학생운동 기념탑에 새겨진 '우리는 피 끓는 학생이다. 오직 바른길 만이 우리의 생명이다.'라는 비문을 합창하듯이 낭독했어요. 그러는 과정에서 자신도 모르게 이 비문의 정신이 그냥 주입이 되었던 거죠."(최권행)

선생의 광주일고 재직 시기에 학생들과의 관계가 밀접했다. 여기에는 '광랑'이라는 학생 동아리가 있었다. 광랑(光郎)이란 멋진 명칭은 광주 사내들, 광주 젊은이들을 의미하는데, 권오걸에 따르면 60년에 입학한 박주근이 제안하였다. 박주근은 4·19혁명 세대로 광랑 활동의 이념적 좌표를 제시했다고 한다.

광랑은 61년 8월에 창립되었으니 선생이 일고에서 가르치기 전부터 현재까지 무려 65년을 이어온 모임이다. 광랑은 일제강점기 광주학생독립운동(1929~1930년)의 중심에 있었던 성진회(醒進會)의 독서활동과 사회참여 전통, 즉 광주학생독립운동의 정신을 계승하고자 했다. 광주학생독립운동은 1929년 11월 3일 시작된 광주지역 학생 시위를 거쳐 1930년 5월까지 국내 지역과 간도, 미국, 중국, 일본 등 국제적으로 확산되었다. 학생뿐 아니라 진보적 노동자 조직도 파업으로 참여했다. 3·1 운동 이후 최대 규모의 범민족적 항일운동이다.

광랑의 모태라고 할 수 있는 향토반은 광주일고 공식 특별활동(CA) 클럽의 하나였다. 향토반은 60년대에 농촌 계몽 활동과 봉사활동이 사회적으로 큰 흐름이 되면서 만들어졌다. 선생이 일고에서 가르쳤던 66년부터 70년 사이에 3년 이상 향토반 지도교사를 맡았고 이때가 향토반 활동의 전성기였다.

광랑은 향토반 회원들이 결성했으나 향토반의 모든 구성원이 광랑 회원은 아니었다. 즉 회원이 겹치긴 했으나 일치하지는 않았다. 광랑은 향토반처럼 광주일고의 공식 클럽은 아니었고, 향토반 2~3학년 가운데 사회참여 활동이 필요하다고 여기는 학생들이 광랑을 만들었으며 향토반을 주도했다. 광랑 창립의 주역 중에서 박창규, 고현석, 고유문은 4·19 직후 학도호국단이 해체된 뒤 구성된 최초의 직선 학생회 지도부였다. 박창규가 학생회장, 고현석이 부회장, 고유문은 총무부장이었다. 고유문은 당시 수학경시대회에서 전국 수석을 차지했다. 이들은 일고 6회이다. 이후 일고 8회로 광랑 창립을 주도한 백이호도 학생회장을 맡았다. 이렇듯 광랑에는 학업 능력뿐 아니라 리더십과 사회 참여적 이상을 가진 학생들이 참여했다.

향토반은 학교에서 일주일에 한 번 모임을 가졌으나, 그와 별개로 광랑은 매주 토요일에 모여 독서 발표회를 했다. 향토반이 공식 클럽일 때는 향토반 이름으로 농촌 봉사활동을 했고, 기금을 모으기 위해 연탄 배달을 했다. 향토반이 곧 설명할 김지하의 시 「오적(五賊)」 낭독 사건으로 클럽 활동이 중단된 기간에도 광랑의 모임은 계속되었다. 광랑 출신 대학생 선배들이 연중 여러 차례 향토반 또는 광랑의 봉사활동 현장과 독서 모임을 방문하였다. 선배들은 독서토론회를 참관하고 독서 목록을 소개하거나, 시국 소식을 전했으며 봉사활동에도 함께 참여했다.

김희택, 박영규, 이양현 등은 1966년 1학년 겨울방학 때 대학생 선배들과 함께 20명의 회원들이 백양사로 도보 여행을 갔던 일을 잊을 수 없는 인생의 아름다운 추억으로 회상했다. 이양현은 광랑의 독서 모임에서 『리슨 양키』, 『농업경제학 서설』, 『역사란 무엇인가』, 톨스토이와 도스토예프스키의 소설들을 헌책방에서 보물 찾듯이 구해 읽었다고 한다. 그는 특히 『영국 노동당 집권 강령』에서 많은 감동을 받았다. 사람들에 대한 동등한 사회적 대우, 동일 노동 동일 임금, 학력 간의 격차 부정 등에 깊은 관심을 갖게 되었다. 광랑 독서 모임을 계기로 그는 정치적 자유뿐 아니라 경제적 평등까지 관심을 갖게 되었다.

3일간의 대화

1967년 김희택, 정상용, 박영규 등 일고 14회가 2학년이 되었을 때 향토반은 〈3일간의 대화〉라는 3일 연속 발표와 토론을 이어가는 학내 행사를 만들었다. 70여 명의 학생들이 교실을 가득 채웠다. 이 자리에는 지도 교사들도 초대되었다. 김용근, 문병란, 김갑진이었다. 대학도 아니고 고교생들이 3일 연속 토론 행사를 기획한다는 것은 참으로 대단한 일이었다. 이후 이 행사는 향토반의 활동이 한때 중단될 때까지 연례행사로

자리 잡았다.

1968년 제2회 〈3일간의 대화〉 주제는 '학교의 주인은 누구인가?'였다. 여기에 교사 김용근, 주기운이 초대되었다. 향토반 회원은 물론 비회원 학생들도 다수 참여하여 60여 명으로 한 교실이 가득 찼다. 박영규가 먼저 '학생이 주인이다'는 취지로 주제 발표를 했다. 학생들의 토론이 이어졌고 교사들의 강평이 있었다. 박영규는 당시 선생의 강평을 기억했다. 김용근 선생이 두 손을 '착' 박수치듯이 마주치면서, "학교란 학생과 교사가 가슴과 가슴으로 만나야 학교다."고 말씀했다는 것이다. 선생은 이런 식으로 제자들이 단지 교과목 공부에 국한하지 않고 다양한 독서와 활동, 그리고 운동을 통해 성장하고 발전하는 것을 진심으로 기뻐했다.

> "우리 고3 때는 내가 참여한 독서회(향토반) 주최로 〈3일간의 대화〉라는 제목을 걸고 자치활동을 했었네. … 선생님은 그 행사가 광주학생독립운동 기념탑을 모신 학교의 학생다운 걸작이라며 그런 수준의 시사문제를 소화하는 것에 큰 기쁨을 나타내셨다네. "느그들, 제법 트였다. 잉?" 귀에 선하네. 정이 듬뿍 담긴 그래서 늘 향기를 뿜어내시던 은사님 모습이 더욱 그리워지네."(김희택, 문집 409)

그는 전남고 교사 시절 학생들이 방과 후 또는 점심시간에 운동장에서 축구 등 경기를 할 때면 언제나 만면에 미소를 띠고 지켜보았다. 그리고 문병란 등 가까운 교사들과 대화하면서 학생들이 운동장에서 마음껏 볼을 찰 수 있도록 해야 '통 큰' 인간으로, '기백이 넘치는 사람'으로 성장할 거라고 주장했다.

그러고 보니 선생은 '통 크게'라는 말을 유난히 많이 했다. "공부도 통 크게 하고, 역사도 통 크게 바라봐야 한다. 그래야 시야가 트이고 민족이 보인다"고 자주 말했다. 이 '통 크게'라는 말은 선생이 느끼는 현실 인식을 드러냈다. 미완의 해방과 분단체제의 민족 현실, 그리고 입시 중심의 교육 현장에 대한 답답함을 이처럼 드러낸 것이 아닐까. 그런데 이처럼 학생들의 거리낌 없는 성장은 학교와 기성세대가 만든 벽에 반드시 부딪히기 마련이다.

1970년 11월 양태열 권오걸 이훈우 등이 주도하여 제3회 〈3일간의 대화〉를 마련했다. 이는 〈학생의 날〉 기념행사로서 주제는 '너와 나와 우리'였다. 교내 학생지도를 담당하는 교사들의 어용성 문제를 제기하는 자리였다. 약 30명의 학생들이 참석했는데, 첫날 '학생운동의 방향과 모색'이라는 주제 발표를 권오걸 이훈우 최철이 맡았다. 두 번째 날 송종현이 김지하의 시 「오적(五賊)」을 낭독했다. 이훈우가 『사상계』(70년 5월호)에서 필사한 것이었다. 권오걸에 따르면 지도교사 지성철의 얼굴이 흙빛이 되어 모임을 중단시켰다.[77]

사상계가 판금 되고, 김지하 시인, 사상계 사장 부완혁 등이 반공법 위반 혐의로 구속된 엄중한 시기였다.

이훈우는 교감과 학생과(學生課)에 호출되어 교사들에게 폭행을 당했고, 다음날부터 송종현은 학교에 나오지 않았다. 광주서부경찰서가 조사에 착수했다. 학교의 '정치 교사'들이 경찰서에 연락한 것이었다. 이훈우의 백부가 여순항쟁 때 위원장이었던 것을 문제 삼아 이훈우를 비롯한 회원들을 '빨갱이 새끼'라고 비난했다. 권오걸도 경찰서에 연행되었는데 경찰이 시골집까지 방문하여 한국전쟁 당시 인공 치하 면서기였던 아버지가 피신했음에도 빨갱이 가족으로 몰아가려 했다. 경찰은 이 사건을 더 키우지 않고 무혐의로 종결지었으나 학교에서 향토반은 활동이 중단되었다. 김용근 선생은 70년 4월 일고를 떠났기 때문에 이 일을 알지 못했다.

폭력 교사들, 광랑의 독서발표회를 기습하다

진짜 사건은 그 이듬해인 1971년에 일부 폭력·정치교사들에 의해 터졌다. 1971년 4월 27일은 1969년 삼선개헌으로 장기집권의 길을 마련한 박정희의 세 번째 대통령 선거일이었다. 그의 최대 정적은 김대중이었다. 향토반 활동이 중단되었기 때문에 광랑 학생들이 주도하여 독서발표회를 개최한 4월 17일은 대선을 열흘 앞두고 있었다. 그 며칠 후 김대중 대통령 후보의 마지막 광주 연설이 예정되어 있었다.

이 시기 박정희 정권의 관권 부정 선거는 상상을 초월했다. 야당 후보 연설회에 교사와 공무원의 참석을 막으려고 학교를 비롯한 공공기관의 퇴근 시간을 연장하거나, 야당 후보 연설회에 참석한 사람들을 색출하여 불이익을 주었고, 연설회 시간에 맞춰 시내 영화관에서 일제히 무료 영화 상영을 강요했다. 군대에서는 투표함에 투입 전 투표지를 지휘관에게 보여주어야 했다. 사실상 공개투표였다. 참으로 추잡한 군사독재 세력이었다.

문제의 4월 17일 광랑의 독서토론회가 진행되던 교실에 학생과(學生

課) 교사 김O원, 최O정이 들이닥쳤다. 그들은 양태열 오광호 이훈우 오국영 정용화 등을 교무실로 끌고 가서 "빨갱이 새끼들, 너 같은 놈들은 맞아도 된다"고 욕설과 폭언을 하며 무자비하게 구타했고 나O환, 이O하 교사도 이 폭행에 합류했다. 교장 김해중은 양태열과 오광호의 얼굴에 피가 흠뻑 묻은 것을 보고도 못 본 척 퇴근함으로써 폭행을 묵인했다.(양태열, 광랑 320~322면) 학생과(學生課) 교사들이 학생들의 자발적인 독서 모임을 급습하여 불법 폭행했고, 교장은 교사의 비교육적 행태를 묵과했다. 학생과(學生課) 폭력 교사들은 광랑 회원들이 학내 민주화와 정치 교사 퇴출을 주장하는 발언과 요구를 했기에 평소 광랑 회원들을 매우 못마땅하게 여기고 있다가 보복했다. 학부모들이 이 불법 폭행에 대해 항의한 후 일부 교사들은 피해 학생들에게 사과했다. 피해자인 광랑 회원들은 가해 교사들 안에 정보기관과 내통하는 사람이 있었다고 추정한다. 당시 시국 상황과 일고 학생들의 사회·정치적 현실에 대한 예민한 관심과 발언 등을 고려할 때 충분히 그럴 만하다

일고 14회는 광랑에서 허리에 해당하는 핵심 기수이다. 1966년, 이들의 입학 시기와 선생이 일고에서 강의를 시작한 시기가 일치한다. 이때 향토반의 활동이 활발했는데 이에 속한 사람들이 김희택 박영규 이양현 고(故) 서갑식 고(故) 주석중 고(故) 나병식 고(故) 김영신 등이다. 이들은 또 우연히도 1학년 3반이었기에 광랑의 활동을 통해서 우애가 더욱 깊어졌다. 동기인 학담 스님(법성)은 광랑에 참여하진 않았고 서울대 법대에 진학했으나, 선생의 영향을 받아 학승(學僧)의 길을 선택했다. 학담 스님은 중국 선시(禪詩) 해석과 번역에서 한국 최고의 권위자로 꼽힌다. 일고

14회에는 이 밖에도 정찬용(노무현 대통령 인사수석비서관 역임)이 있다. 이들이 모두 고교 시절부터 매우 강한 사회의식을 지녔고, 매우 활발하게 학생운동에도 참여했기에 일고 14회는 '양산박'이라는 별명으로 불리기도 했다.(최철) 양산박은 지명(地名)으로 중국 명나라 초 108명의 호걸을 주인공으로 하는 소설『수호전』의 무대이다.

이 동기들은 일고 재학시에도 활발한 학생운동을 전개했다. 그 대표적인 것이 1968년 미국 정보수집함 푸에블로호 사건 규탄 시위이다. 1968년 1월 23일 원산 앞바다에서 미해군 정보수집함 푸에블로호 함정이 북한 영해를 침범해 80여 명의 병사와 함께 나포되었다. 광주일고 1, 2학년 약 1,000여 명의 학생이 운동장에 모여 미국을 성토하는 집회를 가진 후 광주 미국공보원까지 진출하여 시위했다. 이 시위를 주도한 그룹은 14회 정상용 김희택 주석중 박영규 김영신 이양현 등이었고 학생회장과 강상백 나병식도 함께 했다. 15회에서는 임국택 고아석 등도 참여하였다. 주석중 회원이 북한 영토를 침범한 미국에 대한 규탄을 제안했고 시위에 나서기로 의견을 모았다. 성토대회장에서 김희택 회원이 선언문을 낭독하였다. 학생들이 교문을 나올 때 선생들이 교문에서 이를 저지했는데, 체구가 큰 나병식이 뚜벅뚜벅 나와 선생들을 밀치고 저지선을 뚫었다. 미국공보원 건물로 가서 연좌시위를 하는데 누군가 "성조기를 내려라"라고 외쳤으며 성조기를 내리고 불태우기도 했다. 부산 미문화원 사건의 효시라고 할 수 있겠다. 푸에블로호 사건으로 북한을 규탄하는 열기가 뜨거울 때, 오히려 광랑 회원들은 미국을 규탄하는 시위를 할 만큼 반외세 민족주의 의식이 강했다고 할 수 있다. 주석중 회원은 당시 향

토반에서 체 게바라를 소개할 정도로 사회의식이 성숙한 열혈청년이었다.(권오걸, 광랑 42면)

일고 14회에서 광랑에 참여하며 선생과 밀접하게 관계를 갖고 영향을 받은 사람들은 대개 인근 농촌 출신들이 많았다. 김희택은 강진, 정상용과 이양현은 함평, 박영규는 담양 출신으로, 그들은 자취 또는 하숙을 했기에 비교적 자유로웠고 광랑에 활발하게 참여할 수 있었다. 5·18 직후 박영규는 공무원 신분임에도 전두환 군사독재 세력에게 쫓기는 윤한봉의 미국 밀항과 망명을 적극 돕는 등 여러 사건에서 민주화운동의 숨은 조력자 역할을 마다하지 않았다.

정상용은 1965년 광주살레시오고에 입학했는데 학교 설립자인 이탈리아인 신부가 한국인 교사와 학생들에게 모욕적인 언사를 한 것에 항의하여 시위를 주도한 일로 퇴학당한 일이 있었다. 그는 재수하여 1966년 광주일고에 입학했다. 이런 전력이 보여주듯 고교 시절 동기들 가운데 매우 선진적인 사회의식을 지녔던 그는 대학 진학 후 전남대 교련반대 운동을 선도하였고, 후일 5·18 광주민중항쟁에서 이양현(기획위원)과 함께 시민군 지도부로 투쟁하였으며, 제13·14대 국회의원을 역임했다.

박정희의 학원 병영화와 교련 반대 운동

1971년 박정희는 교련 교육을 강화하여 학원 병영화를 꾀했고, 장기집권을 위해 비판 언론을 노골적으로 탄압했다. 따라서 고교와 대학가, 언론계, 종교계 등에서 저항이 확산되었다. 동아일보 기자들은 언론자유

수호를 다짐하고 신문사 안에 상주하는 검열단의 추방을 결의했다. 천주교원주교구 지학순 주교가 앞장 선 사회정의를 위한 투쟁이 기독교계 전반으로 확산되었다.

1971년 초 박정희 정권은 교련 강화 방침을 발표했다. 1968년 이후 추진한 학생 군사훈련을 더욱 강화하여 학원을 병영화하려는 의도였다. 박정희 정권의 교련 교육 강화는 이른바 '김신조 사건'을 계기로 이루어졌다. 1968년 1월 21일 김신조를 비롯한 북한 124군부대 소속 무장군인 31명이 청와대를 기습하여 박정희를 암살하려다 미수에 그쳤다. 박정희는 이 사건을 계기로 향토예비군, 육군3사관학교, 전투경찰대, 684부대를 창설했다. 고등학교와 대학교에서는 교련 교육을 실시했다. 박정희 독재는 학원 병영화에서 더 나아가 병영국가 체제를 만들고 영구집권을 본격적으로 획책하게 된다.

교련 강화 방침에 따라 대학생들은 4년간 무려 전체 수업시간의 20%에 달하는 교련 교육을 이수해야 했다. 학생들은 박정희의 교련 강화가 동서 화해의 국제정세에 역행하며, 학생운동을 무력화하고 장기집권을 노리는 시도라고 비판했다. 1971년 저우언라이-키신저 비밀회담에 이어 1972년 마오쩌둥-닉슨 회담으로 중-미 화해가 본격화되는 때였다. 학원 병영화에 대한 문제의식은 1970년 들어 사회 곳곳에서 드러난 경제개발의 폐해에 대한 비판과 어우러져 교련 반대운동으로 촉발됐다. 이 교련 반대운동에서 전남대에 재학했던 광랑 출신들이 선도적이고 핵심적 역할을 했다.

정상용과 이양현은 박형선, 김정길 등과 민족사회연구회(민사련)를 창립했다. 초대 회장은 정상용이 맡았다. 문덕기, 정종휴, 허신석, 김진 등도 참여했다. 민사련은 전남대 최초의 사회과학 연구 서클로서 조직적인 학생운동의 효시(嚆矢)였다고 평가받기도 한다. 1971년 10월 민사련은 송정민(전남대 영문과)이 주도한 'ACR'과 함께 학원 병영화(교련) 반대 시위를 조직하여 정상용, 이양현을 포함한 회원 다수가 71년 12월 무기정학의 징계를 받고 강제입영 조치를 당했다. 민사련은 등록이 취소되었다. 그러나 민사련 회원들은 '교양독서회'를 다시 조직했고 강제징집을 면한 김정길 박형선 문덕희가 조직을 이끌었다. 여기에 오국영 이훈우 유선규가 가입했고 72년 말 선배인 윤한봉이 참여했다. 이들이 전남대 학생운동의 중심으로 역할하며 74년 전남대 민청학련의 핵심이 되었다.

박정희는 1971년 10월 15일 위수령을 발동하여 교련 철폐, 부정부패자 처벌, 무장군인 학원난입 규탄, 중앙정보부 철폐 등을 외치며 저항하는 학생운동을 탄압했다. 대학에 무장군인을 출동시켜 무기휴업령이 내려진 전남대 서울대 경희대 고려대 연세대 서강대 성균관대 한국외대 등을 점령하고 학생들을 연행했다. 박정희의 '학원질서 확립을 위한 대통령 특별명령'으로 대학의 이념서클이 해체되고, 미등록 학내간행물의 발간이 금지됐으며, 170여명의 학생들이 제적된 뒤 고문을 당하거나 강제징집 당했다. 박정희가 3선을 넘어 장기집권으로 나아가기 위해서는 가장 강력한 저항세력인 학생운동을 무력화(無力化)해야 했던 것이다. 박정희의 3선을 막지 못한다면 종신집권을 위한 총통제가 열릴 것이라는 김대중의 예언이 실현되고 있었다.

분필공장 사업에 실패하다

선생은 1970년 초 일고 교사 생활을 접고 사업에 착수했다. 분필공장이었다. 선생은 가루가 날리지 않는 또는 덜 날리는 분필을 생산하여 보급하고자 했다. 당시 학교에서 사용하던 분필과 칠판이 교사와 학생의 건강에 해롭다는 보고들이 아주 많았다. 교사들의 직업병으로 폐 질환이 많이 보고되었다. 그래서 칠판을 지울 때는 반드시 교실 창문을 열도록 하고, 칠판닦이는 교실 밖 복도에서 유리창을 열고 털도록 지침이 내려오기도 했다. 당시 분필은 주로 석고(황산칼슘)로 만들어졌는데 분필 가루가 호흡기로 흡입될 경우, 기관지나 폐에 자극을 줄 수 있었다. 특히, 칠판에서 가루가 날리는 분필을 오랜 시간 사용하며 반복적으로 흡입하면 호흡기 질환을 유발할 수 있었다.

선생의 사업 전략은 양질의 분필 생산은 기본이었고, 한참 새롭게 주목받는 파스텔 생산을 겨냥하고 있었다. 파스텔은 그림분필이라고도 불리는데 크레용의 일종이며, 색을 입힌 분필과 흡사하다. 파스텔은 서양 미술가들이 17세기부터 사용했던 재료인데, 프랑스 인상주의 화가인 에두아르 마네와 에드가 드가가 많이 사용했다. 인상주의 기법으로 풍부한 색감을 표현하기에 적합한 미술 재료이자 도구였기 때문이다.

"그 당시에 분필이라고 하는 게 막 날리는 거였거든요. 가루가 아주 막 풀풀 날리는 그런 것이었는데 새로 개발한 이 분필은 탄산칼슘 성분, 그러니까 조개껍질 성분이 더 많이 첨가되면서 분필이 날리지 않아서 선생님들의 호흡기 질환을 막아줄 수 있는 것이 될 거다, 고 생각했죠. 그런데 문제는 분필이 잘 부러졌고 또 너무 딱딱하니까 칠판에 글씨가 잘 써지지 않는 거예요. 칼슘 성분이 들어가니 밀착력이 떨어져 글씨가 잘 안 써졌던 거죠. 연구와 실험을 수없이 거듭해서 결국 좋은 분필을 만들었죠. 분필을 개발하며 배합 비율을 어느 정도 해야 되냐, 분필의 수분은 얼마나 있어야 되냐, 그런 걸 놓고 엄청 연구를 많이 했어요. 결국 제품을 개발해 대량 생산해 놓았어요. 언론에서도 굉장히 관심이 커서 4대 일간지와 방송사에서 취재하여 뉴스에도 여러 번 나왔고, 대량생산에 들어간 직후였어요. 납품을 앞두고 있었는데 태풍 때문에 완전히 실패했죠."(장세열)

1972년 한강대홍수는 1925년 이후 가장 큰 홍수였다. 8월 17일부터 20일까지 태풍 베티의 영향으로 내린 집중호우로 인해 수문과 옹벽이 붕괴되면서 하천이 범람하여 많은 인명과 재산 피해가 발생했다. 전국에서 사망 실종자가 550명에 달했다. 특히, 8월 19일 홍수가 절정에 달해 서울 지역의 경우 영등포구 저지대를 중심으로 침수 피해가 극심했다. 당시 서울의 모든 초·중·고등학교와 대학교까지 휴교령이 내려졌다.

"공장을 열었던 첫해 8월에 홍수가 났어요. 공장은 그야말로 장화를 신고도 못 들어가는 그런 장소가 돼버렸죠. 가슴까지 물이 차올라 하마터면 익사할 뻔했죠. 납품하려고 야적장에 쌓아둔 대량의 분필 박스들이 곤죽이 되어 물에 쓸려 갔구요. 나는 기계를 어떻게든 건져보려고 공장에 들어갔다가 위험한 상황에 처하기도 했어요. 인명사고가 안 난 것을 그나마 다행으로 생각했죠."(장세열)

야심적인 사업 기획이었으나 처참한 실패를 하고 말았다. 제자인 장세열과 이주영, 이승우 그리고 선생의 처조카와 매제 등이 제품 개발과 공장 관리운영 등을 맡아 사업을 헌신적으로 도왔는데 완전히 물거품이 되고 말았다. 특히 큰아들 창중은 처가의 도움으로 마련한 꽤 크고 좋은 집을 은행 대출 담보로 제공했는데, 날려버리고 13평 임대 아파트로 이사해야 했다. 그밖에 선생의 형제들도 상당한 재산상의 피해를 입었다. 사업을 도모하기 전까지 교사로서의 삶은 넉넉하지는 않았으나 박봉(薄俸)으로 농구를 가르치고, 뜻이 맞는 제자들을 만나 행복했다. 그런데 이제 완전히 빈털터리가 되었고 큰 빚을 진 절망적 처지로 전락했다.

제9장

유신시대의 문제 교사 : 전남고 시절

다시 교사로, 전남고 시절

선생이 전남고에 교사로 부임하기 직전, 박정희는 1972년 12월 27일 유신헌법을 선포하여 영구집권을 확정했다. 정치인·언론인·종교인·재야 인사·교수·학생들은 '개헌 청원 100만인 서명운동' 등과 같은 유신헌법 폐지 투쟁을 통하여 저항했다. 삼권분립을 무너뜨린 박정희는 국가의 모든 권력을 틀어쥐고 중앙정보부, 보안사, 정보경찰에 의한 감시체제를 확립하고 군의 무력을 동원하여 모든 비판세력을 제거하기 위해 날뛰고 있었다. 급기야 1973년 6월 23일 박정희 일당은 도쿄에서 김대중을 납치하여 현해탄에 수장하려다 발각되었다. 온 세계가 경악했다.

1973년 사업을 청산한 선생은 결국 교직에 복귀했다. 연세대 선배였던 강요한 전남고등학교 교장으로부터 교사 초빙을 받은 것이다. 하지만 교사로서 받는 월급의 대부분을 빚을 갚아야 했기 때문에 셋방살이 살림은 곤궁하기 짝이 없었다. 당시 빈촌이었던 광주 광천동 인근 선생 댁의 이삿짐을 여러 차례 옮긴 필자는 그 가난한 형편을 생생하게 기억한다. 극빈의 형편에서도 선생의 교육에 대한 신념과 열정, 제자들에 대한 사랑은 변함이 없었다.

강요한 교장은 당시 지역에서 매우 존경받는 인격자요, 교육자이며 기독교 신앙인이었다. 그는 연희전문학교 문과 출신으로 선생의 선배였다. 1966년 전남방직에서 학교법인을 설립하여 사립 전남고등학교가 개교할 때, 강요한은 초대 교장으로 취임했다. 그는 미국에서 존 듀이의 교육철학을 공부했고 그것을 교육현장에 적용하고자 했다. 그는 젊은 시절 전남여고와 광주일고의 교장을 역임할 때 교육자적 소신에 따라 학교를 잘 운영하여 두 학교를 전국적인 명문의 반열에 올려놓았다는 평가를 받았다. 그는 교장으로 취임하면서 재단으로부터 재정권과 인사권을 포함한 학교 운영권 일체를 전담하기로 약속받았다. 그는 자격과 실력을 갖춘 교사를 좋은 보수로 초빙한다는 원칙을 고수하였다. 이 시기에 전남고등학교에는 훌륭한 교사들이 많았다. 김용근을 비롯한, 문병란(국어), 황승우(영어, 황지우 시인의 형), 김중태(독일어) 등 많은 우수한 교사들이 전남고에서 가르치게 되었다. 또 후일 전국교직원노조 중앙 대의원회의 의장을 지낸 오종렬 선생도 근무했다. 전남고 교사진은 광주의 어떤 고교에도 뒤지지 않는다는 평가를 받았다. 학생들은 아주 특별한 교사들을 만난 행운을 누렸다.

강요한 교장은 교사와 학생들의 자율성을 최대한 존중하고자 했다. 학생 자치회와 클럽 활동도 교사들의 간섭없이 이루어지도록 적극 장려했다.

박정희의 유신독재 시절 그는 전남중·고등학교 전체 학생과 교사들이 모두 모인 조회에서 훈화했다.

"제군 여러분! 나의 생애는 살 만큼 살았으니 인생에 미련이나 애착이 별로 없습니다. 그러나 제군들의 생애는 아직도 끝없는 희망으로 가득한데 이제 우리의 신생 민주주의는 그 싹도 제대로 틔우지 못한 채 적어도 30년, 아니 잘못하면 앞으로 50년 정도는 후퇴할 것이 분명합니다"[78]

강요한 교장이 더 이상 말을 잇지 못했다. 운동장은 돌연 고요해졌고 숙연해졌다. 훈화는 학생 모두와 교사들에게 깊은 인상을 남겼다.

전남고는 학교 역사가 비교적 짧았으나 역사의식을 늘 강조한 교사 김용근과 문병란, 황승우 등 좋은 교사들과 그 가르침 아래 눈을 뜬 학생들이 만들어간 새로운 전통으로 광주의 민주주의 역사에서 뚜렷한 발자취를 남겼다. 1980년 5·18 4일 전 전남고 학생들은 전국 최초로 대학생들의 거리 시위에 전교생이 동참했다. 1980년 5월 전남고에서 교생실습 중이었던 임형칠(전남고 9회)은 전남학생산악연맹 후배인 전남고생 고재남에게 광주지역 고교생 연대 모임이 필요하다고 제안했다. 고재남, 이성우(전남고 학도호국단 연대장)와 문기수 등이 주도하여 광주일고 등 남고 10개교 여고 2개교 학생대표들이 5월 13일 전남고에서 긴급 회동하였고, 광주지역 고등학생들도 5월 14일 오후 5·18광장(당시 전남도청 앞)에서 대학생 시위에 참여하게 되었다.(임형칠) 필자도 당시 구 도청 앞 광장, 지금의 5·18민주광장 분수대에서 후배들을 인솔했던 교사 김준태 시인을 만났고, 전남고 학생들에게 "후배 여러분, 정말 자랑스럽습니다"하고 발언했던 기억이 새롭다.

김용근과 문병란이 1975년 유신체제 반대 학생 시위를 책임지고 학교를 떠난 뒤에 김준태 시인이 1980년 5·18 시기 국어 교사였다. 5·18 광주민중항쟁을 잘 형상화하여 세계적으로 널리 알려진 김준태의 시 「아 광주여 우리나라의 영원한 십자가여!」는 바로 전남고 교사 시절 5·18 직후 발표한 시였다. 이 시에서 골목에서 남편을 기다리다 계엄군이 난사한 총알을 이마에 맞아 숙사한 임산부 고(故) 최미혜 씨는 바로 5·18 당시 전남고에 재직 중이었던 영어 교사의 부인이었다. 김준태 시인은 이 시를 신문사에 송고한 후 도피 생활을 하면서, 도피 초기 필자의 방에서 며칠간 함께 지냈던 적이 있다. 필자는 전남고 재학 시절 문병란 선생 댁에 자주 드나들었는데, 문병란 선생 댁 바로 앞에 당시 대학생이었던 김준태 시인의 자취방이 있어서 고교 때부터 김 시인을 형이라고 불렀다.

강요한 교장은 70년대 말 교사들에게 교장직을 2년 임기제로 돌아가면서 맡자는 제안을 했던 적이 있다. 당시로서는 상상할 수 없는 파격적인 제안이었다. 결국 실현하지 못한 상태에서 1981년 전남고는 재단의 결정에 따라 국가에 헌납되어 공립고로 전환되고 말았다.

강요한 교장은 정년퇴임 후에 지역 시민사회가 뜻을 모아 만든 대안언론 '빛고을신문'의 발행인을 맡았고 '전교조 전남·광주 해직교사 후원회' 회장직을 맡아 활동하기도 했다.

차별이 없는 김용근의 아카데미아

김용근 선생은 고단한 셋방살이였으나 비좁은 셋방을 찾아온 어린 제자들과 라면을 끓여 먹고 밤을 새우며 자주 얘기를 나누었다.

"내가 전남고 3학년 때였어요. 당시 나는 관념적으로 내 민족을 모두, 모두 다 사랑하는 것이 나라를 사랑하는 것이다 하는 그런 생각에 빠져 있었는가 봐요. 그런데 김용근 선생님의 강의 내용을 듣고 다소 좀 혼란이 생겨서 제가 김용근 선생님 사시는 발산의 허름한 전깃불도 들어올까 말까 하는 상하방으로 찾아뵌 적이 있어요.
제가 당돌하게 이제 학교 강의 끝나고 학교 정원이나 교실에서 이야기를 나눌 수도 없고 제가 차분히 선생님을 면담을 좀 드리고 싶어서 '선생님 댁에 제가 가도 되겠습니까' 했지요.
'그래. 우리 집에 오너라' 해서 갔어요.
3학년 때였을 겁니다. 3학년 한창 입시 공부해야 할 때, 그러나 그때 나는 선생님 이야기를 듣는 것이 더 급했지요.

선생님 댁에 갔는데 영화에 나오는 모습처럼 어두컴컴한 방에서 호롱불 같은 전등불을 약하게 켜놓고 사모님이 성경을 읽고 계시더라고요.
사모님이 퇴근하는 남편과 제자를 맞이하셨어요.
그때 두 분이 무슨 대화를 나누시다가 담배 얘기가 나왔어요.
사모님이 담배를 멀리하라, 될 수 있으면 담배를 끊어야 한다, 이런 말씀을 하셨던 것 같고, 그때 선생님이 재치 있는 농담으로 사모님 말씀을 받아넘기시는데 뭐라고 했냐면, 기억에 남는 게 '자욱한 연기 속에서도 십자가를 똑바로 바라볼 수 있는 신앙을 가져야 한다.' 그래서 선생님도 뒤돌아서 웃으시고, 나도 많이 웃고 그랬던 기억이 납니다. 그리고는 잠자리에 들었습니다. 선생님 집에서 잤습니다. 자면서 누워가지고 이야기가 계속된 겁니다. 저하고 선생님하고 나란히 누워가지고.

당시 나는 내 민족은 동이나 서나 남이나 북이나 누구나 다 사랑하는 것이 애국하는 길이라고 그렇게 생각하고 있던 터였죠. 근데 김용근 선생의 말씀을 들으니 많이 서로 부딪히는 거예요. 선생님은 왕과 백성을 나누었고, 그다음에 지배하는 자와 지배 당하는 자를 나누었고, 내 생각으로 거기서부터 내가 받아들였던 이광수의 '민족 개조론'에 기초한 그런 사상으로는 이해가 안 되는, 처음 들어보는 구도 아니겠습니까? 왜냐하면 내가 받아들인 '민족 개조론'에는 그런 구도가 없었거든요. 그러니 어린 나로서는 많은 부분이 부딪히고 있었죠. 혼란스러웠지요. 그래서 선생님께 질문을 던진 거예요.선생님 모두를, 우리 민족 모두를 사랑하는 것이 애국 아닙니까? 이렇게 물었는데 의외로 답변이 빨리 끝나버렸어요.

선생님의 말씀이 "보리를 심고 보리를 수확하고 보리를 기르는 농부를 보자. 근데 보리에 깜부기가 붙었다. 보리가 깜부기병에 걸렸을 때 농부는 깜부기와 보리를 모두 다 사랑해야 되겠느냐. 이 깜부기는 강하게, 강하게 다스려서 깜부기를 없애주는 것이 보리를 사랑하는 길이오. 농부가 자기 땅을 사랑하는 일이다. 그러면 답변이 되었느냐?"

그래서 제가 "답변이 되었습니다" 그래가지고 제가 그때 느낌으로는 책을 몇십 권 읽고 난 느낌이 듭디다. 그 말씀을 듣고 많은 것을 순간 깨닫게 되었어요. 그것이 김용근 선생님이 전남고에 오셔서 나와 맺은 인연 중에서는 나를 가장 크게 깨우치게 하는 대화였습니다."(오정묵)

많은 학생들이 오정묵처럼 선생의 셋방에 와서 대화를 나누었다. 그때는 자정 통금이 있었고, 밤이 늦어 집에 돌아가지 못하면 선생의 방에서 함께 잠을 잤다. 통금제도는 1982년 1월 5일에 폐지되었다.어느 날 밤 선생은 제자들 여럿과 대화하다 한 이불을 덮고 잠자리에 들었다. 모두 곤히 잠들었던 컴컴한 방, 아마 필자의 다리가 선생의 얼굴에 닿았던 것 같다. 잠든 척했지만, 선생이 내 다리를 치우면서 "Oh, my Lord!"라고 말했다.

개인적인 어려움과 절망적인 현실에도 선생의 열정은 한결 같았다. 선생은 매주 일요일에는 당시 금남로 1번지 광주YMCA 2층을 빌려 예배를 보았던 한국기독교장로회 무돌교회 중고등부 교사로 성서와 역사를 강의하고, 사모님 조주일 여사가 개척 중인 교회의 예배에도 틈틈이 참여했다. 필자는 이때부터 선생을 따라 교회에 다니기 시작했다.

선생은 왕조사 중심의 역사 서술, 이병도 류의 실증주의적 식민사관을 철저하게 비판했다. "역사는 백성의 눈, 백성의 눈물로 바라봐야 제대로 보인다"고 수업시간마다 쩌렁쩌렁한 목소리로 강의했다. 동학사상과 전봉준의 실천, 실학사상의 위대성과 계승의 중요성에 대해서 수없이 강조했고, 변증법적 역사의 진행을 역설했다. 신라 불교를 호국불교(護國佛教)라고 설명하면서 이때 국가는 현실의 지배계급을 의미한다고 했다. 또 조선의 당쟁에서 양반 사대부가 여러 명분을 두고 다투는 것 같지만 기실 그것은 토지와 관직의 배분이라는 물질적 이해관계에 따른 지배계급 내부의 분열과 갈등에서 비롯한 것이다, 고 설명했다. 선생은 대원군의 쇄국정책을 강하게 비판했다. 선생은 자주 민족혼을 강조했지만, 국수주의와는 아무런 관련이 없었다.

독일 계몽주의와 낭만주의 운동, 피히테의 사상, 루소의 제2의 탄생 등도 선생이 교회와 학교의 강의에서 다루는 주제들이었다. 모두 알아듣지는 못해도 지적인 자극을 주기에 충분했다.

정등룡 목사는 전남고 3학년 때 선생에게 배웠다. 그는 스스로 전남고 6회 수제자라고 자부한다. 선생의 가르침은 정등룡에게 세계로 진출하려는 꿈을 꾸게 했다. 그는 해양대학에 가려고 했으나, 부모가 반대했고 선생에게 상의드려 전남대 농대 임학과에 진학했다. 대학은 실망스러웠다. 첫 중간고사 이후 선생을 찾아뵙고 고민을 이야기했다.

"그랬더니 선생님이 느닷없이 담배를 권하는 거예요. 그때 선생님이 제가 비로소 어른이 됐다고 여기시고 담배를 주신 것 같아요. 선생님이 네가 이제 세상에 눈을 뜨기 시작했다. 이제는 세상이 어떤 곳인지 직시(直視)하고 네 인생을 스스로 개척해야 된다고 말씀하셨죠."

정등룡은 대학 입학 후 얼마 되지 않아 동기들보다 4년이나 늦게 늦깎이로 대학에 온 최철(광주일고)을 만났고, 그 또한 김용근 선생의 제자임을 알게 되었다. 최철은 민청학련 사건으로 석방된 후였고, 정등룡은 최철을 통해서 운동권에 본격적으로 참여하여 부활절 연합예배 사건으로 1977년에 제적당했다. 유신독재가 정점으로 치닫는 당시 그는 유신독재 반대운동에 기독교인들의 적극적인 참여가 필요하다고 보았다.

그는 선생이 다녔던 기장 광주무돌교회에 다니고 있었다. 그는 광주 지역 교회 10여 곳에 유신독재 철폐를 주장하는 유인물을 뿌렸고 이후 전북대 학생 최인규(기장 목사 역임)에게 자신이 작성한 문건을 전달했다. 전북대 시위는 성공했으나, 그는 대통령 긴급조치 9호 위반으로 현상 수배자가 되었다. 그는 한신대, 서울대, 부산대를 연거푸 방문하여 유신철폐 시위를 기도했다. 그의 이런 활동은 한국기독학생총연맹(KSCF) 조직을 타고 이뤄졌다. 결국 그는 입대 후 군대에서 체포되어 징역 2년을 선고받았다. 그의 군입대와 체포, 재판 과정은 드라마틱했다. 정등룡은

1980년 '서울의 봄' 시절 복적했다가 5·18민중항쟁으로 다시 제적되었고, 기장 선교교육원에서 신학 공부를 했다. 산업선교 실무자 교육을 이수한 후 노동운동에 참여했고 무등교회 담임 전도사로 부임했다.

"군 감옥에서 석방되어 선생님을 찾아뵀을 때 선생님이 해맑게 웃으시다 눈시울을 적시면서 "고맙다. 수고했다" 그러셨어요. 선생님은 굉장히 눈물이 많았어요. 놀랐어요. 선생님은 저의 수배와 옥살이 과정을 어느 정도 알고 계셨어요. 제가 수배되면서 정보기관원이 전남고등학교를 찾아갔던 거죠. 제가 무등교회 목사로 있을 때 선생님은 장로로 전남노회에 오시니까 뵀죠. 선생님께서 귀향하여 농민들, 노인대학 참여자들과 같이 사는 게 행복하다고 말씀하신 기억이 나요."

김용근 선생의 강의는 공부를 잘하건 못하건 그리고 학교생활에 관심이 있건 없건 학생 모두에게 최고의 인기였다. 심지어 몰래 학교 밖으로 빠져나간 학생들마저도 선생의 시간에는 교실에 들어와 수업을 들은 후 다시 나갈 정도였다. 공부 잘하는 모범생이나 이른바 '문제아'라고 낙인찍힌 학생들도 선생으로부터 큰 영향과 감화를 받았다.

노일경 목사는 이 시기 전남고에 다녔다.

"내 일생에 큰 스승으로 법정 스님과 문익환 목사, 김용근 선생을 꼽을 수 있습니다. 법정 스님이 "종교는 친절해야 한다"고 하셨는데, 뵐 때마다 참으로 정갈하다는 느낌을 많이 받았어요. 문익환 목사님이 김일성 주석을 껴안는 그 장면이 나한테는 굉장히 충격적이었어요. 그 장면을 보며 '저것이 예수지, 저것이 예수다' 하고 느꼈어요. 일부는 문 목사님을 빨갱이라

하는데, 우리 같은 평범한 사람들에게 북을 포용하는 것이 옳음을 알게 한 어른이었다고 생각해요. 김용근 선생님도 그런 어른 중에 한 분이 아니었을까 싶습니다. 지역에 계시는 진정한 별이었다, 그런 생각이 들어요.

고1 때 내 생활기록부에는 '지도 불능'이라 쓰여 있었는데, 김용근 선생님이 내게 약이었어요. 학교에 나가지 않은 날이 많았지만, 국사 수업이 있는 날이면 선생의 수업을 듣고자 학교에 갔고, 국사 시험 만점을 맞기도 했어요.
김용근 선생님은 내가 평생 살면서 만나본 여러 스승들 중에서 굉장히 독특하고 호소력 있는 사람으로 삶의 시향, 의미를 느끼게 해 주신 분입니다. 당시 반공이데올로기와 고정관념의 틀에 갇혀 있는 세상에서 그것을 벗어나 버린 굉장히 독특하신 분으로 기억합니다. 당시에는 '때려잡자 김일성' 이런 구호가 널려 있었고 교육도 그런 반공주의 교육이 주를 이뤘는데, 선생님은 그런 역사관과는 아무 상관 없이 민족, 민주를 가르치신 분이었습니다.

저는 전남고에서 '불량학생'이라는 딱지가 붙어 있었습니다만, 그분에게는 이런 '딱지 붙이기'가 의미가 없었습니다. 선생님은 품이 넓은, 통이 아주 크신 분이었습니다. 학생들의 입장을 들어 주는 분이었고, 그때 그런 선생님이 참 귀했어요. 무조건 맹종을 요구하거나 억압하지 않는, 열려있는 분이었습니다.
그분이 학생과장을 맡았을 때, 학생들이 화장실에서 담배를 피우는데, "차라리 옥상에 가서 피어라. 젊은 놈들이 당당하게 옥상에 가서 피우던지, 아예 피우지를 말던지." 그러셨는데, 스승은 마땅히 그래야 하지 않을까 싶습니다.

내가 극단적으로 방황하던 청소년기에 내 삶의 통로가 되어준 분이고, 내 삶을 틔워준 분입니다.
제가 소풍 갔다 오다가 다른 학교 학생들과 싸워서 경찰서에 가게 되었는

데, 선생님이 경찰서에 오셔서 조서를 쭉 보시더니 경찰관들에게

"무슨 이런 정도 일로 그러시냐"

고 하시더니,

"내가 알아서 처리하겠습니다."

그러시면서 경찰이 작성한 내 조서를 주우욱 찢어버리셨어요. 경찰관이 당황하더군요. 경찰관 앞에서 쉽지 않은 일이죠. 경찰서에서 저를 데리고 나오시면서

"너는 걱정 말고 공부나 열심히 해라."

그러셨어요.

선생님은 제게 아직도 말의 울림이 남아있는 분입니다. 제가 불량학생이었기 때문에 더 와 닿았죠. 학생과장으로 때로 아주 파격적으로, 거침없으면서도 자기 일에 성실하고 학생에게는 아주 부드럽고 섬세하신 분, 그런 어른이었습니다. 당연히 그런 분은 기존 체제와는 불협화(不協和)했겠지요.

저는 3학년 때 출석 일수 부족으로 퇴학을 당하고, 나중에 한신대학 신학과에 들어가서 공부를 아주 열심히 했는데, 대학에서 역사를 공부할 때 항상 선생님의 가르침을 생각하고 그 맥에 닿으려고 노력했어요."(노일경)

노일경 목사의 이 회고는 훌륭한 스승이 우리 인생에서 어떤 존재인지를 놀랍게 묘사하고 있다.

"내가 전주고를 다니던 1950년대 중반에는 전쟁이 중단된지 얼마되지 않았던 때문인지 명문이라던 전주고등학교에도 서로 다투며 힘과 주먹으로 주도권을 잡으려는 클럽들이 있어 가끔은 싸우기도 하고 사고를 내서 선생님들 골치를 아프게 했다. 아버지께선 그 가운데 가장 악명 높았던 클럽 '피아골'을 스스로 맡으셨다. 어떤 경우에도 학생편이셨던 당신은, 대부분의 선생님들이 마음속으로 포기했던 그들을 맡아서 그 특유의 지도방

법으로 아무 사고없이 한 사람의 탈락자도 없이 모두 졸업을 시키곤 하셨다."(장남 김창중)

김용근의 아카데미아에는 차별이 없었다. 모범생과 문제학생을 구별하지 않고 모두에게 열린 배움의 공동체였다. 그것은 선생의 가난한 셋방, 교회, 경찰서 등 어디에서나 실현되었으며 단지 교과서 안의 지식이나 학생의 본분 같은 고리타분한 규범 따위로 국한되지 않았다.

민청학련, 인혁당 재건위 조작 살인, 동아투위

1974년 독재자 박정희는 긴급조치를 발표했다. 긴급조치는 1972년 유신헌법 53조가 규정한, 대통령 특별조치로 9호까지 공포되었다. 박정희는 1월 8일, 긴급조치 1호로 유신헌법에 대한 비판과 개헌 논의를 금지시키고, 긴급조치 2호로 비상군법회의 설치를 선포했다. 유신반대 세력을 뿌리 뽑고자 했다. 박정희의 유신헌법은 역대 헌법 가운데 대통령에게 가장 강력한 권한을 부여했는데, 긴급조치로 헌법을 비판하거나 개정을 주장하는 것까지 불법으로 규정한 것이다.

이에 맞서 1974년 4월 3일 전국민주청년학생총연맹(민청학련) 주도로 서울대·이대·성균관대 등에서 반정부 시위가 전개되었다. 이에 박정희 정권은 '대통령 긴급조치 제4호'를 선포하여 민청학련을 불법으로 규정하고, 이를 위반하면 영장 없이 체포·구속·압수·수색하여 비상군법회의에 회부한다고 발표했다. 그럼에도 불구하고 유신체제 반대 운동은 전국으로 확산되었다.

이때 광랑 회원들 가운데 민청학련 사건 관련자로 투옥된 사람은 정찬용(서울대) 윤옥식(외대) 최철(전남대) 정재현(서울대) 이훈우(전남대) 권오걸(서울대) 등이 있다. 또 양태열(서울대)은 오랫동안 도피생활을 해야했다.(최철, 광랑 192면) 이들 대다수는 김용근의 제자였다.

1974년 4월 25일 중앙정보부는 '인민혁명당(인혁당) 재건위원회 사건'을 조작, 발표했다. 1975년 4월 8일 대법원은 도예종 서도원 하재완 이수병 김용원 송상진 우홍선 여정남에게 사형을 확정하였고, 15시간 뒤인 4월 9일 사형을 집행해 버렸다. 경악할 만행이었다. 세계 최대 인권단체 국제앰네스티는 4월 10일 인혁당 사건 관련자 8명의 사형 집행에 항의하는 성명을 발표하였다. 국제법학자회(International Commission of Jurists)는 8명에 대한 사형 집행은 '사법 살인'이라고 천명하였으며, 4월 9일을 '사법 암흑의 날'로 선포했다. 진실·화해를 위한 과거사정리위원회는 2007년 12월 18일 이 사건을 조작으로 규정하고, 희생자들에 대한 명예회복과 국가 배상 결정을 내렸다. 대법원은 2012년 재심에서 인혁당 재건위 사건 관련자들에게 무죄를 선고했다. 1975년 독재자 박정희와 그에 놀아난 대법원 판사들이 무고한 8명의 목숨을 빼앗고, 가족에게 천추의 한을 안겨주었으며, 온 국민에게 공포를 심어준지 무려 37년이 지난 후에야!

1974년 10월 24일 동아일보 기자들이 '자유언론실천선언'을 발표했고 곧 한국기자협회도 지지를 선언했다. 이어 국제기자연맹이 격려 메시지를 보내는 등 한국 자유언론운동에 나라 안팎의 관심이 쏠렸다. 박정희 정권은 자유언론운동의 가장 강력한 진원지인 동아일보 기자들의 숨통을 조이려고 기도했다. 정권의 압력으로 광고주가 광고를 무더기로 해약했고, 그 결과 동아일보는 광고 지면을 백지로 내보내거나 아예 전 지면을 기사로 채워야 했다. 동아일보 계열사인 동아방송도 이듬해 1월 11일 보도와 프로그램 광고가 무더기로 해약되어 프로그램이 폐지되고, 방송 시간마저 단축되는 등 심각한 타격을 입었다. 동아일보 백지광고 사태는 무려 7개월간 이어져, 동아일보와 동아방송에 심각한 경영난을 가져왔다. 결국 동아일보 경영진이 당시 박정희 군사독재에 비판적인 기자들을 대량 해고함으로써, 사태가 종결되었다. 당시 해고당한 언론인들은 동아자유언론수호투쟁위원회(동아투위)를 결성하여 민주화운동에 나섰다.

광랑의 정상용과 이양현은 군복무를 마친 75년 이후에 선배인 고(故) 윤한봉(1948~2007)과 함께 의견을 모았다. 박정희 군부독재를 타도하기 위해서는 학생운동만으로는 부족하다, 박정희를 제거하는 것 외에 다른 희망이 없다고 결론을 내렸다. 그들은 이 시기에 비밀리에 무장투쟁을 준비했으나, 최종 단계에서 실행하지는 않았다.

유신 시대의 문제 교사

긴박한 정세에서 김용근 선생과 문병란 시인을 통해 각성한 전남고 학생들은 1974년 학급별로 모금하여 동아일보 기자들의 투쟁을 응원하는 광고를 게재했다. 전남고 학생들은 1974년부터 이른바 '학풍진작운동'

을 1년여 줄기차게 펼쳤다. 당시 일부 교사들은 불성실과 도덕적 해이, 패거리 문화로 학생들로부터 큰 불신을 받았다.

1975년 4월 전남고 학생들은 유신반대 시위를 감행했다.[79] 1학년을 제외한 2학년과 3학년 학생 전원이 운동장에서 유신독재 반대 구호를 외쳤다. 경찰기동대가 학교를 둘러싸고 교문 밖으로 진출하지 못하도록 제지했다. 당시 3학년 반장으로 시위를 주도한 황일봉은 광주서부경찰서에 연행되어 조사를 받았고 5월 10일자로 제적당했다. 이외에도 반장을 맡았던 윤홍근 등 6~7명의 학생들도 연행, 조사를 받았다. 이 시위로 퇴학을 당했거나 또는 자퇴해야 했던 전남고 학생은 황일봉 윤홍근 정찬국 고영현 정철 강철성 최선호 주정필 등이다.

강요한 교장은 학생들을 보호하고자 했지만, 지역 내에서 시위의 확산을 경계한 경찰과 재단의 압력을 이겨낼 수 없었다. 또 학생들의 학풍진작운동이 불편했거나 그 대상이 되었던 일부 교사들은 학생 시위가 유신반대로 발전하여 경찰이 개입된 상황을 오히려 반긴 사람도 있었다. 황일봉 윤홍근 정철을 포함하여 이 사건으로 퇴학당한 사람 대부분은 김대중 집권 당시 명예졸업장을 받았다.(윤홍근)

전남고 학생들의 유신 반대 시위 소식은 광주일고 학생들에게도 알려졌다. 전남고 학생들과 광주일고 학생들이 황승우 선생의 영어 과외를 함께 받았으므로 이를 통해서 두 학교의 소식을 서로 주고받았다. 당시에는 현직 교사의 과외가 불법이 아니었다. 광주일고 학생들도 유신 반대 시위를 벌여서 여러 학생들이 퇴학당했다. 광주일고 시위 사건으로

황광우(황지우 시인 동생), 박석면(박석무 전 국회의원 동생), 이재직 등이 퇴학당했다. 황일봉 박석면 이재직은 검정고시를 통해 고교 졸업 자격을 취득했고 전남대학에 응시했지만 면접에서 탈락하여 진학할 수 없었다. 이들은 박정희가 피살되고 유신정권이 몰락한 이후에야 대학에 진학할 수 있었다.

엄혹한 유신독재 하 고교생 시위는 전국적으로도 매우 드문 일이었다. 정보당국이 전남고 학생 시위의 배후로 지목한 두 교사는 결국 퇴직했다. 문병란 시인은 1975년 3월 스스로 그만두었고, 김용근 선생도 5월 사직해야 했다.

당시 전남고 2학년이었던 임형칠은 국사 수업 중 교장실에서 기다리던 정보기관원을 만난 후 선생이 다시 수업에 들어오지 않은 상황을 기억했다.[80]

"75년 5월 둘째 주 오전 국사 수업이었다. 교실 앞 미닫이문이 살짝 열렸다. 사환이었다. "교장실에서 오시랍니다." 말소리가 들렸다. 강의를 하시던 김용근 선생님이 "무슨 일이야." 하시더니 분필을 든 채 교실 밖으로 나가셨다. 선생은 다시 교실에 돌아오지 않았다.
쉬는 시간에 교장실 유리창으로 보니 소파에 강요한 교장과 김용근 선생님, 정보경찰과 중앙정보부 요원이 함께 앉아 있었다."(임형칠)

전남고에서의 마지막 수업이었다.

선생이 전남고에서 사직하기 전 학생과장을 맡았지만, 그는 사실 학생들의 시위를 적극적으로 막지 않았다. 아니 막는 시늉을 하면서 오히려

고무했다. 어떤 사람들은 선생을 선동가라 비난했다. 실제로 문병란 시인과 함께 전남고 학생들의 유신반대 시위 책임을 지고 그만두게 되었을 때, 일부의 교사들이 유사한 비난을 했다. 하지만 선생의 교육은 무책임한 선동이 아닌 주체화, 의식화를 촉구하는 진실한 담화였다.

파레시아스트 김용근은 분명히 문제 교사였다. 그는 일반적인 교사상으로 해석될 수 없는 인물, 단순히 학교라는 제도교육의 틀 속에 있는 교사가 아니었다. 80년대 전두환 정권이 전교조 교사를 찾아내기 위해서 '학생들에게 지나치게 열성을 기울이는 교사'를 기준으로 제시한 적이 있었다. 선생이 바로 그 경우에 해당했다. 그는 늘 학생들로 하여금 문제의식을 지니도록 촉구하고 선동했다. 제도교육 안에서 인정받거나 순응을 추구하는 사람들의 입장에서 본다면 그는 명백하게 문제 교사, 문제를 제기하는 사람이었다.

김용근 선생과 문병란 시인

1973년 선생이 전남고에 부임하기 전, 문병란 시인(1935~2015)도 1971년부터 전남고에서 가르치고 있었다. 문 시인은 일고를 떠나 조선대 교수로 재직 중 박철웅 1인 지배하의 조대 교수 생활에 환멸을 느껴 교수직을 접었다. 전남고에서 두 사람의 교무실 책상도 붙어 있었다. 18년의 나이 차였으니 거의 부자지간 같았지만 두 사람은 동지이자 친구처럼 교분을 나누었다.[81]

"문병란! 제가 일고에 있을 때 처음으로 만난 젊은 사람이었습니다. 처음 볼 때 굉장히 기분이 안 좋은 사람이에요. 왜냐하면 지금 둘을 나란히 세워 놓고 보십시오. 제 별명은 소도둑놈이거든요. 그런데 저 친구는 지나치게 미남이에요.

(…)

저 친구를 나중에 또 어디서 만났느냐면 전남고에서 만났습니다. ....

하필 책상이 저와 나란히 붙어 있어요. 같은 해에 똑같이 부임했거든요.

(…)

시인 문병란하고 어언 15년 쯤 가까이 살아옵니다. 항상 봐도 부럽고, 아 깝고, 장하고 그렇게 여겨왔습니다. 왜? 네가 인자 제대로 되어 가는구나 생각했으니까요.

눈먼 자의 친구, 중풍병자의 친구, 귀머거리의 친구, 우는 자, 배고픈 자, 불효 자식, 버림받은 여인, 세리(稅吏), 가난한 어부, 그 민족을 끌고 골고 다까지 십자가를 지고 가던 분은 예수입니다.

네가 예수를 닮아가는구나!

(…)

자기 십자가를 지고 골고다를 향해서 가는 사나이 문병란!"

(…)

-김용근, 1984, 문병란 시집 『동소산의 머슴새』 축사 일부

문병란 시집 『동소산의 머슴새』는 〈일월서각〉에서 출판되었고, 출판기 념회를 가질 때는 1984년 6월 초였다. 1985년 5월에 선생이 별세했으 니 딱 1년 전 말씀이다. 선생은 이때 논에서 못자리를 만들다 광주에 왔 다고 말했다.

1975년 전남고를 떠날 때 두 분이 학생들의 시위 배후로 정보기관의 의심을 받으면서 김용근 선생은 문 시인이 너무 두려워한다고 생각했다. 김용근 선생이야 일제강점기 어린 시절에 이미 고문도 받았고 감옥에도

간혔으나 문병란 시인은 그런 경험이 없었다. 하지만 선생은 문 시인으로부터 『동소산의 머슴새』 출판기념회 축사를 요청받았을 때 흔쾌히 응했고 따뜻하고 마음 깊이 우러나온 찬사를 했다.

문병란 시인은 선생을 '생애를 통해 관류(貫流)하는 제2의 은사(恩師)'(문집 서문)이자 '우리 생애에서 가장 잊을 수 없는 한 분의 스승'으로 칭한다. '장형(長兄)별이 훨씬 넘는 터로 연령의 간격이 있으나 친구 이상의 친구, 동지 이상의 동지'라고 두 사람 사이의 인연을 고백한다.

문 시인은 선생이 '탁월한 백성론' '70년대와 80년대를 관류한 민중사상을 사자후로 가슴에 심어주었'고, 7~80년대 자신의 민중시, 민족시는 선생의 백성론에 기저했다고 한다. 문 시인이 전남고 시절 발표한 「땅의 연가(戀歌)」, 「고무신」 등의 시는 김용근 선생이 먼저 감상 비평했고 공감과 격려를 했다. 문병란이 시 「고무신」에서 "뻘밭 속에 거꾸로 처박힌 구멍 뚫린 고무신 밑바닥에서 이 땅의 한 많은 민중의 모습을 보았다"고 하자, "이제야 병란이 시에서 민중이 보인다"고 환호했다고 한다.

문병란 시인은 김용근 선생 추모사에서 두 사람의 인연과 주고받은 영향을 묘사한다.

"유달리 큰 체구, 부리부리한 사자눈, 까만 반깜둥이의 강인한 모습, 어느 것 하나 서민적이지 않은 것이 없고, 유달리 큰 함성은 지금도 우리 귀에 쟁쟁히 울려옵니다. 쩌렁쩌렁한 음성, 서글서글하고 인자하신 그 모습, 너무도 아쉬워…
저희들이 가르친 제자들이 퇴학도 잘 당하고 감옥에도 잘 가게 되어 애들만 보낸다는 말을 안 듣고자 더러는 감옥에서도 사제동행한 경험을 가진 우리는 유신정권과 80년 이후 더욱 괴로운 인연의 줄을 가지게 된 처지입니다.

홍곡(鴻鵠)의 마음을 연작(燕雀)의 무리가 모른다 하였습니다. 옥이 흙에 묻혀 있으면 옥인 줄 모른다 하였습니다. 때로는 그 뜻이 너무 크고 진보적이어서 참새 떼에게 질시의 대상이 되기도 하였고, 그 폭넓은 이념이 현행 제도를 넘어 버린 경우도 많았으나 미래지향적 그의 민족사관과 교육관은 그리스도의 실천적 박애정신과 결합하면서 이 고향 땅에 와서 마지막 정열을 농민에게 쏟으셨고 흙과 대화하는 참삶을 보내셨습니다.

유달리 건강에 자부심이 강하신 분이라 얼마 전(1983년)에도 (한국기독교장로회 전남)노회가 끝나고 가투를 벌일 때 맨 앞장서 피켓을 들고 행진하다 최루탄 세례를 맞았다고 의기양양하시던 모습이 떠오릅니다.

우리는 그분의 생애에서 한 고난에 찬 스승의 길을 봅니다. 교과서나 참고서가 아닌 행동으로서 보여주신 대지의 큰 가르침을 봅니다.

(…)

저와는 유독 인연이 깊어서 광주제일고, 전남고 두 학교에서 동료로 재직했습니다. 17세 이상이나 연상인 어르신이라 동료라기 보다는 차라리 사제지간이나 어버이 같았습니다. 세상을 논하고 민족을 걱정하고 역사성이 있는 시를 쓰라는 가르침도 주고 정말 저에게는 가장 가까운 이념의 동반자였습니다. 또 같이 봉직한 학교마다 교육의 새바람이니 민족주의 붐이니 하는 정신적 르네상스를 일으켜 한때 보수적 교사들로부터 학생들에게 학교의 주인은 너희다, 라고 유혹하여 선악과를 따 먹게 하는 사탄으로 지탄을 받기도 했던 기구한 인연을 가지고 있습니다."(문병란, 문집, 361~362)

전남고 재직 시절 김용근, 문병란 두 교사는 시험 감독을 하지 않았다. 두 사람이 감독하는 시간에 학생들은 다른 학생의 답안지를 아주 쉽게 훔쳐볼 수 있었다. 김 선생은 대범했고 문 시인은 순수했다.

오정묵이 전하는 일화는 두 선생의 관계를 잘 보여준다.

"어느 날은 문병란 선생님이 담당하는 국어 시간이 끝나면 바로 역사 시간이었어요.문병란 선생님 강의가 끝나가고 있었어요.그런데 김용근 선생님은 10분 전쯤에 오셔서 교실 앞 출입문 쪽에서 우리와 함께 문병란 선생의 강의 말미를 듣고 계시는 거예요.강의가 끝나고 문 선생님이 나가면서 김용근 선생님과 마주칠 거 아닙니까? 그때 아들과 아버지 간에 나눌 수 있는 분위기의 대화를 나누시는 거예요.
"내가 쭉 들었는데 너 강의 잘했다. 아주~ 강의 내용이 좋다."이렇게 반말로 김 선생님이 이야기를 하시고, 그렇게 스승이 제자를 대하듯 혹은 아버지가 아들을 대하듯 그렇게 말씀을 나누시는 거예요.
그러니까 문병란 선생이 "그러면 나 한 번 안아줘." 그런 거예요.그러자 학생들이 다 보는 앞에서 "그래, 그래 우리 병란이" 하고, 허리를 불끈 들어서 안아주시는 거예요.
문병란 선생님을 보내고 나서 당신이 이제 교단에 서시는 거예요. 그러면서 간략하게 그전에 있었던 국어 시간 말미의 그 수업 내용을 평가해 주시는 거예요."방금 너희들 아주 좋은 강의를 들었다. 너희들이 행복하다." 이렇게 치하를 하시니까 듣는 우리가 얼마나 기분이 좋아져요. 이게 아주 그냥 행복 바이러스가 솟구치는 거죠."(오정묵)

김용근의 삶에서 낚시

제자들은 선생이 언제부터 낚시를 좋아했고 잘했는지 궁금해 했다. 김희택(광주일고 제자)은 고 김양래(전남고 제자)에게 1991년 5월 17일 보낸 편지에서 선생의 낚시 취미를 언급하며 말한다. 김희택은 노태우 집권 시기 전국민족민주운동연합 사무처장을 맡아 일하던 중 범민족대회 개최와 관련하여 서울구치소에 수감 중이었다.

> "괄괄하신 그 성미에 쭈그리고 앉아 …(생략) … 입질 없는 무료한 시간을 어떻게 명상에 빠지면서 묵묵히 견뎌낼 수 있으셨을까."

선생님이 왜 그처럼 낚시를 즐기셨을까? 그날도 그런 걸 직접 묻고 하진 않았어. 그런데 지금 생각해 보면 선생님의 내면에 깊은 고독, 이런 걸 가지고 계셨던 게 아닐까? 일제하에서 독립운동에 가담하셨던 일, 8·15 이후 현대사의 전개 과정, 교직에서 젊은 학생들과의 삶, 이 모든 것들이 시들하고 번거롭게 느껴지실 때 홀연히 낚시가방을 들고 나서시던 그 모습에서 나는 그분의 홀로서는 풍모를 느낀다네. 기억하기로 선생님은 혼자서 낚시를 즐기셨고 주로 밤낚시를 즐기셨던 것으로 알고 있지. 아마도 종종 동행하여 결국 심한 낚시꾼이 된 주영이 형은 선생님의 낚시를 잘 알고 계실 걸세.[82]

선생의 장남 창중에 따르면, 할아버지 김준수 옹이 낚시를 아주 잘했다. 2박 3일로 낚시를 떠난 적도 있고 장줄 낚시를 했는데, 웬만큼 큰 붕어 등은 모두 돼지에게 먹였고 잉어만 고아서 식구들과 함께 먹었다. 선생의 낚시 실력은 어린 시절 부친 김준수 옹으로부터 이어진 것 같다. 창중은 선생이 전주고 교사 시절부터 낚시를 즐겼다고 한다. 그런데 창중과 필자는 선생이 평양 숭실중이나 연전 재학 시절, 또 해방 직후 연희대학 시절에 낚시를 했을 리는 없다고 확신했다. 해방과 분단, 그리고 친일파 득세와 군사독재라는 어둠의 역사가 선생을 낚시터로 불러낸 것이다.

선생은 광주고와 전남고 시절에도 낚시를 자주 다녔다. 그는 평소 사람들을 많이 만나지 않고 꼭 만나야 할 사람만 만났다. 선생은 수업하고 농구 가르치고 토요일 일과가 끝나면 어김없이 낚시 도구를 챙겨서 떠났다.

필자는 선생이 직접 당신 손으로 낚시 도구를 만드는 모습을 몇 차례 보았다. 낚싯줄과 낚싯바늘은 낚시점에서 구입했으나, 그 밖의 낚시 도구는 선생이 직접 만들었다. 시계가게에서 버리려고 모아놓은 태엽과 금속 방울은 훌륭한 낚시 도구가 되었다. 태엽은 적당한 길이로 잘라 끝에는 방울을 매달았다. 그리고 낚시터 부근에서 떠온 진흙 속에 방울이 매달린 태엽을 박아 놓고 거기에 낚싯줄을 연결한다. 물고기가 미끼를 건드리면 방울이 딸랑거렸다. 겉으로는 도무지 낚시 도구로 보기 어려울 만큼 형편없었다. 하지만 어떤 전문 낚시꾼도 선생의 낚시 실력을 따라올 수 없었다.

선생은 대개 오후 4~5시에 저수지 낚시터에 도착했다. 자리를 잡고 미리 준비한 깻묵 등을 찰진 흙과 섞은 밑밥을 준비한다. 그리고 저수지에 어둠이 덮이기 전에 멀리 던진다. 그 거리는 몇 십 미터 정도. 던질 때 정확히 거리와 방향을 가늠한다. 방향은 낚시터 건너편 산의 윤곽으로, 거리는 장줄 낚싯줄의 길이로 잰다. 그리고 나서 저녁 도시락을 먹고 쉰다. 완전히 어둠이 깔렸을 때 미리 가늠한 거리와 방향에 맞게 미끼가 포함된 낚싯바늘을 던진다. 농구로 단련된 선생은 손목 스냅 감각이 뛰어났기 때문에 미끼는 몇십 미터를 정확히 날아갔다. 낚시터 주변에서 불빛은 최소화한다. 소리도 절대 크게 내지 않는다. 심야 라디오는 음악 채널을 찾아 조그맣게 틀어 놓아야 한다. 불빛과 소리는 고기의 접근을 방해하기 때문이다.

선생은 대개 5~6개의 줄을 쳐 놓았다가 그 가운데 고기가 잘 무는 2개를 제외하곤 모두 거두어들였다. 하지만 동일 틀 때까지 단 2개의 장줄에서는 끊임없이 고기가 건드리는 방울 소리가 딸랑거렸다. 간혹 부근에 낚시꾼이 밤중에 다가와 선생의 낚시 장비와 잡은 고기를 보면 깜짝 놀란다. 낚시 장비는 도대체 말이 안 될 만큼 형편없는데다 어둠 속에서 불빛도 거의 밝히지 않고 가만히 앉아 있었던 것 같은데 광주리엔 물고기가 가득 들이있있기 내문이다. 붕어는 웬만큼 크지 않으면 대개 다시 풀어주었고 팔뚝만 한 잉어 몇 마리를 잡아 숙소에 가져와 선수들에게 "야 준비해!" 했다. 잡은 고기가 너무 무거워 들고 오려면 낑낑거릴 정도였다. 낚시에 얽힌 재미있는 이야기가 있다.

군입대하려고 선생님께 인사를 드리러 갔어요. 친구들과 같이. 마침 주말이라 선생님이 낚시를 가자고 하셨어요. 짐 챙겨서 강진 낚시터로 떠났죠. 근데 그날따라 영 신통찮은 거에요. 하룻밤 자고 다음 날 오후 2~3시 무렵에 다 모이라고 부르셔서 갔더니, 선생님이 회심의 미소를 지으시면서 장줄을 당기셨는데 은빛 붕어가 아니라 시커먼 메기가 올라왔어요. 선생님은 큰 실망을 하시고 우리는 깜짝 놀랐어요. 메기를 망에 넣어 어깨에 짊어지고 광주로 가져와서 식당에 부탁해 매운탕을 끓여 먹었는데 정말 맛있었어요. 어른 팔뚝보다 큰 70~80센치 정도 되는 대형 메기로 식당 다라이에 안 들어갈 정도로 컸어요. 군입대 전에 친구들하고 포식하고 아주 즐거운 추억으로 남았죠.(김희택)

광주고 출신 제자인 고 이주영도 선생에게 낚시를 배웠는데, 김희택의 묘사에 의하면 '몹시 심한' 낚시꾼이 되었다.

밤 중, 또는 물안개가 덮인 새벽 낚시터에서 선생은 필자에게 낚시와 인생을 비유했다. 먼저 물고기의 성향을 잘 알아야 하고, 그에 따라야 낚시꾼이 고기를 낚을 수 있다는 것이다. 강태공(姜太公, 기원전 1211년~1072년)의 고사를 자주 말씀했다. 강태공은 춘추전국시대 제(齊)나라의 창시자이며, 주역(周易)의 확립자로 알려져 있다. 그는 중국 최고(最古)의 병법서인 육도삼략(六韜三略)의 저자다. 손자병법도 육도삼략에 기초한다. 선생이 전남고 교사 시절 육도삼략의 해제를 한 잡지에 연재했는데 폐간되어 찾지 못했다.

언젠가 선생은 필자에게 "저 저수지 물속으로 들어가 버리고 싶었던 적이 있었다."는 충격적인 고백을 담담하게 한 적이 있다. 낚시터에서 밤을 새우던 어느 날 새벽이었다. 어린 나는 그 때 비로소 스승의 절망이 얼마나 깊은지 조금 실감했을 뿐이다.

선생은 컴컴한 저수지 물이 아니라, 시대의 어둠과 대면하고 있었는지도 모르겠다. 암울한 시대의 절망을 극복하려는 선생의 의지는 교육적 열정과 스포츠에 대한 몰입으로 나타났다. 선생의 삶과 교육은 그 어둠을 부정하는 과정에서 만들어진 것이었다.

제10장

민중이 예수가 되어야 한다

귀향

　귀향한 선생은 전력을 다해 자갈밭을 논으로 개간하며 농사를 지었다. 그렇게 만든 논에서 생산한 쌀을 매년 가을 별세하기 전까지 여러 제자들에게 보냈다. 선생은 또 강진문화원에서 주관하는 강진군지 집필에도 참여했다. 군지 집필 관련 사료를 찾아보기 위해 상경하여 장남인 창중의 아파트에 며칠씩 머무르기도 했다. 선생은 또 강진읍에서 신협 전무로 일하면서 민주화운동과 지역운동에 열심인 김영진과 지역의 역사 연구 모임, 지역 청년·학생들을 대상으로 한 강의와 강연에 열심히 참여했다. 김영진은 농수산부장관과 국회의원을 역임했다.

　김영진 전 장관은 선생을 '큰 스승', '신앙의 선배', 자신을 '끊임없이 일깨워 주신 동지'로 회고한다. 그는 청년기에 선생을 처음 만났다. 그가 기독청년운동과 인권운동으로 활동한 일 때문에 80년 7월 직장인 농협에서 해직된 직후였다. 어처구니없게도 농협에서 해직된 이유는 '시국관

결여자'. 당시 농협은 농민과 전혀 무관한 독재권력이 지배하는 단체였다. 선생은 다산의 유배를 들어서 그를 위로했다. 18년의 유배라는 아픔이 있었기에 다산이 뛰어난 학자이자 사상가, 시인으로 오늘날 살아있다는 것이었다. 선생의 이 말씀은 김영진에게 큰 격려가 되었고 깨달음을 주었다.

김영진은 80년대 초 강진에서 '모란촌 문인동인회'의 총무를 맡아 선생과 함께 활동했다. 모란촌동인회는 당시 강진에서 깊이 뿌리내려서 문공부 등록 단체로서 지원금까지 받고 있는 단체였다. 83년 전두환 정권이 외국소와 쇠고기를 과다 수입하여 소파동이 크게 일었고 농가에 경제적으로 큰 타격을 입혔다. 이때 또 KBS TV의 편파보도가 큰 문제로 대두했다. KBS는 소파동을 보도하며 농민의 입장을 완전히 외면하고 왜곡보도를 일삼았을 뿐 아니라 전두환의 행적을 찬양했다. 김영진은 당시 KBS 시청료 거부 운동을 제안하는 내용의 원고를 모란촌 동인회지에 투고했는데 회장을 포함한 일부 회원들이 게재를 반대했다. 김영진은 총무직을 사퇴하고 이 동인회를 탈퇴했다. 선생도 함께 탈퇴했고 김영진의 입장을 한결같이 지지했다. 김영진은 선생의 지지와 격려에 힘입어 기장 강진읍교회를 시작하여 기장 전남노회, 그리고 나아가 한국기독교 교회협의회(KNCC) 등 전국적으로 KBS 시청료 거부 운동이 확산되는데 중요한 기여를 하게 되었다. 기장 강진읍교회는 70년대와 80년대에 민주화운동에 크게 기여했고 지금도 강진뿐 아니라 전남 지역사회에서 중요한 역할을 하는 큰 교회이다. 선생은 강진읍교회를 비롯한 다양한 프로그램에서 강사로 여러 번 초청 받았다.

제자들이 마련한 회갑연

선생이 전남고에서 퇴직하여 정신적으로나 경제적으로 매우 힘들었던 시기에 광주일고 광랑의 제자인 박영규, 정상용, 이양현 등이 선생의 회갑을 기념하는 행사를 기획했다. 총괄 실무는 이들의 후배인 정용화가 맡았다. 당시 정용화는 광주지역 민주화운동에서 핵심 일꾼으로 역할하고 있었다. 1977년 광주YWCA에서 조촐한 회갑 기념행사가 개최되었다. 선생의 연전 동기인 홍천표 장로, 문병란 시인과 주로 광주일고 출신 제자들이 모인 지리였다. 필사는 당시 군복무 중이었는데 나중에 선생이 이 기념식을 매우 뜻깊고 고맙게 회고하는 것을 들었다.

이때 고(故) 박형규(1923~2016) 목사가 그 자리에 참석하여 감동적인 축사를 했다. 박 목사는 "광주 출신 학생들이 깨어있는 정신을 가져 늘 궁금하게 여겼는데, 오늘 그 원천을 찾았다"고 했다. 박형규 목사는 한국 민주화운동의 상징적 인물로 1974년 민청학련 사건과 또 1987년 '박종철 고문살인 및 은폐조작 규탄 및 호헌철폐 범국민대회' 등의 사건으로 여러 번 투옥되었다. 그는 민주화운동기념사업회 초대 이사장, 한국기독교장로회 총회장, 기독교사회문제연구원 이사장, 한국기독교교회협의회(KNCC) 인권위원장 등을 맡았다.

제자들과 함께 겪은 5·18

80년 5월 18일은 일요일이었다. 오후 1시경 필자는 최철 선배, 친구 오정묵과 함께 기장 양림교회에서 예배를 마치고, 걸어서 양림동오거리를

1977년 선생의 회갑 기념회
광주YWCA 소심당
왼쪽부터 홍천표 장로(선생의 연전 동기), 문병란 시인, 김용근 선생, 조주일 사모, 박형규 목사,
박영규(광주일고 제자)

선생의 회갑에서 축사하는 박형규 목사
왼쪽 사회를 진행한 박영규(광주일고 제자)

왼쪽부터 시계방향
박형규 목사, 문병란 시인, 김용근 선생, 홍천표 장로

지나 전남대 의대 쪽을 향해 막 양림다리를 건넜을 때였다. 당시 김영신 선배가 낡은 흰색 승용차를 몰고 가다 우리 일행을 보고 차를 세웠다. 그는 최철을 향해 다급하게 말했다. "야, 모두 빨리 피해야 해, 형선이랑 모두 예비검속 당했어," 그때 비로소 계엄이 전국으로 확대되었음을 알게 되었다. 우리는 계속 금남로로 걸어갔다. 만약 계엄이 확대될 경우 오전 10시에 금남로에 집결하여 시위한다는 약속을 기억했기 때문이다.

아직 시민들이 시위에 참여하지는 않았으나 대학생들은 열 명이나 스무 명만 모여도 구호를 외치기 시작했다. 필자와 오정묵도 어느새 시위 대열에 합류했다. 내가 속한 시위대는 다른 시위대와 합쳐져서 제법 규모가 커졌다. 대략 500여명 쯤 되는 규모였는데, 조현종 박몽구 고(故) 김환중 등도 함께였다.

경찰이 밀집한 시내를 피해 외곽을 돌던 우리 시위대는 지산동 법원 앞에서 장동로터리를 향하던 중 경찰 버스 2대와 마주쳤다. 시위대는 바로 경찰 버스를 멈춰 세운 후 에워쌌고 흔들어대기 시작했다. 수백 명이 소리를 지르며 흔들어대니 버스는 좌우로 크게 흔들렸다. 탑승한 경찰들이 겁에 질렸다. 우리는 이 경찰들을 포로로 삼아 연행된 사람들과 교환하자고 합의했다. 장동로터리에 이르러 경찰 지휘부의 반응을 기다리기로 했다. 어떤 상황인지 전혀 알지 못한 순진하기 짝이 없는 생각이었다. 우리의 기대는 곧 산산조각 났다.

어디선가 갑자기 군용트럭 두 대가 우리 시위대 앞에 멈춰 섰다. 지금도 당시의 장면이 마치 슬로우비디오처럼 연상된다. 약 20여 명의 건장한 공수부대원들이 비껴걸어 총을 하고 트럭에서 가볍게 뛰어내렸다. 그들이 가진 진압봉은 경찰의 것보다 20~30센티미터 더 길었고 강하게 보였다. 그들은 아무 말이 없었다. 시위대의 해산을 종용하는 명령 한마디 없이 공수부대원들은 자기들끼리 둥그렇게 모이더니 우~~ 하는 늑대 울음 같은 소리를 내기 시작했다. 그러다가 갑자기 와~~ 악 크게 소리를 질러댐과 동시에 시위대와 시민들을 덮쳤다. 그들은 다짜고짜 아무나 가리지 않고 진압봉을 마구잡이로 내리치기 시작했다. 생전 처음 보는 이상한 장면을 구경하고 있던 군중들은 혼비백산했고 거리는 순식간에 아수라장으로 변했다. 모두 당시 광주에 투입된 공수부대를 처음으로 목격한 것이다. 제대한지 얼마 되지 않은 필자가 보기에도 그들은 잘 훈련된 야수처럼 느껴졌다.

시위대 맨 앞에 있다가 공수부대에게 쫓긴 필자는 간신히 택시를 잡아타고 친구 박몽구 시인과 함께 집으로 돌아왔다. 우리집은 도시 외곽에 있어서 시내에서 밤새 어떤 잔혹하고 끔찍한 일이 벌어졌으며, 얼마나 치열한 시위가 있었는지 알 수는 없었다. 군인들이 투입된 만큼 시위는 불가능하다고 여겼고, 불안한 부모는 선생 댁에서 농사일을 도와드리라고 강권했다.

나는 선생이 귀향한 후 매년 농사철이면 선생 댁에 가곤 했다. 다음날 강진 선생님 댁으로 갔다. 나는 내가 목격한 광주 상황을 선생에게 말씀드렸다. 선생과 내가 논일을 끝내고 광주MBC 9시 뉴스를 시청하던 중에 갑자기 방송이 중단되었다. 선생이 혼잣말처럼 누가 불 질렀나? 하셨다. 그런데 실제로 같은 시간에 화재가 있었다.

그러던 하루 이틀 뒤 정용화가 선생 댁에 왔다. 논에서 일하다가 가끔 광주에서부터 며칠 동안 걸어온다는 사람들을 봤다. 어떤 사람들은 얼굴이나 몸에 상처가 있기도 했다. 그 뒤에 5월 23일경 윤한봉, 김남표도 선생 댁에 왔다. 정용화는 이때 윤한봉 김남표 정용화 은우근 제자 4명이 5·18 기간 중 강진 선생 댁에 모였던 것은 우연이라고 한다.(정용화)

한국의 방송은 거짓말만 하고 있고 광주의 소식은 너무 궁금하여 이북방송을 들었는데 완전히 외신만을 인용하여 5·18 소식을 전하고 있었다. 그러던 중 외신에서 정상용, 이양현의 이름이 언급되어 깜짝 놀랐고 두 사람이 도청 시민군에 합류했음을 알았다. 정상용은 외무부위원장, 이양현은 기획위원이라는 직책을 맡았던 것이다. 윤한봉은 온 시민이 나서서 죽음의 항쟁을 하는 상황인데 이러고 있을 수 없다며 가능하면 광주에 들어가보자고 제안했다. 윤한봉은 25일 경 정용화 김남표와 함께 아침 일찍 선생 댁을 나섰다가 밤늦게 다시 돌아왔다. 계엄군이 광주 외곽을 완전히 봉쇄하고 있어서 광주 진입이 불가능했기 때문이다.

5월 27일, 계엄군이 광주에 진입했음을 확인한 후 윤한봉과 김남표는 선생 댁을 떠났다. 윤한봉은 떠나면서 우리 모두 5월 18일부터 선생 댁에 있었던 것으로 하자고 말했다. 틀림없이 계엄사에서 자신을 수배, 체포하고자 할 것이고 만약 체포되면 자신에게 모든 책임을 뒤집어 씌울 가능성이 많은데 알리바이가 필요하다는 것이었다.

윤한봉은 5월 17일 밤 11시경 비상계엄이 전국으로 확대되었고 김상윤 박형선 등이 예비검속으로 잡혀갔다는 소식을 들었다. 그는 정용화와 함께 19일 아침 광주를 빠져나와 나주에서 헤어진 후 서울행 기차를 탔다가 검문검색을 우려하여 다시 광주로 되돌아왔다. 그는 20일 밤부터

21일 새벽까지 광주에서 시위에 참여했다. 그러나 21일 아침 다시 광주를 빠져나왔다. 여동생 윤경자와 큰형 윤광장의 아주 강력한 권유 때문이었다. 그런데 그날 윤한봉은 광주에서 온 시위대가 나주경찰서 무기로 무장하는 것을 목격한 후 광주로 다시 돌아가고자 했다. 그러다 우연히 전남민청협 회원 김남표를 만났고, 두 사람은 광주로 들어가려 했으나 도시 외곽이 철저하게 봉쇄되어 포기하고 김용근 선생 댁으로 왔던 것이다. 윤한봉은 27일 도청 함락 소식을 듣고 선생 댁을 나와 서울로 향하게된다. 마침내 그는 1981년 4월 29일 미국 북서부 워싱턴주로 탈출하여 망명했다. 윤한봉의 망명을 위해 여러 사람들이 도왔다. 박영규, 정찬용의 동생 정찬대, 최권행, 정용화 등 물론 이들이 전부는 아니다. 당시 박영규는 세무 공무원 신분이었다. 윤한봉은 1994년에 귀국했다. 13년 만이었다. 그는 먼저 별세하신 선생의 묘소를 찾아뵜고, 김용근선생기념사업회 회장을 몇 년 동안 맡았다.[83]

5월 27일 이후 5·18 관련 신문 기사에서 정상용의 이름을 발견한 선생은 "여기에 상용이 이름이 있다" 하시더니 손으로 심장 부위를 누르며 "가슴이 아프다"고 말씀했다. 필자는 5월 말 광주에 돌아왔고 정용화는 선생 댁에 더 머물렀다. 그러던 중 6월 30일 경찰이 선생 댁에 들이닥쳤고, 정용화는 선생과 함께 논에서 잡초를 뽑다가 체포되었다.

"전남도경찰국에서 일주일 조사받았다. 고문은 당하지 않았으며, 주로 맞았다. 어깨, 뒤통수, 등짝 등을 곤봉으로 맞았다. 온몸이 시퍼렇게 멍이 들어서 마치 검은 식빵 같았다. 그후 보안사 광주지구대로 끌려가서 또 2~3일 무차별 잔혹한 구타를 당했다. 그들은 주로 윤한봉의 행방을 물으며 때렸다. 작천 선생 댁에서 만났지만 어디로 갔는지는 모른다고 했다.

온몸이 시커멓게 멍든 상태에서 상무대 영창으로 갔는데, 모두 머리를 완전히 밀었고 상의가 벗겨진 채 마룻바닥에 꿇어앉아 있었다. 좁은 감방에 많은 사람들이 끌려와 있었고, 모멸감을 주려는 의도였다. 헌병이 나를 여러 선배들이 보는데서 워커발로 지근지근 밟았다. 정상용 선배를 만나서 반가웠지만 아는 척할 수 없었다.

상무대 영창은 6개 방으로 구분되어 있는데 각 방에 100명씩 수용되었다. 약 열 평 정도, 교실 반칸도 안 되는 20명 수용 정원인 방에 100명이 있으니 지옥이었다. 그것도 한여름에! 옴을 비롯한 피부병에 걸리지 않은 사람이 없었다. 사람이 너무 많아 칼잠 자기도 어려웠다. 사람과 사람 사이에 반쯤 포개져 자야 했다.

윤한봉의 행방을 집요하게 물으면서 수사관들의 구타가 계속되었다. 나는 모르쇠로 버티다 군사재판을 받게 되었는데 김이수 법무관을 만났다. 그는 놀란 표정으로 "너도 잡혀왔냐?"고 했다. 그 며칠 후 재판관이 바뀌었다. 그런 며칠 후 조사를 받고 영창에 돌아오니 선생님이 와 계셨다. 인사 드릴 겨를도 없었다. 인사드리다가 어떤 봉변을 당할지 모르니까.

나는 이때 겪었던 일들을 잊어버리는 자기최면 훈련을 오랫동안 했다. 그래서 많이 잊어버려 기억이 잘 안 난다."(정용화)

선생은 이처럼 미리 초대한 것도 아니고 5·18 기간에 우연히 스스로 찾아온 제자들 때문에 범인은닉죄로 80년 7월 1일 계엄사 광주분소 헌병대 영창에 수감되었다. 가족들로서는 큰 충격이었다. 귀향하여 농사에 매진하는 선생이 그 살벌한 시기에 군감옥에 투옥되었으니.

"내가 지금도 눈에 선한 것이 5·18 때 아버지 잡혀들어가고 우리 할머니하고 우리 어머니하고 둘만 죽헌 집에서 사는 거야. 둘만. 그래서 내가 토요일 날 일찌감치 수업을 끝내고 집에를 갔더니 어머니, 할머니 두 분이 밭을 메고 있더라고. 그 장면이 지금도 가끔 떠올라. 셋이 밭고랑에서 서로 붙잡고 함께 울었던 기억이…"(김창중)

선생의 장남 창중은 당시 서울 배재고 교사로 있었다. 농번기에 어머니와 할머니만 계시는 강진 작천 집에 거의 매주 내려왔다.

인터뷰 중 창중은 당시를 회상하며 눈시울을 붉혔다. 40여 년이 지나 50여 년이 가까워오지만, 그때의 아픔이 지금도 살아있었다.

박영규는 자신의 일고 동기이자 당시 헌병 대령이었던 이정에게 부탁하여 수 차례 선생을 면회했다. 이정은 광주일고, 육사 출신으로 김용근 이양현 김양래 정용화 정상용 등을 위해 면회도 주선했다. 그는 나중에 헌병감이 되었고 육군 소장으로 전역했다. 여기서 소개할 수 없지만 자신의 직을 잃을 수도 있는 위험을 감수하면서 투옥된 시민들을 위해 알게 모르게 도움을 준 사람들은 이밖에도 많았다.

상무대 영창은 너무 열악하여 피부병이 번졌고, 밥과 반찬의 질은 물론 양이 너무 적어서 수채에 버려진 음식을 주워 먹을 정도였다. 5·18 초기에는 계엄군이 저지른 인권 침해는 말할 것도 없었다. 인권이라는 법적, 철학적 개념으로 묘사하기도 사치스런 지경이었다. 널리 알려져 있다시피 고(故) 김영철(1948~1998)은 극악한 고문 때문에 수차례 자살을 시도하다 결국 정신이상을 초래했고, 석방된 후 세상을 뜰 때까지 가족과 함께 고통을 겪어야 했다.

"이제 우리는 네 발로 기어다녀야 하며, 개돼지처럼 입을 그릇에 처박고 먹으며 살아가야 한다. 폭력과 살인을 일삼는 유신 잔당들이 우리를 짐승처럼 치고, 박고 개 잡듯이 끌고 가며, 찌르고 쏘았기 때문이다. 두 발로 걸으며 인간답게 살려면 목숨을 걸고 민주화 투쟁에 투신해야 한다. 지난날의 침묵, 비굴했던 대가를 지금 우리는 치르고 있는 것이다. (…) 이제 우리는 결단의 시기를 맞이한 것이다. 비굴하게 짐승처럼 천한 목숨을 이어가든지, 아니면 인간다운 민주 시민으로서 살기 위해 목숨 걸고 싸워야 한다."(1980년 5월 25일 김성용 신부 강론)

김성용 신부의 이 강론은 전혀 과장이 아니고 5·18민중이 처한 상황과 심경을 대변했다. 국민의 생명을 가축보다 더 가볍게 다루는 계엄군의 만행(蠻行)을 목격했기에 시민들은 군부대에 끌려간 가족이 살아 돌아올지 알 수 없었다. 그래서 가족들은 수감된 사람들의 생사가 궁금했고 살아 있다는 것을 확인하는 것만으로도 감지덕지 할 정도였다.

이양현은 1980년 5월 18일 저녁부터 21일 계엄군의 금남로 공개 집단 발포 현장까지 시민들의 투쟁에 함께 했다. 녹두서점에서 고(故) 윤상원 고(故) 김영철 안길정 김상집 등과 화염병을 준비하다 계엄군 발포를 당하여 정상용 고(故) 김영신 고(故) 김성애 손소녀(이양현 부인) 등과 함평의 이홍길 교수 댁으로 피신했다. 그리고 다시 5월 23일 시민군에 합류하기 위해 이양현은 정상용과 함께 걸어서 광주로 들어왔다. 윤상원은 시민군 대변인, 이양현은 기획위원, 정상용은 외무부위원장을 맡았다.

5월 27일 새벽이었다. 도청을 포함하여 죽음을 각오하고 총을 잡은 시민군들은 도합 157명. 살아남을 수 있으리라 생각한 사람들은 거의 없었다. 모두 목욕하고 깨끗한 내의로 갈아입었다. 죽은 후 씻겨줄 사람도 없으리라 생각한 것이다. 이양현은 윤상원 열사와 도청 민원실 2층에서 도경찰국으로 통하는 통로에서 총을 들고 있었다. 유리창 밖으로 거리가 보였다. 두 사람은 마지막 대화를 나눴다.

"상원 씨, 우리 저 세상에 가서도 학생운동, 민주화운동을 합시다."
"그래야제."

윤상원이 유리창에서 눈을 떼지 않은 채 말했다.

새벽 4시경 동편 조선대 쪽이 희미하게 밝아오고 있을 무렵, 도청 후문 방어선이 무너졌다. 유리창 밖으로 시민군 두 명이 후퇴하는 모습이 보이는 순간, 바로 옆 윤상원 열사가 "아이쿠" 소리를 내면서 쓰러졌다. 그의 마지막이었다.

"김영철 선배와 저도 곧 총을 맞아 죽을 수 있는 상황인데, 순간적으로 그래도 방금 먼저 간 윤상원 동지가 따뜻한 이불 위에서 눈을 감으면 아주 편안하게 숨을 거둘 것 같은 생각이 들었어요. 그래서 영철이 형과 함께 도청 회의실에 폭신한 이불을 깔고 시신을 편히 뉘어 드렸습니다."(이양현)

두 사람이 가진 '핑, 핑' 나가는 낡은 카빈소총은 '드르륵' 갈기는 계엄군의 M16과 비교가 되지 않았다. 이양현과 김영철은 사로잡혔다. 그들은 소요죄로 수사를 받다가 내란으로 혐의가 바뀌었고, 나아가서 북한 간첩과의 접선과 평양에 다녀왔음을 자백하라고 강요 당했다. 수사관들은 조작을 위해 온갖 악랄한 고문을 자행했다. 칠성판에 결박한 후 물고문, 총상 입은 부위에 몽둥이질과 망치질, 구타 등.

"김영철 선배는 너무 고통스러워서 스스로 화장실 벽에 이마를 박아 뇌를 상해 정신병이 생겼고, 윤한봉 선배 대신 5·18 수괴로 조작된 정동년 선배는 숟가락을 날카롭게 갈아 팔목에 자해를 했습니다. 그렇게 두 달 이상 조사를 받다가 갑자기 수사 방향은 김대중 내란 사건으로 바뀌었습니다. 정동년 선배가 김대중 씨한테 1500만 원을 받아 전대와 조대에 돈을 나눠주고 학생들한테 데모를 하게 만들었다고 조작되었어요."(이양현)

전두환의 감옥에서 해후한 제자들

이양현, 정상용 등이 상무대 군 감옥에 수감 중일 때 김용근 선생이 투옥되었다. 선생을 먼저 발견한 정상용이 이양현에게 알렸다.

"상용이가 갑자기 나보고 일어서라고 하는 거예요. 그래서 감옥 안에 김용근 선생님이 들어오셨을 때 큰절을 올린 기억이 납니다. 근데 군영창이라는 게 반원형 감옥 중심에 있는 헌병 근무자가 한눈에 감시하게 되어 있어요. 다행히 당시 헌병 근무자가 그걸 용인해 줬어요. 선생님은 아무런 말씀도 안 하시고 '큭, 큭' 헛기침만 하셨어요. 여기서 너희들을 보니까 참 참담하다는 그런 반응이었습니다."(이양현)

선생이 무슨 말을 할 수 있었으랴. 상무대 영창, 선생과 제자의 뜻밖의 만남이었다. 그 장소와 시간에서, 그런 형식의 만남을 누가 바랐을 것인가. 하지만 그것은 김용근 식의 역사교육이 결과한 고통스러운 축복의 순간이었다. 당시 상무대 군감옥에서 선생은 최고령자에 속했다. 그때 선생과 함께 수감되었던 제자들은 그밖에 김양래 임창옥 등이 있다.

선생은 학생을 역사로, 민족의 현실로 불러냈으며, 제자들은 그에 응답했다. 그것은 '우애'(友愛)의 실현이었다. 5월민중항쟁 당시 군사반란세력이 만든 상무대 영창 안에서 선생과 제자들의 만남은 그것을 극적으로 재현했다.

고(故) 김양래(1956~2023)는 전남대 재학 중 농악반을 이끌며 전남대 시위를 주도했다가 전두환 일당에게 쫓기게 되었고 한동안 도피생활을 하다 군감옥에 수감되었다. 그는 책임감이 아주 강하고 누구보다 동지들을 잘 보살펴서 군감옥에서 동지들을 대표하고 대변하는 이른바 '소대장'이 되었다. 6개로 구분된 상무대 군감옥에서 각 방을 대표하는 이를 소대장으로 불렀다. 그는 전남고 제자로 고교 졸업 후 처음으로 군감옥에서 선생과 해후(邂逅)했다.

김양래는 감옥에서 선생을 지극히 돌봐드렸을 뿐 아니라, 출옥 후 돌아가실 때까지 선생과 사모님을 정기적으로 찾아뵈었다. 김양래는 출옥할 때 아직 감옥에 있는 동지들과 자신을 향해서 약속했다. 5·18 진상규명과 감옥에 있는 동지들을 위해 노력하겠다고. 그는 석방되자마자 천주교 광주대교구 정의평화위원회(위원장 정형달 신부)에서 간사로 일하기 시작했고 나중에 사회교육부장을 겸했다. 그의 일터인 금남로 가톨릭센터는 광주 민주화운동권의 사랑방 역할을 했다. 선생은 광주에 오실 때마다 그에게 먼저 기별했다.

김양래는 5·18구속자와 사형수의 구명운동을 하는 한편, 1987년 5월 비밀리에 교구장 윤공희 대주교의 승인을 얻어 홍성담 홍세현 임창옥 등 동지들과 1980년 광주 참상을 담은 사진첩 〈오월 그날이 다시 오면〉과 〈5·18비디오〉를 비밀리에 제작하여 전국에 배포했다. 장용주 신부가 위험을 무릅쓰고 독일 공영방송 위르겐 힌츠페터 기자의 필름을 국내에 반입했고, 윤공희 대주교의 결단과 김양래에 대한 윤 대주교의 절대적인 신임 때문에 가능한 일이었다. 공개되지 않은 해외와 국내의 각종 영상과 사진 자료들은 군사반란세력의 잔인하고 폭력적인 본질을 드러냈다. 이 사진과 영상은 수십만 부 이상 복사되어 국내와 국외에 퍼졌고 전시회와 상영회가 이어졌다. 또한 전두환 일당의 만행에 죽음을 각오하고 처절하고 영웅적인 항쟁을 펼친 5월민중의 진실이 알려짐으로써 1987년 6월 민주대항쟁의 기폭제가 되었다.

김양래는 1985년 선생의 별세 후에도 김용근선생기념사업회 상임이사의 일을 기꺼이 맡아 자신이 세상을 떠날 때까지 일했다. 그는 2024년 9월 1일 세상을 뜨기 1주일 전 임형칠 이사를 병원으로 불러 자신이 보관 중인 선생의 사진을 포함한 기념사업회의 여러 자료를 전달했다.

선생은 출옥 후에도 김양래의 보살핌을 필자에게 여러 차례 회고했다. 평소에 군것질을 하지 않는 선생은 군감옥에서 한 때 간절히 단것을 찾았다. 그런데 양래가 어떻게 구했는지 사탕을 가져왔다.

"선생님 입 좀 벌리세요 하더니, 양래가 내 입에 사탕을 쏙 넣어주었다."

임창옥은 선생이 어느 날 밤 면회 후에 사탕을 가져왔던 장면을 잊지
못한다.

"저희 소대에 약 80명이 있었어요. 밤 9시 경 취침 시간이라 마룻바닥에
모포만 하나 깔고 다 누워 있지요. 그런데 어떤 제자가 선생님에게 사탕을
드렸나 봐요. 선생이 제게 사탕을 나누라고 부탁하셔서 뒷자리로 가면서
사탕을 나눠주려 하는데, 그 사탕 봉지 뽀시락 소리에 조용히 누워있던 그
많은 사람들이 동시에 빨딱 일어나는 거 있죠. 참 사람이 대단하기도 하지
만, 사람이 하잘 것 없기도 하구나 싶었어요. 그때 사탕 하나씩 나눠 먹었
던 기억이 나고요."(임창옥)

감옥에서 사탕을 찾는 심리는 뭘까? 고립의 고통과 억압 속에서 작은
기쁨이나 위안을 간절하게 바라기 때문일 것이다. 미각의 충족보다 심리
의 문제일 것이다.

임창옥은 군감옥에서 김용근 선생의 제자가 되었으며 김양래와 선후배
이자 동지로서 인연을 맺었다. 임창옥은 그 안에서 2주 정도의 짧은 만
남의 기간에 선생으로부터 받은 격려와 고무를 잊지 못한다. 그는 조선
이공대 재학 중 1980년 5월 15일 광주지역 대학생들이 총집결한 집회
에서 학생 대표로 성명서를 낭독한 일로 투옥되었다. 천주교 신자였던
그는 석방 후 김양래와 함께 윤공희 대주교가 교구장이었던 천주교광주
대교구에서 일하게 되었다.

김용근을 삼킨 '고래'

선생은 군사법정에서 징역 8월, 집행유예 1년 6월을 선고받았다. 선생이 출옥한 후, 고향집에서 가족예배가 있었다. 군 감옥에서 고생했으나 환한 얼굴로 요나 예언자의 고래 뱃속 체험에 빗대어 5·18 당시 투옥이 새로운 깨달음을 안겨준 계기였음을 고백했다.

요나 예언자는 아시리아의 수도인 니느웨(니네베, 이라크)로 가서 회개를 촉구하는 심판 설교를 하라는 하느님의 명을 어기고 에스파냐로 도망치러 하였다. 배가 태풍을 만나 비바람에 흔들리자 함께 타고 있던 사람들이 고통스러워했고, 요나는 태풍이 자기 때문이라고 생각해 바다에 뛰어들었다. 고래가 요나를 삼켰고 사흘 후 니느웨 해변에 요나를 토해냈다. 결국 요나는 니느웨에서 심판 설교를 하여 니느웨 사람들로 하여금 야훼의 심판을 면하게 했지만, 자신이 어리석었음을 깨우치고 회개한다.

요나의 깨달음은 김용근 자신의 깨달음이었다. 출옥 이후 선생은 교회 활동과 노인대학을 포함한 지역 사회교육 활동에 훨씬 더 열심을 내었다.

김주한 교수(교회사)는 기장 강진읍교회 출신으로 한신대학교 신학대학원장을 역임했다. 그는 선생이 1980년 군감옥에서 석방된 후 80년대 초 강진 지역사회 풍경과 그 안에서 선생의 활동을 묘사한다.

"제가 강진읍교회 다니면서 청년 때에 김용근 선생을 뵀는데 그때는 79년, 80년 엄청난 격변기였습니다. 1913년에 세워진 강진읍교회는 특히 1979

년 10·26 박정희 사망 이후 역사의 굽이굽이에서 강진 일대 민주화운동의 거점 역할을 했습니다. 일제강점기부터 항일운동과 활발한 사회참여의 역사가 있습니다. 75년에 부임한 윤기석 목사는 강진읍교회에서 세 차례 옥고를 치렀지요. 교회 신자들과 지역 인사들은 목사님이 재판받을 때마다 버스 여러 대로 광주법원까지 가서 그 살벌한 유신시대에 시위를 했고, 이후에 부임한 김경식 목사님 시절에도 그 못지 않았습니다.

김용근 선생님은 82년부터 83년 사이 장로 되기 전 지역 청년을 대상으로 강의와 시국 강연을 많이 했습니다. 강진, 장흥 기독청년연합회, 교회학교 교사 모임에서 주 강사이셨어요. 선생은 강연을 통해 계몽운동을 했습니다. 워낙 강연을 재미있게 하셔요. 구수한 전라도 사투리, 남도말 써가면서. 그런데 교회언어는 거의 사용 안 하세요. 얼른 볼 때는 마치 예수 믿거나 교회와 상관없는 역사의식이 강한 분이 시국강연을 하는 것처럼 느껴졌죠. 지금도 기억나는 대목을 옮겨보면,

"나, 논에서 일하다 강연 시간 돼서 얼른 왔습니다. 나는 장로 할 생각도 없는데, 우리 목사님이 모레 장로 시험 보라고 하시는데 그냥 공부도 하나도 안 하고 뭐라고 쓸지 모르겠어요. 그냥 대충 쓰고 나올랍니다."

그렇게 농담하시고 첫마디부터 좌중을 그냥 웃기셨죠. 더운 여름에도 늘 긴 팔 와이셔츠를 입고 오셨는데

"더우니까 나 우와기 벗을라우"

하시고 소매를 딱 걷어 올립니다. 그러고 시작하시는데 아주 열정이 넘쳤어요. 또 아주 소탈하시고 전라도 말을 그냥 억세게 사투리를 쓰시니까 요즘 식으로 아이스브레이킹 할 필요도 없이 한마디로 좌중을 까르르 웃기고 청중과 호흡을 같이 했던 강연이었습니다.

강연의 서두는 늘 조선의 역사에서 저항운동의 맥을 이야기하면서 풀어갔는데, 칠판을 옆에 두셔요. 칠판에다가 크게 한문으로 몇 자 쓰고 그걸

뜻풀이하면서 그냥 한 시간도 좋고, 두 시간도 좋고 스토리텔링 형식으로 하시거든요. 제가 지금 또렷이 기억하는 것이 한자로 공부를 딱 써놓으셔요. 공부(工夫), 장인 공에 지아비 부.

"장인 공(工), 하늘과 땅을 잇는다. 지아비 부(夫), 하늘과 땅을 이은 그 가운데 사람 인(人)이 있다. 사람이 노력하여 하늘과 땅을 잇고 마침내 하늘을 뚫어버린다. 하늘을 뚫는 공부가 이 얼마나 엄청난 일이냐."

이렇게 재미있게 풀이하셨어요. 그래서 절반은 역사 강의, 절반은 공부의 자세를 구수한 남도 사투리로 귀에 쏙쏙 들어오게 의식을 일깨우셨습니다. 암울했던 시절, 항상 기관원들이 따라붙는 그런 살벌한 시절에도 쩌렁 쩌렁하게 시국 강연을 하셨습니다.

교회가 엄숙한 곳임에도 격식을 따지지 않고 소탈하게 청중과 함께 하셨습니다, 선생은 교회라는 울타리를 벗어난 분이었어요. 아멘, 할렐루야, 예수, 이런 말 전혀 안 하시고 그냥 당신이 하고 싶은 말을 그냥 막 하셔요. 우리에게 역사의식을 불러일으켜 주셨는데, 예수 믿으라, 교회 열심히 다녀라, 이야기는 안 하셨지만 기독교 정신의 핵심을 찌른 강의를 하는 분, 그런 분이었어요.

저의 청년 시절을 회상하며 감히 선생님의 신앙을 평가해 본다면, 역사 참여 신앙이라고 생각해요. 선생님은 평양 숭실학교에서 종교부장을 하고 당시에 계몽운동, 기독교 부흥운동에 열정적으로 참여하셨습니다. 선생님이 표현을 거칠게 하셨지만, 그 내면에는 깊은 복음적 열정을 깔고 하시는 말씀이다, 교회 언어를 거의 사용하시지 않았지만 말씀 저변에는 내면의 내공이 꽉 차 있다는 느낌을 받았어요. 그 어떤 스피릿이, 기독교 복음의 정신이. 그런 가운데 당신이 걸어오신 삶의 궤적과 시대가 선생을 사회 참여, 역사 참여 신앙으로 이끌었지 않나 생각합니다.

평양을 중심으로 한 정통주의 보수주의 신앙이 개인구원 기복주의 신앙으로 흘러가고 한국 기독교가 아주 우경화, 극우화 돼가지고 지금 말이 아닙니다마는, 선생님에게는 역사와 민족이라는 키워드가 기독교 신앙과 잘 결합되어 있습니다.

사실 기독교와 민족주의가 결합하기가 쉽지 않거든요. 한국 기독교의 특성 중 하나가 기독교 민족주의입니다. 민족주의는 배타적이고 기독교는 보편성과 사랑인데, 이 두 개념이 서로 충돌할 수 있거든요. 그러나 한국에서만큼은 기독교 민족운동가들이 많았어요.

지금 개신교가 즉 개인구원, 내세 이런 것만 이야기하는데, 한국 초창기 교회의 부흥운동은 대(大) 회개 운동, 사회변혁 운동, 개혁운동이 함께 있었거든요. 그러니 사회적 영향력과 파급 효과가 컸죠. 교회와 교회가 설립한 학교가 역사의식을 심어주었고 민족운동, 독립운동의 전초 기지로 역할했는데 그 전형적인 모습이 평양 숭실학교였어요. 문익환, 장준하 다 기독교 정신으로 사회운동, 민족운동을 하신 분들이죠. 선생님과 친구가 되는 분들인데 신앙의 맥도 같지요."(김주한)

40여 년 사이에 지역이 무너지다 못해 소멸 위기에 이르렀으나 70년대 말과 80년대 초 전남 농촌 지역사회는 달랐다. 가난했으나 활력이 있었고 전두환 독재에 대한 강력한 저항이 살아있었다. 기장 강진읍교회는 그 한복판에 있었다. 귀향한 김용근은 농삿일에 몰두하면서도 지역사회의 운동에 늘 함께 했다.

학교에서 그의 강의가 학교의 울타리를 벗어났듯이 교회에서도 그의 발언은 '교회의 울타리'를 벗어났다. 그의 언어는 기존의 어떤 틀과 격에 갇히지 않았다. '예수 믿으라'고 말하지 않았고 '교회 언어'를 사용하지 않았고 교회에서 강의를 했으나, '역사 참여 신앙'의 '꽉 찬 내공'과 '깊은 복음적 열정'으로 감동을 주었다. 최연석의 말처럼 김용근은 '파격(破格)의 스승'이었다. 그의 가르침은 어디서나 격을 뛰어넘었다.

이런 선생의 강의와 활동에는 선생의 1980년 상무대 군감옥이 큰 자극이 되었으리라 확신한다. 귀향한 김용근을 삼킨 고래는 '시대(時代)'라는 해변에 토해 놓았다.

김용근 장로의 크리스마스 성가극(聖歌劇)

선생은 1985년 별세 직전까지 몇 년 동안 교회에 열심히 봉사했다. 작천교회 중고등부를 맡아 말씀했고 1982년 성가대장을 맡았다. 1983년 10월 3일 장로로 임명받았다. 작천교회 크리스마스 공연을 위해 성가극(聖歌劇)의 시나리오를 직접 구성했다. 이 성가극은 교회학교 학생들이 크리마스 축하 〈문학의 밤〉에서 공연하기 위한 예배 대본이다.(문집 159~164) 무척 흥미롭다. 간추려서 소개한다.

1. 예배 고지와 풍금 반주(고요한 밤), 그리고 노래
찬송 176장 1절은 합창, 성령이 오셨네를 예수님이 오셨네로 고쳐서, 2절은 솔로로 나머지는 허밍으로, 3절은 합창으로
2. 시 낭송
「성난 눈동자는 쏘아본다」(김용근 자작시)
욕된 권력의 손이 너의 입을 막거든 노한 두 눈을 부릅뜨고 너의 눈동자로 하여 성난 불꽃을 쏘아 뿜게 하라.
(…)
민족의 소금, 작렬하라, 젊은 눈동자들이여, 짓밟혀도 짓밟혀도 오히려 꿋꿋이 이마를 쳐들 줄 아는 너희들은 자랑스러운 씩씩한 어린 양떼들, 민족의 오직 하나 순결한 싹들, 작렬하라, 작렬하라, 젊은 눈동자들이여, 그리하여 저 추하고 천한 무리를 향해 성난 눈동자의 불꽃을 쏘아 뿜으라.
3. 노래(여학생 중창 또는 독창, 흑인영가나 복음성가 중)
4. 연설

(…)

우리는 흙의 아들입니다. 흙의 딸입니다. (…) 1910년 8월 29일 물 건너 일본놈에게 나라를 송두리째 빼앗긴 날 (…) 일본은 망했습니다. (…) 이 감격, 이 눈물 그 속에서 새 나라, 새 역사가 시작되었습니다. 그러나 하늘도 무심하시지. 웬 날벼락입니까? 38선이라는 악마가 우리나라와 민족을 두 개로 찢어 놓았습니다. (…)

5. 기도문

6. 연극

세례 요한을 주인공으로, 이스라엘 민중, 바리새, 군인과 관리가 등장하는 약 10~15분 분량 연극. 마지막에 세례 요한이 예수의 탄생을 선포함.

7. 풍금 연주와 합창

연극 말미에 우렁찬 풍금의 전주(前奏)와 모두 일어서서 합창 (찬송가 92장)

8. 시 「쥐구멍에 햇빛을 보내는 민주주의의 노래」, 신석정

9. "우리의 각오" : 학생의 다짐

10. 사회자 발언 : 「독(毒)을 차고」, 김영랑의 시를 포함하여.

11. 복음성가 : 나 자유 얻었네, 너 자유 얻었네, 우리 자유 얻었네, 주 말씀하시길 쇠사슬 끊겼네.

12. 목사 축도

시낭송 3회, 노래 4회, 연극, 연설, 기도로 이루어진 가극 예배이다. 기도문, 연설문, 연극 대사가 모두 기록되어 있으나 생략했다. 일제의 억압으로부터 해방되었으나 분단된 이 땅에서 세례 요한이 예수의 탄생을 선포한다는 내용이다. 낭송된 세 편의 시 가운데 신석정과 김영랑의 시 「독(毒)을 차고」 외에 「성난 눈동자는 쏘아본다」는 선생의 자작시이다. 또 선생이 작성한 짧은 연설문도 있다.

40여 년 전 1980년대 초 작천교회의 성탄 축하 예배를 위해 만들어진

이 대본은 지금 교회에서 공연에 올려도 전혀 무리가 없을듯하다. 선생이 귀향 후 교회 활동에 얼마나 열심을 내었는지 알 수 있다. 선생은 교회 자체를 교육의 장이자 운동의 장으로 여겼다.

김용근은 장로로서 제직회와 당회에도 매번 참석했다. 또 강진읍교회를 비롯한 강진, 영암, 해남 등에서 강연 요청이 왔을 때 기꺼이 응했다. 지역교회의 청년, 학생, 성인 신도들은 선생과 교분을 맺고 따르는 사람들이 많았다.

이 시기에 신생의 집안 조카 윤성열은 강진, 해남, 영암, 광주 등 여러 강연에 선생을 모시고 참여했다. 윤성열은 1983년 한국기독교장로회 교단 총회에서 선생과 문익환 목사가 만난 장면을 기억했다. 선생이 문 목사를 보고 "익환아!" 부르니 문 목사가 선생에게 "용근아!" 화답하며 총회 행사장에서 감격적인 포옹을 했다고 한다.

민중이 예수가 되어야 한다 : 동학과 기독교

"교회 일을 시작하고부터 우리 작천에 노인대학을 창설해 가지고 근 한 5년 동안 열심히 그야말로 자기 전 생명을 바치다시피 열심히 하셨습니다.
농촌이 바쁜 때에
"여보시오, 당신은 이 바쁜 때에 어디 나가시오?" 하면
"아, 노인대학 강의하는 데에 그 김 장로가 강의하는 것을 듣고 싶어서 바쁘지만 나갑니다." (작천 노인대학 대표 추모사)

1983년 3월 28일 전남 영암 지구 교회 고난주간 강의
김용근은 항상 온 정성을 다해 영혼을 쥐어짜듯이 강의했다

선생의 열정적인 강의는 이처럼 지역에서 큰 호응을 얻었다.

80년대 초 선생의 작천 노인대학 강의록은 다산 정약용의 실학사상과 강진과 영암 일대 유서 깊은 사찰인 백련사, 월남사를 중심으로 전개된 결사운동 등 지역사회의 역사적 혁신 사상과 실천을 언급하고 있다. 또 한국 근현대사를 집중적으로 다루었다. 1860년대 민란(民亂), 동학혁명, 3·1운동의 의의와 진행, 독립협회, 만민공동회, 신간회 등 일제의 침략에 대한 민족의 저항을 언급했다.

신생은 3·1혁명 당시 세계정세를 언급하면서 월슨의 민족자결주의는 제국주의 강대국의 식민지 재분할 정책의 표현에 불과하다고 정리했다. 민족자결주의는 1차대전의 패전국이 보유했던 식민지를 처리하기 위한 원칙으로써 승전국인 일본의 식민지였던 한국에는 적용되지 않는 것이었다. 3·1운동을 추진한 민족 대표들도 이 점을 분명히 알고 있었지만, 그들은 민족자결주의를 독립운동의 유리한 조건으로 이용하려 했다. 미국은 '민족자결론'을 오직 중국에만 적용했을 뿐 한반도 문제에는 아무런 관심도 표명하지 않았다. 일본은 미국, 영국, 프랑스, 이탈리아와 함께 1차대전 전승국 자격으로 1919년 1월 18일 빠리강화회의에 참석했다. 3·1운동과 같은 우리 민족의 대규모 독립투쟁에도 불구하고 1차 대전 이후 동아시아에서 가장 강력한 입지를 구축한 나라는 단연 일본이었다.(문집, 181)

이 강의록은 또 동학과 천도교를 매우 비중 있게 여러 차례 다루고 있다. 선생은 동학의 출현 배경으로 1860년대 초 삼정(三政)의 문란(紊亂)과 민란을 설명한다. 토지와 조세제도의 문제가 민란의 원인이라는 것이다. 1862년 진주를 중심으로 시작된 민란은 전국 70여 곳으로 확산되었다. 조선 민중의 변혁 운동의 중요한 일부인 1862년 민중봉기가 마침내 동학혁명으로 이어졌다. 최제우는 1860년 동학을 창시했고 1863년 12월 체포되어 이듬해 대구에서 처형되었다.

선생은 별세 1년 전 1984년 천주교 광주대교구 정의평화위원회가 기획·주관한 프로그램에서 '무교(巫教)와 민중신앙'이라는 제목으로 강의했다. 김양래는 당시 천주교광주대교구 정의평화위원회 간사로서 선생의 강의를 기획, 녹취, 정리했다. 강사는 정의구현사제단 신부, 해직교수 등 당시 이름만 들어도 알만한 재야인사로 구성되어 있다. 문병란 시인도 있다.

선생은 이 강의를 매우 공들여 준비한 듯하다. 그는 이 강의에서 무교에 우리 역사를 새롭게 만들어갈 정신적 원동력이 있다고 주장한다. 강의 서두에서 토인비의 '독립문명'과 '위성문명'의 개념을 설명한 다음 무교 신앙이 우리 전통과 역사에서 갖는 의미를 말한다. 무교와 제천의식(祭天儀式)의 관련성을 언급하고 외래 종교였던 불교 신앙이 일반화되었을 때도 무교는 민중 저변에 확고하게 자리잡고 있었다. 민족 공동체의 전통적 신앙의 원형인 무교가 우리 종교인 동학의 인내천(人乃天) 사상으로 수렴되었다고 한다. 선생은 최제우의 스물한 자 축문(祝文)을 기독교 교리와 비교하여 해설하고 강의를 마무리한다. 아래에 그대로 인용한다.

"至氣今至 願爲大降 侍天主造化定 永世不忘萬事知"
(지기금지 원위대강 시천주조화정 영세불망 만사지)

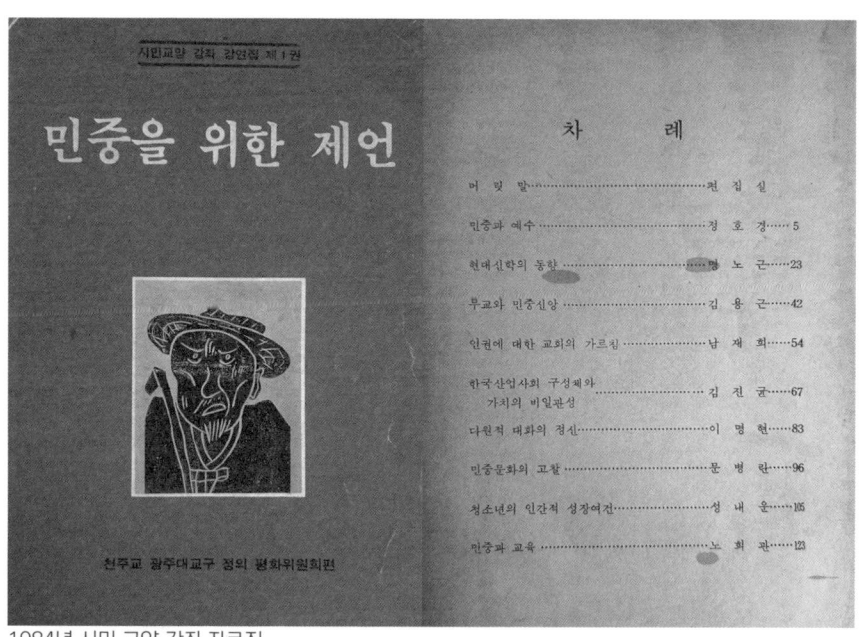

시민교양 강좌 강연집 제1권

민중을 위한 제언

천주교 광주대교구 정의 평화위원회편

1984년 시민 교양 강좌 자료집

307

"여기서 '지기'란 하느님을 말하고 '금지'란 내게 오셨다는 것입니다. 내가 원하는, 즉 하느님께서 크게 강림해 주시길 내가 원한다는 것입니다. '시천주', 내가 천주님을 모시고 보면 '조화정', 모든 것이 옳게 조화를 이룹니다. '영세불망 만사지' 그러면 영원 세상 동안 잊어버리지 않고 모든 세상 만사가 하느님 뜻대로 될 것이 아닙니까?"

여기에서 만사지는 만물에 대한 인식이자 깨달음이며 동시에 하느님의 뜻, 곧 진리이다. 내가 하느님의 뜻을 깨닫고 그것을 영원히 잊지 않겠다는 다짐이다.

선생은 이어 동학의 인내천을 설명하면서 "산적, 화적(火賊)이 들끓고 온통 세상이 극도의 혼란 속으로 빠져들 때 그 백성들에게 하느님이 따로 있는 것이 아니라 너희 사람 속에 있으니 모시라는 것"이라 한다.[84]

김용근은 동학(천도교)의 문화적, 종교적 의미와 위상을 말하면서 동학이 신학적 논리의 측면에서 다소 부족하나 세계종교적 성격을 가진 고등종교라고 평가하고 있다.

선생의 강의는 역사와 신학에서 매우 선진적·진보적인 학문적 주장들을 바탕으로 구성되었다. 선생이 서남동, 유동식 등 선진적·진보적인 학자들과 학연으로 맺어져 있음을 고려할 필요도 있다. 동학 연구는 1970년대 들어서야 본격화되기 시작했다. 더욱이 동학과 기독교 신학의 접목 문제는 문화신학적 측면에서 연세대 신학과 유동식 교수가 본격적인 관심을 보였고, 기독교의 토착화 측면에서 서남동 교수와 그의 제자 김경재 교수 등 일부 진보적인 신학자들이 주목하고 있었다.

김용근은 1984년 정진백과의 인터뷰에서 1년 전 타계한 서남동 교수의 민중신학을 더 공부하고 싶다는 의사를 두 차례나 밝히고 있다.(문집 78, 88면) 선생은 한국 기독교가 동학을 계승해야 한다고 주장한다.

"최제우 선생의 위대한 혼을 잇는 입장에서 오늘의 기독교를 통해 바람직한 운동을 추진해 보고 싶은 마음이 무엇보다 간절하다."(문집 78면)

광주일고 제자인 최연석은 1984년부터 병영교회 목사로 시무했는데, 선생의 자택으로 자주 찾아뵙곤 했다.

"선생의 노인대학 강의에 대해 사람들이 호응을 많이 하니까 목회에 뜻이 있었습니다. 목사 안수를 받고 싶어 하셨죠. 당시 60대 후반이었고 장로로 활발하게 활동하실 때였어요. 내가 그냥 장로를 하시는 게 낫겠다고 말씀드렸더니, 서운해하셨습니다. 종교에 대한 이야기를 많이 하셨고 고민이 깊던 시절이었죠."(최연석)

최연석은 당시 선생이 신학대학에 진학하여 목사 안수를 받을 생각을 진지하게 피력해서 만류했다. 이때 선생은 한국기독교의 토착화를 위해 동학의 원리와 정신은 물론 동학의 후천개벽적 실천을 연구하고 배워야 한다는 서남동 교수의 주장에 깊이 공감하고 있었다.

선생은 기독교가 "민중을 구원하는 십자가로서 민중 속에 들어가 눈물을 흘리고 땀을 흘려 한 맺힌 민중이 역사의 주체가 되는 운동에 나서야 한다"고 한다. 더 나아가 "민중이 스스로 예수가 되어야 한다"고 주장한다. 이는 사람이 한울님이다는 동학사상과 통한다. 선생은 별세 전 목사가 되어 동학의 정신과 서남동의 민중신학을 실천하고자 했던 것이다.

제11장

제자의 가슴에 불꽃을 심다

파레시아스트 김용근 : 바람직한 스승의 존재 방식

선생은 교사라는 전통적 고정관념에 포위되지 않은 교육자였다. 이 점에서 "그분의 교육은 파격…. 그 분을 제도교육의 교사라는 틀로 채우기에는 그분의 그릇이 너무 컸다"는 최연석(광주일고 제자)의 지적[85]은 정곡을 찌르고 있다. 이러한 지적은 학교라는 제도교육의 현장에서 국가권력에 의해 정당성을 부여받은 교과 내용과 삶의 방식을 학생들에게 전달하거나 주입하는 교사상에 대한 부정을 깔고 있다.

프랑스 철학자 미셸 푸코(1926~1984)는 말년에 '파레시아(parrhesia)'라는 개념을 제시했다. 푸코는 꼴라주 드 프랑스의 마지막 강의 제목을 '진실의 용기'라고 했다. 파레시아는 숨지기 직전 마지막 3년 동안 푸코의 화두였다. 파레시아는 영어로 'speaking truth' 또는 free speech, 즉 '진실을 말하기', '자유롭게 말하기'이다.[86]

파레시아란 위험을 무릅쓰고 진실을 말하는 것, '두려움 없이 진실 말하기'를 의미한다. 파레시아는 '진실의 용기'라고 할 수 있다. 용기야말로 필수적인 미덕이다. 그렇다면 파레시아스트(parrhêsiaste)는 '용기 있게 진실을 말하는 자'이다. 푸코는 철학자이자 교육자인 소크라테스를 웅변가나 수사학자가 아니라 '파레시아스트'라고 한다. 소크라테스는 소피스트와 구분하여 자신을 필로소피스트라고 했다. 수사학자, 파레시아스트, 필로소피스트는 서로 연관된 개념이다.

푸코에 따르면, 고대 그리스의 철학에서 파레시아는 자기 자신을 윤리적 주체로 만드는 핵심적인 실천 행위 가운데 하나였다. 파레시아 속에서 참다운 철학자는 궤변으로 설득하기가 아니라 솔직하게 말하기를, 거짓이 아니라 진실을, 생명과 안전이 아니라 죽음의 위험을, 아첨이 아니라 비판을, 자신의 이익이 아닌 도덕적 의무를 선택한다.

이렇게 본다면 파레시아는 사르트르나 지젝이 말한 지식인의 덕과도 연관이 되는 듯하다. 사르트르는 1965년 일본 강연에서 지식인이란 "자신과 무관한 일에 참견하는, 즉 보편적인 문제에 관여하는 자"라고 말했다. 그런데 지젝은 2013년 한국 강연에서 지식인과 전문가의 역할에 대해 언급했다. 심리학자가 시위 군중의 요구를 완화할지 알아내려 하고, 사회학자가 시위를 조금 더 쉽게 통제할지 연구한다면 지식인이 아니라 전문가일 뿐이라는 것이다. 지식인은 누군가 확정한 문제를 해결하는 것이 아니라 그러한 문제 자체에 대해, 그리고 그 문제의 접근법이 올바른가에 대한 '의문을 제기하는 존재'다. 이것은 '쓸데없는 참견'이 아닌, 지식인의 참여, 곧 앙가주망이다. 앙가주망이야말로 지식인이 져야 할 십자가이다.[87]

고대 아테네에서 파레시아는 민주적 도시국가의 조화로운 삶에 봉사해야 하는 시민의 특권이자 의무였으며, 미덕이자 삶의 기술이었다. 민주사회의 지도자가 되려는 자에게 필요한 덕목이었다. 파레시아는 윤리적 주체로의 자기 구성과 연관된 개념이다. 파레시아는 수사학적 '말 잘하기', 레토릭과 다르며 아첨꾼이나 소피스트의 교언(巧言)과 구별된다. 파레시아는 진실 생산의 양쪽에 존재하는 듣는 자와 말하는 자의 윤리적 상호관계의 표현이다. 따라서 파레시아는 타인의 견해와 믿음에 대해 의문을 제기하는 것과 마찬가지인 한결같은 용기로 '자기 자신에 대해서'도 끊임없이 의문을 제기할 것을 요구한다. 자기 자신을 숨김없이 있는 그대로 자신의 눈앞에 세우는 용기, 그렇기에 파레시아는 동시에 '自己知(Self-knowledge)'에 근거한 '자기 배려'의 시금석이다. 파레시아는 타자 뿐 아니라 자신에 대한 비판, 즉 자기반성을 의미한다. 즉 파레시아는 자기 배려의 문제이며 자기 성찰과 관련된 자아 윤리이다. 푸코는 소크라테스에게서 파레시아스트인 교사의 결정적인 사례를 발견한다.

사실 파레시아의 덕은 우리 시대 모든 교육자들에게 요구되는 것이다. 만약 파레시아스트로서 교사가 단지 지배권력의 이데올로그로서 아무런 부끄러움도 없이 세뇌에 종사하며, 맹목적 지식 전달자로서 어떤 반성도 없이 권력과 자본의 명령문을 주입한다면, 교육의 창의성, 변증법적 역동성, 비판성은 실종될 것이다.

김용근 선생의 교육적 실천은 파레시아적 덕목과 가치로 요약할 수 있다. 선생은 분단의 모순과 부조리 그리고 입시교육의 한계 속에서 최선을 다해서 진실 말하기, 파레시아를 실천했다. 그는 '부정의 부정'을 통해 쉽게 말하기 어려운 진실, 즉 분단된 민족의 현실과 그 안에서 살아가는 주체의 각성을 외친 파레시아스트였다. 선생의 삶과 교육은 시대의 부정적인 것에 대한 '부정의 부정'의 일관된 노력이었다. 철저하게 시대 상황과의 관계 속에서 부정적인 것을 부정하는 과정이었다.

고대 그리스 플라톤의 아카데미아 교육은 철학과 방법론에서 비판적 사고·사유체계의 훈련 과정이었다. 플라톤의 이데아론(論)에서 동굴에 갇힌 현실의 인간은 억견(臆見, 독사 doxa)에 사로잡혀 진리의 세계인 이데아를 인식하지 못한다. 플라톤은 철학이란 참다운 앎, 즉 에피스테메(episteme)를 추구하는 것이며 그것은 동굴 밖 이데아의 세계 즉 사물의 참다운 본질을 알아가는 노력 속에 있다고 주장한다.

선생은 교육을 통해 '분단의 동굴' 속에서 출세를 위한 경쟁교육의 틀에 사로잡힌 젊은 영혼들의 각성과 해방을 추구했다. 선생은 제도교육 안의 교사였지만 한반도 분단체제와 경쟁위주의 제도교육에 강하게 비판적이었을 뿐 아니라 그것을 부정하고 그에 도전한 참여적, 실천적 지식인이었다.

휴머니스트 김용근

선생은 일제 투옥 시기에 불교사상을 접했다. 일제는 성경을 포함한 기독교 서적, 신학 서적의 반입을 불허했다. 그는 일제하 4년여의 옥살이를 하는 동안 일본어와 한문을 통해 불교사상을 공부했다. 선생은 장기간 투옥 생활 후 불교 개종을 고민했다고 회고했다. 태어날 때부터 아무런 선택 없이 받아들였던 기독교 신앙에 대해 회의를 가졌다고 보인다. 기독교적 민족주의자로 출발하여 일제강점기에 모두 세 차례의 투옥을 겪고 총독암살단에 참여하는 과정에서 그는 사상적 변화를 겪었다.

이미 언급했듯이 해방 공간에서 선생은 사회주의 사상을 집중적으로 섭렵했다. 필자가 적어도 고교를 졸업하고 최소 10년은 지난 후에야 선생은 젊은 시절 독일 사회민수당 이론가들의 사상을 탐닉했음을 알려주셨다. 당시 선생은 그런 사상서적을 당장 읽는 것을 말렸다. 그런 서적을 일단 읽기 시작하면 멈출 수 없기 때문이라고 했다. 그는 최소한 영어나 독일어 등 어학 공부를 먼저 할 것을 강하게 권했다. 필자의 전남고 재학 시절 수업에서 선생은 세계사의 진행을 헤브라이즘과 헬레니즘의 통일로 설명하며 다음과 같이 칠판에 썼다. '봉건시대→Kant, Hegel→?' 물음표 자리에 있는 사상가가 누구인지 당시로서는 알 수 없었지만 한참 세월이 흐르고서야 그것이 마르크스임을 비로소 깨달았다. 선생은 자신의 사상적 편력에 대해 글을 쓰거나 공개적으로 말을 한 적이 없다.

선생이 사회주의, 기독교, 무교회주의, 불교사상에 경도되었고 반제국주의 운동에 참여했지만, 그에게 어떤 '~주의자'라는 명칭을 붙이기는 힘들다. 선생은 교회를 잠시 떠난 적이 있지만 기독교를 버린 것은 아니었다. 마르크스주의든, 기독교든 그는 교조적 사상을 가진 사람이 아니었다. 선생은 독단을 심어주지 않았다. 불교와 기독교, 사회주의를 넘나들며 변증법적 사상과 세계관을 강조하고 사물을 변증법적으로 인식할 것을 주문하였다. 그는 유난히 인간이란 단어를 잘 썼다. 농구선수들을 가르치면서 던진 "볼은 인간이다"라는 명제 외에도, "내가 한국의 역사에서 발견한 인간이 있다면 그것은 원효다" "인간이 그래서 되겠냐" 등의 말씀들을 어렵지 않게 떠올릴 수 있다. 기독교 장로로 별세했지만 그는 평생 휴머니스트였다.

원효와 디오게네스, 바울

선생이 우리 역사에서 인간적, 사상적으로 가장 위대하게 평가하는 인물은 원효(元曉, 617년~686년)였다. 그는 원효의 파계와 광대로서의 구걸 행위에 대해 아주 간결하게 의미를 부여했다. 당대 최고의 학자이자, 6두품 귀족으로서 원효가 자신을 부정하고 민중 속으로 들어간 것이라고 해석했다. 문병란 시인은 원효의 파계에 대한 선생의 해석을 우리에게 전하면서 '아주 단순하지만, 정말 명료하고 새로운 해석'이라고 말씀했다.

원효는 철저한 자유인이었다. "일체에 걸림이 없는 사람은 단번에 생사를 벗어난다(一切無碍人 一道出生死)"라는 그의 무애사상과 실천은 고대 그리스 디오게네스(기원전 412년경~기원전 323년경)의 견유주의(犬儒主義) 철학을 떠올리게 한다. 견유주의는 냉소주의와 다르다. 권력에 포섭되지 않은 주체적 철학자, 지식인의 길을 의미한다.

아리스토텔레스가 스승이었던 알렉산더와 디오게네스의 일화는 권력과 진정한 철학의 관계를 드러낸다. 동시에 권력을 대하는 철학자 파레

316

시아스트의 자세를 보여준다. 푸코는 파레시아를 설명하면서 견유주의를 자기성찰, 자기배려의 한 사례로 들었다.

원효는 부처와 중생을 둘로 보지 않았으며, 오히려 "무릇 중생의 마음은 원융(圓融)하여 걸림이 없는 것이니, 태연하기가 허공과 같고 잠잠하기가 오히려 바다와 같으므로 평등하여 차별상(差別相)이 없다."라고 하였다. "내(민중)가 결국 예수가 되어야 한다"는 선생의 말속에서 부처와 중생이 다르지 않음을 말한 원효의 사상을 느낄 수도 있을 것 같다. 우리 역사에서 가장 위대한 주체적 불교 철학자인 원효의 삶은 바로 견유주의자의 면모를 보여준다. 그런데 어쩌면 원효는 디오게네스를 넘어서는 것도 같다. 그의 권력에 대한 자세는 자족적(自足的)인 것이 아니라 중생(衆生) 즉 민중지향적이기 때문이다.

선생은 기독교 사상가로 사도 바울(5년?~64-68년?)과 성 아우구스티누스(354년~430년)를 높이 평가하여 교회 설교에서 자주 언급했다. 다만 여기에서 이 두 사상가 모두 회심(回心)의 과정을 겪었다는 것을 지적한다. 이러한 회심은 개종(改宗)을 동반하는 점에서 원효의 자기부정과는 다르다. 원효의 자기부정은 내면세계로의 침잠을 통한 자기성찰과 자기수양의 결과로 여겨지기 때문이다.

영원한 스승, 김용근

"우리 김용근 선생님이 1917년생이고 1985년에 돌아가셨는데 딱 저희 아버지 세대입니다. 돌이켜 보면 저희 아버지 세대처럼 한반도에 사람들이 거주한 이래로 이렇게 불우한 시대가 있을 수 있는가, 나라를 빼앗기고, 골육상쟁의 전쟁이 일어나고, 또 기다란 독재가 이어지는 캄캄한 근대 100년을 우리 아버지 세대가 살았어요. 문단에서 이창동이라든가 제 세대 친구들을 보면 아버지들이 너무 가혹한 시대를 살았기 때문에 좀 성격 파탄자라고 그럴까, 저희 아버지를 비롯해서 그런 불행한 역사의 트라우마가 남아있습니다.

70년대 제자들은 선생에게 이상적인 아버지이자 친구를 발견한 것이다.

반면에 저희 자식 세대들은 한반도에 사람들이 거주한 이래로 이토록 풍요로운 시기를 산 적이 있었을까, 우리 역사를 싹 뒤져서 비교해 보면 그래요. 그 가운데 샌드위치처럼 저희 세대가 있는 거죠.
오늘날 우리 시대 상황이 요즘 뭐 SNS, 인스타그램, 트위터, 구글 등등을 통해서 청년들이 새로운 무지의 시대에 중독돼 있는 게 아닌가, 문장을 읽기 싫어하고 긴 문장을 읽지도 않고 아주 짧은 단어 그리고 아주 자극적인 영상 이런데 완전히 중독되어서 새로운 무지의 시대가 도래한 것이 아닌가 하는 생각이 들었는데, 이런 국면에 귀에 천둥소리가 들리게 하고 머릿속에 깨날음, 자기 계몽의 번갯불이 치게 하는 새로운 교사의 도래가 김용근 선생을 추모하는 이 자리에서 다시 좀 요청된다고 할까요? 하여튼 저는 선생님을 목소리로 기억합니다. 선생님은 글을 쓰지 않았어요. 소크라테스처럼. 그러나 그 목소리에 감전당하고 번갯불을 만났던 수많은 제자들이 오늘날 우리 사회 각처에서 자기 소임과 본분을 다하고 있는 것 같습니

318

다. 이런 김용근 선생님 같은 분이 21세기 새로운 무지의 시대에 다시 나타나야 하지 않을까, 생각합니다." (황지우, 시인, 한국종합예술학교 총장 역임)

"선생님은 일제부터 민주화 시기까지 격랑을 몸으로 체험한 분으로 인간에게 불을 건넨 프로메테우스처럼 '먼저 아는 자'였다고 생각합니다. 또한 그것을 실천하신 분이죠.

고등학교 졸업 무렵 친구들 몇 명이 선생님 댁에 갔던 기억이 있어요. 버스를 내려 병영에서 냇가 길을 타고 한 시간가량 걸어서 댁에 갔죠. 겨울이었고 몹시 추웠어요. 선생님 댁 대밭에서 우리가 담배를 피니까, 선생님이 "같이 피자" 하셔서 아예 방에서 선생님이랑 같이 피웠던 기억이 있어요. 우리들에게 참 따뜻한 형이자 아버지 같은 분이었어요.

선생님이 강진에 계실 때, 양래는 천주교 정의평화위원회에서 일할 때고, 저는 백수라 시간이 있었어요. 5·18 관련 사건으로 교도소 좀 살고 제적당해 교사자격증도 취소되었던 때죠. 선생님 모시고 강연장에 갔다가 가톨릭센터 뒤 여관에 방을 얻어요. 그러면 여러 일고, 전남고 제자들이 모이는데, 제가 선생님께 형님 하자 그랬어요. 선생님이 허허 웃으시며 그러라고 하셨죠. 저는 선생님을 형님이라고 부른 사람입니다.

저 결혼 때도 선생님 영향이 컸어요. 선생님이 제 아내를 만나 보시고, "야, 그만하면 됐다. 결혼해라." 그러셨으니까요. 양래도 신혼 초기 가끔 부부간 다투다가도 선생님이 한번 오시면 말끔히 해소되었어요. 광주에 오시면 여러 제자들 집에서 돌아가면서 주무시곤 했지요.

85년 5월에 결혼 후 신혼여행 다녀온 사이 선생이 돌아가셨고 장례식까지 모두 끝나버렸더라구요. 양래도 당시 5·18 행사 마치고 홍콩에 출장 갔을 거에요. 나중에야 선생님이 보내주신 축의금을 받았는데, 선생님이 입원하시느라 결혼식에 못 오시니 제 친구에게 미리 맡기신 거였어요. 축의금 봉투에 선생님이 직접 쓰신, 필체를 보고 한참을 울었어요. 지금도 붓을 꺾어서 돌려쓰신 '祝'자의 필체가 눈에 선합니다.

선생님 장례식에도 참석 못했지만, 국립 5·18묘지로 이장할 때 제가 선생님 뼈를 모두 수습했어요. 하나하나 만지고 닦고 해서 정성스럽게 모셨죠. 결국 오롯하게 저한테 당신의 모든 것을 보여주신 거죠.

나이 들어보니 참 이 양반은 보통 사람이 아니었다는 생각이 들어요. 나이 들면서 사람들은 자기가 살아온 삶을 침소봉대하기 마련인데 선생님은 전혀 그러지 않았어요. 당신의 살아온 내용, 내공을 빙산처럼 보이지 않는 곳에 쌓아두고 과거 내가 이랬다저랬다 이런 얘기를 한 번도 안 하시면서 우리에게 필요한 말씀만 했단 말이죠. 그래서 나는 아, 진정한 인격이 이런 거 아닌가, 생각해요.하여튼 그렇게 하나의 결정체를 우리는 만난 거죠, 역사적 결정체. 그리고 그 역사적 인격체, 결정체에게 우리는 쪼무래기 애들인데, 우리를 늘 귀중하게 생각해주셨잖아요. 그래서 내가 만약에 학생들 앞에 선다면 선생님처럼 그렇게 할 수 있을까 질문하는 거죠.

선생님은 제게 별이고 거울입니다. 고교 시절 이미 별을 만났으니 세상에서 제가 만나는 사람들의 거울이 생긴 거죠. 그래서 제 삶에서, 그리고 누군가가 제 삶에 나타나면 선생님을 대입해 보는 거죠."(조현종, 국립광주박물관 관장 역임)

조현종만이 아니다. 인생의 어려운 순간, 중요한 때에는 항상 선생님을 떠올린다는 제자들이 많다.

"일고에서 농구하다 공부하여 연대 법대에 갔죠. 선생님은 고시보다 학문을 훨씬 높이 평가했어요. 그런데 나도 몰랐던 장학금을 선생님이 친구인 법대 학장에게 알아보고 신청해 주셔서 받았어요. 선생님이 학문을 해보라고 권유하셨고, 그래서 저도 더 진지하게 학문을 해보려고 노력했고 그런 경험이 새로운 길을 가게 했고, 그런 사랑 때문에 지금의 제가 있는 거죠. 대학생들을 가르치고, 법학을 공부하면서 언제나 선생님을 떠올렸습니다."(이승우, 가천대학교 교수 역임)

"역사라고 하는 것이 뗏목이 강을 나아가며 일직선으로 가는 것이 아니라 이쪽으로 갔다가 부딪히면 또 저쪽으로 가듯이 그러면서 나아간다, 변증법을 그렇게 가르치셨던 것 같아요. 어쨌든 모든 학생들이 일주일에 한 번 그 시간에는 꼼짝을 않고 앉아서 그렇게 딱 50분이 순식간에 휙 지나가는, 선생님 이야기에 그냥 애들이 다 취해가지고, 선생님이 "오늘 수업은 여기까지" 하면은 그때 아이들이 정신이 딱 들어오는 거죠. 숨소리도 잘 안 들릴 정도로 그렇게 흡인력 있게 우리 정신을 장악하면서 이야기를 해 주셨어요. 일제강점기 여운형 선생이 청년대중에게 연설을 하시면서 "조선의 청년들아 발을 굴려라" 그러면 청년들이 전부 발을 굴렸다는 이야기를 누군가에게 들었는데 딱 그런 식이었죠. 여운형이라는 분을 뵙지는 못했지만 김용근 선생 이야기의 힘이랄까 이런 게 거의 여운형 선생 급이었이요."(최권행, 서울대 불문과 명예교수)

"김용근 선생님을 생각하면 두 말씀이 생각난다. 우선 1975년 4월 어느 일요일 무돌교회 고등부 예배에서 유난히 비분에 찬 어조로 말씀하신 뒤 나라와 민족을 위해 목숨을 바친 한 젊은이를 위해 기도하셨다. 그 젊은이는 1975년 서울대 시위 도중 '박정희에게 드리는 글'과 양심선언문을 낭독하고 할복한 서울대 김상진 열사(1949~1975)였다. 김 열사는 민주주의란 나무는 피를 먹고 살아간다고 주장하고 유신체제가 일체의 정치적 자유를 질식시키는 공포의 병영국가를 만들어냈음을 비판했다.
또 하나는 정신일도 하사불성(精神一到 何事不成)의 사례이다. 1948년 이후 27년 만에 전남 고교야구팀 최초로 전국 야구대회에서 우승한 광주일고의 4번 타자 김윤환 선수가 1975년 대통령배 고교야구대회 경북고와의 결승에서 고교야구 최초 3타석 연속 홈런의 신기록을 세운 뒤 "오늘따라 타석에서 야구공이 축구공처럼 보였다"고 했던 인터뷰를 인용하시면서, 정신을 차리면 실제로 그렇게 된다고 우리의 분발을 촉구하셨다. 그게 내가 학교에서 선생님을 뵌 마지막이었다. 당시 유신독재 정권의 압박으로 그 다음 주 선생님은 학교를 떠나셨다.
나라와 민족을 유난히 강조하고 정신을 똑바로 하고 정진하여 우리 역사를 이끌어가야 한다고 역설하시던 선생님의 말씀은 나의 뇌리에 그대로

들이박혔다."(나익주, 광주지산중학교 교장 역임)

"선생님이 하신 말씀을 성장하면서 비로소 느끼고, 말씀을 들었던 당시에는 그분의 사랑을 깨우치지 못했습니다. 제일 충격적이었던 것은 국민윤리 시간에 교과서를 다루지 않고 한국 경제의 파행 구조를 분석하고 논문을 갖다가 읽히는 등 사회 구조적 모순 속에서 바라보는 시각을 키워 주는 역할을 하셨습니다. 이때는 60년대라 그런 얘기를 할 수 있을 때가 아닌데 선생은 그때 바로 분단의 문제, 민족문제, 통일의 문제를 아주 강하게 이야기했던 것이 기억에 생생합니다. 저의 불교사상 공부의 많은 부분들이 그때 배웠던 틀 속에서 이해가 되었습니다. 선생의 강의는 종교적, 신비적인 차원이 아닌 역사적, 사회경제적인 차원의 강의였습니다. 선생님은 저에게 기존의 틀을 바꿔 주는 역할을 하셨습니다."(학담 스님)

"내가 거창에서 교편을 잡으면서 김용근 선생님은 이러한 경우에는 어떻게 하셨을까를 염두에 두고 학생들을 가르쳤습니다. 또 농민운동의 과정에서 농민들과 만남의 자리에서도 선생님은 어떻게 하셨을까 생각하면서 대화를 나누었습니다."(정찬용, 노무현대통령 민정수석비서관 역임)

"대개의 농구 지도자들은 계약된 시기에 자기의 안위나 어떤 목적을 위해 선수들을 지도하는 건데 이분은 그게 아니야. 제자가 어떻게 커가는 건지 관심을 갖고 지켜봐 주시는 거죠. 그래서 진짜 스승이지. 나는 나처럼 선생의 사랑을 많이 받은 사람이 없지 않을까, 하고 생각했는데, 다른 제자들 보면은 그들도 나 못지않게 사랑을 받았다는 생각이 들어요."(조현영, 호남대학교 교수 역임)

"노일경 목사님이 고교 시절, 방황할 때 경찰서에 갔던 얘길 최연석 목사님에게 들었어요. 경찰이 작성한 조서를 선생이 그냥 찢어버리고 "내가 그냥 데리고 갈랍니다" 하고 나와버린 얘기요. 저는 그때 '아, 이분은 그래서 참 스승이구나!' 생각했어요. 그래서 노일경 목사님이 나중에 마음 잡고 공부하시고 목사님이 돼서 광주 한빛교회에서 목회를 하셨고 지금 은퇴하셨어요.

한때 실수할 수 있으나, 꿈과 열정이 있는 것이 학생 시절 아닙니까? 학생들을 가르치는 저 자신을 돌아볼 때 그렇게 큰 우산처럼 학생들이 믿고 따르는 선생이 될 수 있을까, 그때 김용근 선생님이 생각나더라고요.

기장 강집읍교회 김경식 목사님이 선생을 소개하실 때는 "강진의 의인이다"고 하셨지요. 5·18 때 선생 댁에 머물렀던 제자 윤한봉도 강진 칠량 사람이잖아요. 참 큰 울타리 같은 스승이셨고, 그분이 세상을 떠나셨을 때는 강진의 별이 졌다, 이렇게 추모했습니다."(김주한, 목사, 한신대학 신학대학원장 역임)

김용근 선생은 일제강점기, 한국전쟁, 군사독재 등 한국 근현대사의 가장 험난한 시기를 온몸으로 겪었다. 그는 강의실에 머무르는 전형적인 교사 이상의 존재였다. 그에게 '감전 당한' 제자들은 그를 '목소리로 가르친 스승' '프로메테우스처럼 불을 건네준 먼저 아는 자' '별이자 거울'로 기억한다. 그는 제자들에게 삶의 나침반 같은 존재였다.

김용근의 가르침은 역사·사회적 현실을 직시하게 했다. 단순한 지식 전달이 아니라, 문제를 깊이 통찰하게 했다. 교과서 중심 교육을 거부하고, 시대의 구조적 모순과 사회문제를 강의 주제로 삼아 분단과 민족문제, 통일 등 당시로서는 민감한 주제를 학생들에게 깊이 토론하게 했다. 그는 단편적 지식 습득보다 비판적 시각의 형성을 중시했다.

김용근은 자신의 과거를 과장하거나 과시하지 않고, 자신의 내공을 드러내지 않으면서 제자에게 필요한 말만 전하는 겸손한 스승이었다. 제자들이 '역사적 결정체'로 느낄 만큼 겸손한 품격을 유지했다. 그는 말과 삶이 일치하는 모범을 보였다.

김용근은 제자에게 필요한 장학금을 직접 주선하고, 학문과 인생에 대해 세심하게 조언하며, 결혼과 생활도 챙겨주는 아버지 같은 스승이자 친구였다. 김용근은 방황하거나 실수한 학생도 포용하는 '큰 울타리 같은' 존재였다.

김용근에게는 학생들이 숨소리조차 죽일 정도로 강의에 몰입하게 만드는 흡인력이 있었고, 그의 강의는 역사적 인물 여운형의 연설에 비견되는 감화력이 있었다. 제자들은 '머릿속에 번갯불이 치는 깨달음'을 경험했다.

김용근 선생과의 관계 속에서 제자들은 가치관과 삶의 방향을 형성했다. 제자들 스스로 자신의 삶을 성찰하고 사회에 기여하도록 영감을 받았다. 선생은 지배권력이 바라는 교육을 부정하고 학생이 자신을 발견하고, 나아가 분단된 민족을 발견하도록 고취했다. 반공교육과 왕조사 중심의 역사교육을 무시하거나 부정했다. 이러한 비판적 역사교육을 통해 피교육자가 역사의 주체로서 각성하도록 고무했다.

"나는 교육의 일선에 있으면서 그때그때 정권에서 내세우는 교육이념이라든지 정책을 도외시해 버렸어요. 내가 생각하는 교육, 내가 가르치고 싶은 교육은 '내가 누구냐' 하는, 다시 말해 자기 자신을 인식하게 하여 인간이 가진 천부적인 권리를 스스로 발견해 주장할 수 있도록 내가 먼저 사람다운 사람의 모습을 보여주려고 노력하는 식이었지요. 그러다 보면 민족이 저절로 발견될 터이고 우리 민족은 이렇게 살아야 하지 않겠느냐 하는 길에도 이르게 되지 않을까. 그러니까 역사를 창조해 가는 주인공으로서의 하나의 눈뜸, 그러한 인간다운 삶으로 발전해 가는데 중점을 두고 가르쳤습니다. 마침 내가 담당한 과목은 한국사였는데 교과서 자체가 철저하게 왕조사 중심이다 보니 거기에 매달리다 보면 왕이나 얘기하고 지배층 귀족이나 설명해야 되는데 나는 그것을 철저하게 싫어했어요.

만약 교과서의 주된 내용 즉 위대한 영웅과 군주와 양반들 그리고 고급 문화에 중점을 두다 보면 결과적으로 민중들로 하여금 민중의 것을 부정하고 남의 것을 모방하도록 훈련하고 스스로를 비하하고 부정하면서 남의 가치관에 따라서 살도록 의식화(세뇌-필자 삽입)하는데 기여하는 셈이 되기 때문이지요. 그러므로 나는 우리의 역사를 지탱해 온 힘의 원천을 대지에 뿌리박고 자라는 풀과 같은 민중들의 생명력에서 찾아야 됨을 힘 닿는 대로 가르쳐 왔습니다."(문집 82)

왕의 정신이나 귀족의 입장이 아니라, 밑바닥 민중의 정신과 의식을 지니는 것이 자기를 잃어버리지 않는 주체의 삶이라는 것이다. 이는 혁명에서 대중의 주체성을 존중해야 한다고 한 로자 룩셈부르크의 주장과 통한다. 대중의 참여와 토론, 자유로운 의견 교환 위에서만 진정한 사회주의가 실현되리라 믿었던 로자는 러시아 혁명을 찬양하면서도 민주주의를 제한하는 시도들을 비판하며 "자유는 항상 다른 생각을 가진 사람들의 자유"라고 말했다.

김용근의 교육은 지금 우리에게 어떤 시사점을 던져줄까.

첫째, 비판적 사고의 중요성이다. 정보 과잉과 SNS 시대가 만든 '새로운 무지'의 극복에 필요한 교육은 비판적 사고능력을 함양하는 것이다.

둘째, 김용근의 관계 중심 교육은 스승과 제자가 하나가 되는 '제자 공동체'를 형성함으로써 교육 현장을 넘어 사회변혁과 공동체 발전에도 기여했다.

오늘날 경쟁 위주 입시교육에서 교사-학생 관계는 교육 서비스 제공자와 소비자의 관계로 치환되었다. 지식은 돈으로 사고파는, 일회성으로 소비되는 정보 상품일 뿐이다. 이런 거래에서 평생 지속되는 인격적 신뢰 관계는 없다. 교사·학생의 관계는 단지 지식정보의 공급자-소비자의 관계가 아니다. 교사와 학생 모두 교실 안팎에서, 즉 민주주의 공동체의 구성원이자 시민이다.

셋째, 스승이자 선배이고 친구이며 동지인 김용근은 제도교육의 울타리를 뛰어넘은 '시대의 교사'로 자리매김했다. 그의 교육철학과 교육적 실천은 오늘날에도 유효하다.

김용근의 목소리는 분단의 어둠이 드리워진 동굴에서 경쟁교육에 중독된 청춘의 가슴을 감전시켰다. 김용근은 제도교육을 지배하는 학교 내외의 권력에 복무하는 교사가 아니었다. 제도교육의 부조리에 맞서, 출세와 입시의 덫에 걸린 학생들을 향해 진실을 전하고자 했다. 푸코가 말한 '파레시아스트'의 용기였다. 그는 분단체제 경쟁교육이 연출한 '수용소 교육'의 허위를 찢고 청춘의 가슴에 불꽃을 심어 주었다. 그가 가르친 것은 단순한 지식이 아니라, 질문하는 법, 의심하는 법, 그리고 스스로를 깨우는 법이었다. 그의 교실에서 답은 정해진 것이 아니고 진리는 외워지는 것이 아니었다. 김용근의 아카데미아에서 학생들은 '정답을 맞히는 기술자'가 아니라 '문제를 발견하는 주체'로 깨어났다.

김용근의 강의는 왕과 영웅의 역사가 아니라, 밑바닥 민중의 역사를 발견할 것을 주장했다. 그의 역사 수업은 단순한 연표 외우기, 몰역사적인 역사지식 주입 따위가 아니었다. 나는 누구이며 역사의 주체가 누구인가 발견하고 어떤 법칙으로, 주체의 어떤 실천에 의해 역사가 발전하는가를 깨닫기를 촉구했다.

김용근의 교육이 교과서 안에 갇히지 않았듯이 그의 기독교 신앙은 교회 안에 머물거나 교리 안에 갇히지 않았다. 그는 기독교 모태 신앙의 바탕에서 성장했으되, 일제강점기와 해방 공간에서 원효의 화엄(華嚴)사상과 무애(無碍)의 실천, 로자 룩셈부르크의 사회주의를 섭렵했고 말년에는 기독교 장로로서 최제우의 개벽사상을 새롭게 발견했다. 이는 단지 이런저런 여러 사상들에 대한 편력이 아니었다. 그는 여러 사상들을 공부하고 취하되 어느 하나를 고집하고 다른 것을 배제하지 않았다. 그는 다양한 사상을 변증법적으로, 주체적으로 종합하여 해석하고자 했다. 그래서 김용근은 사회주의적 이상과 실학의 문제의식, 원효의 사상과 뜻을 품고 동학의 개벽을 대망하는 기독교인으로 살았다.

김용근의 농구 교육에서 "볼은 인간이다"는 하나의 화두였다. 그는 스포츠를 통해서 인간을 발견할 것을 주문했다. 승패와 경쟁에 연연하지 않고 정정당당하게 최선을 다하는 인간, 그런 과정에서 다시 태어난 인간, 다져진 우정과 신뢰의 일체감 안에서 만들어진 호연지기(浩然之氣) 가득한 새로운 인간, 김용근의 인문농구가 추구한 것은 바로 이것이었다.

김용근은 늘 인간적인 것을 추구했다. 그의 가르침의 뿌리는 언제나 인간으로 향했다. 불교와 기독교, 사회주의를 넘나들며, 그는 인간다운 인간의 세상, 민중이 예수가 되는 세상, 사람이 곧 하늘인 최제우의 개벽 세상을 꿈꾸었다. 그가 일제강점기 총독암살단을 조직한 것은 본회퍼 목사가 말한바, "삶의 주체는 선(善)이 아니라 사람"[88]이라는 명제에 충실한 삶이었다. 그래서 본회퍼는 죽음을 무릅쓰고 "선하려고 하기 보다는 필요한 일을 하라"[89] 는 명제에 충실한 삶을 살았다. 이는 본회퍼가 체포될 때 책상 위에 남긴 메모이다. 원효의 무애(無碍), 디오게네스적인 자유, 바울의 회심(回心), 이 모든 사상은 그에게서 하나로 녹아 휴머니스트 김용근의 실천으로 이어졌다.

원효가 무애가를 부르듯 학생들과 담배를 나누며 벽 없는 소통을 실천했던 스승. 그것은 단지 권위를 허무는 제스처가 아니라, 무한한 가능성을 가진 어린 인간에 대한 진심어린 존중의 표현이었다. 제자들은 선생이 자신들을 구원했다고 여겼다. 하지만 말년에 선생은 "너희가 나를 구원했다"고 했다. 그렇다. 선생과 제자들은 서로를 구원했던 것이다. 구원은 단지 일방이 아니라 쌍방의 관계였다. 이렇게 스승과 제자의 경계는 허물어졌다. 그 관계는 동지이자 친구, 우애(友愛)로 발전했다. 그래서 김용근의 교육은 교실의 경계를 뛰어넘었다. 김용근의 '아카데미아'는 시대 속에서 실현되었다. 그를 '시대의 교사'로 부르는 이유다.

"보통 이름이 널리 알려졌거나 권력이 있던 사람을 추모하기 마련인데 이리 오래 한 교사를 추모하는 모임이 계속된다는 것이 신기하다. 김용근 선

생도 훌륭하나 제자들도 대단하다"(김용근 교육상 제21회(2015) 수상자 채현국 선생)

별세 이후 수십 년 동안 김용근을 기리는 것은 제자들이 대단해서가 아니라, 그가 붙인 불꽃이 바로 제자들 안에서 살아있기 때문이다.

정 중앙에 조주일 사모님과 문병란 시인
80년대 후반 선생의 뜻을 기리는 제자들과 여러 사람이 강진 작천 선생의 묘소를 찾았다

에필로그

역사, 우리의 거대한 뿌리

평전을 집필하면서 선생을 다시 뵙는 듯한 착각에 빠졌다. 집필을 위해 만나는 사람들 안에, 조사하고 들여다보는 역사적 사실과 자료 안에 선생은 살아 계셨다. 이 집필이 우리 모두의 삶을 붙잡고 있는 '거대한 뿌리'를 더듬어 가는 작업처럼 느껴졌다. 김수영 시인의 시 「거대한 뿌리」(1964)를 찾아 여러 차례 읽어 보았다. 그리고 최제우 선생의 무왕불복지리(無往不復之理)의 의미를 다시 새겨보았다. 선생이 "역사는 돌아갈 곳이 있어야 한다"고 말씀한 바와 통한다고 여긴다. 특히 이 평전의 초반부를 차지하는 강진과 장흥 지역사의 소중한 일부인 동학사를 공부하면서 잘려서 잊혀진 '거대한 뿌리'를 돌아보는 시간을 가졌음을 감사하게 생각한다.

김용근 선생은 러시아혁명이 있던 1917년 태어나 일제, 해방, 분단을 관통하고 전두환의 독재 시기 별세했다. 선생의 삶과 시대를 선생의 교육적 실천 및 말씀과 연관 지어 고찰하고자 했다. 이 과정에서 격동의 시대를 살았던 참여적인 지식인으로서 한 교사의 존재방식을 드러내고자 했다.

선생의 교육이 어떤 진실을 추구하려 했는가. 그리고 오늘 그것이 어떤 의미를 가지는가를 선생이 만났던 사람들과의 관계에서 열어 보이고자 했다. 이를 통해 우리의 삶과 교육을 돌아볼 수 있으리라 여긴다.

제자로서 선생의 삶과 세계를 웬만큼 알고 있다고 생각했는데 이 글을 쓰기 위해 취재를 하면서 착각이었음을 알았다. 특히 농구 제자 여러분을 인터뷰하면서 선생의 삶과 교육에서 농구가 얼마나 중요했는지 깨닫게 되었다. 스포츠 교육자로서 선생의 면모를 새롭게 발견하고 스포츠 교육의 의미를 새겨보는 계기였다.

필자는 고교 시절에 선생을 처음 뵈었고 돌아가실 때까지 친밀한 관계를 맺었다. 스승과의 만남은 필자에게 큰 영향을 미쳤다. 따라서 이 글에는 주관적인 체험이 포함되어 있다. 평전은 전기 문학의 일부이나 서술 대상에 대한 비평적 글쓰기로서 최소한의 객관성을 지녀야 한다. 이 점을 인식하고 나뿐 아니라 제자들이 스승과 맺은 체험을 최대한 객관화하여 선생의 삶과 가르침의 의미를 밝히도록 노력했다.

김용근기념사업회에서 2018년과 2020년 두 차례의 학술발표회를 가졌던 것이 큰 도움이 되었다. 또 1991년 『碩隱 金容根 先生 文集』을 간행했던 것도 참으로 다행이었다. 이 일들을 성실하게 추진한 벗 故 김양래가 그립다.

이 평전의 집필을 위해 기꺼이 인터뷰에 응하여 귀중한 말씀을 해주신 선생의 가족, 제자, 지인 여러분께 깊이 머리 숙여 감사드린다. 평전 집필을 위해 늘 염려하시고 지원을 아끼지 않으신 김용근기념사업회 김이수 회장, 임형칠 상임이사, 그리고 책이 나오기까지 모든 과정에 최선을 다한 이원화 작가 그리고 강진 지역사에 대한 여러 자료들을 찾아 제공한 윤성열 아우에게 고마움을 표한다.

아낌없는 가르침과 사랑을 베풀어주신 김용근 선생과 조주일 사모님, 그리고 이주영, 윤한봉, 박형선, 김양래 등 먼저 세상을 떠난 여러 선후배들과 동무의 명복을 빈다.

2026년 봄을 기다리며
은우근

미주

1 Ф. И. Шабшина, Южная Корея: 1945-1946 гг. Записки очевидца(Москва: Наука, 1974). 파냐 이사악 꼬브나 샤브쉬나 지음, 김명호 옮김, 『1945년 남한에서』 (서울: 한울, 1996).

2 정병준(2008). 「패전 후 조선총독부의 전후(戰後) 공작과 김계조(金桂祚) 사건」, 『이화사학연구』 36, 35-70.

3 『강진군마을사 작천면편』(1993), 강진문화원.

4 이빈섬. (2023, August 20). www.theviews.co.kr. https://www.theviews.co.kr/news/articleView.html?idxno=874

5 『목포지木浦誌』(1991), 김정섭 역, 목포지편찬회.

6 박찬승(2023), 『혼돈의 지역사회-식민지·분단·전쟁기 전남지역의 사회사』 한양대학교 출판부.

7 고석규(2004), 『근대도시 목포의 역사·공간·문화』 서울대출판부.

8 한인수(1995). 11월 가을호, 「인물탐구」. 『호남교회춘추』12-29. 그리고 김수진. 『호남선교 100년과 그 사역자들』, 서울: 고려글방, 1992.

9 군산3·1만세운동 기념조형물 비문 참조. 국가보훈처(익산보훈지청), 군산시, 군산3·1만세운동기념사업회, 2015년 3월 1일.

10 김수진(1992), 249.

11 김수진(1992), 260.

12 조선총독부 고등법원 검사국 사상부, ≪思想彙報≫제25호, 1940년 12월, 81~101.

13 한국학중앙연구원 『향토문화전자대전』 및 『한국민족문화대백과사전』 참조.

14 김수진(1992), 243.

15 김수진(1992), 244.

16 김성재(2018, March 25). 「죽재 서남동 교수님을 다시 생각하며」. https://www.ecumenian.com/. https://www.ecumenian.com/news/articleview.html?idxno=17101

17 장일조(1992). 「죽재를 위한 하나의 대화-전환기의 민중신학: 죽재 서남동 신학사상을 중심으로」. 죽재 서남동 교수 기념논문집편집위원회 한국신학연구

소, 143.

18 김경재(1992)..「죽재를 위한 하나의 대화 – 전환기의 민중신학: 죽제 서남동 신학사상을 중심으로」『죽재 서남동 교수 기념논문집』, 한국신학연구소, 232.

19 서남동(1982),「두 이야기의 합류」,『民衆과 韓國神學』, NCC 神學研究委員會 編, 한국신학연구소, 243-244, 245.

20 조선총독부 기록상 병영교회의 교회 설립일은 1904년 8월 19일이다.

21 강진신문(http://www.gjon.com) 2005.01.22.

22 백용기(2005),『작천교회 100년사』7.

23 국사편찬위원회 간, 주한일본공사관기록 6권,『東學黨征討略記』

24 차벽(2010),『다산의 후반생』돌베개, 184~185.

25 김재계, 같은 채, 제271호, 27

26 이하에서 박기현의 활동에 대해서는 다음의 글들을 참조했다. 박맹수(2002),「『일사(日史)』와 강진·장흥 지역 동학농민혁명」,『역사학연구』19.

27 홍동현(2015), 267.

28 https://www.mindlenews.com/news/articleview.html?idxno=12082. 시민언론 민들레 기사 참조.

29 李省展(2006),『아메리카인 선교사와 조선의 근대』東京:社會評論社, 42, 안종철, 같은 글 93면에서 재인용.

30 연합뉴스, 2005년 3월 23일, 3월 25일.

31 김창걸,『實 찾아 三十年』70면. 조영환(2018), '윤동주의 평양 숭실중학교 시절'에서 재인용. https://blog.naver.com/08skyoo/221202503209

32 황민호(2025).「광주학생운동의 전국적 확산과 '평양만세사건'의 전개 – 숭실전문학교 학생들의 활동을 중심으로」,『한국민족운동사연구』, 122, 49-88.

33 조영환(1997), 윤동주의 평양 숭실중학교 시절,「평양숭실편」『숭실100년사』, 조영환-윤동주의 평양 숭실중학교 시절 참조. https://blog.naver.com/08skyoo/221202503209

34 『숭실대학교 90년사』, 336, 송우혜(2004) 같은 책 185면에서 재인용

35 숭실 체육관과 체육관 내부, 숭실중학교 본관과 도서관 사진은 다음 웹사이트 참조. https://americanpyongyang.com/2018/01/31/a-tour-of-union-christian-college-of-pyongyang/

36 조선총독부관보 제0281호, 제5007호

37 송우혜(2014), 『윤동주평전』, 서정시학, 156.

38 송우혜(2014), 185-190 참조.

39 김형수(2018), 『문익환평전』, 다산책방, 141.

40 김형수(2018), 145.

41 1930년대 신사참배 거부운동에 대해서는 다음을 참조. 김승태(2012).「평양 삼숭(三崇)의 신사참배 거부투쟁과 폐교」, 『인문학연구』 42, 243-278. 한석희(1985), 「일제하 한국의 신사참배 강요」(2), 『기독교사상』, 29(9), 114-138.

42 시와 해설은 김응교(2013) 참조, 「윤동주와 걷는 새로운 길 11 - 숭실 숭실 합성숭실」, 『기독교사상』.124-137.

43 출처 : 한국 근대 사료 DB ; 일제침략하 한국36년사

44 홍성표(2019), 「기독교 학교 학생들의 민족운동과 사회주의 - 연희전문학교 학생회를 중심으로」, 『한국독립운동사연구』 68. 187-224면 참조

45 독립운동사 편찬위원회, 『독립운동사』 제8권 문화투쟁사, 515-527면 참조.

46 독립운동사 편찬위원회, 『독립운동사』 제8권: 문화투쟁사 506.

47 독립운동사 편찬위원회, 『독립운동사』 제8권: 문화투쟁사 508면, 『항일학생민족운동사연구』 482-542면에서 요약. 『독립운동사』 제8권: 문화투쟁사 509면, 각주 80 재인용.

48 정진백, 「民衆은 歷史發展의 主體이다」, 문병란 외, 『碩隱 金容根 先生 文集』(1991), 75-92. (원출처: 『금호문화』 1984. 11·12월호) 이하 문집.

49 2001년 12월 8일 천안시 입장면 하장리 초원아파트 구술(임형선 556면 이하)

50 임한창, 41년 조직 기독대학생 17인 '신사회' "항일 밀알 싹틔었다" 국민일보, 1994.8.13., http://news.kmib.co.kr/article/viewdetail.asp?newsclusterno=01100201. 19940813000002101 (검색일: 2020.9.20.).

51 조동걸, "1942.1.15., 연희전문 졸업생 장수(長水)의 항일결사 탄로", 『독립운동사』 제8권: 문화투쟁사 516.

52 『문집』 86-87.

53 https://www.kmib.co.kr/article/viewdetail.asp?newscluster

No=01100201.199408130000002101

54 공훈전자사료관 관리번호 4738.

55 판결 쇼와 17년(1942년) 형공(刑控) 제716호.

56 https://www.kmib.co.kr/article/viewdetail.asp?newscluster No=01100201.199408130000002101

57 장수경찰서의 보고서는 다음 책에서 재인용.『독립운동사』제9권 학생독립 운동사 제4편 제2장 제4절 749-750.

58 일제 판결문(쇼와 17년 형공 제716호)

59 성백우 공적조서.

60 임형선 신문 인터뷰.

61 홍성표(2019), 217면 참조.

62 2001년 12월 8일 천안시 입장면 하장리 초원아파트 구술(임형선, 556면 이하).

63 경성 코뮤니스트 그룹의 핵심. 경성콤그룹은 1939~1941 경성부를 중심 으로 조선공산당을 재건하기 위해 활동한 조직. 1930년대 초반 각 콤그룹의 당 재건운동과 그 후 1930년대 중반에 있었던 경성의 이재유 그룹, 원산의 이주하 그룹의 당재건운동을 계승한 1930년대 후반 대표적인 공산당 재건운동 단체다. 일제강점기 국내파 사회주의, 공산주의 운동가들의 최후 집결체로 평가받고 있 다. 박헌영, 이현상, 이관술, 이재유, 김태준 등이 주로 활동하였다.

64 은우근(2018), 25-26면 참조,「파레시아스트와 '떫은 감'의 변증법-참여 적 지식인으로서 한 교사의 존재방식」,『바람직한 광주 교사상연구: 교사 김용근 의 교육정신과 실천』, 10-52면, 연구책임자: 고형일, 전남대학교 교육문제연구 소.

65 남덕현(2019),「로자 룩셈부르크의 인민 대중에 대한 이해」. 현대사 상,(22), 53-67면 참조.

66 『문집』78~80면 발췌 요약.

67 이광이(2020.7.7.) "우리 시문학사에 휘황한 횃불을 밝혀든 목가시인" https://www.korea.kr/news/culturecolumnview.do?newsId=148875166(검 색일: 2021.7.9.).

68 윤여탁(2000),『신석정』, 건국대학교출판부, 39면 참조.

69 김아와 신석정의 관계에 대해서는 윤여탁(2000), 36-37면 참조. 또 정재

철의 다음 글 참조.

(부안문화의 밥과꽃42-탄금재(彈琴齋)에서 혜원의 사진을 찍다, 부안독립신문, 정재철) http://www.ibuan.com/news/articleview.html?idxno=21607 (검색일: 2018.10.2.).

70　이에 대해서는『서중석의 현대사 이야기』4권 176-193, 228면 등 참조, 서중석(2016), 오월의 봄.

71　전북일보 발표(1961.1.1.).

72　김종필의 증언, https://www.chosun.com/site/data/html_dir/2011/05/12/2011051200178.html73　강상중·현무암 지음, 이목 옮김 (2012),『기시노부스케와 박정희』, 책과함께, 참조.

74　https://www.hani.co.kr/arti/culture/book/127018.html?utm_source=copy&utm_medium=copy&utm_campaign=btn_share&utm_content=20250628

75　앞의 한겨레신문 기사

76　(Plutarch, Moralia 48c, On Listening to Lectures) Plutarch. (1927). Moralia, Volume I: On the Education of Children; How the Young Man Should Study Poetry; On Listening to Lectures (F. C. Babbitt, Trans.). Loeb Classical Library (Vol. 197). Cambridge, MA: Harvard University Press.

77　권오걸(2025) 광랑연표,『광랑』49~50면, 그리고 같은 책 김희택 7면 참조, 광랑64년간행위원회.

78　박금주(1994.06), '참교육의 선구자 강요한 선생',『월간 말』201.

79　2018.8.27.~9.4. 황일봉 이메일 및 전화 인터뷰.

80　임형칠(2020),「그리운 고 석은 김용근 선생님의 마지막 수업」,『2020 학술대회 석은 김용근 선생의 일제하 독립운동 자료집』55-62면 참조, 사단법인 김용근선생기념사업회·국가보훈처, 2020.10.29.

81　김용근 축사,『동소산의 머슴새』(문병란 지음, 일월서각, 1984), 문집 328.

82　김희택, '당신이 떠나시는 그날', 문집, 407, 409.

83　윤한봉(2009),『망명』. 48면~51면, 367면 참조.

84　김용근(1984),「민중신앙으로서의 무교(巫敎)」,『민중을 위한 제언』, 천주교 광주대교구 정의평화위원회, 1984, 문집 236.

85 문집 385.
86 푸코(M. Foucault)(1983), 『담론과 진실』, 심세광 외 역(2017). 동문선, 90-91면 참조.
87 졸고, 한겨레신문 칼럼, '토호권력과 지식인의 앙가주망', (2017.12.27.).
88 본회퍼, 『윤리학』, 손규태 외 역(2010), 대한기독교서회, 42-43.
89 같은 책, 537.

참고문헌 및 자료

Ⅰ. 단행본·편저·자료집

강상중·현무암, 이목 옮김, 『기시노부스케와 박정희』, 책과함께, (2012).

고석규, 『근대도시 목포의 역사·공간·문화』, 서울대학교출판부, 2004.

권오걸 외, 『광랑』, 광랑64년간행위원회, 2025.

김재계, 『천도교회월보』 제271호, 제280호.

김용근, 「민중신앙으로서의 무교(巫敎)」『민중을 위한 제언』, 천주교 광주대교구 정의평화위원회, 1984.

김형수, 『문익환평전』, 다산책방, 2018

김수진, 『호남선교 100년과 그 사역자들』, 고려글방, 1992.

박찬승, 『혼돈의 지역사회 — 식민지·분단·전쟁기 전남지역의 사회사』, 한양대학 교출판부, 2023.

문병란 외, 『碩隱 金容根 先生 文集』, 대홍출판사, 1991.

문병란, 『동소산의 머슴새』, 일월서각, 1984.

병영교회, 『병영교회 92년사』, 병영교회, 1996.

백낙청, 『백년의 변혁 — 3·1에서 촛불까지』, 창비, 2019.

백용기, 『작천교회 100년사』, 작천교회, 2005.

서중석, 『서중석의 현대사 이야기』 4권, 오월의봄, 2016.

송우혜, 『윤동주 평전』, 서정시학, 2004.

오지영, 『동학사』. 김태웅 옮김, 아카넷, 2024.

윤여탁, 『신석정』, 건국대학교출판부, 2000.

윤한봉, 『망명』, 한마당, 2009.

임형칠, 「그리운 고 석은 김용근 선생님의 마지막 수업」, 『2020 학술대회 석은 김용근 선생의 일제하 독립운동 자료집』, 사단법인 김용근선생기념사업회·국가보훈처, 2020.

정진백, 「民衆은 歷史發展의 主體이다」, 『금호문화』 1984. 11·12월호

차벽, 『다산의 후반생』, 돌베개, 2010.

한인수, 『호남교회춘추』, 호남신학대학교 도서관 소장 자료, 1995년 11월 가을호.

한국기독교역사연구소, 『조선예수교 장로회사기』, 한국기독교역사연구소, 2000.

한국역사연구회·전남사학회, 『광주학생운동연구』, 아세아문화사, 2000.

『숭실대학교 90년사』.

『숭실 100년사』.

『죽재 서남동 교수 기념논문집』, 한국신학연구소, 1992.

문병란 외, 『碩隱 金容根 先生 文集』, 1991.

李省展, 『아메리카인 선교사와 조선의 근대』, 東京:社會評論社, 2006.

미셸 푸코, 『담론과 진실』, 심세광·전혜리 역(2017), 동녘, 1983.

디트리히 본회퍼, 『윤리학』, 손규태 외 역, 대한기독교서회, 2010.

Ф. И. Шабшина, Южная Корея: 1945-1946 гг. Записки о чевидца(Москва: Наука, 1974). 파냐 이사악꼬브나 샤브쉬나 지음, 김명호 옮김, 1945년 남한에서, 한울, 1996.

Plutarch, Moralia 48c, On Listening to Lectures) Plutarch. (1927). Moralia, Volume I: On the Education of Children; How the Young Man Should Study Poetry; On Listening to Lectures (F. C. Babbitt, Trans.). Loeb Classical Library (Vol. 197). Cambridge, MA: Harvard University Press.

II. 논문

김경재 외, 『죽재 서남동 교수 기념논문집』, 한국신학연구소, 1992.

김승태, 「평양 삼숭(三崇)의 신사참배 거부투쟁과 폐교」, 『인문학연구』 42, 2012.

김응교, 「윤동주와 걷는 새로운 길 11 ― 숭실 숭실 합성숭실」, 『기독교사상』, 2013.

남덕현, 「로자 룩셈부르크의 인민 대중에 대한 이해」. 『현대사상』(22), 2019.

서남동, 「두 이야기의 합류」, 『民衆과 韓國神學』, NCC神學硏究委員會 編, 한국신학연구소, 1982.

은우근, 「파레시아스트와 '떫은 감'의 변증법-참여적 지식인으로서 한 교사의 존재방식」, 『바람직한 광주 교사상연구: 교사 김용근의 교육정신과 실천』, 연구책임자: 고형일, 전남대학교교육문제연구소, 2008.

장일조, 「죽재를 위한 하나의 대화 ― 전환기의 민중신학 : 죽제 서남동신학사상을 중심으로」, 『죽재 서남동 교수 기념논문집』, 죽제 서남동 교수 기념논문집편집위원회 한국신학연구소, 1992.

박맹수, 『일사(日史)』와 강진·장흥 지역 동학농민혁명, 역사학연구, 역사학연구, 19(0), Dec, 2002.

박맹수, 「동학농민혁명기 전라도 지식인의 삶과 향촌사회 -강진유생 박기현의 『일사』를 중심으로-」, 『한국사상사학』 31권, 한국사상사학회, 2008

정병준, 「패전 후 조선총독부의 전후 공작과 김계조 사건」, 『이화사학연구』 36, 2008.

조영환, 「윤동주의 평양 숭실중학교 시절, 평양숭실편」 『숭실100년사』, 1997.

한석희. 『일제하 한국의 신사참배 강요』(2), 『기독교사상』, 29(9), 1985.

홍동현, 「1894년 강진지역 동학농민전쟁과 다산 정약용의 경세유표」, 『다산과 현대』, (8), 2015.

홍성표, 「기독교 학교 학생들의 민족운동과 사회주의-연희전문학교 학생회를 중심으로-」, 『한국독립운동사연구』 68, 2019.

황민호, 「광주학생운동의 전국적 확산과 '평양만세사건'의 전개」, 『한국민족운동사연구』 122, 2025.

III. 신문·정기간행물

박금주(1994.06), '참교육의 선구자 강요한 선생', 월간 말 201, 994년 6월호.

한승동, 일본인보다 더한 일본인 그들은 조선 핏줄이었다, 한겨레신문, https://www.hani.co.kr/arti/culture/book/127018.html?utm_source=copy&utm_medium=copy&utm_campaign=btn_share&utm_content=20250628, 2006-05-26.

은우근, '토호권력과 지식인의 앙가주망', 한겨레신문, 2017.12.27. https://www.hani.co.kr/arti/area/area_general/825250.html

임한창, 41년 조직 기독대학생 17인 '신사회' "항일 밀알 싹틔었다" 국민일보, 1994.8.13. https://www.kmib.co.kr/article/viewDetail.asp?newsClusterNo=01100201.19940813000002101

정재철, 부안문화의 밥과꽃42-탄금재(彈琴齋)에서 혜원의 사진을 찍다, 부안독립신문. http://www.ibuan.com/news/articleView.html?idxno=21607

Ⅳ. 정부·자치단체 공식 사료·기록물

강진문화원, 『강진군 마을사 — 작천면편』, 1993.

국가보훈처(익산보훈지청), 군산시, 군산3.1만세운동기념사업회, 군산 3·1만세운동 기념조형물 비문. 2015년 3월 1일.

목포지편찬회, 『목포지木浦誌』, 김정섭 역, 1991.

조선총독부 고등법원 검사국 사상부, 「思想彙報」 제25호, 1940.

조선총독부 관보 제0281호, 제5007호.

일제 판결문, 쇼와 17년(1942) 형공 제716호.

한국학중앙연구원, 향토문화전자대전.

한국학중앙연구원, 『한국민족문화대백과사전』.

독립운동사 편찬위원회, 『독립운동사』 제8권, 제9권 문화투쟁사

공훈전자사료관.

국립 5·18민주묘지 이장 기록.

Ⅴ. 인터넷 자료

강진신문(http://www.gjon.com) 2005.01.22.

김성재(2018, March 25). 죽재 서남동 교수님을 다시 생각하며.

https://www.ecumenian.com/news/articleView.html?idxno=1710

https://americanpyongyang.com/2018/01/31/a-tour-of-union-christian-collegeof-pyongyang https://americanpyongyang.com/2018/02/02/sports-at-union-christian-college/

한국 근대 사료 DB ; 일제침략하 한국36년사

이빈섬. (2023, August 20).

https://www.theviews.co.kr/news/articleView.html?idxno=874더뷰스 (The Views)

이광이, "우리 시문학사에 휘황한 횃불을 밝혀든 목가시인", 2020.7.7.

https://www.korea.kr/news/culture ColumnView.do?newsId=148875166

조영환, '윤동주의 평양 숭실중학교 시절', 2018.

https://blog.naver.com/08skyoo/221202503209

주한일본공사관기록 6권, 『東學黨征討略記』, 국사편찬위원회. 한국사데이터베이스.

한국학중앙연구원, 『향토문화전자대전』,

한국학중앙연구원, 『한국민족문화대백과사전』.

VI. 구술·개인 기록

성백우 공적조서.

임형선, 인터뷰, 천안시 입장면 하장리 초원아파트, 2001. 12. 8.

황일봉 이메일·전화 인터뷰, 2018. 8. 27.–9. 4.

김용근 연보

1902년	병영교회 설립
1905년	작천교회(강진군 작천면) 설립 3월 5일 선생의 작은할아버지 김영승 집에서 첫 예배
	러일전쟁 발발 일제 독도 병합 가쓰라 태프트 밀약 체결 2차 영일동맹 을사늑약 체결
1917년	10월 28일 김용근 출생 전라남도 강진군 작천면 현산리 죽현에서 부친 광산 김씨 문정공파 16대손 俊洙 모친 해남 윤씨 小心 사이에서 1남 5녀 중 장남으로 출생
	3월 8일 러시아혁명 3월 23일 조선국민회 조직 - 숭실학교 출신 주축 최초의 조선기독교무장독립운동 단체
1918년(1세)	2월 조선국민회, 일경에 체포되어 궤멸

1919년(2세)	3·1 만세운동
1925년(8세)	일제 신사 서울에 건립
1926년(9세)	목포영흥학교 입학
1927년(10세)	2월 15일 신간회 창립
1928년(11세)	코민테른 제6차 대회, 민족주의자와의 단절 및 적색노동조합운동 노선으로의 전환을 결의하는 '12월테제' 발표
1929년(12세)	10월 24일 세계대공황 11월 광주학생독립운동 12월 광주학생독립운동을 계기로 신간회 간부들 대거 검거
1931년(14세)	일제 만주침략 5월 신간회 해체 일경 카프 맹원 1차 검거
1932년(15세)	목포영흥보통학교졸업(6년) 4월 평양숭실학교 입학 4월 29일 윤봉길 의거

1933년(16세)	일제 국제연맹 탈퇴 33~35년 일제 식민지 타이완에서 가톨릭계, 기독교계 학교가 신사참배 강요에 굴복
1934년(17세)	카프 맹원 2차 검거
1935년(18세)	문익환 봄 숭실중학교 4학년, 윤동주 가을 3학년 편입
1936년(19세)	1월 숭실중학교 종교부장으로 신사참배 거부를 선동 평양경찰서에 100일간 수감 평양경찰서 출옥 후 도산 안창호 만남
1937년(20세)	3월 숭실중학교 졸업 5월 영광 염산 야월교회 개량서당 교사 10월 14일목포형무소투옥 7월 7일 일제 중국 침략, 중일전쟁, 수양동우회 사건
1938년(21세)	4월 14일 목포형무소 출소 3월 4일 숭실학교 폐교 시행, 일제 조선어과목 폐지, 도산 안창호 서거 9월 조선장로회 총회 신사참배 시행 결의 평양 장로회신학교 신사참배 문제로 폐쇄 제3차 조선교육령 조선어 수의(遂意)(선택) 과목으로 전락

| 1939년(22세) | 2월 2일 조주일과 결혼 |
| | 목포 유달국민학교 교사 부임 |

일본 전쟁을 위한 국가 총동원 체제 본격화 9월 2차세계대전 발발
일제 15세~50세 조선인 대상 강제징용 실시

1940년(23세)	4월 연희전문학교 문과 입학
	8월 장남 창중 출생
	연희전문학교 재학 중 총독암살단 결성

6월 독일군 프랑스 점령
9월 일본·독일·이탈리아 3국 동맹 체결
11월 미 북장로교회 선교사 일행(가족 포함) 219명 조선 철수

| 1941년(24세) | 9월 25일 연희전문학교 휴학 후 목포 온금학원 교사 부임 |

2월 12일 조선사상범예방구금령 제정
7월 26일 미국의 대일 석유 금수 조치
12월 7일 일제 진주만 공습. 태평양전쟁 발발
12월 16일 국민징용령 강화

1942년(25세)	연희전문학교 문과 수료 1월 치안유지법 위반으로 전주형무소 투옥 김용근, 성백우, 임형선 등 7명 치안유지법 위반 사건으로 재판
	1월 9일 일본 학도병 출동 명령 10월 1일 조선어학회 회원 검거
1943년(26세)	3월 12일 장남의 돌이 막 지난 후 전주지법 2년 확정 판결
	3월 1일 조선 징병제 실시 4월 1일 제4차 조선교육령 7월 22일 학도 전시동원 체제확립 요강 시행령 7월 30일 여자학도병 동원 결정
1944년(27세)	1월 20일 조선학도병 4,385명 강제 동원 3월 18일 ~ 3월 29일 여자정신대 강화 학도 군사교육 강화 학도병 동원 비상조치 중학생 근로동원 8월 1일 ~ 8월 31일 여자정신대 근로령, 학도근로령 10월 19일 가미가제(神風) 특공대 출격

1945년(28세)	4월 전주형무소 출소
	요양 중 사할린탄광 강제 징용장 받음
	8월 14일 만주행 열차 탑승
	8월 15일 광복, 압록강 다리 건너 봉천역에서 해방 맞음
	10월 강진 귀향, 농촌계몽운동 투신
	연희전문학교 복학
	3월 14일 결전(決戰) 교육조치(학교 수업 1년간 정지)
	4월 무솔리니 처형, 히틀러 자살
	6월 16일 조선 국민의용대 조직요강(행정 단위로 의용대 조직)
1946년(29세)	6월 연세대학교 사학과 입학
	관현악단 클라리넷, 호른 주자, 농구 선수, 축구 골키퍼 활동
1950년(33세)	5월 10일 연세대학교 사학과 1회 졸업
	사학과 대학원 진학
	경복고 교사 부임
	6월 25일 한국전쟁 발발

1951년(34세)	2월 10일 연세대 대학원 사학과 재학 중 군 입대 육군 제9사단 3년 4개월 복무 육군사관학교(교장 박병권)에서 한국사와 군사영어 강의
1953년(36세)	4월 9일 둘째 은경 출생 7월 27일 한국전쟁 휴전
1954년(37세)	6월 20일 군 제대 9월 13일 전주고 부임 배운석 교장(연희대학교 선배) 권유로 전주고 교사 부임 서양사 강의와 농구부 지도 이후 10년간 신석정 시인과 한집에 살면서 인연이 이어짐
1955년(38세)	3월 15일 셋째 만진 출생 부친 김준수 작천면장 역임
1957년(40세)	무시험 검정(준교사) 자격 취득
1959년(41세)	3월 16일 넷째 원용 출생

| 1960년(43세) | 무시험 검정(2급 정교사) 자격 취득 |
| | 김창중 연세대학교 국문과 입학 |

4·19혁명

| 1961년(44세) | 8월 15일 막내 미희 출생 |
| | 8월 15일 진창순 여사 작고 |

5·16 군사 정변
광주일고 〈향토반〉 결성
신석정 시인 전주고 사임

1962년(45세)	2월 전주고 사직
	4월 16일 광주고등학교 교사 부임
	역사 강의와 농구부 지도

| 1963년(46세) | 5월 광주고등학교 교사 부임 |
| | 역사 가르치며 농구부 지도 |

| 1964년(47세) | 광주고등학교 교사 사임 |

| 1965년(48세) | 3월 1일 여수고등학교 교사 부임 |

| 1966년(49세) | 4월 30일 여수고등학교 사임 |
| | 광주서중학교 교사 부임 |

한일협정 반대 시위

1967년(50세)	광주제일고 교사 부임
	세계사 강의와 농구부 지도
	문병란 시인과 만남
	학생 독서회 〈향토반〉 지도

1971년(54세)	10월 25일 손자 우경 출생

1972년(55세)	광주제일고 사임 후 분필공장 설립
	한강 대홍수로 사업 실패
	3월 문병란 선생 전남고 부임
	10월 박정희 유신독재 체제 구축

1973년(56세)	1월 15일 손녀 혜경 출생
	강요한 교장(연세대학교 선배) 권유로 전남고 교사 부임

1974년(57세)	1월 7일 긴급조치 1호
	1월 15일 군법회의: 장준하, 백기완에 징역 15년, 자격정지 15년 선고
	4월 3일 긴급조치 4호 의결
	민주청년학생연맹 사건 날조 발표
	10월 24일 동아일보 기자 자유언론실천선언, 동아일보 백지광고 사태

1975년(58세)	전남고 학생들 동아일보 기자들 자유언론실천 운동 응원 광고 전남고, 광주일고 유신독재 반대 시위 유신반대 학생시위 책임으로 전남고 교사 사임
	3월 문병란 선생 전남고 사임 4월 8일 고려대학교 휴교령 5월 13일 긴급조치 9호 시행
1977년(60세)	숙문고등학교(송원고등학교) 일시 재직 전국의 제자들 주선으로 광주YWCA 소심당에서 회갑 기념 모임 박형규 목사 축사
1978년(61세)	강진 작천면 귀향 작천 노인대학 창설, 향토문화연구 및 강연 활동
1979년(62세)	부친 김준수 작고
1980년(63세)	5월 윤한봉, 정용화, 김남표, 은우근 작천 본가 피신 5·18 직후 심근경색 증세 보임 6월 30일 광주민중항쟁 범인은닉 혐의 체포 7월 1일 계엄사 광주분소 상무대 영창 수감 징역 8월, 집행유예 1년 6월 선고 후 11월 석방

1983년(66세)	한국기독교장로회 작천교회 장로 임직
	5월 한국기독교장로회 새역사 30주년 기념행사 주제: "민중과 함께, 민족을 위하여, 땅끝까지" *문익환 목사 재회
1985년(68세)	5월 21일 전남대병원 입원 중 심근경색으로 소천
1987년	독립유공자 추서
1997년	국립 5·18민주묘역 이장
2002년	5·18민주화운동 유공자 추서
2017년	5월 흉상건립

이야기를 들려주신 분들

- 자녀들
김창중
김은경
김만진
김원용
심미희

- 여동생
김단임

- 사위
전종평(전남고)

- 제자와 지인들(가나다 순)
권오걸(광주일고)
김경식(전주고)
김영진(전 농수산부장관·기장 강진읍교회)
김이수(전남고)
김주한(한신대 교수·기장 강진읍교회)
김태승(광주일고)

김희택(광주일고)

나익주(전남고)

노일경(전남고)

박영규(광주일고)

서유진(전주고)

신광연(전주고)

오경규(광주일고)

오정묵(전남고)

윤성열(강진 작천)

윤흥근(전남고)

이승우(광주일고)

이양현(광주일고)

이주영(광주고)

임상호(기장 강진읍교회 장로)

임영희(오정묵 부인)

임창옥(군감옥 제자)

임형칠(전남고)

양태열(광주일고)

장세열(전주고)

장임원(전주고)

정상용(광주일고)

정등룡(전남고)

정용화(광주일고)

정찬용(광주일고)

조명자(김희택 부인)

조현영(광주일고)

조현종(전남고)

최권행(광주일고)

최연석(광주일고)

최철(광주일고)

한신원(광주일고)

학담스님(광주일고)

황지우(광주일고)

김용근 교육상 역대 수상자 명단 및 소감

1회 (1995년): 윤영규 (교사, 초대 전국교직원노동조합 위원장)

참교육을 향한 교사들의 간절한 염원이 인정받은 것 같아 영광입니다. 앞으로도 교육의 본질을 되찾고, 학생과 교사가 함께 행복한 학교를 만들기 위해 노력하겠습니다.

2회 (1996년): 풀무학교 (단체)

풀무학교의 교육 정신이 시대적 가치로 인정받아 기쁩니다. 앞으로도 학생들이 삶의 지혜를 깨닫고 더불어 사는 공동체를 만들어가는 데 기여하는 교육을 이어가겠습니다.

3회 (1997년): 양동지 (교사)

'참교육'의 정신을 되새기며, 학생들의 올바른 성장을 위해 헌신하겠습니다.

4회 (1998년): 김연순 (교사)

김용근 선생님의 교육 정신을 생각하며 참된 교육자의 길을 걷겠습니다.

5회 (1999년): 극단 토박이 (단체)

연극을 통해 아이들과 소통하고, 그들의 삶에 희망을 불어넣으려 했던 우리의 노력이 인정받은 것 같아 기쁩니다. 연극은 단순히 무대 위에서 펼쳐지는 예술이 아니라, 아이들 스스로가 자신의 삶을 연극처럼 만들어갈 수 있는 교육적 도구라고 생각합니다. 앞으로도 연극을 통해 아이들의 정서적 성장을 돕고, 사회적 약자의 목소리를 대변하겠습니다.

6회 (2000년): LA민족학교 (단체)

해외에서 한국인의 정체성을 지키고, 올바른 민족 교육을 실천해 온 노력이 인정받은 것 같아 기쁩니다. 2세, 3세 동포들에게 한국어와 역사, 문화를 가르치는 것은 단순한 교육을 넘어 민족적 자긍심을 심어주는 일입니다. 앞으로도 해외에서 민족 교육의 씨앗을 뿌리고 가꿔나가겠습니다.

7회 (2001년): 김현준 (교사, 전국교직원노동조합 사무처장)

이 상은 어려운 환경 속에서 묵묵히 아이들을 가르치는 모든 교사들을 대신해 받은 것이라고 생각합니다. 함께 한 동료들에게 감사를 표합니다. 참교육은 교실 안에서만이 아니라 삶의 모든 순간에 이뤄져야 합니다. 교사로서의 소명 의식을 되새기고 더욱 노력하겠습니다.

8회 (2002년): 베를린 세종학교 (단체)

해외에 거주하는 동포 자녀들에게 우리말과 역사를 가르치는 일은 단순히 언어 교육을 넘어 민족의 정체성을 심어주는 매우 중요한 일입니다. 이 상이 재외동포 교육의 중요성에 대한 사회적 관심을 높이는 계기가 되기를 바랍니다. 앞으로도 해외에서 한국인의 긍지와 정체성을 지키는 데 최선을 다하겠습니다.

9회 (2003년): 실상사작은학교 (단체)

이 상은 불교적 교육 철학을 바탕으로 아이들의 마음을 보듬고 자연과 더불어 살아가는 삶을 가르쳐온 모든 선생님들의 헌신에 대한 격려라고 생각합니다. 특히 물질적인 풍요보다 정신적인 성장을 중요시하는 교육이 이 시대에 절실합니다. 앞으로도 생명과 평화의 가치를 실천하는 교육을 지속하겠습니다.

10회 (2004년): 한빛고등학교 교사회 (단체)

김용근 교육상은 교사 한 명, 학교 한 곳에 주어지는 상이 아니라, 학생들이 스스로 생각하고 삶의 주체로 성장할 수 있도록 함께 노력한 모든 교사들에게 주는 상이라고 생각합니다. 학교는 단순히 지식을 전달하는 곳이 아니라, 학생들이 삶의 의미와 가치를 깨닫고 공동체의 일원으로 성장하는 곳입니다. 이런 '참교육'의 정신이 실현되도록 노력하겠습니다.

11회 (2005년): 장석웅 (교사, 전국교직원노동조합 위원장)

전국 교사들이 함께 받은 상이라고 생각합니다. 교육 현장의 민주화를 위해 싸워온 모든 동지들에게 이 영광을 돌립니다. 또한 참교육 정신을 이어받아 교사들의 노동권과 학생들의 학습권을 보장하고, 민주주의의 가치를 실현하는 교육을 위해 앞으로도 최선을 다하겠습니다.

12회 (2006년): 부천실업고등학교 (단체)

단순한 학교의 영광을 넘어, 산업 현장에서 일하면서도 배움의 끈을 놓지 않는 학생들을 격려하는 상이라고 생각합니다. 특히 어려운 환경 속에서도 자신의 꿈을 위해 노력하는 학생들을 위해 직업 교육은 더욱 중요합니다. 또한 이 상을 계기로 앞으로도 현장 중심의 실용적인 교육을 통해 학생들이 사회에 당당히 설 수 있도록 돕겠습니다.

13회 (2007년): 윤한탁 (교사)

이 상은 교사로서 학생들에게 올바른 역사를 가르치고자 했던 작은 용기에 대한 격려라고 생각합니다. 저는 민주화운동과 학생운동에 참여하여 투옥되었던 경험이 있습니다. 교육은 단순히 지식을 전달하는 것을 넘어, 학생들에게 시대적 정의와 양심을 가르치는 일입니다. 앞으로도 흔들림 없이 참된 교육자의 길을 걷겠습니다.

14회 (2008년): 김명준 (영화 〈우리학교〉, 감독)

이 상은 단순히 〈우리학교〉 영화 한 편에 주어진 것이 아니라, 역사적 진실을 알리고자 했던 모든 사람들의 염원이 모인 결과입니다. 김구 선생 말씀처럼 역사를 잊은 민족에게 미래는 없습니다. 앞으로도 영화라는 매체를 통해 우리 사회의 아픔과 진실을 기록하는 데 최선을 다하겠습니다.

15회 (2009년): 양노린 (수녀, 성 요셉여자고등학교 교사)

이 상은 저 혼자 받은 것이 아니라, 성 요셉여자고등학교의 모든 선생님들과 학생들이 함께 받은 영광입니다. 감사합니다. 소외되고 어려운 학생들에게 따뜻한 사랑을 베풀고, 그들이 꿈을 잃지 않도록 돕는 것이 진정한 교육이라고 믿습니다. 이 상을 계기로 앞으로도 소명 의식을 갖고 학생들을 가르치는 데 최선을 다하겠습니다.

16회 (2010년): 이승요 (늦봄학교 교장)

김용구 선생님의 숭고한 교육 정신이 이 땅에 굳건히 뿌리내릴 수 있도록 노력하겠습니다. 늦봄학교는 단순히 지식을 가르치는 곳이 아니라, 학생들이 스스로 생각하고 삶의 주체로 성장할 수 있도록 돕는 곳입니다. 앞으로도 대안교육의 중요성을 널리 알리고 더 나은 교육 환경을 만들어가는 데 힘쓰겠습니다.

17회 (2011년): 허선행 (타쉬켄트 세종학교 교장)

해외에서 우리 민족의 정체성을 잃지 않도록 한국어를 가르치는 모든 교사들을 대신해 받는 상이라고 생각합니다. 단순히 언어를 가르치는 것을 넘어, 학생들이 한국인으로서의 자긍심을 가질 수 있도록 역사와 문화를 함께 교육하는 것이 더욱 중요합니다. 이 상을 통해 재외동포 교육의 중요성이 널리 알려지기를 바랍니다.

18회 (2012년): 김광수 (은행골 청소년공부방 상임이사)

이 상은 20여 년간 함께해 온 공부방 선생님들과 아이들, 그리고 후원자들 모두가 함께 받은 상이라고 생각합니다. 아이들에게는 단순히 학업 성적을 올리는 것보다, 세상의 부조리에 맞설 수 있는 힘을 길러주는 것이 진정한 교육이라고 믿습니다. 앞으로도 소외된 아이들에게 따뜻한 보금자리가 되어주는 공부방을 계속 이끌어 나가겠습니다.

19회 (2013년): 김희용 (목사, 근로정신대 할머니와 함께하는 시민모임)

단순히 저 개인에게 주는 상이 아니라, 근로정신대 할머니들의 아픔을 치유하고 일본의 진정한 사과를 이끌어내기 위해 함께 노력해 온 모든 사람들에게 주는 상이라고 생각합니다. 이 상을 계기로 할머니들의 억울한 삶이 더 이상 외면받지 않도록, 그리고 다시는 이러한 비극이 되풀이되지 않도록 역사 교육에 더욱 힘쓰겠습니다.

20회 (2014년): 이계삼 (밀양 송전탑 반대운동 사무국장)

밀양 주민들의 평화로운 저항과 삶의 투쟁을 대신해 받는 상이라고 생각합니다. 밀양에서 보여준 할머니, 할아버지들의 헌신은 단순한 송전탑 반대를 넘어 이 시대의 진정한 교육이자 실천이었습니다. 이 상을 통해 밀양의 싸움이 우리 사회 전체의 문제로 인식되는 계기가 되기를 바랍니다.

21회 (2015년): 채현국 (양산 효암학원 이사장)

세상에는 빛나는 것이 많습니다. 저는 그저 그 빛을 비추는 사람일 뿐입니다. 이 상을 계기로 더 많은 사람들이 우리 사회의 어두운 곳에 관심을 가졌으면 좋겠습니다. 덧붙여 김용근 선생님의 교육정신을 이어 상을 제정하고 뜻을 모은 제자들의 헌신에 감동했습니다.

22회 (2016년): 슈보노그람 재단 (방글라데시)

이 상을 통해 한국의 뜻있는 시민들이 보내준 따뜻한 마음에 깊은 감동을 받았습니다. 방글라데시의 빈곤 아동들에게 교육의 기회를 제공하는 것이 이 상의 진정한 의미라고 생각합니다. 또한 이 상금으로 더 많은 아이들이 희망을 가질 수 있도록 교육 시설을 확충하고, 더 나은 교육 환경을 만들어 가는 데 최선을 다하겠습니다.

23회 (2017년): 홍성담 (화가)

이 상은 단순히 저 개인의 영예가 아니라, 시대의 아픔을 예술로 기록하고 저항해 온 모든 예술가들을 대신해 받는 것이라 생각합니다. 세월호 참사를 비롯한 우리 사회의 비극적 사건들을 외면하지 않고, 예술의 힘으로 진실을 밝히도록 노력하겠습니다. 김용근 선생님께서 '힘들겠지만 열심히 하라'는 마음으로 상을 주신 것 같습니다.

24회 (2018년): 우에무라 다카시 (前 아사히신문 기자)

김용근 교육상을 수상하여 참으로 기쁩니다. 5월의 광주에서 상을 받아 더욱 의미가 큽니다. 저는 오래 전 일본에서 학생이었을 때 김대중 전 대통령의 구명 운동에 참여했던 만큼 한국과의 인연이 깊습니다. 아사히신문 기자 시절 김학순 할머니의 증언을 기사로 보도한 후 일본 극우 세력으로부터 받았던 협박과 위협에 굴하지 않고 진실을 알리기 위해 노력해왔습니다. 교육을 통해 다음 세대에게 진실을 전하는 것이 중요하다고 생각합니다. 앞으로도 이런 노력을 멈추지 않겠습니다.

25회 (2019년): 김삼웅 (작가, 前 독립기념관 관장)

이 상은 민주화운동에 헌신한 저의 동지들과, 척박한 땅에서 진실을 알리려 노력했던 이들에게 주는 상이라고 생각합니다. 역사 교육의 중요성은 아무리 강조해도 지나치지 않습니다. 진실을 알리는 노력을 이어가겠습니다.

26회 (2020년): 김용택 (교사, 前 전국교직원노동조합 경남지부장)

부족한 사람에게 큰 상을 준 것은 김용근 선생님의 민족·민주·통일 교육의 길을 이어가라는 '죽비'로 생각합니다. 여기서 '죽비'는 수행자를 일깨우기 위해 사용하는 도구로, 상을 받는 기쁨을 넘어 앞으로도 참교육을 위한 노력을 게을리하지 않겠습니다.

27회 (2021년): 이보미 (산돌발달장애인평생교육센터 센터장)

이 상은 장애인 교육 현장에서 묵묵히 헌신해 온 모든 분들을 대신해 받는 상이라고 생각합니다. 발달장애인들이 사회의 당당한 구성원으로 설 수 있도록 돕는 것이 우리의 역할입니다. 앞으로도 장애인 교육의 중요성을 알리고 인식 개선을 위해 노력하겠습니다.

28회 (2022년): 황광우 (작가, 인문연구원 동고송 상임이사)

김용근 선생님의 교육 정신을 이어받아 시민 교육에 더욱 힘쓰겠습니다. 단순히 지식을 전달하는 교육을 넘어, 인간의 존엄과 자유를 중시하는 교육이야말로 이 시대에 가장 필요한 교육입니다. 앞으로도 인문학 강연과 집필 활동을 통해 더 많은 사람들이 삶의 의미를 찾고 주체적인 삶을 살 수 있도록 돕겠습니다.

29회 (2023년): 지혜학교 교사회 (단체)

단순히 지식만을 전달하는 교육이 아닌, 아이들이 스스로 삶을 가꾸어 나가고 사회에 기여 할 수 있는 인격체로 성장하도록 돕는 교육을 계속해 나가겠습니다. 우리 사회의 그늘진 곳을 보듬고 공동체의 가치를 회복하는 데에 김용근 선생님의 교육 철학을 실천하겠습니다.

30회 (2024년): 김경윤 (교사, 시인, 김남주기념사업회 회장)

석은 김용근 선생님의 이름을 딴 이 상을 받게 되어 영광입니다. 앞으로도 선생님의 정신을 이어받아 이 시대의 아픔을 외면하지 않는 글을 쓰고 싶습니다.

31회 (2025년): 광주실천교육교사모임 (단체)

우리 교사모임은 이 교육상의 수상을 계기로 단순한 영예를 넘어 김용근 선생님의 교육 철학을 계승하고 실천해 나가고자 하는 다짐을 더욱 굳건히 하겠습니다. 김용근 선생에게 교육은 단순한 지식 전달이 아니라 학생들이 스스로 생각하고 행동할 수 있는 힘을 기르는 과정이었습니다. 이런 선생의 정신을 이어 민주시민 교육을 지속적으로 실천하겠습니다.

시대의 교사 김용근 평전
1판 1쇄 인쇄 2026년 1월 15일
1판 1쇄 발행 2026년 1월 20일
지은이 : 은우근
발　행 : 홍기표
인　쇄 : 정우인쇄
디자인 : 이소영
글통 출판사 출판 등록 2011년 4월 4일(제319-2011-18호)
facebook.com/geultong e메일 geultong@daum.net
전화 02 780-4534 팩스 02-6003-0276
ISBN 979-11-94546-04-7

가격 : 22,000원